Voor Maria Riccarda
Alla vita che t'arride di speranze e gaudio piena ...

*Tocan otras músicas para que se cierren las heridas,
pero el tango toca y canta para que se abran, para
que sigan abiertas, para recordarlas, para mantener
el dedo en ellas y abrirlas al sesgo.*

RAMÓN GÓMEZ DE LA SERNA, *Interpretación del tango*

Sommige muziek wordt gespeeld om wonden te helen, maar de tango speelt en zingt men om wonden open te laten springen, om ze open te houden, om eraan te herinneren, om er met een vinger in te poeren en ze open te rijten.

RAMÓN GÓMEZ DE LA SERNA, *Interpretación del tango*

Square du Vert-Galant

1987

De oude man zou zijn woord houden. Hij moest wel. Ik had het in zijn ogen gezien toen hij voorstelde dat we elkaar vanavond hier in dit park zouden ontmoeten.

Eigenlijk was het meer een grote tuin dan een park. Een voortuin, om precies te zijn, van het Île de la Cité, dat als de boeg van een schip de Seine spleet, die daarna op haar reis naar zee links en rechts van het eiland tegen de oevers op kabbelde. De laatste bezoekers waren allang vertrokken en zelfs de schaduwen van de bomen begonnen al te verdwijnen in de schemering. Waar bleef hij?

Ik was meer dan geduldig geweest. Niet alleen had ik er gisteren in toegestemd tot vanavond te wachten op antwoorden die niemand mij meer mocht onthouden, maar bovendien was hij al ruim een uur te laat. Ik sloot mijn ogen. Achter mij hoorde ik het verkeer op de Pont Neuf en het gestamp van de dieselmotor van een schip dat onder de brug door voer. En telkens het klotsen van water, overal water.

En toen opeens het woeste gefladder van een vogel. Het kwam van links, waar de ingang van het park was. Met een traag gerekt gekreun ging het lage metalen hekje open, waarna het met een veel kortere piep weer dichtsloeg achter de rug van de bezoeker. Even bleef hij staan, leunend op zijn wandelstok. In zijn vrije hand droeg hij een aktetas. Toen begon hij mijn kant op te lopen met het geluid van een onregelmatig lopende klok: eerst de harde tik van zijn wandelstok en het schuiven van zijn rechterschoen over het pad, waarna in precies het tegengestelde ritme de zachte dubbele tikken van zijn linkerschoen klonken.

Hij droeg een witte hoed, zoals oudere heren wel vaker doen in de zomer, en een licht linnen pak. Zo luchtig als zijn kleding was zou ons gesprek niet worden. Hij was nog maar een paar stappen verwijderd van mijn spervuur van vragen.

'Waarom hier?' herhaalde de oude man mijn eerste vraag na onze beleefde knikjes. Hij zette de aktetas voorzichtig op het bankje tegen de leuning. Toen liet hij zichzelf naast me zakken en vroeg zonder me aan te kijken of de naam Jacques de Molay mij iets zei.

'Doe geen moeite,' wachtte hij mijn antwoord niet af, 'ook op Parijse scholen is geschiedenis een vies woord.' Ik deed mijn mond weer dicht.

'De Molay was de laatste grootmeester van de Tempeliers. Hij is vermoord. Hier.' Hij tikte vinnig met zijn ebbenhouten stok op de grond. 'Vermoord door een kerk die vond dat zijn waarheid juist een leugen was. Maar misschien weet je niet eens wie de Tempeliers waren?'

'Interessant', loog ik. Ik wist precies wie de Tempeliers waren en waarom ze vervolgd waren door de katholieke kerk. 'En wat heeft een Tempelier met mij te maken?' Ik deed geen moeite mijn frustratie te verbergen. Ik zat niet te wachten op een lesje geschiedenis. Even keek hij me van opzij aan. Toen nam hij zijn hoed af en gleed met zijn vingers keurend langs de rand ervan, alsof hij zocht naar oneffenheden.

'De waarheid. Was dat niet waar jij gisteren om geschreeuwd zou hebben als ik je niet had tegengehouden? Waarheid is een gevaarlijk ding, jongeman. Juist omdat het maar de vraag is wie haar kent. Kijk maar naar De Molay: de Tempelier en zijn beulen.'

'Dat zijn meningen, een geloof! Wat heeft dat met waarheid te maken?'

'Waarheid is niet de som van de feiten. Het is wat ertussen ligt; waarom volgt het ene feit op het andere? Waarom deed iemand wat hij heeft gedaan? Zonder je dat af te vragen is waarheid een leeg begrip. Zoals de sterren en de maan, die nu eenmaal staan waar ze horen en dat is dat.' De rimpelige hand die naar de hemel had gewezen daalde met een onverwachte kracht op mijn schouder neer. 'Juist omdat mensen verschillende kleuren in de waarheid zien, slaan ze elkaar in het gezicht. Hun kleur over die van de ander smeren, dat doen ze het liefst. Over de hele wereld, als het even kan.'

'Erg interessant,' zei ik nogmaals om het pseudofilosofische gebabbel te onderbreken, 'maar voor het donker wil ik weten hoe de vork in de steel zit. Dus zullen we?'

De oude man keek omhoog alsof hij een inschatting van het weer maakte en schudde zijn hoofd.

'Voor het donker is kun jij nog geen enkel idee hebben van wat je wilt weten. Zie je, jongen, ík kan je niet vertellen wat je wilt weten. Het zou geen zin hebben. Je zult je dingen afvragen waar je zelf een antwoord op moet geven. Van die antwoorden hangt jouw toekomst af.'

'Vragen waarover? Wat voor antwoorden? Waar?'

De oude man glimlachte en zette zijn hoed op. Minder moeizaam dan hij was gaan zitten stond hij weer op.

'In het verleden!' Hij zei het bemoedigend, bijna vrolijk, alsof ik dat van meet af aan had moeten begrijpen. 'Waar zou je anders de waarheid zoeken? Het verleden staat toch voor je?'

'Pardon?' vroeg ik.

'Daar', was het laatste wat hij zei en hij tikte met de punt van zijn stok tegen de aktetas. Toen knikte hij even ten afscheid en keek een paar seconden lang in mijn ogen. Toch had ik niet het idee dat hij míj zag. Nogmaals knikte hij en hij draaide zich om.

De harde tikken van zijn wandelstok waren allang verstorven voor ik de tas opende. De drie boeken die ik eruit haalde waren verschillend van vorm, kleur en dikte.

Op iedere kaft stond een naam. Slechts een daarvan kende ik.

Ik bladerde ze vlug door. De handschriften verschilden enorm. Het eerste was met nette schoolse letters geschreven, die echter naarmate het boek vorderde slordiger werden, soms bijna onleesbaar. Het tweede boek was door een vrouw geschreven met een sierlijk maar vast handschrift. Degene van wie ik dit allemaal had gekregen, had het zijne met ouderwetse zorgvuldigheid geschreven; de letters keurig met elkaar verbonden. Precies wat ik verwachtte. In ieder boek had hij bovendien een briefje gedaan met de instructie welke pagina's ik moest lezen.

Het eerste boek was duidelijk het oudst. De rug was zo versleten dat de katernen en het garen zichtbaar waren. Zachtjes kraakte het toen ik het op de aangegeven pagina opende. Ik rook die heerlijke geur van oud papier, en juist toen ik begon te lezen sprong de lantaarn naast mijn bankje aan.

Antonio Moreno

1899

De maan kleurde de nevel grijs, die als gescheurde gordijnen in de nacht hing. De flarden werden steeds donkerder naarmate ze lager hingen, net boven het zwarte water van de zee, die ik niet kon horen en die dus bijna glad moest zijn. Over het strand waaraan ons huis stond, kroop de mist omhoog tot aan de veranda. Daar slingerde hij zich koud om mijn blote kuiten. Het was een perfecte laatste nacht.

Ik vroeg me af wat ik aan het eind van mijn reis zou kunnen ruiken. Zou de geur van het zout en de vissen in de zee daar 's nachts ook minder sterk zijn dan overdag? Zou je er soms ook de aarde en de bomen ruiken wanneer het onweer de lucht uit de bergen naar zee drukt? Zouden er sterren naar beneden prikken en zou de maan dronken dansen in de golven zoals hier in een zomerse nacht? Of zou het te ver weg zijn om de maan te kunnen zien? Hoe klonk de wereld daar?

Ik vroeg me dat alles af en nog honderd andere dingen om mezelf maar niet die ene vraag te stellen: zou ik het hier missen? Maar het gesnurk van mijn vader uit de kamer achter me suste de angst voor heimwee. Het feit dat ik voor altijd van hem en klootzakken zoals hij verlost zou zijn, woog zwaarder dan het missen van mijn moeder en mijn drie broers en twee zussen. Schuldgevoel dat ik hen bij die ontevreden zak achterliet had ik niet. De goedheid van onze

Heer scheen over de aarde, dus Hij zou binnenkort wel met mijn vader afrekenen. Dat had Hij namelijk ook met meneer pastoor gedaan, en padre Basilio was, in tegenstelling tot mijn vader, geen werkelijk slecht mens.

Ik geloof niet dat de padre ooit een mis door een ander moest laten opdragen en met zijn levensstijl was dat een wonder van Onze-Lieve-Heer zelve. Iedere lezing en homilie was een aansporing tot inkeer, zuivering van het geweten voor de Allerhoogste en sober leven als de Heilige Martinus. God hield niet van 'luiaards, leugenaars en zij die zich overgeven maar geen maat kennen', donderde de zieleherder vanaf zijn preekstoel.

Ik wist dat hij, zodra zijn kudde naar huis was gegaan, naar de sacristie beende, zijn lofkledij over een stoel hing en bijna in één teug een pul bier leegde. Ik had hem daar als koorknaap ooit op betrapt, waarna hij niet eens meer de moeite nam om het voor mij te verbergen. Misschien was het juist omdat ik al zo lang getuige was van wat hij het 'toegevoegd gezang' noemde, dat hij mij erop uitstuurde om zijn lege kruiken te vullen. Of misschien was het gewoon omdat hij wist dat mijn vader een beslagkuip en twee brouwketels in zijn schuur verborgen hield.

'Mocht je oude heer en goede vader je in de kraag vatten, dan zeg je hem maar dat hij het als afdracht van tienden moet zien', zei padre Basilio. 'De goede man is vast te godvruchtig om daar bezwaar tegen te hebben.' Te dronken zult u bedoelen, verbeterde ik hem in gedachten en daarop vertrouwend stal ik met genoegen iedere week zeker tien liter van het illegaal gebrouwen bier van mijn vader.

In ruil voor die diefstal, die ik zonder angst pleegde omdat ik hoe dan ook wel een pak slaag zou krijgen ook al had ik niets gedaan, gaf de padre me les in lezen en schrijven. Toen ik een jaar of dertien was en ik hem op een avond zijn bier had gebracht, had hij me met zware tong verzekerd dat hij het Ware Licht in mijn ogen zag schijnen. Hij beweerde dat zelfs iemand uit een gat als Crevari, ja, zelfs iemand zoals ik, naar het seminarie zou kunnen. Slechts twee dingen waren daarvoor nodig, zei hij en hij liet met een donker geluid een enorme boer, namelijk Gods wil en kunnen lezen en schrijven. Toen ik opmerkte dat er dus drie dingen voor nodig waren, knipperde hij even met zijn ogen, hief zijn vinger omhoog en zei: 'Zie je nou? Jij komt er wel.'

Wat dat seminarie precies was wist ik niet, noch waar het zich bevond, behalve dat het niet in Crevari was. Mijn redding dus. Weg van mijn vader, weg van het touw waar hij mee sloeg als hij dronken was en weg van mijn moeder, die alles zag en niets deed.

Er ging een nieuwe wereld voor me open toen ik kon lezen wat er op borden langs de kant van de weg stond of op de blikken op de plank bij de kruidenier. Maar het was meer dan lezen en schrijven wat de padre me leerde. Ook begon hij me bijbelles te geven. Daarin leerde ik vooral waar je de dreigementen uit zijn preken kon vinden en al snel knikte hij goedkeurend wanneer ik de zonden herkende met bijbehorende hel en verdoemenis. Daarin zag hij kennelijk een zekere rijpheid, want niet lang na mijn vijftiende verjaardag liet hij me bij zich komen. Het was de tweede avond van een van de dorpsfeesten, die de padre een doorn in het oog waren.

Na een paar pullen bier 'om niet al te mistroostig te worden van het sodom en gomorra daarbuiten', nam hij me mee de straat op om me de zonde te laten zien. Opeens zag ik hoe het gedans en gehos dat ik vroeger voor vrolijk en leuk had gehouden, in werkelijkheid een droevige vertoning was van de leegheid van de zielen van de dorpsbewoners. En bovendien niet zonder gevaar.

'Weet je, jongen, waarom God daar aanstoot aan neemt?' vroeg hij en hij wees op een jong stel dat dicht tegen elkaar aan danste. 'Kijk maar eens hoe ze naar elkaar kijken. In de ogen begint de begeerte, mijn zoon. Weet je wat dat is, begeerte? Dat je heel erg naar iets verlangt, zo erg dat je het móét hebben.'

'Zoals u naar bier?' flapte ik eruit. Hij keek me streng aan, maar liet het daar verder bij.

'Weet jij al hoe mensen zich voortplanten?' Het vorige jaar had ik samen met mijn twee oudste broers door een gat in het achterschot van de schuur gekeken hoe onze vader op de vrouw van Alberto Agnoli de visser probeerde te klimmen. Na een paar stotende bewegingen, waarbij mijn vader een lelijk gezicht trok, maar de vissersvrouw nog lelijker keek, waren ze vrij plotseling gestopt en had mijn vader haar een muntstuk in de hand geduwd. Mijn broers legden me fluisterend de details uit van wat ik zojuist gezien had. Van het idee dat ikzelf op die manier gemaakt was, werd ik misselijk.

Padre Basilio leek opgelucht toen ik knikte. 'Het staat een man vrij een vrouw te begeren, zolang hij de voortplanting maar voor ogen heeft. Maar als de lust het doel wordt, dan gaat hij tegen de bedoeling in en ontspoort hij. Daarvoor heeft de Heer dát niet geschapen.' Bij die laatste zin keek hij even naar het kruis van mijn broek. Daarna knikte hij weer in de richting van het dansende stelletje en zei: 'Denk niet dat God niet ziet hoe die twee naar elkaar kijken, want Hij kijkt ook door de ogen van zondaars.'

Het idee dat God door begerende ogen keek naar iets wat ontspoorde en wat Hij zelf gemaakt had, was behoorlijk verwarrend. Maar wat de padre wilde uitleggen was me duidelijk. Een duivelsnest was dit dorp! Overal zag ik mannen en vrouwen elkaar naar het bed of de hooiberg dansen, en toen ik me bedacht hoeveel keer ik zelf de lust voelde, was ik blij dat op zo'n donkere avond mijn rode wangen waarschijnlijk niet te zien waren. Padre Basilio drukte me nog eens op het hart dat de Heer werkelijk geen zonde ontging: 'God is het menens, jongen!'

En dat bleek. Want niet veel later sloeg Hij de padre dood met een bliksem tijdens een heftig onweer. Vlak voor de kerk verschroeide Zijn dienaar tot stof. Het waarom was mij duidelijk geworden door de lessen van de padre zelf. Want hoezeer hij ook tekeerging tegen luiheid, leugens en onmatigheid – twee daarvan zelfs hoofdzonden – het verborg zijn eigen drankzucht niet voor de ogen van de Alziende. Vandaar dat ik op Zijn rechtvaardige hand mocht vertrouwen en zeker wist dat Hij ook met mijn vader korte metten zou maken.

Nu zo duidelijk was dat Gods waakzaamheid en Zijn toorn absoluut waren, zoals beschreven in het boek 'Openbaringen', durfde ik mijn weg naar het seminarie niet meer te vervolgen. Want Hij was er natuurlijk allang achter dat ik daarbij meer aan mezelf dacht dan aan Hem, en als het even kon wilde ik de bliksem graag ontlopen. Ik geloof dat het een blijk van Zijn waardering voor die eerlijkheid was, toen Hij een nieuwe redder in mijn leven bracht.

Ik ontmoette hem op de avond van 3 oktober 1899. Ik

struinde wat over de loskades in de haven, op zoek naar iets van waarde wat op een eerlijke vinder lag te wachten. Opeens stond hij voor me, hij nam zijn witte hoed licht af en stelde zich voor als Peppo. Meer niet, gewoon Peppo.

Hij zal ongeveer zo oud als mijn vader zijn geweest maar hij had, in tegenstelling tot mijn vader, een betrouwbaar gezicht, waar een soort gelukkige rust van uitstraalde. Zijn groet was vriendelijk maar ook wat vreemd; alsof ik een oude bekende van hem was. Op mijn zwijgen reageerde hij met een glimlach. Toen richtte hij zijn blik op de aangemeerde schepen en de zee daarachter. Een volle lach verscheen op zijn gezicht en hij maakte een weids armgebaar, alsof hij al die schepen en het water bijeenveegde.

'Il mare è bellissimo, non è vero?' Hij zei het op een toon alsof zo veel schoonheid hem pijn deed, en even leek het alsof hij als een Napolitaanse zanger zijn hart zou gaan uitstorten in een lied, dus hield ik nog steeds mijn mond.

Maar in plaats daarvan deed de vreemdeling er ook het zwijgen toe. Zijn glimlach was aangenaam en griezelig tegelijk. Toen opeens, zonder duidelijke aanleiding, begon hij te vertellen over een land, ver van Genua. Hij vroeg of ik weleens van Argentinië had gehoord. Hij was er namelijk kortgeleden uit teruggekeerd en stak niet onder stoelen of banken dat hij daar meer geld had verdiend dan hij nodig had, wat niet erg verstandig is op een verlaten havenkade in de avond.

Ik vond hem direct een stuk minder sympathiek. Ik woonde in een krot aan het strand en behalve twee ossen en een stukje land achter het dorp bezaten wij niets. Meer nog dan aan bezittingen dacht ik aan het eten, echt eten in plaats van de afschuwelijke polenta die wij iedere dag voor onze neus kregen. Met zo veel geld zou je goed eten kunnen kopen, dat nog lekker zou smaken ook. Mocht God ook mij maar zo rijk maken, dacht ik en ik sloeg snel een dubbel kruis om mezelf te bestraffen voor die gedachte.

'Ah, de Heer heeft mij een broeder gezonden met wie ik in Hem deel', zei Peppo met een tikje tegen de rand van zijn hoed en hij bekruiste daarop zichzelf.

'Sta mij dan toe je een maaltijd in de taveerne aan te bieden. Met wie heb ik eigenlijk het genoegen?'

'Wat wilt u?' vroeg ik.

'Hoe heet je?'

Even aarzelde ik, maar ik durfde niet te zeggen dat mijn naam hem niets aanging, dus prevelde ik: 'Antonio. Antonio Moreno, signore.'

'Wel dan, Antonio Moreno, staat niet geschreven dat de vreemdeling geherbergd dient te worden? De Heer verdeelt niet alleen geestelijke gaven, mijn vriend. Kom, ik hoor je maag smeken.' Ik had werkelijk niet kunnen zeggen waar dat dan geschreven stond, maar hij nam me mee naar een *taverna*, en Lieve Heer in de hemel, wat heb ik daar zitten bunkeren.

Eerst een groot bord bonensoep met zwoerd. Het liefst had ik er mijn gezicht in geduwd om het op te slobberen als een varken. Zonder onderbreking vrat ik door en werkte een boterpoot met tomatensaus naar binnen en propte er nog een onbehoorlijk groot stuk broodpudding achteraan. Pas na afloop van de schranspartij keek ik weer op en zag ik de verbazing op het gezicht tegenover me. Het kon ook weerzin zijn geweest.

'Ik hoop dat het je goed bekomt, jongeman. Ik zou er persoonlijk een indrukwekkende indigestie aan overhouden, maar een jong gestel als het jouwe kan vast wel wat hebben.' Ik knikte vriendelijk en bedankte hem voor het compliment. Peppo verkreukelde zijn half opgebrande sigaret in de asbak – hij had er een stuk of vier opgerookt tijdens het eten – en legde zijn hand op mijn arm. Hij voelde klam aan.

'Laten we er geen doekjes om winden, jonge vriend.' De stank van tabak walmde uit zijn mond toen hij zich naar me toe boog.

'Heb je werk?' Ik schudde mijn hoofd. 'Heb je geld om te eten en later misschien een vrouw te verzorgen?' Weer schudde ik mijn hoofd. 'Nee, signore, ik woon nog bij mijn ouders en een vrouw heb ik niet.'

Hij sloeg met zijn vuist op tafel. 'Zelfs voor sterke jonge kerels zoals jij is er geen droog brood te verdienen. Zou dat zomaar zijn, denk je? Wat je net hebt gegeten krijgen ze in Argentinië elke dag. En wat zetten ze jou hier voor? Polenta? Twee keer per dag?' Ik werd een beetje misselijk bij de gedachte aan polenta en antwoordde: 'Drie keer.'

Peppo sloot zijn ogen en sloeg nogmaals op tafel als protest tegen zo veel onrecht op één avond. Bij de ober, die verschrikt opkeek, bestelde hij twee glazen bier.

'Jij bent een gelovig mens, mijn zoon. Vind je het erg als ik je zo noem? Jij bent zoals God bedoeld heeft.' De boosheid op zijn gezicht maakte plaats voor vriendschap en bezorgdheid.

'O', zei ik en ik keek naar het bier dat de ober voor mij neerzette. Peppo stak nog een sigaret op. Terwijl hij de rook langzaam uit zijn neusgaten blies, keek hij me nadenkend aan.

'Ja,' zei hij ten slotte en hij knikte, 'ik denk dat jij het daar geweldig zou doen.' Ik trok mijn wenkbrauwen op.

'Buenos Aires, Argentinië!' riep hij uit alsof ik niet opgelet had. Toen begon hij vol enthousiasme te vertellen dat de mensen in Buenos Aires nog ver van het Ware Geloof stonden en dat 'wij die het licht kennen' – hierbij ging zijn wijsvinger heen en weer tussen hem en mij – zijn woord onder de mensen moesten verbreiden.

'Je bent te jong om voor priester door te gaan, maar er is daar nog zo veel ander werk voor de Heer te doen. Kerken moeten gebouwd worden, bijbels verkocht, om maar een paar dingen te noemen.'

Ik hoorde de rest niet meer. Priester durfde ik niet meer te worden en van verkopen hield ik niet, maar een kerk te bouwen voor Gods eer en glorie leek me een geweldig idee. Aan de enorme smak geld die me dat zou opleveren, waar Peppo op bleef wijzen, probeerde ik niet te veel te denken. Voor je het wist had de bliksem je te pakken.

Peppo wist kennelijk wanneer hij beethad.

'Misschien is dat Zijn plan met jou. Hoe je daar komt is wat Hij aan mij overlaat.'

Hij knikte gewichtig alsof hij die zware verantwoordelijkheid bereidwillig op zich nam en dronk zijn glas in één teug leeg. Toen hij me vroeg hoe oud ik was, antwoordde ik eerlijk.

'Zeventien.' Even tuitte hij zijn lippen.

'Je zou ook achttien kunnen zijn. Dan kan ik ervoor zorgen dat je gratis reist, geheel en al op kosten van het land dat jou zo graag ziet komen.' Zijn grijns had niets vriendelijks.

'Drink je bier op', zei hij toen en hij wees naar zijn eigen lege glas. 'Achttienjarigen doen dat.'

De ochtend na mijn ontmoeting met Peppo stommelde ik naar de ontbijttafel. Door de lange tocht van Genua terug naar Crevari had ik maar een paar uur geslapen. De rest van mijn familie zat al zwijgend aan. Op tafel stond de eeuwige polenta, met reuzel dit keer, in een kom waar iedereen zijn eigen lepel in stak. Ik kreeg geen hap naar binnen, mijn darmen zaten nog vol van de vorige avond. Of was het vanwege de zenuwen?

Toen mijn vader me met zijn bloeddoorlopen ogen aankeek en argwanend vroeg waarom ik niet vrat, verborg ik mijn geluk niet meer. Waar ik het lef vandaan haalde weet ik niet, maar ik vertelde in geuren en kleuren (en ook de smaken van de vorige avond liet ik niet achterwege) over Peppo, Argentinië en vooral ook over de aanstaande verlossing uit onze armoede. Want dat ik mijn bloedeigen broers en mijn zus niet zou laten creperen terwijl ik in weelde leefde was vanzelfsprekend. Had God het niet zo bevolen?

Tijdens de stortvloed van fantasieën die voor mij al feiten waren, bleef mijn vader me aankijken. Ook toen hij langzaam zijn lepel in de kom maïspap plantte lieten zijn ogen me niet los, zijn ongeschoren smoelwerk zoals altijd in een ontevreden moment bevroren. Hij stond op, maakte het touw dat zijn broek ophield los en sloeg vanaf het andere eind van de tafel twee rode striemen op mijn gezicht, een links en een rechts. Toen ging hij weer zitten en at zwijgend verder, speekseldraden trekkend tussen kom en mond.

Mijn moeder staarde naar haar handen, die ze kuis in haar schoot gevouwen had.

De volgende ochtend legde Peppo met een serieus gezicht een voor een de papieren op tafel. Ook mij was het ernst, bittere ernst. De slagen van gisteren moesten mij iets leren en eerlijk gezegd heb ik in mijn leven zelden zulke duidelijke taal gehoord, al was het niet de boodschap die mijn vader had bedoeld. Helemaal onder aan het laatste blad schreef ik in dikke letters mijn naam, zoals padre Basilio me dat geleerd had.

Het voelde machtig. Alsof ik een enorme dreun uitdeelde.

En daarmee was het tijd geworden om afscheid van mijn huis en het dorp te nemen. Ik liep de veranda af en langs de zeeweg het dorp uit, zonder nog één keer om te kijken. Vroeg in de ochtend zou ik in Genua mijn reispapieren krijgen en aan boord van het stoomschip gaan. Zachtjes begon de mist te verregenen.

De haven klonk als één groot marktplein. Overal lagen balen, tonnen en kisten om als vracht aan boord gesjouwd te worden. Langs de kade stonden zelfs kooien met levende dieren opgestapeld. De beesten maakten een enorme herrie en scheten en plasten van angst zodat de dieren in de laagste kooien de volle laag kregen. Maar hun kabaal was nog niets vergeleken bij het gevloek en getier van het havenpersoneel aan wal en de bemanning die hun instructies vanaf het dek naar beneden schreeuwde. Daartussendoor werden stille tranen vergoten, vooral door vrouwen die afscheid namen van hun mannen. Tranen waar ik niets van begreep. Hadden die stoere kerels aan dek dan geen man als Peppo ontmoet? Wat zou je anders kunnen zijn dan blij, overgelukkig zelfs omdat je dit hier achter je kunt laten om nooit, nooit meer terug te hoeven keren? Begrepen die domme ganzen van vrouwen niet dat ook zij over een paar maanden de hel van Italië konden vergeten als het hun beurt was om in te schepen?

Van plezier verfrommelde ik in mijn broekzak bijna de reispapieren die ik van Peppo had gekregen. Het was nog maar nauwelijks licht toen hij opeens voor me stond en me in mijn handen drukte wat ik nodig had voor de overtocht. Daarna had hij zich oprecht verontschuldigd dat hij niet kon blijven wachten tot het schip zou uitvaren. Ik begreep dat een belangrijk man als hij veel andere zaken te doen had en wenste hem succes met zijn goede werk. Van Gods zegen kon hij zeker zijn.

Kort na het verlaten van de haven voelde ik het slijm al in mijn mond opkomen. Struikelend over hutkoffers en rond-slingerende bezittingen kon ik de reling nog maar net op tijd bereiken. Meeuwen stortten zich krijsend en vechtend vanuit het want op de half verteerde klodders. Toen ik ze nakeek zag ik de contouren van Genua verdwijnen. En mijn leven tot dan toe.

De eerste dagen van de reis werd er nauwelijks gesproken. Benedendeks luisterden de passagiers – bijna uitsluitend mannen; 'echte' mannen – naar het metalen gedreun van de zuigers in de machinekamer. Ik hoorde iemand zeggen dat we wel met zeshonderd mensen waren in de derde klasse. De geur van olie en smeer drong langzaam maar zeker in alles wat van stof was en het roet tekende rouwrandjes op vinger- en teennagels.

Niemand raakte de rantsoenen aan, of het moest de straffe maïsbrandewijn zijn, waar enorme hoeveelheden van meegebracht waren. De angst was te ruiken. Vooral de eerste paar dagen vroeg iedereen zich af of ze het thuisland ooit nog zouden terugzien – wie zou dat willen? – of hun familie het alleen zou redden en natuurlijk wat de nieuwe wereld hun zou brengen. Ik moest stilletjes lachen als ze 's avonds op hun brits met vochtige ogen naar foto's keken. Niet uit leedvermaak trouwens, meer uit medelijden. Ik beklaagde hun zwakke geloof in de Heer.

Maar naarmate de oude wereld verder verdween en de nevel oploste in blauwe lucht, klaarde ook de stemming aan boord wat op. Verhalen over beloofde stukken land, geld en zelfstandigheid werden gepredikt – niet verteld – alsof het getuigenissen uit de eerste hand waren. Hoe hoger de golven, des te luider de stemmen werden. Na iets meer dan twee weken op zee kwamen we in een storm terecht. Ik herinner me hoe de mannen hun liederen meer schreeuwden dan zongen om de trilling van de angst in hun stemmen te verbergen. Dat was de eerste keer dat ik een slok brandewijn nam. Het smaakte naar niets wat ik kende en het trok een gloeiende streep door mijn borst naar beneden. Bang om te moeten overgeven was ik niet meer. Bijna om de dag hing ik over de reling en sinds ik het gezouten vlees en de gort met pruimen van twee dagen geleden in de Atlantische Oceaan had gespuugd, had ik niets meer gegeten, dus kon er ook niets uit.

Toen de zee kalmer werd en we weer zonder kunstgrepen op onze britsen bleven liggen, kwamen er muziekinstrumenten tevoorschijn om de sfeer nog wat op te krikken. In het begin deed ik er niet aan mee. Ik heb nooit veel met muziek opgehad, maar naarmate ik meer van de brandewijn dronk werd ook mijn tong losser en kweelde ik de paar liederen die ik kende mee en deed alsof bij de rest.

Dat ik niet voor de andere mannen onder probeerde te doen wat het drinken betreft, was pure noodzaak. Eerdere weigeringen bij het rondgaan van de fles hadden al het nodige gefrons opgeleverd.

'Mag het niet van je mammie? Ben je een kerel of een wijf?' Er werd flink wat gelachen door kerels die niet wisten dat ík het was die hén voor de gek hield. Maar mijn werkelijke leeftijd mocht niemand te weten komen. De voorwaarde voor mijn gratis oversteek was dat ik achttien jaar was en ik moest er niet aan denken om, eenmaal aan de overkant, weer op transport naar Italië gezet te worden. Ik zorgde er dus voor zo veel mogelijk een van hen te zijn. Aan pijn in mijn hoofd en misselijkheid ontkwam ik kennelijk toch niet, en na een week van meedoen met de mannen begon ik me af te vragen wat padre Basilio eigenlijk tegen drank had gehad. Ik voelde me er in ieder geval niet slechter door.

Naarmate de reis langer duurde werd alles zwaarder. In de lucht in het ruim kon je de geur van urine en braaksel bijna zien hangen. De enigen die zich daar niets van aantrokken waren de ratten. Nu ze een beetje aan ons gewend waren werden ze steeds brutaler, en het was bijna griezelig hoe ze leken door te hebben wie er te zeeziek was om naar ze uit te halen.

Toen ik op een ochtend wakker werd omdat er een over mijn blote been klom – sinds ik meedronk werd ik veel later wakker dan thuis – merkte ik dat ik alleen was, op iemand die in een hoekje lag te kreunen na. Het leek alsof we stillagen. Ik klom via het tussendek naar boven, waar het een enorme drukte was. Maar zonder herrie. Zwijgend probeerde iedereen zich een plaatsje te veroveren aan de reling.

De enigen die kabaal maakten waren de potige zeelui die passagiers achternazaten die in het want of in de hangende sloepen klommen.

Het duurde even voordat ik me ver genoeg naar voren had gewerkt, maar uiteindelijk had ik tussen twee hoeden door vrij zicht. Het schip lag een paar mijl uit de kust van wat de Rio de La Plata moest zijn. De golvende hitte maakte het onderscheid tussen de zee en de kust tot een trillende waas. Ik voelde me licht in het hoofd toen ik besefte dat de reis achter de rug was. We lagen beschut in een baai en van verschillende passagiers vernam ik wat er aan de hand was. Kennelijk was de net geopende haven gesloten vanwege een dwarsliggend schip en moesten we hier voor de kust wachten op de sloepen die ons naar land zouden brengen.

Die avond zag ik in het immigrantenhotel, waar iedere man die een certificaat kon laten zien zoals ik van Peppo had gekregen, terechtkon voor een bed en een maaltijd, in de afgelopen dag een nieuw bewijs van Gods instemming met mijn plan. Ik kon in een van de eerste sloepen mee naar wal en kwam bijna vooraan te staan in de rij bij de immigratiehal. Toen ik aan de beurt was liep ik met knikkende knieën naar voren.

'Achttien jaar dus? Zo zo. Vroeger zaten er nog twaalf maanden in een jaar', zei een oude man. Hij stond op uit zijn stoel om over de balie voor hem te kijken naar mijn wankelende benen.

'Komt van de zee, meneer', zei ik.

Voordat hij met een klap een stempel zette op een formulier zei hij: 'Succes dan, jongen, mogen die zeebenen sterker zijn dan ze lijken.' Hij schoof me het papier toe en keurde me geen blik meer waardig.

Na een rampzalige nacht, waarin ik me de eerste uren niet aan de slaap kon overgeven, werd ik wakker door een zonnestraal die precies in mijn oog prikte. Even dacht ik dat ik daar die stekende hoofdpijn aan te danken had, maar de stank van twintig slapende mannen in één kamer zonder ventilatie was waarschijnlijk de echte schuldige.

Nadat ik me snel had aangekleed liep ik voorzichtig de trap af. Beneden stond een rij voor een doorgeefluik, waarachter waarschijnlijk de keuken was. Met rammelende maag sloot ik achter aan. Toen ik aan de beurt was werd mij, nog voordat ik iets kon vragen, een homp brood toegeschoven en een tot de rand toe gevulde houten beker dampende vloeistof die op thee leek. Bijna had ik er een slok van genomen, maar net op tijd drong de stalen geur van oude sigarenrook in mijn neusgaten. Na een paar niezen schoof ik de beker terug door het luik.

De twee mannen aan de andere kant leken als door een horzel gestoken en ook de mannen in de rij achter me keken elkaar ontzet aan, alsof ze hun vrouw met een ander zagen kussen. Ik voelde het zweet op mijn bovenlip.

'Disculpelo!' donderde iemand achter mij.

'Zeg "bueno" en pak die beker terug!' siste hij in mijn oor. Ik deed wat me gezegd werd, waarna ik aan mijn elleboog bij het luik werd weggetrokken. Het hete brouwsel gutste over mijn vingers. Bij de deur van de eetkamer liet een reus van een vent mijn elleboog los.

'Argentijnen nemen hun maté ernstiger dan de paus zijn Bijbel,' zei hij nu vriendelijker en hij wees op mijn beker, 'en die weigeren is zoiets als je mond dichtdoen voor de heilige hostie. Ettore Zavattoni, deskundige in Argentijnse rariteiten', stelde de boom zich voor.

Het koude blauw van zijn ogen kwam overeen met de manier waarop hij me aankeek, ondanks zijn glimlach en de aangename klank van zijn stem. Hij had iets van een roofvogel. Vanaf zijn neusvleugels liepen diepe voren naar zijn mond, als verse ploegsneden in een akker.

En toch vond ik het geen onprettig gezicht. Misschien vanwege de kracht die het uitstraalde, net zoals de rest van zijn lichaam en niet in het minst de kolenschoppen van handen. Eén klap daarvan zou een volwassen os van zijn poten slaan, alsof het een witje was. Hij had de kracht die ik nodig had.

'Antonio Moreno, bouwvakker.' Ik stak mijn hand uit, liet me heen en weer schudden en vroeg me af wat 'Argentijnse rariteiten' waren.

'Bouwvakker? Treinrails zeker?' vroeg de boom en hij hield de deur van het hotel voor me open.

'Nee, een kerk', zei ik en ik stapte over de drempel. Onder een overhangende struik met witte bloempjes die naar kattenpis stonken stond een houten bankje.

'Een kerk?' vroeg Zavattoni verwonderd toen we eenmaal zaten. 'Maar er wordt hier helemaal geen kerk gebouwd.'

'Toch wel. Want daarom ben ik hiernaartoe gekomen. Op uitnodiging van Argentinië zelf. Peppo uit Genua heeft de papieren voor me in orde gemaakt. Met stempel van de regering en al', zei ik en ik klopte op mijn broekzak waar ik het bewijs bewaarde. Zavattoni knikte, maar niet erg overtuigd. Ik dacht dat hij misschien jaloers was op iemand met zo veel geluk.

'Peppo uit Genua …' hoorde ik hem mompelen. Er lag een eigenaardige klank in zijn stem.

Die middag nam mijn nieuwe vriend me mee naar het Oficina de Trabajo.

'Mensen die andere mensen aan werk helpen', zo vertaalde Zavattoni de Spaanse woorden. Dat klonk naar meer dan de houten keet deed vermoeden. Onderweg daarnaartoe had ik me geen moment verveeld. Wat een wereld!

Bij ons thuis waren de meeste huizen gepleisterd met mortel, waarvan de kleur varieerde van lichtgeel tot een donkere zandkleur, maar hier was ieder huis weer anders. Sommige van hout, andere van steen, gepleisterd of geverfd, met of zonder kleur en soms met wel vijf of zes kleuren die absoluut niet bij elkaar pasten. Onder het maken van aansporende gebaren om in hemelsnaam door te lopen, legde Zavattoni uit dat veel van de bewoners van zo'n huis in de haven werkten en met gestolen bootverf hun muren alle kleuren van de regenboog gaven. Als er maar iets op zat.

Overal hingen mensen uit de ramen of over balkonhekjes. Zwijgzaam sloegen ze het gekrioel in de vochtig hete straatjes gade, waar ratelende karren de voetgangers zonder pardon tegen de muren drukten. Niemand scheen het veel te kunnen schelen. Of misschien was het gewoon te heet voor opwinding.

Onderweg vertelde Zavattoni hoe hij bijna tien jaar geleden uit Napels naar Buenos Aires was gekomen. Van de reden voor zijn komst begreep ik niets, maar het kon me ook erg weinig schelen. Via het Oficina had hij werk gekregen in een van de *barracas*: grote hallen waar huiden, vlees en wol klaar werden gemaakt om verscheept te worden naar Italië, Frankrijk en Spanje. Het was prachtig werk, zo benadrukte hij een paar keer, maar toen hij op een avond zonder enige reden in zijn rug gestoken werd, was het afgelopen met de pret.

'Een gaucho', zei hij veelbetekenend en hij sperde zijn ogen griezelig wijd open alsof hij een geest zag. 'Gaucho's zijn het vuil van de pampa', fluisterde hij en hij keek schichtig om zich heen.

'Smerige messentrekkers, bij wie je beter uit de buurt blijft. Onbetrouwbaar tuig dat je met één hand een geroosterde geitenbout aanbiedt en je met de andere neersteekt. En waarom? God mag het weten.'

'God weet altijd waarom', sprak ik padre Basilio na. Daar had ik direct spijt van. Zavattoni's pupillen bevroren.

'Toen Onze-Lieve-Heer me dus in de rug had laten steken,' vervolgde hij zijn verhaal, 'lag ik op straat dood te bloeden.' Weer werd hij onderbroken, maar dit keer door een passerende mestkar. Toen we ons weer losmaakten van het warme pleister van de muur rekte hij even zijn rug en masseerde een plek onderin, naar ik vermoedde daar waar het staal zijn vlees was binnengedrongen.

'Ik kon het gelaat van mijn moeder zaliger al bijna kussen toen Don Pedro, de baas van het hotel, me vond en de dood bij mijn lichaam vandaan joeg.'

'Hebben ze de gaucho gepakt? Moest hij aan de galg?' vroeg ik voorzichtig.

'Gaucho's worden niet gestraft. Niet door ons in ieder geval. De enige die dat tuig zijn verdiende loon kan geven is een andere gaucho in een duel. Hun linkerbenen binden ze aan elkaar en geknield steken en hakken ze erop los tot een van hen dood is.' Zavattoni rilde.

Een vreugdeloze drukte heerste voor de houten keet waarin het Oficina gevestigd was. Zelfs een koel briesje, waarin zee en vis te ruiken waren en dat aan beide kanten om het gebouwtje heen speelde, veranderde daar niets aan. Ik vroeg Zavattoni wat al dat trieste volk daar deed.

'Wachten. Op eenzelfde mirakel als waar jij op hoopt.'

Met mijn ogen naar de grond gericht schoof ik achter hem aan. Een paar meter achter hem stapte ik voorzichtig de barak binnen. In een reflex dook ik weg voor iets wat mij uit het schemerduister leek aan te vallen. Geluidloos en bliksemsnel, als een mes. Zavattoni's woorden over gaucho's schoten door mijn hoofd. Toen barstten onzichtbare mannen in lachen uit.

Zavattoni wees in de richting van waar het gevaar was gekomen. Op een stang zat de grootste vogel die ik ooit had gezien, tenminste, hij had veel weg van een vogel. Het ondier had, net als de huizen in de steegjes, wel vijf of zes kleuren en een monsterlijke snavel. Krom, goudgeel en bijna zo groot als zijn hele lijf. Met een boog liep ik om het beest heen en stond midden in het schaarse, zachtgele licht dat door twee vuile ramen naar binnen scheen. Miljoenen stofdeeltjes dansten om me heen. Aan het eind van de ruimte stond een lange tafel, vol met stapels papier en kartonnen dozen. Het stonk er naar tabak en oud zweet.

Zavattoni stond half over de tafel gebogen en voerde op gedempte toon een gesprek met een schemerige gedaante. Nieuwsgierige ogen bekeken mij. Een rauwe stem sprak half hoorbaar twee of drie zinnen in het Spaans: 'Nada, nada, señor.' Het gesprek was ten einde.

Buiten beschermde ik mijn ogen tegen het felle licht.

'Geen kerk, geen werk, mijn vriend. Welkom in het beloofde land.'

Omdat je tegenslagen het beste kunt vieren – dat ontmoedigt ze, meende Zavattoni – waren we even later op weg naar een fles goede rum. De beste zou worden gestookt door een vriend van hem, die hij 'de Portugese rat' noemde. Zavattoni nam rustig de tijd om uit te leggen hoe zijn vriend aan die naam gekomen was.

'Hij kroop, naar eigen zeggen, in Porto ongezien een scheepsruim binnen en kwam bij de Rio de la Plata pas weer tussen de ratten vandaan. Vandaar. Eenmaal aan land stal hij overal en nergens wat hij nodig had om een destilleerketel in elkaar te hameren en …' Van de rest van de zin verstond ik niets meer. Ik keek Zavattoni aan en even leek het alsof dat koude blauw in zijn ogen week werd. Het was een raar gezicht. Hij siste nog een paar onverstaanbare woorden en maakte met zijn hoofd kleine knikjes alsof er iets achter mij was wat hij niet aan durfde te wijzen. Toen ik me omdraaide begreep ik dat het geen angst was in de ogen van mijn vriend, maar opwinding over een schouwspel waarvan hij vond dat ik het niet mocht missen.

Ik hield mijn lachen in toen ik de ruiter zag, ook al nam ik aan dat het een dorpsgek was die het wel gewend was dat er om hem gelachen werd. Hij zat als een zak maïs op zijn paard en had een paar vloerkleden om zijn lichaam gevouwen als kleding, bijeengehouden door een leren riem waar een enorm mes met een witgebleekt benen heft in stak. Het was veel te groot om echt te zijn. De riem was versierd met zilveren muntjes, of iets wat daarop leek, net als de manen van het paard en de teugels. Overal waar ik keek blonk het zilver; een rijdende bedelarmband. Onder het bovenste kleed, dat gestreept en kleurig was als een regenboog, bungelden twee leren ballen koddig aan een koord. Erbovenuit stak het hoofd, met een zwarte hoed waarvan de randen naar beneden hingen, zodat ik het koffiekleurige gezicht pas kon zien toen de man tot op een paar passen genaderd was.

Was het de dorpsgek niet, dan had hij dat wel moeten zijn. Ik stapte naar hem toe en nam een denkbeeldige hoed af met een zwierige buiging tot bijna in het zand. Toen hield ik mijn lachen niet meer.

Zavattoni maakte een geluid alsof hij zich verslikt had.

De grappenmaker hief zijn hoofd slechts een paar centimeter op, genoeg om me in de zwartste ogen te laten kijken die ik ooit gezien had. Een gerafeld litteken liep van zijn linkeroor tot de linkermondhoek. Soms is de geest sneller dan het begrip, want ineens zag ik het beeld van mijn vader die zijn lepel in de pot polenta stak en langzaam opstond. Ik draaide me om naar Zavattoni.

De scheurende pijn in mijn schedel benam me de adem toen de ruiter mij aan mijn haren naar zich toe trok. Met een vochtige klets klapte mijn rug tegen het bezwete paard aan. Ik voelde de flinterdunne scherpte van het staal tegen mijn keel. Mijn ogen schreeuwden naar Zavattoni, die zich afwendde alsof ik hem in verlegenheid bracht. De gespierde schouder van het paard bewoog onrustig en toen het beest een paar nerveuze passen zijwaarts maakte, werd ik meegesleurd.

Net zo snel als het mes op mijn keel gezet was verdween het weer. Gek genoeg duurde het even voor ik de pijn voelde. Pas na de warmte, die traag over mijn keel naar beneden gleed. Achter in mijn hersens trok iets samen alsof het bloed eruit gewrongen werd.

Ik moet op mijn rug gevallen zijn, want het laatste wat

ik zag was een grijns onder de zwarte hoed. Hij had rotte tanden.

⬤

Bonte lappenpoppen dansen om me heen. Af en toe springt een ervan naar voren en steekt met een bebloed lemmet op me in. Maar wanneer de punt mijn vlees al binnen is gedrongen en dikke druppels bloed uit de wond opwellen, stoot hij niet door.

In hun gezichten, die telkens vlak bij het mijne komen, zie ik niets anders dan holle ogen, zwart en peilloos als de nacht. Ik gil van de pijn en smeek om mijn leven, wat ze geluidloos doet grijnzen met bruine tanden als afgebrokkelde grafstenen. Dan, met de snelheid van een zweepslag, worden ze weer opgezogen in de dansende groep, waaruit even later de volgende demon op me afspringt.

Sneller en wilder draaien ze om me heen, terwijl hun kring zich langzaam vernauwt, opgezweept door een waanzinnige lach. Steeds korter maar ook feller zijn de bewegingen waarmee ze op me insteken, en wanneer de angst mijn bewustzijn bijna heeft overmeesterd wordt het wit om me heen. Stralend wit.

Puur en doorzichtig slaat een gedaante van licht haar vleugels beschermend om me heen. De messen steken en steken, nu in haar lichaam. Ik voel hoe ze lijdt, ook al is ze niet van mijn vlees en bloed. Haar kracht begeeft het, ze zakt uiteindelijk in elkaar maar neemt met een laatste veeg van haar vleugels het kwaad van mij weg.

Toen ik de grove vormen van Zavattoni's gezicht herkende, duurde het nog even voordat ik zijn woorden tot begrijpelijke zinnen kon smeden. Later hoorde ik dat ik drie dagen lang langs de rand van het leven had geijld. Ik keek de witte kamer rond, waar slechts één stoel en één tafel in stonden. Alles wit, zelfs mijn bed. Toen ik mijn hoofd optilde om meer te kunnen zien voelde ik een stekende pijn, schuin over mijn hals. Met een vloek ging ik voorzichtig weer liggen en betastte de doek om mijn keel.

'Je herinnert je nog niets, hè?' Zavattoni schudde zijn hoofd. 'Je was bijna dood!' De ruiter die ik voor een ongevaarlijke gek had gehouden bleek een gaucho te zijn. Bij 'wreed uitschot', zoals Zavattoni dat volk had afgeschilderd, had ik me niet zulke vrolijke kleuren voorgesteld.

'Traditionele kledij. Prent het goed in je hoofd, zo'n fout wil je geen tweede keer maken. Wat zeg ik, je mag van geluk spreken dat je een tweede kans krijgt!' Daarna legde Zavattoni me uit dat hij me naar een *conventillo* had gebracht.

'Een wat?' Spreken deed pijn.

'Een soort hotel', zei Zavattoni, nadat hij even naar het juiste woord had gezocht. 'Iets meer mensen alleen. Waar je eerst logeerde kon je niet langer blijven. Bovendien kan ik je hier toevertrouwen aan de zorgen van Ana. Maak je niet ongerust over de kosten. Ik betaal, en als we straks een baan voor je hebben betaal je me maar terug.'

Ik bedankte hem voor zijn vriendschap en voelde mijn ogen dichtvallen. Toen ik ze weer opende stond ze naast me. Een vrouw in het wit. Ze boog zich over me heen om het verband om mijn nek te verschonen. Zij was het die mijn flinterdunne verstand had waargenomen in de eerste dagen, toen ik meer dood dan levend was. Zij was het die me in de droom beschermd had: ze heette Ana. Haar achternaam verklaarde alles: Amador, 'de liefhebbende'.

Later werd me verteld dat geen van die namen haar bij haar geboorte geschonken was, maar niemand kende haar echte naam. Noch wist iemand waar ze vandaan kwam toen ze, een kind nog maar, op een kwade dag zonder één enkel geluid in elkaar zakte onder de poort van onze conventillo. Haar hemdje was aan bloederige flarden gereten en ook uit haar broekje kon men het bloed wringen.

Het scheen dat ze sinds die dag geen woord meer gesproken had. Niet over de ploert die haar zo mishandeld had, niet over de vreselijke littekens op haar rug, die ik later zo vaak gezien heb; de woorden waren letterlijk uit haar geslagen. En naar men beweerde ook haar gevoel. Geen snik vertrok haar gezicht, geen lach streek dat weer recht. Zwijgend en star als ze was kon niemand iets met haar beginnen, dus werd het meisje in de ziekenboeg te werk gesteld tussen de stervenden en de zieken, die geen woorden nodig hadden, zo meende men.

Maar juist daar leek ze wel degelijk te kunnen praten. Niet met haar mond maar met haar handen en haar hart. Haar aanraking was geen lege beroering van de huid, maar een tasten naar wat daarachter lag.

Ook ik had tijd nodig om meer te voelen dan alleen de warmte van haar huid of de behendigheid waarmee ze de windsels om mijn hals verschoonde. Pas in de laatste dagen van mijn verblijf in de ziekenboeg merkte ik dat ze met iedere lap die ze van mijn wond haalde ook wat van de pijn daaronder wegnam. Ik zag hoe haar handen een stervende tijdens zijn laatste stuipen berusting gaven zoals geen gesproken sacrament dat ooit zou kunnen doen. Hoe het kermen en steunen woordeloos het zwijgen werd opgelegd alsof het lijden zelf op wonderbaarlijke manier werd gesmoord.

Het was geen verstomde ziekenzuster die ik aan het werk zag. De Heer zelf gebruikte haar lichaam alsof het een handschoen voor Zijn hand was. Maar naast ontzag voor Zijn werk groeiden er ook andere, meer wereldlijke gevoelens voor deze vrouw in mij. Een blasfemie waar ik me in het begin voor schaamde, maar wanneer ik haar overdag zag hield het masker van haar gezicht mijn blik steeds minder tegen. Tussen de vezels van haar huid door leerde ik te kijken naar een andere Ana.

Ik zag een schoonheid die oneindig veel mooier was dan de zwarte haren die ze achter haar oren streek en waarin het zonlicht in alle kleuren van de regenboog uiteenviel. Een schoonheid die eleganter was dan de lijnen van haar donkere, olijfkleurige ogen of haar lange wimpers, die je, als je heel goed luisterde wanneer ze met haar ogen knipperde, dacht te kunnen horen ruisen. Geen mond kon met woorden op tegen de uitdrukkingskracht van haar ogen.

Ogen die me harder straften dan de hand waarmee ze me in het gezicht sloeg toen ik haar probeerde te kussen op de dag dat ik de ziekenboeg moest verlaten.

De dagen daarna leerde ik de conventillo kennen, die de komende tijd mijn thuis zou zijn. Men beweerde dat het hele gebouw, bijna veertig kamers groot, dat om een binnenplaats heen gebouwd was, van één rijke familie was geweest die net als zo velen de gele koorts van 1871 niet overleefd had. Ik deelde mijn kamer, die geen ramen had, met een vijfkoppige Italiaanse familie. Daaruit bleek de goede invloed van Zavattoni weer eens, want wij waren met zijn zessen, terwijl op de meeste kamers het dubbele aantal mensen sliep. De oude vader, die weduwnaar was, had recht op het enige echte bed bij een groen uitgeslagen muur, de rest van ons maakte een bed van wat hij of zij bezat.

Door het gordijn, dat als deur dienstdeed, hoorde je overdag het geruzie van de vrouwen op de binnenplaats boven het geschreeuw van hun kinderen uit. Wanneer 's avonds de geur van brandend hout en gloeiende kolen waarboven het vlees geroosterd zou worden zich over de binnenplaats verspreidde, klonken ook de eerste klanken van de muziek. Muziek die heel anders was dan waar in Crevari op gedanst werd.

Ik sloot er mijn oren voor, want ik wist tot welke weekheid van het vlees en ziekte in de geest zij leidde. En ook al was ik bijna dodelijk gewond geraakt en had ik geen werk, de Heer had ervoor gezorgd dat ik nog leefde en zelfs zonder geld een dak boven mijn hoofd had. Als midden in de nacht het vuur gedoofd was en de muziek gesmoord, hoorde je alleen nog het gesnurk uit de kamers en de ratten tussen plafond en vloer.

Net toen ik besloten had om zelf het verband voorgoed te verwijderen – Ana keurde me geen blik meer waardig – verscheen Zavattoni op de binnenplaats. Ik had hem al een paar dagen niet meer gezien.

'Hou je me voor de gek of ben jij de eerste bouwvakker die kan lezen?' vroeg hij en hij knikte naar het krantenpapier dat tegen de muur was geplakt en dat ik inderdaad had proberen te ontcijferen. Ik haalde mijn schouders op.

'Nee natuurlijk. Dat is Spaans. Maar Italiaans lees ik wel, ja', zei ik met opgeheven hoofd. 'Liever nog schrijf ik zelf', deed ik er nog een schepje bovenop.

'Kijk aan, dan heb ik misschien wat voor je. Ik weet waar ik een koffer vol papier kan vinden. Die is ooit van een zekere Bacarini geweest. Een schrijver, althans, dat heeft hij naast zijn naam op de deksel geschreven. Een nietsnut dus. Er zit ook een hoop beschreven papier in, maar daar kun je dan het vuur mee aanmaken. Voor, laten we zeggen, een weekloon is hij van jou? Met koffer?' Dat leek me vrij veel geld, maar een groter probleem was dat ik geen loon verdiende.

Toen ik hem daarop wees stak Zavattoni triomfantelijk een vinger in de lucht en zei: 'Ah.'

De *barracas de lanas*, de grote wolloodsen van Buenos Aires, lagen aan een brede weg waar lege karren ratelend voor de enorme hallen tot stilstand kwamen, om later krakend onder een hoge lading balen weer weg te rijden. Af en toe kwam er een vlaag stank voorbij die me deed denken aan het ruim van het schip tijdens de overtocht van Genua naar hier.

Binnen stonden houten stellages tot aan het plafond. Op de schappen lagen allerlei vachten opgestapeld, die door mannen met glimmende handen van het vet tot balen gebonden werden.

Zavattoni was tussen alle drukte door gezigzagd en stond verderop te praten met een man met varkensoogjes. Zavattoni wees naar mij met het gebaar van een veilingmeester en nadat ze me vanuit de verte bekeken hadden, liepen ze weg naar achteren. Ik kon nog net zien dat de man met de varkensoogjes mank liep, voordat ik met een flinke duw in mijn rug tegen een stellage werd gesmeten. Een potige kerel keek boos naar me en smeet me wat Spaanse vloeken toe.

Soms hoef je de woorden niet te begrijpen om te weten wat iemand bedoelt.

'Geregeld!' riep Zavattoni een paar minuten later boven de herrie in de loods uit. Ik kon direct beginnen. Maar met wat? En vooral: hoeveel zou ik verdienen?

'Genoeg om alles te dekken!' volgens Zavattoni. Maar wat er behalve de koffer en mijn verblijf in de ziekenboeg precies gedekt moest worden, was me niet duidelijk. De baas kwam op me af gehinkt, schreeuwend dat die balen niet vanzelf op de kar klommen. Mijn werk was begonnen, zij het dat het heel wat anders was dan waar ik op gehoopt had.

Toen ik die avond thuiskwam deed alles pijn en stonk ik naar het vet waarmee de balen wol doordrenkt waren. Op handen en voeten beklom ik de trap naar de veranda waar mijn kamer aan lag. Mijn matras van oude lompen lonkte als een klein stukje hemel op aarde. Naast het gordijn bij de ingang stond een hutkoffer zoals ik wel aan boord van het schip had gezien. GIOVANNI BACARINI – SCRITTORE stond boven op het deksel geschreven. Zavattoni had woord gehouden, maar ik dacht er niet aan het ding mijn kamer binnen te slepen. Eerst zou ik gaan slapen en ik hoopte dat de honger me niet wakker zou houden.

Wat natuurlijk wel gebeurde. Ik strekte mijn armen en benen om er de pijn uit te duwen en liep voorzichtig de trap af, die bij iedere trede kraakte alsof hij doormidden werd gebroken. Op de binnenplaats had ik geluk. In de emmers vol afval vond ik wat ribbetjes die niet goed afgekloven waren en zelfs een hele biefstuk. In het vlees stonden de afdrukken van een klein gebit. Ik kon niet zien of het van een mens of een dier was.

In de buurt van de poort hoorde ik iemand luid snurken. Het was de oude zatlap uit de kamer onder de mijne. Zijn hoed was over zijn gezicht gezakt. Rechtop zittend tegen de muur sliep hij zijn roes uit. Ik nam een flink aantal slokken uit de fles, die ik voorzichtig uit zijn omhelzing losmaakte. Tegen de spierpijn, hij zou het wel begrijpen.

Zonder te proeven goot ik het spul in mijn keel en zag de sterrenhemel boven de binnenplaats. Het was zo anders dan die boven Crevari. Alsof God alles met Zijn vinger door elkaar geroerd had. Ik was de Heer dankbaar voor het feit dat ik werk had gevonden, waardoor ik eindelijk mijn eigen leven kon gaan leiden. Maar waarom had Hij mij dít werk gegeven en niet dat waarvoor ik eigenlijk gekomen was? En waarom liet Hij mij eten zoeken tussen het afval? Ik wist dat ik dat soort vragen niet mocht stellen.

Zavattoni liet zich niet meer zien. Na een paar weken besloot ik eens bij de varkensoogjes te informeren of hij wist waar mijn vriend was en wanneer ik mijn loon zou krijgen.

'Vriend?' schamperde hij. 'Die is hier net geweest om jouw geld op te halen. Hij zou het verder met jou regelen, zei hij.'

Ik was opgelucht dat er niets aan de hand was en aangezien Zavattoni zich altijd aan zijn woord hield, kon ik ervan op aan dat hij waarschijnlijk vanavond mijn geld kwam brengen. Het zou tijd worden ook, niet alleen volgens mij maar ook volgens de huisbaas van de conventillo, die al twee keer om huur was komen vragen. De andere bewoners begonnen zich te ergeren aan mijn gebedel om vlees en brood. De huisbaas kwam nog een derde en vierde keer langs. Vruchteloos.

Ik kon Zavattoni nergens vinden en het enige teken van leven was dat hij ook mijn tweede salaris had opgehaald. Ik kan me niet herinneren dat ik ooit eerder de naam van de Heer zo misbruikt heb als toen ik dat hoorde. Mijn vuist, die inmiddels aardig gespierd was geworden door het gezeul met de balen, kwam met een donderende klap neer op de tafel waarachter de manke baas zat. Nooit heb ik de varkensoogjes zo groot zien worden als toen ik hem duidelijk maakte wat er zou gebeuren als hij Zavattoni nog één cent van mijn loon zou geven. Toen ik zijn kantoortje uit liep wist ik niet wie meer van mijn optreden geschrokken was; hij of ik.

Ik besefte dat ik Zavattoni niet terug zou vinden en probeerde de dagen tot de volgende uitbetaling te slijten met werken en het doorspitten van de inhoud van Bacarini's hutkoffer. Ik was blij dat er niemand in de buurt was die Italiaans kon lezen, want in andermans dagboeken lezen – dat zat er in de koffer – was geen nette zaak. Ik greep alles aan om de honger te vergeten en besloot hier, in dit schrift, mijn belevenissen op te schrijven. In het Spaans natuurlijk, dat was de taal van mijn nieuwe leven. Ik hoopte dat het niet lang meer zou duren voor ik in mijn dagboek ook over geluk mocht schrijven.

Of over Ana. Want al liep ze bijna iedere avond door de poort naar buiten om de volgende dag voor zonsopgang weer terug te zijn, ze hoorde bij de conventillo. Bij mijn conventillo en dus bij mij. Maar daar leek zij zich niet van bewust.

Vaak vroeg ik me af of ze expres een andere kant op keek of dwars door me heen wanneer ik haar aan het begin van de avond opwachtte bij de ziekenboeg. Ik bad iedere avond dat zíj míj zou aanspreken, want ík durfde mijn mond niet open te doen. Daarvoor schaamde ik me te veel voor mijn stank. Maar ze leek me niet te zien noch te ruiken, dus moest ik eraan geloven en zelf de eerste stap zetten.

Mijn stem beefde een beetje toen ik een flauw grapje maakte over mooie herinneringen aan het ziek-zijn. Gaucho's waren zo slecht nog niet. Daar dacht zij anders over, want ze schoof me zowat opzij na haar vernietigende blik. Ik kon wel juichen. Eindelijk had ik contact. Ik en niemand anders.

Ze mocht nu zijn weggelopen, op een keer zou ze blijven staan. Hoe verder ze mij van zich af duwde, des te harder zou ik aan haar trekken. Ik wilde zo dicht mogelijk bij Ana in de buurt blijven, zonder als een hinderlijke strontvlieg om haar hoofd heen te zeuren. Maar helaas was dat precies wat ik zou worden: een strontvlieg.

In de barracas had de baas mij de kans geboden om in de avondploeg te gaan werken, die de schapenhuiden looide. Zo zou ik heel wat meer geld verdienen voor redelijk simpel werk. Ik was ervan overtuigd dat meer geld mijn kansen bij Ana zou vergroten, dus hapte ik toe.

Een van de eerste verrassingen was dat het looien 's avonds in de open lucht gebeurde vanwege de stank. Grote tonnen werden naar buiten gerold waarin vachten in urine weekten tot de haarvezels gemakkelijk losgekrabd konden worden. Daarachteraan werden reusachtige vaten met voornamelijk hondenpoep en water de binnenplaats op geschoven. Op de bodem daarvan lagen de reeds onthaarde lappen te weken en in diezelfde ton moest ik ze murw lopen tot ze soepel waren. Met blote voeten. Mijn onzalige voorganger was bezweken aan ik-weet-niet-wat en nu was het mijn beurt.

Overdag redde Ana dus de zieken of hun zielen, en ik, die trefzeker haar hart naar mij zou laten smachten en hunkeren, liep 's avonds rondjes in de stront.

De stank die ik in het donker meenam naar de conventillo maakte me tot een melaatse. Zelfs nadat ik bijna de huid van mijn voeten had geboend met zand en as, moest ik buiten op de veranda slapen, waar de opmerkingen de volgende ochtend niet van de lucht waren. Bij Ana durfde ik me niet meer te vertonen en na een tijdje besloot ik niet meer naar de conventillo te gaan voordat ik een klein fortuin verdiend had met mijn avond- en nachtwerk als looier. Als Ana me tegen die tijd maar niet vergeten was.

Twee, of misschien wel drie jaar lang gaf ik me 's nachts met de andere rioolratten, zoals de zwervers aan de oever van de rivier genoemd werden, over aan de drank tot ik de werkelijkheid half vergeten was en kon blijven geloven dat het allemaal goed zou komen met Ana en mij. Maar als het stil was geworden langs het water vroeg ik God waarom het op deze manier moest.

De dagen bracht ik door in de schaduw van een brug of onder het zeil van een verlaten boot, steevast in het gezelschap van stank en drank. Iedere volgende dag werd langer en zwaarder. Ik at weinig meer en wanneer ik 's avonds in mijn strontvat een onwaarschijnlijke honger kreeg, stilde ik die met rum. Ik smeerde er zelfs de kleine zweertjes mee in die op verschillende plaatsen op mijn voeten ontstonden, waarna ik een slok nam tegen de pijn. Iedere pijn.

Nu ik niet meer in de conventillo kwam, moest ik nadenken over een veilige bergplaats voor het geld dat ik verdiende. Achter een van de schotten die dienstdeden als achterwand van een stellage vond ik daar een geschikte ruimte voor. Daar zou mijn kapitaal groeien waarmee ik me een weg terug naar Ana zou kopen.

Ik stelde me duizenden keren voor hoe ik ooit als een heer – geurend naar zeep – voor Ana zou staan en haar mee zou nemen voor een drankje. Of voor een ritje in een koets, waarna ik met een achteloos gebaar de koetsier met een fooi blij zou maken, wat Ana zou zien als teken van mijn goedheid. Ik zou haar alles geven en alles voor haar doen – behalve nog door de stront lopen – tot ze niet anders kon dan van me houden. Zoals ik van haar hield. Voorlopig liep ik nog maar eens een rondje in mijn ton.

Ach, ik weet niet eens meer wat ik me in al die tijd precies in mijn hoofd haalde. Het enige wat ik me écht nog herinner was de eindeloze vermoeidheid die in iedere vezel van mijn lichaam gedrongen was en de wereld vertraagde tot een droom waarbinnen ik mijn fantasieën zag.

In zo'n toestand stond ik op een avond aan de overkant van de *avenida* naar de drukte voor de barracas te kijken, vlak voordat de normale werkdag voorbij zou zijn en de mijne zou beginnen. Mannen liepen als mieren het gebouw in en uit. Slappe vodden waarop zich grote banen zweet aftekenden hingen om hun gebogen lichamen. De hitte van de dag drukte nog steeds op hun schouders, misschien wel zwaarder dan de balen vachten. Geduldig stonden de paarden voor de karren te wachten op de afgesleten keien waarin de namiddagzon weerkaatste.

Opeens lieten een paar sjouwers hun balen zomaar op straat vallen. Ze keken met een rare blik naar mij. Sommigen begonnen wild te gebaren en naar me te schreeuwen. Het ging langs me heen. Zelfs toen ik het losgeslagen koppel paarden aan zag komen stormen, voelde ik niets. Ik besefte pas op het allerlaatste moment dat het de dood was die daar op de bok zat om mij te halen.

Ik sprong naar voren. Mijn linkervoet landde in het gat van een ontbrekende kei in het wegdek. Ik hoorde een harde knak in mijn knie, gevolgd door een scheurende pijn. Met een gil klapte ik op mijn rug op de keien. Ik voelde het wegdek trillen onder de roffel van de naderende paardenhoeven. De pijn en de angst waren verlammend. Boven het geweld van hoeven, tuig en wielen uit hoorde ik nog steeds het geschreeuw en gegil van de overkant van de straat. Opstaan, ik moest opstaan. De pijn overschreeuwen. Ik rolde op mijn buik, drukte me omhoog en trok mijn rechterknie onder mijn bovenlichaam om op te staan. De zware ademstoot van een paard was het laatste wat ik hoorde voordat de hoek van de kar me te pakken kreeg.

En zo had de Heer Ana en mij weer samengebracht. In de ziekenzaal weliswaar, maar Zijn wegen zijn nu eenmaal ondoorgrondelijk.

Haar zorgen waren een weldaad, maar gelukkig wilde desondanks het herstel niet erg vlotten. De klap van de kar was ik bijna te boven, maar mijn knie deed nog behoorlijk pijn en soms had ik het gevoel dat mijn onderbeen er maar wat bij hing. Toch kon ik redelijk heen en weer schuifelen en ik probeerde me daarbij zo nuttig mogelijk te maken. Waar ik kon nam ik Ana het vuile werk uit handen. Verband opruimen, steken leggen, kots ruimen; de smerige klusjes waar ik kennelijk voor geschapen was.

Ik hoopte dat ze zou begrijpen hoezeer ik haar van dienst was. Dat moest haast wel, maar ze haalde haar schouders op en draaide zich om. Onbewogen.

Woorden van waardering, bewondering of medeleven – tederheid vermeed ik angstvallig – sprak ik steevast tegen haar rug, terwijl die gebogen was over iemand die meer geluk had dan ik. Soms vroeg ik me af of de bruut die haar mishandeld had haar ook doof had geslagen.

De avonden, en vaak een groot deel van de nacht, bracht ik door met het lezen van de dagboeken van Bacarini. Steeds langer las ik en steeds moeilijker werd het ermee op te houden. Bacarini schreef niet alleen wat er in zijn leven gebeurde – wat op zich niet buitengewoon spannend was – maar leek er ook plezier in te hebben om dat op een mooie manier te doen. Bijna iedere tweede zin was helemaal of voor een deel doorgestreept, waarna hij er een andere zin van had gemaakt waar precies hetzelfde in stond, en toch ook weer niet.

Ik wilde proberen net zo mooi te schrijven als hij. Zinnen waarover de lezer niet na hoefde te denken; de schrijver had dat al voor hem gedaan.

Het was een gelukkige tijd en ik begreep dan ook niet waarom God daar al weer zo snel een einde aan maakte. Want Hij verhinderde niet dat een deel van de veranda van de conventillo instortte. Zo veel mogelijk bedden in het ziekenzaaltje moesten vrijgemaakt worden om de gewonden die daarbij gevallen waren te verplegen. Ana wees me de deur.

Buiten dreef de zon me met haar ongenadige licht naar mijn kamer, als een pissebed die de donkerte onder een steen zoekt. Ik had genoeg geld verdiend met het looien in de barracas om het een hele tijd uit te zingen, zeker in mijn eentje, dus sliep ik overdag en las en schreef tot het einde van de middag. Dan wachtte ik op de veranda tot Ana klaar was met haar werk. Ik zag hoe ze zich vanuit de ziekenboeg een weg baande naar de poort van de conventillo, tegen de stroom mannen in die terugkwamen van het werk. Haar smetteloze gedaante ontweek zenuwachtig de bezwete en besmeurde lichamen alsof zij die overdag in etterende wonden wroette, 's avonds last had van smetvrees. Dan verdween ze achter de grote houten deuren.

Op een avond ontdekte ik haar tussen het volk op de binnenplaats. Het leek alsof ze ergens op wachtte. Mannen roosterden vlees boven doorgezaagde vaten en dronken rum, ondanks de afkeurende blikken en het gesnauw van hun vrouwen. De geur van houtskool en geschroeid vlees hing altijd drukkend boven de binnenplaats alsof die te loom was om op te stijgen. Ana zag ik nooit wat eten of drinken.

Wat later sneden de eerste melodieën door de etenslucht. Telkens weer dezelfde gekmakende klanken. En later, als de rum zijn smerende werking had gedaan, gorgelden gekwelde kelen hun vuige liederen over misdaad en hoeren. En over zelfbeklag en heimwee naar het vaderland.

Mannen dansten dan met vrouwen of andere mannen alsof ze elkaar naar het leven stonden. Een belachelijke aanstellerij. Padre Basilio zou zich omdraaien in zijn graf. Maar met hem hield ik me niet meer bezig. In plaats daarvan begluurde ik Ana.

Op een avond zat ze tegen de muur, haar hoofd tussen haar schouders ingetrokken als een schildpad, de doek dichter om zich heen getrokken. Zachtjes wiegde ze heen en weer op haar eilandje van stilte tussen al die herrie, terwijl een ruwe stem aan de andere kant van de binnenplaats een lied inzette. Ik verstond er geen woord van, maar het zou waarschijnlijk wel weer over een dode hoer gaan. Meestal waren die teksten een mengeling van platvloersheid en ellende.

Ana wiegde nu anders. Half verscholen achter wat wasgoed dat aan een touw hing te drogen en morgen naar geroosterd vlees zou stinken, keek ik naar haar. En naar haar ogen, die in de verte staarden, naar een dierbare herinnering waarvan ik me niet kon voorstellen dat ze die had.

Ana was werkelijk door God geliefd, zoals haar verzonnen achternaam terecht beweerde. Al Zijn schepsels die Hij aan haar had toevertrouwd nam ze in haar armen, waar ze genazen of aan hun laatste reis begonnen. Melaatsheid had geen vat op haar; etter en slijm besmetten haar niet. Je moest met gekte geslagen zijn om het niet te begrijpen. Of een ongelovige, hetgeen op hetzelfde neerkomt.

Gods wil werkte in haar.

Zijn hand beschermde haar.

En liet haar zachtjes heen en weer wiegen en wegdromen op die vreselijke muziek. Op die verheerlijking van ellende en het verlangen naar bevrediging, doorbrak een verwonderd stemmetje in mijn achterhoofd de openbaring.

Toen begreep ik dat hemel en hel één zijn.

En als bij het helderste daglicht werd mij nog iets anders duidelijk. Ik had de opening van de schelp gevonden waarin haar ziel zich zo ver had teruggetrokken. Mijn pogingen in de ziekenzaal om Ana voor me te winnen waren vruchteloos geweest. Ik had op de verkeerde deur gebonsd door te proberen met haar goedheid te wedijveren. Maar nu ik de juiste deur had gevonden rees de vraag met welke sleutel ik die kon openen. En of de toegangsprijs niet te hoog zou zijn. Want God wist hoezeer ik die muziek haatte!

Ik had nog nooit één noot gespeeld en zingen kon ik al helemaal niet. Vroeger in de kerk, wanneer het tijd was om een psalm aan te heffen, snoerde de padre mij altijd met één blik de mond. Hij zei dat mijn zingen zijn schapen aan het schrikken maakte. Een goede herder kon dat niet toestaan.

Muziekmaken was dus uitgesloten. Bleef één ding over, hoe graag ik het ook anders had gezien. Maar nu de Heer ons telkens weer bij elkaar bracht en mij deze onthullingen had gedaan, werd me duidelijk hoezeer Hij het verlangen van mijn hart begreep. Zelfs al zou ik leren dansen.

⁓

Ik probeerde dit keer harder op de tafel te slaan dan de vorige keer, maar dat lukte geloof ik niet. De manke bleef zijn leugen herhalen, maar dit keer trilde zijn stem toen hij zei dat hij niet wist waar ik Zavattoni kon vinden.

'Kijk hier eens naar', zei ik en ik knoopte de halsdoek los die ik sinds de aanval van de gaucho droeg om het litteken te verhullen. Met een nagel gleed ik zachtjes over de dikke ribbel en maakte een sissend geluid.

'Gaucho', fluisterde ik en weer gingen de kleine oogjes wijd open. 'Griezelig, hè? Maar niet zo griezelig als wat er uit zijn hoofd puilde toen ik klaar met hem was. Zo'n kei', mijn handen hielden een flinke denkbeeldige steen vast, 'lag er naast me toen ik op de grond lag en hij van zijn paard klom om zijn laffe aanval af te maken. Precies zo een waar ik thuis geiten en varkens mee afmaakte, dus het voelde heel vertrouwd toen ik zijn hoofd kraakte als een noot.' De man trok een vies gezicht.

'Dat is eigenlijk altijd mijn probleem geweest. Als ik echt boos word ga ik soms te ver. Ken je dat?' Stilte. Ik was nog maar net twintig geworden maar zag er allang niet meer uit als een jonge knaap, dus ik begreep dat de baas zich afvroeg of hij mijn dreigement serieus moest nemen. Hij hief zijn handen op als om mijn opkomende woede te kalmeren en zei dat het hem verder eigenlijk ook weinig kon schelen in welke nesten 'die schooier' zich werkte. Toen gaf hij mij een adres.

Eenmaal buiten voelde ik trots noch blijdschap. Ik was een beetje verbaasd dat hij zo makkelijk had geloofd dat ik een gaucho had vermoord, maar daarnaast had ik vooral spijt.

'U zult niet vals getuigen tegen uw naaste.' Het negende gebod. En het was niet zomaar een leugen geweest. Binnen één dag zou iedere sjouwer en looier van de barracas mijn leugen kennen. En dan zou de leugen de straat op gaan. Sommigen zouden het echt geloven. Padre Basilio zou het een 'kapitale leugen' hebben genoemd. Ik wist niet wat 'kapitale' betekende, maar ik had het woord ook al eens gelezen in de dagboeken van Bacarini, die het toen over een 'kapitale fout' had. Het zou dus wel iets heel ergs zijn. Wat een leugen (en dus helemaal een *kapitale* leugen) hoe dan ook al was.

Aan het eind van de avenida sloeg ik de hoek om en vroeg me af of God het me eigenlijk wel kwalijk zou nemen. Ja, of Hij het me eigenlijk wel kwalijk mócht nemen. Ik schaamde me niet eens voor die gedachte. Want was het niet zo dat God tot nu toe misschien slechts een paar keer een oog had moeten dichtknijpen? Ik had steeds zo goed mogelijk volgens Zijn geboden geleefd. Maar hoe zat dat andersom?

Had Hij zich aan zijn plichten gehouden?

Hoe had de apostel Matteüs het precies geschreven: 'Gelukkig zijn de treurenden, de zachtmoedigen, de barmhartigen'? Zij zouden namelijk getroost worden, het land bezitten en medelijden ondervinden. Maar wat was er genadig aan een ton met stront? Welk land had ik gekregen, behalve een ongastvrije wereld waarin mijn keel werd doorgesneden? En welke troost had ik gekregen voor mijn eenzaamheid, behalve die van Ana. Ana, die door God geliefd werd maar zelf niet liefhad?

God hield zich duidelijk minder aan Zijn woord dan ik. Maar misschien was dat juist Zijn boodschap. Misschien deed Hij dat juist om mij duidelijk te maken dat ik wél mocht liegen als dat echt nodig was. Misschien moest ik dat zelf bepalen met het geweten dat Hij me gegeven had. Dat inzicht bood mogelijkheden. Misschien was het prima als ik zou leren dansen, ongeacht wat padre Basilio daarover gezegd had. Vooral wanneer ik daarmee indruk zou kunnen maken op Ana, voor wie God eigenhandig mijn hart had geopend. In de haven vond ik de kroeg waar Zavattoni zat. Ik zwaaide de deur open, gesterkt door mijn nieuwe verbond en zeker van mijn zaak als nooit tevoren.

Aan de andere kant van de ruimte zag ik hem staan, bijna recht onder een brandende lamp. Ik was te ver van hem vandaan om de woorden te horen, maar ik wist wat zijn lippen prevelden: 'Antonio Moreno'.

Na mijn besluit van de vorige avond om te leren dansen was ik die ochtend wakker geworden met het antwoord tot wie ik mij daarvoor moest wenden: Zavattoni. Want hij mocht dan een onbetrouwbare smeerlap zijn, er was weinig waar hij niet mee te maken had in de stad. Bovendien was hij me nog steeds twee maandsalarissen schuldig en had hij een hoop uit te leggen.

Ik zag zijn lippen nogmaals mijn naam fluisteren alsof het een spreuk was waarmee hij het verleden zou kunnen bezweren dat nu op hem afkwam. Toen gooide hij het over de enige andere boeg waarover hij het nog kon gooien en liep schaamteloos glimlachend op me af, zijn armen gespreid alsof we oude vrienden waren. Van vriendschap was geen sprake, maar van oud inmiddels wel. De tijd had hem in die paar jaren flink te grazen genomen. De voren in zijn gezicht waren dieper, het haar witter, de blauwe ogen grijzer. Met genoegen constateerde ik dat ook híj wat moeilijk liep.

'Antonio Moreno! De laatste keer dat ik je zag ...'

'Was drie jaar geleden, toen mijn keel doorgesneden werd.' Ik wees op het litteken in mijn hals. Ik zag hem schrikken van zijn eigen stommiteit.

'Hoe gaat het ermee, Zavattoni?'

Ik was erg tevreden over mijn opening. Naast de som geld die hij me schuldig was, was ik ook zijn lafheid niet vergeten. Tot in mijn laatste dagen zal ik voor me zien hoe hij toekeek toen de gaucho zijn mes over mijn hals haalde. Gelukkig was hij niet zo stom zijn excuses voor zijn plotselinge verdwijning en de diefstal aan te bieden en knikte hij ernstig wat in de rondte. Met een vinger legde ik hem het zwijgen op.

'Waag het niet. Ik herinner me ieder moment. Als je vergeving wilt, vraag je dat maar aan je Schepper. Wat ik je ga vertellen blijft tussen ons of ik zweer bij diezelfde Schepper, Maria, en het kindeke Jezus erbij, dat je het licht van morgen niet meer ziet.' Zavattoni knikte en hield zijn mond.

'Ik wil dat je me ergens mee helpt. Niet dat het ook maar

iets goedmaakt, maar het is een begin.' Ik trok hem naar me toe en draaide me om zodat ik met mijn rug naar de andere gasten stond en siste: 'Ik moet leren dansen.'

Hij trok een rare grimas en herhaalde opzettelijk luid mijn woorden.

'Zoals ze in de conventillo doen', verduidelijkte ik.

'Tango? Jij?'

'Tango, ja, ik. Moet ik alles herhalen? Ik heb nog een flinke rekening met jou te vereffenen en een ritselaar als jij kent vast wel iemand die me zo'n tango kan leren.'

Zavattoni vouwde zijn handen voor zijn mond als in gebed. Daarachter verscheen zijn gluiperige lachje weer. Alsof híj iets wist wat ík niet wilde vertellen. Ik was naar de juiste persoon gekomen, zei hij.

Pereyra was een niet al te grote man met aaibare krullen, zoals een pasgeboren kalfje, grote zwarte wenkbrauwen en net zulke zwarte ogen. Toch vertrouwde ik hem voor geen cent.

'Dus jij wilt de tango leren?' was zijn stompzinnige vraag. 'Dan moet je daar wat aan doen', wees hij op mijn linkerbeen, dat af en toe opspeelde, waardoor ik een beetje hinkte.

Tijdens de eerste paar lessen deed ik telkens een stapje naar achteren wanneer hij te dicht bij me kwam.

'No, no, Antonio! Je danst niet met de Heilige Maagd!' Hij glimlachte. Ik deed nog een stapje naar achteren.

'De hele bedoeling is juist zo dicht mogelijk bij me te komen. Leun met je borst tegen de mijne.' Vooral toen had ik de gedachte aan Ana hard nodig.

'Je kijkt als een kind naar een bord vol groente', grapte Pereyra wanneer ik mijn gezicht vlak naast het zijne moest brengen. Hij moest eens weten.

Overdag oefende ik, week na week, maand na maand, in het begin alleen met Pereyra. Hij was geen slechte leraar en de bewegingen die hij me bijbracht voelden eigenlijk wel goed aan. Thuis in de conventillo deed ik oefeningen om mijn been sterk te maken. Met de volle koffer van Bacarini in mijn nek deed ik kniebuigingen, net zo lang tot het geen pijn meer deed. Ik sprong ermee op en neer tot er een vloerplank brak. Ook rende ik er een keer de trap naar de veranda mee op, maar die kraakte zo vervaarlijk dat mij dat geen verstandige training leek. In plaats daarvan hinkelde ik met koffer en al als een klein kind op de binnenplaats, maar alleen op het heetst van de dag, wanneer de andere bewoners zich teruggetrokken hadden in hun kamers.

In de snikhete eerste maand van 1904 vond Pereyra dat ik genoeg vooruit was gegaan. Hij nam me mee naar een loods langs een van de kades van La Boca, het stadsdeel waarin ik woonde, om me daar met anderen te laten dansen. Ik vond het niet slecht gaan, maar het waren steeds mannen met wie ik danste. Jong en oud, alles door elkaar. Daar had ik op zich geen bezwaar tegen, maar wel tegen de constante stroom vunzige opmerkingen.

Op een woensdagochtend ging het mis. Zoals meestal dicteerde een bandoneon vanuit een duistere hoek ons in allerlei figuren over de stoffige vloer in strenge ritmes, afgewisseld met langzame melodieën. Tussen twee van die klaagzangen grapte een wat oudere vent die naast ons danste tegen mijn danspartner dat ik gauw rijp zou zijn om mijn hoertje te verleiden. Dat had hij beter niet gezegd.

Hij ging om als een vermolmd boompje. Het bloed uit zijn neus stak prachtig af tegen zijn bleke gezicht en zwarte haren. Ik maakte me los uit het tumult en stoomde op de deur af, langs Pereyra, die vragend zijn handen hief. Bij de uitgang stapte een gedaante uit de halfschaduw. Zavattoni.

Hij gaf me een bemoedigend klopje op mijn schouder.

Wist ik veel. Ik was nog nooit bij een madam geweest en kon dus niet weten dat de hoertjes in Buenos Aires zo kieskeurig waren. Ze gaven zich niet zomaar aan een willekeurige man; ze moesten verleid worden en een goede danser gooide hoge ogen, zo legde Pereyra me een paar dagen later uit.

'Zavattoni had gezegd dat het om een vrouw ging. Zoiets doet snel de ronde en dan ligt zo'n opmerking toch voor de hand?' Hij opende vragend zijn handen, alsof die vrouw moeilijk iets anders dan een hoer zou kunnen zijn. Nu wilde ik Pereyra een bloedneus slaan.

Toen sprak Pereyra de woorden die ik gevreesd had sinds mijn eerste stap in zijn bijzijn: 'Misschien is de tijd gekomen dat je de dame in kwestie eens bezoekt. Je kent de basispassen en meer dan dat kan ik je nu niet leren. Misschien wel nooit. Jij kent de liefde niet.'

'Ik ken geen liefde? En jij met je tango zeker wel? Wat heeft tango met liefde te maken? In jouw wereld is liefde wat je koopt om je van je geilheid af te helpen. Welke gek moet daar eerst een dansje voor maken?'

'Liefde voor tango, Antonio', negeerde hij mijn belediging. 'Voor de muziek. Zonder dat is iedere pas belachelijk. Je verleidt een vrouw niet met pasjes maar met de liefde waarmee je ze loopt.'

Ik stond op en graaide naar het geld in mijn zak, dat ik hem het liefst in zijn onbetrouwbare smoel had geworpen. Hij glimlachte terwijl hij afwerend zijn wijsvinger opstak.

'Zavattoni zei dat hij je nog iets schuldig was.' Ik werd misselijk van die man.

❧

Toch kon ik daarna niet om het idee heen dat tango iets met liefde te maken had. Ana had daar in al haar zwijg-zaamheid duidelijke taal over gesproken. Maar voor mij was het omgekeerd; de tango zou míj liefde moeten brengen. Ik moest niet van de tango houden maar hem beheersen, zoals je een paard je wil oplegt. Pereyra had het zelf gezegd: ik beheerste de basis, waarom zou ik nog meer willen leren? Was ik soms een paljas? Nee, ik voelde me machtig. Juist door wat Pereyra gezegd had. Maar wat is macht als je hem niet gebruikt?

Dus ging ik op een avond naar café Las Rosas, niet al te ver van mijn conventillo. Ik leunde zo achteloos mogelijk tegen een van de gladgepolijste houten pilaren die de grens markeerde tussen het gedeelte waar men dronk en dat waar men danste. Wie niet danste zat aan kleine ronde tafeltjes en vergaapte zich aan de vrouwen en meisjes die weliswaar ongegeneerd mooi waren, maar de tango veel te zwierig dansten. Sommige dames braken met alle regels en zongen zelfs mee tijdens het dansen, hun rode lippen getuit op een manier die het midden hield tussen wulps en speels, alsof ze smachtten naar de kus waarover ze zongen.

Ook al was Las Rosas dan geen echt bordeel, hoertjes wa-ren er genoeg. Moeilijk te herkennen waren ze ook niet; welke dame zou buitenshuis haar lippen kleuren, of zich zo kleden? Ik had genoeg geld voor een avontuurtje met een van hen, maar ik was daar voor het spel dat zou leiden tot het moment waarop er betaald zou moeten worden.

Ik was vrij. Vrij om te dansen, zelfs al was dat met een hoer. Alles was mij toegestaan door de Hoogste, die me sterk maakte. Ik stelde me voor dat ik de grootste tangodanser ooit was, in staat iedere vrouw te leiden, wie ze ook was. Al moest ik haar temmen, gromde ik in gedachten.

Genietend van zo veel innerlijke kracht zag ik haar niet aankomen. Haar rode jurk stak schril af tegen haar veel te bleke gezicht, waar de roodgelakte mond als een verse wond op lag. Ze sloeg haar blonde, gevlochten haar over een schouder, nam het tussen duim en wijsvinger en begon er rondjes mee te draaien als een schoolmeisje. Ze stelde zich voor als Isabel en vroeg met een ondeugend stemmetje hoe ze mij moest noemen.

Isabel lag goed in mijn armen, ik heb er geen andere woorden voor. Het was een verademing om na al die stugge mannentorso's de lichtheid van haar bewegingen te voelen. Haar lichaam fladderde bijna even gemakkelijk door de ruimte als haar jurk, en leek zo weg te kunnen waaien in die nacht vol liefde en verlangen waar de zanger nu over zong. Maar zo volgzaam als haar lichaam ook mocht zijn – ik draaide, liep en boog met alle gratie en passie die ik in me had, want alleen dan zou ik het zeker kunnen weten – haar ogen hielden afstand.

Ze moest zeer ervaren zijn, want aan het eind van de tango was ik het die getemd moest worden. Ik moest en zou verder met haar dansen. Naakt. Haar warme lijf tegen het mijne voelen zweten terwijl we diep in onze bewegingen doorzakten. De spanning in mijn rechterarm nam toe zonder dat ik er iets aan kon doen. Of wilde doen. Dichter en dichter trok ik haar tegen me aan, tot ik haar uiteindelijk fijn zou drukken. De muziek redde me met een laatste akkoord.

Ik vroeg haar of we ergens waar het rustiger was verder konden dansen. Haar lachje was triomfantelijk. Toen ze me vroeg of ik dan soms iets voor haar had meegenomen om het dansen nog wat spannender te maken, antwoordde ik naar eer en geweten. Na al die jaren sprak ik toch aardig Spaans, en aangezien ik vooral met mannen te maken had was het dan ook opzienbarend dat ik een aantal van de scheldwoorden die Isabel over me uitstortte nog nooit gehoord had. Een dame zoals Isabel heeft wel aandacht nodig, maar duidelijk niet van iedere soort.

Ik voelde me machtig en vies. Ik moest me wassen. Vooral die hunkerende lust moest letterlijk uitgewist worden; ik was niet vergeten waarom ik dit alles had doorstaan: Ana. De tango zou haar bolster voor mij kraken zodat ik haar een nieuw verleden kon geven. Een verleden dat haar niet zou verbieden te praten, dat haar opnieuw zou laten voelen, zonder pijn. Haar geliefde muziek zou de bron zijn van dat geluk. En ook al deelde ik die liefde niet, ik sprak er inmiddels wel de taal van.

In een van de twee washokken van de conventillo trok ik langzaam een voor een de lompen uit die ik de afgelopen weken bijna constant gedragen had. Ik vouwde ze netjes op, maar het liefst had ik ze verbrand om een grens te trekken met de tijd die nu voorbij was, de tijd van oefening.

Eindeloos lang heb ik me gewassen. In een tobbe met koud water, waarop een troebel laagje ontstond met schilfers erin. Daarna schoor ik me zelfs met zeep tot mijn gezicht schraal aanvoelde door het gerasp van het botte mes. In de kroeg aan het einde van onze straat had ik wat muntlikeur gekocht om mee te gorgelen zodat ik lekker fris zou ruiken. Het spul was zo zoet dat het pijn deed aan mijn kiezen.

Naar de geur van vuur en kolen te oordelen was de avond begonnen. Tijd om mijn beste kleren aan te trekken. Het verschil met het hoopje opgevouwen vodden die ik net van me had afgestroopt was waarschijnlijk niet erg groot, maar het voelde tenminste wel zo. Ik nam me voor de volgende dag wat van mijn geld uit te geven bij de kleermaker en even speelde ik met de gedachte alles uit te stellen tot ik een nieuw, indrukwekkend pak had. Ik besloot dat ik al te ver was met mijn voorbereidingen.

Langzaam, om vooral niet bezweet te raken, deed ik een paar danspassen. Een van de weinige figuren die me bevielen. De ene voet kruist de andere in een pas naar voren, terwijl ik diep door mijn knieën ga, de borst voorovergeleund. Weer omhoog in een draai en aan het eind daarvan weer diep naar de grond. Het geeft een gevoel van kracht, als een kat die op het punt staat af te zetten voor de moordende sprong. Het was dan ook een van Pereyra's favorieten.

En met die pas was het tijd geworden.

Uiterst beheerst, als een artiest die de spanning van het eerste moment wil vasthouden, schoof ik het doek voor de ingang van mijn kamer weg en zette een voet op de houten veranda. Met een ruk trok ik hem weer terug, alsof ik mijn voetzool ergens aan brandde.

Ik greep me vast aan het gordijn – ik voelde hoe de stof uitrekte – schudde met mijn hoofd en knipperde snel met mijn ogen. Gek genoeg kwam de golf van misselijkheid al voordat ik de strontlucht rook. En met de lucht kwam het gevoel: de glibberige huiden, de stukjes die tussen mijn tenen blijven hangen. Hoe harder ik eraan dacht, des te beter voelde ik me. Ik zag Mozes voor me, zoals hij aan de Rode Zee had gestaan en zich afvroeg hoe hij zijn volk naar de overkant kon leiden, nu hij niets anders bezat dan de zekerheid van het bestaan van zijn God.

Ik stapte met mijn rechterbeen naar voren, trok het linker- snel bij en daar stond ik op de veranda. Bewegingloos luisterde ik naar de geluiden. Loom geschreeuw van wat aangeschoten mannen, daarbovenuit het heldere geratel van vrouwentwist als een hagelbui op een metalen ton, het wilde gejoel van kinderen die met stokken een gordeldier dat geslacht moest worden achternazaten; een ideale achtergrond voor een woordenloze ontmoeting van twee zielen.

Terwijl een instrument dat ik zo gauw niet herkende een tango inzette die het gevecht om liefde met lange halen bezong – ik kende zo langzamerhand aardig wat tango's en hun inhoud – zochten mijn ogen langs de muren en in hoeken naar Ana. Nergens zag ik haar. Ik liep van het ene uiteinde van de veranda naar het andere om haar te zoeken tussen de bewoners, waarvan er steeds meer op de binnenplaats beneden mij verschenen. Steeds sneller. Geen Ana.

Ik plukte aan mijn overhemd en probeerde me zo wat koelte toe te wuiven, maar het hielp weinig, de eerste zweetdruppels vormden al donkere vlekken in de stof. Ten slotte rende ik de trap af, gleed uit over de laatste treden, waarbij een van mijn broekspijpen een stukje inscheurde. Ik zocht de patio af in de richting van de deur tot ik werd opgeslorpt door een dansende menigte, die deze avond uitzonderlijk vroeg op gang gekomen was. Met hier en daar een zeer elegante draai ontweek ik de paren tot ik me aan de rand van het dansgeweld bevond. Daar stond ze, op nog geen vijf passen bij me vandaan. Dit was het moment.

Ik legde mijn hand op haar schouder. Door haar jurk voelde ik haar huid, die me deed denken aan het gezicht van een pokkenlijder. Met een ruk draaide ze zich om en weer voelde ik mijn wang gloeien. De klets waarmee haar hand mijn wang raakte ging verloren in de herrie. Kalm veegde ze haar hand af aan mijn mouw. Zonder enige uitdrukking keek ze me aan.

'Nu niet nadenken, Antonio, gewoon doen', probeerde ik het slechte begin te negeren. Ik hoopte dat ik het niet hardop had gezegd en deed voorzichtig een stap naar voren. Nog steeds op mijn hoede stak ik langzaam mijn rechterhand naar haar uit, bang dat ze hem zou afbijten. Ik schuifelde naar haar toe en legde zachtjes mijn hand in haar holle rug, waar ik nog meer ribbeltjes voelde.

Lieve Heer God, bad ik, wat laat U mij doen?

Ik keek naar mijn linkerhand, die ik omhoog had gebracht tot naast haar schouder en die daar nu in de lucht hing als uitnodiging voor de hare. Toen haar handpalm de mijne raakte tintelden mijn vingers even. Van daaruit trok er een rilling door mijn hele lichaam heen.

En toen stonden we daar.

Haar omslagdoek, waarvan ze de punt nog in de hand van haar half uitgestrekte arm hield, leek wel de vleugel van een vleermuis. Of een engel. Ik durfde haar niet aan te kijken, omdat ik de toestemming voor een dans in haar ogen had moeten lezen vóórdat ik haar aanraakte. Toen ik haar toch aankeek was het bruin van haar ogen bijna zwart geworden. Zelden heb ik zo'n spijt van iets gehad als van mijn idiote plan op die avond.

En toch liet ik niet los. Zachtjes duwde ik mijn scheen tegen de blote huid van haar onderbeen. Het was meer een vraag dan het begin van een dans. Ze gaf mee. Ik wankelde even, alsof de aarde onder mijn voet verbrokkelde toen ik hem weer neerzette. Pas toen merkte ik dat het haar tenen waren die ze onder mijn voetzool vandaan trok.

'Hou afstand, je bent nog niet aan het vrijen', hoorde ik Pereyra voor de honderdste keer grappen.

'Nu een *ocho*, een *corte*, *quebradas*, *tijeras*, *corrida*!' schreeuwde hij in mijn oor.

De termen striemden als zweepslagen maar ik wist met de beste wil van de wereld niet meer wat een ocho, een corte of wat dan ook was. Mijn lichaam stapte gewoon naar voren en opzij, draaide heen en weer terug, geheel buiten mijn wil om, en leidde me door de zwarte tunnel van muziek waarin Ana en ik dansten.

Soms, aan het eind van een draai, kon ik haar ruiken. De warme geur van haar gebruinde huid, van haar haren die haar wangen en hals streelden met hun zwierigheid.

Haar bewegingen werden weker, alsof ze zich opende. Voor mij alleen. Ik spreidde de vingers van mijn hand op haar rug om haar iets steviger vast te pakken. Een heel klein beetje maar. Even gingen haar lippen van elkaar zodat ik net een randje van haar witte tanden zag. Onder mijn vingers voelde ik nog meer ribbels in haar huid, maar dat was nu onbelangrijk; ik wilde haar voelen. Ana voelen. Zo langzaam mogelijk, in de hoop dat ze het niet zou merken, trok ik haar dichter en dichter tegen me aan, zodat mijn lichaam het hare kon bespieden.

Onrust probeerde zich in mijn lichaam omhoog te duwen. Sneller zou ik willen. Steeds sneller, om ons los te kunnen maken van de muziek en te bewegen, eindeloos te bewegen tot we samen één waren. Ik mocht dan geen idee meer hebben hoe de passen heetten, maar ik had nog nooit zó gedanst. Die vlakke Pereyra zat er helemaal naast met zijn gezwets over liefde voor de muziek. O, het was inderdaad liefde die je nodig had om écht te dansen, maar dat was een andere liefde. De liefde voor Ana liet mij zo dansen. Niet dat gezaag en gekreun van een instrument of de valse klanken uit een keel.

Langzaam bracht Ana ons tot stilstand. Ook haar ogen waren tot rust gekomen. Toen pas merkte ik dat de muziek gestopt was.

Ik hapte naar adem, wilde haar vertellen hoe fantastisch ze was. En wij. Alles wat in mij leefde moest op dát moment naar buiten, dat ene moment. Ik wilde mezelf over haar uitstorten, haar ermee opvullen.

Ik maakte dat ik wegkwam.

⚘

De volgende dag bleef ik de hele dag op mijn kamer, waar mijn fantasie me aan één stuk door pestte met rampzalige voorstellingen van manvolk dat zich op allerlei manieren aan haar opdrong. De een nog walgelijker dan de ander.

Wat ik het meest vreesde was Ana met hen te zien lachen, al was het maar een twinkeling van plezier. Die angst dreef me 's avonds laat, toen het al helemaal donker was, de veranda op.

Het gele licht van de fakkels flakkerde langs de witte muren omhoog, aan twee zijden halverwege tegengehouden door de houten veranda. Ik schuifelde langs het beschaduwde deel van de muur, ging met een paar snelle passen de ingangen van de andere kamers voorbij en sloop weer verder naar het donkerste gedeelte.

Vlak bij de poort speelden dezelfde muzikanten als gisteren. En net als gisteren dansten er mannen en vrouwen en zelfs een paar kinderen. Er werd gelachen. Om mij?

Sommige paren liepen de passen zoals ik had gedaan, vast om me belachelijk te maken. Ik zou hier nooit meer kunnen dansen. Het liet me koud, net zoals de hele conventillo en iedereen die erin woonde. Er waren genoeg andere gelegenheden om met Ana te kunnen dansen.

Stond ze daar? Gewoon in haar eentje tegen de muur geleund? Ik stapte naar voren om haar beter te kunnen zien en schopte daarbij tegen een zinken emmer. Het gekletter joeg mij terug het duister in.

Aan de overkant van de binnenplaats keken een paar meisjes omhoog. Eerst verschrikt, maar toen ze me herkenden begonnen ze te wijzen en te giechelen. Ana had haar hoofd niet bewogen. Haar zwarte haren kleurden oranjerood in het licht van de toorts boven haar. Een krans van spinsels gloeiende houtskool. De nar Antonio had haar niet verjaagd, dat was alvast één ding.

Een massieve gedaante maakte zich los uit de dansers en liep op Ana af. Ik herkende hem. Een losser uit de haven, Pico, of iets wat daarop leek. Belachelijke naam voor zo'n enorme kerel.

Mijn ogen schoten even in haar richting en daarna weer snel naar de plankenvloer, zoals iemand met zijn vingers voelt om te kijken of een grill heet genoeg is om vlees te roosteren. Toen ik weer keek stond ze er nog steeds. En hij niet meer.

Mijn ziel dankte God. Vooral om mijn hart te overstemmen, dat Hem in duidelijke woorden te verstaan gaf mij dit soort dingen nooit meer te flikken.

Ik rende naar beneden. Het kabaal waarmee ik dat deed trok de aandacht van een groepje onder aan de trap. Ze verwelkomden me met wat applaus, schouderklopjes en idiote grijnzen en knipoogjes. Een dorpsgek die aangemoedigd wordt zijn rare fratsen nogmaals te vertonen.

Ana duwde zich van de muur af, keek een paar seconden in mijn richting en liep toen naar de poort. Ik zag hoe ze zich door de groep dansende paren, ouderen en kinderen heen werkte en haar hand op de metalen greep van de poort legde. Ze keek om. Ik kon mijn voeten niet bewegen, alhoewel ik niets liever wilde dan haar volgen, als dat tenminste was wat ze met haar blik had bedoeld te zeggen.

Misschien kreeg ik nog een kans. Nog één kans om het echt goed te verpesten. Ana was de poort al door. Ik begon te rennen. Een van de deuren van de poort stond nog half open. Ik sprong bijna naar buiten. Op de hoek onder de bloeiende jacaranda zag ik haar staan, de rug naar me toe gekeerd. Wachtte ze? Ik deed een paar voorzichtige passen. Mijn zolen tikten verraderlijk op de keien. Zonder om te kijken liep ze door, een meter of tien voor me uit. Zo liepen we door de donkere steegjes van La Boca; een dame en haar hond, die haar op respectvolle afstand volgt.

Na een paar honderd meter staken we Suarez en Brandsen over in het licht van de grote gaslampen aan weerszijden van de brede avenidas en doken aan de overkant het duister weer in. Daar hoorde ik een paar dunne noten, die verwaaiden in andere geluiden. Ze kregen gezelschap van andere tonen en ik herkende een tango, die aanzwol met iedere stap die we deden. Weer een hoek om.

Midden in de straat stond een enorm huis op een belachelijke manier statig te zijn tussen de bonte optrekjes aan weerszijden ervan. Aan de keurig gepleisterde gevel brandden vier overmaatse lantaarns, die zeker twintig, misschien wel dertig dansende paren beschenen. Ze dansten tango op de muziek die uit de opengeschoven ramen op de eerste verdieping over hen heen golfde.

De mannen zagen eruit alsof ze hier waren voor serieuze zaken. Gestoken in keurige donkere pakken, met hier en daar een gleufhoed, waren ze stemmige tegenhangers van de halflange rokjes die in alle kleuren van de regenboog om naakte onderbenen zwierden. Zelfs de wat oudere dames droegen felle kleuren en onderscheidden zich hier en daar hooguit door een wat minder uitdagend gesneden jurkmodel.

Gezichten doken op en verdwenen weer in een draai. Hoe zou Bacarini het beschreven hebben in zijn dagboeken? Iets als: 'Gezichten als doorkijkluikjes naar zielen die zich onvoorwaardelijk aan de tango hadden overgegeven en zich blind lieten meevoeren door de muziek. Een oudere man hield één wenkbrauw opgetrokken alsof hij de muziek die hem verleidde stiekem toch in de gaten hield. Zijn partner, een veel jongere dame met haar zo wit als ik nog nooit had gezien, zocht naar een punt in het oneindige. Achter hen vandaan kwam een paar dat midden in een cirkelbeweging bevroor, waarna alleen haar rechterschoen over de grond slepend het verdere verloop van de beweging beschreef. Haar voorhoofd leunde tegen zijn slaap; op haar lippen een zachte glimlach, alsof ze eindelijk de langverwachte verlichting had gevonden. Links en rechts schoven benen ver van de bijbehorende lichamen weg, als een kat die zich uitrekt. Of ze schoten juist de lucht in, om in een uiterst vertraagde beweging weer naar beneden te komen.' Ja, zulke woorden zou Bacarini waarschijnlijk hebben gebruikt.

In ieder geval leek het in niets op dat treurige zootje in de conventillo. Op onze binnenplaats was de dans een duel van trots en, wanneer er met een vrouw gedanst werd, botte geilheid, vlak als het aangestampte zand onder hun voeten. Hier werd gedanst met bewegingen die iets weg hadden van de elegante versiersels van de gevel van het statige huis: rond, zwierig en ernstig tegelijk. Een zwaar verlangen.

En precies onder zo'n versiering – een stenen engeltje met een pijl in zijn hand boven de met koper beslagen deur – stond Ana. Net zoals bij de conventillo onder de jacaranda. Alleen keek ze me dit keer recht in mijn gezicht. Zonder boosheid, zonder ongeduld, zonder vraag.

Ik keek terug en zette me schrap. Ik zette me schrap terwijl ik wist dat ik mijn spieren nooit tegen de hare in zou laten werken. Maar om toch even met die gedachte te spelen was een onvermoed genot.

⁊

Ik besefte niet direct waar Ana ons naartoe had gebracht. Wel wist ik, terwijl ik bijna uitgleed op de kunstig gelegde houten vloer, dat deze kamer, die eigenlijk meer een zaal was, de deftigste was die ik ooit had gezien. De muren waren behangen met dure kleden; blauw met gouden figuurtjes staken ze krachtig af tegen de rode gordijnen. Spiegels, van de grond tot aan het plafond, waarover ze tot mijn verbazing zelfs doorliepen, weerkaatsten het licht van de kaarsen die in grote luchters bijeenhingen. Hoeveel kaarsen zouden het wel niet zijn? Onbegonnen werk ze te tellen.

Verspreid door de ruimte stonden stoeltjes die met elegante, gebogen poten al even elegante jonge dames – die tot op het bot verveeld voor zich uit staarden – een zitplaats boden naast zwartglanzende tafeltjes. Op een verhoging zaten – op stoelen in plaats van kistjes zoals bij ons op de binnenplaats – wel zeven of acht mannen, die samen een tango speelden. Piano, fluit, gitaar, viool, bandoneon: het was er allemaal, en van sommige zelfs twee. Ruisende jurken met decolletés als vitrines, zijden haarbanden en zilveren enkelbandjes draaiden allemaal om deftige heren heen, die stiekem naar al dat blote vlees keken.

Het drong pas tot me door waar ik terecht was gekomen toen ik een vrouw van middelbare leeftijd met een gezicht als een zeemleren lap naar Ana zag kijken. Ze was de enige oudere vrouw in de ruimte en vooral ook de lelijkste: dat moest de bazin zijn. Te midden van haar hoertjes.

Ana en de madam groetten elkaar met een kort knikje, waarbij de leren lap heel even haar strengheid leek te verliezen. Toen keken ze allebei een andere kant uit, alsof ze niets met elkaar te maken hadden of dat niet wilden hebben. Bij mijn vader had ik geleerd dat, ook bij mensen voor wie je dat niet voelt, het verstandig is te doen alsof je respect betoont. Een korte buiging leek me dus gepast. Toen ik me oprichtte keek ik tegen haar rug aan.

De bandoneon begon de eerste noten van 'La Morocha' te kermen, een tango waar ik bij Pereyra vaak op gedanst had. Ana draaide zich naar me om. De vingers van mijn linkerhand trilden toen ik hem naast mijn schouder bracht – als een klein jongetje dat naar zijn moeder gaat zwaaien

– en wachtte tot ze een pas naar me toe deed. Waar moest ik mijn andere hand leggen? Wat was te hoog en, o Heilige Maria, wanneer lag hij te laag?

Dit keer bracht ik mijn gezicht naast het hare, doodsbang als ik was afkeuring in haar ogen te lezen. Het liefst was ik in die zwarte haren weggedoken, die nog net zo roken als gisteren. Zou ze maar iets hebben gezegd. Al was het maar één woord, elk woord.

We dansten dichter tegen elkaar dan de dag daarvoor. Mijn borst raakte de hare. Hoe kon ik nog aan iets anders denken? Pereyra. Wat had hij ook alweer gezegd? Liefde voor de muziek. Muziek waar ik niet van hield; de uitweg uit mijn benauwde situatie.

Klanken, lijnen, denk aan je passen, nu het achterste been kruisen zodat ze het begin van een *media luna* voelt en kijk niet hoe ze daarbij even door haar knieën gaat. Ogen dicht, neus dicht, gevoel dicht. Onmogelijk.

Mijn rechterhand gleed uit over de stof van haar jurk. Daaronder voelde ik de ribbeltjes weer. Ik dacht aan de kleine Ana, die bloedend voor de poort van de conventillo had gestaan. Waren het littekens die ik voelde? Gleed mijn hand over de ravage die iemand daar had aangericht? Die hand moest daar zo stil mogelijk blijven liggen om geen herinneringen open te krabben.

Hoe kende Ana die madam? Wist zij wat Ana was aangedaan? En waarom konden we hier zomaar dansen?

We waren inmiddels aan een tweede dans begonnen. Ik hield Ana's hand stevig vast en leidde haar een zoveelste ocho in en keek recht in het gezicht van een jonge man. Hij was misschien vijf jaar ouder dan ik, eind twintig. Hij trok zijn gezicht in een bewonderende grijns, knikte even naar Ana, die met haar rug naar hem toe stond, maakte een snelle, ronde beweging met zijn hand voor zijn borst en gaf me toen een moddervette knipoog.

Ik sloot mijn ogen en concentreerde me op mijn hand, die op Ana's rug moest blijven liggen. Veel liever had ik hem een dreun verkocht, zoals ik ook in de loods had gedaan tijdens de laatste les van Pereyra. Maar in plaats daarvan gebruikte ik die energie voor de inzet van wat een wat ongecontroleerde draai werd.

Het tafeltje achter Ana had ik niet gezien. Pas na de draai en de schok in Ana's lichaam zag ik het glas omvallen. De rode wijn spetterde in een schitterende waaier over de smetteloze jurk van de jongedame naast het tafeltje.

Het meisje stond rustig op, keek naar haar madam en liep zonder een woord van verwijt de zaal uit. Ana en de madam knikten hun knikje weer en de dans ging verder alsof er niets gebeurd was.

Toen we aan het eind van de avond – ik had bij mijn weten geen grote fouten gemaakt – de laatste dans gedanst hadden, wilde ik het liefst er daar nog een achteraan dansen. En nog een. En altijd een meer. Ana zweeg nog steeds.

Terwijl de met koper beslagen deur achter ons in het slot viel snoof ik zo veel mogelijk avondlucht op. Zo veel had ik de hele avond nog niet opgezogen, beklemd als mijn borst was geweest door de sfeer daarbinnen. Maar niet mijn hart. De hele avond had ik met Ana gedanst, haar lichaam dicht tegen het mijne, zelfs die delen waar mijn handen niet mochten gaan. Alsof ik de wereld overwonnen had, zo stoer klopte het bloed door mijn aderen.

Maar terwijl we de straat uit liepen terug naar de conventillo, was het pakken van haar hand, zo zonder muziek, een daad zelfs voor een held te groot. En een kus een wereld voorbij de maan.

De ochtenddrukte op de binnenplaats maakte me wakker. Op het plafond speelden zich grote delen af van de vorige avond, met hier en daar een hele of halve fantasie ertussendoor. Zo droomde ik de ochtend weg.

's Middags draaide ik mijn complete repertoire aan danspassen af tot de zatlap uit de kamer onder mij, in zijn roes gestoord door de krakende planken onder mijn voeten, met een stok tegen zijn plafond begon te slaan. Het duurde lang voordat de avond viel.

Ik stond nog maar net op de veranda om te kijken of Ana me weer zou uitnodigen, toen ik de slepende stap hoorde van een kreupel been. Na het ongeluk met het losgeslagen koppel paarden voor de loodsen was ik niet meer op komen dagen in de barracas en ik wist dat een nieuwe looier niet snel gevonden was.

Maar de manke was niet gekomen om me weer de ton in te dreigen. Dat zou hem met al het goud van de wereld ook niet zijn gelukt. Zijn stem daalde toen hij me zijn voorstel uitlegde. Terwijl hij af en toe om zich heen keek, vertelde hij dat onder de stieren die afgemaakt werden voor hun leer de agressiefste werden uitgezocht. In een aparte stal werden ze afgezonderd van de rest om ze op vrijdagavond tegen elkaar te laten vechten, meestal tot er een zo verwond was dat hij de strijd moest opgeven. Vooral de 'noblesse' uit de stad – dat was Frans voor 'veel geld', verklaarde hij – zette daar graag flink wat geld op in. Om het winnen ging het ze nauwelijks. Ze wilden iets bloederigs zien in hun bloedeloze levens.

Weddenschappen moeten natuurlijk onberispelijk bijgehouden worden, en nu hij wist dat ik kon lezen en schrijven vroeg hij zich af of ik niet iets voelde voor dat baantje. Hij gunde het mij, zei hij. Het ging er natuurlijk om dat hij zo snel niet iemand anders kende die hij durfde te vertrouwen.

Ik stemde ermee in, vier dagen in de week noteerde ik de weddenschappen. Vrijdag vochten de beesten, zaterdag betaalde ik uit en werden de stieren afgemaakt en maandag begon alles weer van voor af aan met nieuwe vechtersbazen.

En tussen dat alles nam ik alle dansfiguren door. Soms telde ik in gedachten wanneer ik onderweg was en liep op de syncoop of maakte een langzaam-langzaam-snelpas. Mijn rug iets meer gestrekt, de kin wat meer omhoog. Er ging veel geld door mijn handen, van mijn precisie hing het geluk van heel wat dure mensen af. Het gezicht dat hardop hun winst had uitgeteld zouden ze herkennen in de straten en er dankbaar naar knipogen. En Ana naast mijn zijde, zou verwonderd maar vooral ook bewonderend kijken hoe ik met een lichte knik zou teruggroeten.

Op de avond dat ik mijn nieuwe baan aangeboden had gekregen had Ana mij weer uitgenodigd. Weer dansten we in het huis met de vier lantaarns aan de gevel. Een paar avonden later weer en toen dat bijna om de dag gebeurde, stelde ik voor dat we elkaar voortaan gewoon voor het bordeel zouden opwachten. Ana knikte zwijgend.

Al die tijd was er geen woord over haar lippen gekomen, zodat ik me afvroeg of ze eigenlijk wel praten kon. De enige die een band, van wat voor aard dan ook, met Ana leek te hebben was de madam. Maar meer dan een wantrouwende blik leek zij niet met me te willen delen.

Ik zette letterlijk mijn beste beentje voor, zodat in de loop van die avonden ons dansen steeds meer veranderde. Steeds dichter volgde haar voet de mijne in voorzichtige passen die de houten vloer licht aanraakten in plaats van erop te lopen. Als een kind dat probeert hoe dik het ijs is na een paar nachten vorst. Onze bovenlichamen leunden steeds vaker ongedwongen tegen elkaar aan, zodat we als een dier met vier poten dansten en we zonder de steun van de ander om zouden vallen. De vingers van mijn hand die ik om de hare geklemd had lieten hun greep langzaam los, tot onze geopende handen als in één moment van stil applaus met elkaar versmolten waren.

Steeds dichter waren onze gezichten bij elkaar gekomen, tot ik op een avond met mijn hoofd naast het hare danste. Toen onze wangen elkaar raakten voelde ik mijn huid branden. Steeds hoger kroop haar been langs het mijne, tot ik zelfs haar onderbuik tegen de mijne voelde. 's Nachts in de conventillo, wanneer ik weer in mijn bed lag, trilde mijn lichaam als ik terugdacht aan die heerlijke uren.

Mijn gevoelens voor haar werden groter en dwingender. Ik wilde van haar zijn en dat zij van mij was. Maar wie was zij? Na een paar weken hield ik die onwetendheid niet meer uit.

Nadat we die avond voor de poort van de conventillo afscheid hadden genomen zoals we steeds hadden gedaan, bleef ik dit keer aan de andere kant van de houten deur staan wachten tot ik haar voetstappen niet meer hoorde. Ik glipte de poort uit en sloop als een dief in de nacht van scha-duw naar schaduw achter haar aan.

Waar hoorde ze thuis? Waarom liet ze mij daar niet toe?

Met wie woonde ze daar? Een strenge vader, of nog iemand anders?

Met iedere bocht die ze nam en iedere straat die ze overstak, werd me duidelijker dat ze terugging naar waar wij vandaan waren gekomen. En inderdaad zag ik haar even later de trap van het bordeel op lopen. Er brandde nog maar een van de vier lantaarns, net boven het stenen engeltje met een pijl in zijn hand. Genoeg licht om te zien hoe de deur openzwaaide, nog voor Ana de klink had kunnen aanraken.

Twee in het zwart geklede figuren kwamen naar buiten. Ik dook weg achter een struik in een tuin. Ik herkende de jonge mannen omdat ze iedere avond aanwezig waren. Niet alleen door hun zwarte kleding waren ze me opgevallen maar ook omdat ze fantastisch konden dansen. Voor Pereyra deden ze niet onder. Maar wat me steeds verbaasde was dat ze nog nooit een meisje meegenomen hadden naar een kamer.

Ze spraken een paar woorden met Ana, die daarop een van de jongens even over zijn bovenarm streek. Gelukkig zag ik haar mond niet bewegen. Uit de deuropening kwam nu ook de madam het bordes op. Mijn verwarring was compleet toen ik zag hoe ze de jongens allebei een paar biljetten gaf. Waar betaalde ze hen voor?

Ik bleef achter de struik zitten tot de lichten in het bordeel gedoofd waren. Ana lag daarbinnen te slapen, als een schat achter slot en grendel. Het bordeel als kluis, een zeldzame vergelijking. Maar teruglopend naar de conventillo kon ik er de grap niet van inzien. Intiemer dan we nu dansten kon het niet worden. Als dat haar niet over de drempel tussen spreken en zwijgen kon helpen, en ze overdag haar handen vol had aan de zieken en 's nachts achter een met koper beslagen deur verdween, hoe zou ik haar dan ooit leren kennen? Ik moest blijven dansen, tenminste tot ik een andere manier zou hebben gevonden om haar een paar woorden te laten zeggen. Het hoefden er maar vier te zijn.

De Heer zorgde goed voor mij. Dat ik Hem de laatste paar zondagen daarvoor niet geprezen heb, neemt Hij mij vast niet kwalijk. Dat was de zorgeloosheid waarmee ik de afgelopen maanden had geleefd.

Dat het daarmee afgelopen zou zijn wist ik nog niet aan het begin van die avond toen ik langer dan gewoonlijk op Ana stond te wachten voor het huis met de vier lantaarns. Waarschijnlijk was ze, tegen onze gewoonte in, al zonder mij naar binnen gegaan. Maar ook binnen in het bordeel zag ik haar niet.

De jongens in het zwart dansten voorbij, met een tweeling uit de inboedel van het huis. De zwoele blik in de ogen van de dames lag als een dun laagje vernis over de verveeldheid van hun bewegingen.

Zo onopvallend mogelijk liep ik een stukje de trap op, tot op de overloop, van waar ik een goed overzicht over de salon had. Nergens zag ik Ana, maar datzelfde gold gelukkig ook voor de madam. Onder de dansers herkende ik een paar gezichten van de stierengevechten in de barracas. Twee daarvan groetten mij zelfs; de een met een brede armzwaai en de ander met een overdreven vette knipoog. Moesten rijke mensen zich dan nergens voor schamen?

Met een paar treden tegelijk liep ik verder de trap op, tot ik achter een gordijn uit het zicht van de zaal verdween. Ik stond in een gang waar deuren op uitkwamen, zoals in een hotel. De dikke fluwelen gordijnen dempten bijna al het geluid van beneden. Bij de derde deur hoorde ik stemmen, een man en een vrouw. Of misschien twee vrouwen. Ik herkende ze niet, maar desondanks moesten mijn ogen me ervan overtuigen dat Ana niet daarbinnen was.

Snel deed ik de deur weer dicht. Veel meer dan een omhoogstekend achterwerk, twee benen met herenkousen en een blote damesrug had ik niet gezien, maar het was genoeg. Op mijn tenen sloop ik verder naar de volgende deur, maar daarachter was het donker. Voorzichtig trok ik de deur weer in het slot. Een ijskoude hand greep mijn nek vast. Toen ik me probeerde om te draaien keek ik in het doorgroefde gelaat van de madam. Ze dwong me voor zich uit, naar het einde van de gang, waar ze me een soort nis in duwde.

In het licht van twee kaarsen, die in een uitsparing in de muur stonden te branden, leek haar gezicht nog meer op leer dat te vroeg te drogen is gelegd. Over haar ogen, die me niet loslieten terwijl ze haar gezicht langzaam wat naar opzij bewoog, lag een blauwe waas zoals je soms bij blinde honden ziet.

Alhoewel ik schrok toen ik haar voor het eerst hoorde spreken, klonk haar stem niet erg onvriendelijk. Ze sprak met het rustige, zekere ritme van iemand die je niet uitnodigt om tegenspraak te leveren.

'Ana is boven op zolder', waren haar weinig geruststellende woorden. 'Een van de meisjes ...' Ze hield haar handen een stukje voor haar buik. 'Soms gaat het wat te snel en gebeurt er een ongelukje. Niet iedereen kan met zo'n breinaald overweg.'

Ik voelde een pijnscheut tussen mijn benen en boog wat voorover.

'Wees een vent.' Ze gaf me een verbazingwekkend stevige

klap tegen mijn schouder. 'Wat weet je van Ana?'

'Misschien niet zo veel als u?' beet ik haar toe. De madam schudde haar hoofd.

'In dit huis is niets met haar gebeurd', zei ze. 'Ana komt hier pas een paar jaar. Ze heeft al heel wat van mijn meisjes er weer bovenop geholpen. Dat is de reden dat ze hier haar eigen kamer heeft, zonder dat ze daarvoor moet werken. Wat er vroeger met haar gebeurd is … Misschien dat alleen de Alziende daar weet van heeft. Naast Ana en de beul die dat op zijn geweten heeft.' De laatste zin had ze gefluisterd.

'Het zal een jaar of twee geleden zijn. Ana was bezig een meisje af te leggen dat haar nek had gebroken toen ze van de trap viel. Als de breinaald niet helpt, proberen ze het soms op die manier.' De onverschillige toon was verbluffend.

'Op een gegeven moment hoorden we gegil dat zelfs tot in de salon doordrong. Flor was kort daarvoor naar boven gegaan met een klant die zich beneden onberispelijk had gedragen. Keurig in pak, verzorgd kapsel, galante buigingen, sprak de meisjes met "u" aan, kortom, een echte heer. En omdat het voor haar de eerste keer was leek het me een goede keus.

Ik rende de trap op. Het gegil was veranderd in smeken en huilen. En toen werd het stil. Een stilte waarin niemand wat durfde te doen.

Behalve Ana. Door de deuropening zag ik hoe die kerel op een vreselijke manier boven op Flor tekeerging. Hij drukte haar keel dicht en haar verminkte gezicht begon al op te zwellen. Voordat iemand er erg in had was Ana naar binnen gegaan en stak de punt van haar schaar uit de andere kant van zijn nek. Toen trok ze hem aan zijn haren van Flor af.

Als een beest lag hij op de vloer in doodsstrijd te reutelen. Hij deed er lang over om te sterven en al die tijd stond Ana over hem heen gebogen en keek hem diep in de ogen. Niemand durfde een vinger uit te steken.'

Ze zweeg, haar ogen vol afschuw samengeknepen.

'Mannen …' fluisterde ze. Ik durfde niet te knikken.

'Begrijp je me?'

'Nee.' Ik was misselijk en wilde weg. Weg uit dat stinkende kot en weg van dat gruwelijke mens met haar verhaal.

'Wil je écht alleen maar met haar dansen?' Weer greep ze mijn arm vast. 'Denk je dat iemand als ik het verlangen in jouw ogen niet ziet? Wees voorzichtig met Ana.'

Die opmerking vergaf ik haar.

Het was Kerstavond 1904. Ik zat alleen op de binnenplaats naar de hemel te kijken en vroeg me af wie ik dankbaarder moest zijn: God of mezelf. Natuurlijk was Hij het geweest die het vuur in mij had ontstoken, maar wat had ik wel niet gedaan om het aan te wakkeren en te voeden tot het vreugdevuur dat het nu was; ik had de weg naar haar hart gezocht en gedaan wat ik moest doen om die te bewandelen. Ik had geleerd te dansen. Op muziek waar ik een hekel aan had. Ik hoopte dat ze zich veilig voelde en zichzelf durfde te zijn. Mijn danspassen volgend had ze wat afstand kunnen nemen van haar verleden, dat was duidelijk, ook zonder woorden.

Maar net zo had ik die avond afscheid genomen van míjn verleden; van de teleurstelling, de pijn en de vernedering die ik gekend had sinds ik vijf jaar geleden was aangekomen in Buenos Aires. Een nieuw mens zat hier naar de sterren te kijken, die fonkelden zoals de gigantische luchters in het bordeel. In gedachten zag ik de schaduwen van onze benen weer over de vloer dansen; twee speelgoedfiguren die bewegingen lieten zien die ik alleen maar kon voelen. Soms zag het er ronduit grappig uit. Bijvoorbeeld wanneer Ana een *gancho* maakte en haar onderbeen in een haakbeweging tussen mijn benen omhoogsloeg zodat mijn zwarte ik een staart kreeg.

Of wanneer mijn ver weggeschoven been het hare droeg, terwijl haar andere been om mijn middel geslagen was en ik haar onderbuik tegen me aantrok. Steeds steviger. Haar hand gleed soms van mijn schouder naar mijn nek, alsof ze mijn hoofd naar het hare toe trok om me diep in de ogen te kijken. Het leek dan net of we kusten.

Maar niet de luchters in die salon wierpen de schaduw van onze eerste kus. Dat deed de met blauweregen omwoekerde lantaarn aan de buitenmuur van onze conventillo, waar we na het dansen naartoe teruggelopen waren. Hand in hand.

Een aantal dagen geleden hadden Ana's vingers zich opeens met de mijne verweven. Mijn hart barstte, niet meer in staat om het geluk dat die aanraking ontketende te bevatten.

Een aanraking die sprak, tegen mij en voor mij alleen. Voorzichtig, heel voorzichtig; gefluisterde woorden van liefde. Woorden die ik iedere avond, wanneer onze handen weer één werden, duidelijk verstond, hoe zacht ze ook waren. Het verlangen naar meer woorden groeide, maar ik keek wel uit om voor mijn beurt te spreken.

Die avond onder de blauwpaarse bloemen rond de lantaarn had geen stem duidelijker taal kunnen spreken. Het was Ana die bleef staan en naar de bloeiende takken boven ons keek. Ik volgde haar blik. Toen voelde ik haar koele hand op mijn achterhoofd, net zoals ze soms deed wanneer we dansten. Ze sloeg haar ogen neer naar mijn mond, die nog maar een paar centimeter van de hare verwijderd was. Haar hand, die naar mijn nek gegleden was, verkleinde die afstand teder tot haar lippen de mijne raakten.

Pas bij de derde keer durfde ik haar terug te kussen.

'Ik hou van je, Ana Amador', fluisterde ik. Mijn knieen trilden en Ana keek me heel, heel ernstig aan terwijl ze zachtjes in mijn nek kneep.

'Antonio. Moreno.' Ze sprak mijn naam als twee woorden uit, alsof de letters haar vermoeiden. Ik sloot mijn ogen om haar stem nogmaals op te roepen. Ik kon mijn geluk nauwelijks geloven, maar het maakte me ook bang. Wat als dit haar laatste woorden tegen mij zouden zijn?

Ik opende mijn ogen en zag hoe in Ana's gezicht lachen en huilen telkens in elkaar overgingen. Toen keek ze me aan alsof ík het was die medelijden verdiende.

'Het. Is. Zo. Lang. Geleden', zei Ana. Nu pas viel me de donkere klank van haar stem op.

'Kussen?' Ana's gezicht had weer die ernstige uitdrukking gekregen.

'Lachen', zei ze. Ik wist wat de kracht van lachen was.

Dus deed ik alles om haar te laten lachen. Ik vertelde haar rare gebeurtenissen die ik in Italië gezien of gehoord had, waarbij ik natuurlijk vrij was om te verdraaien wat ik wilde. Ik maakte mijn vader een nog groter zwijn dan hij al was, padre Basilio zwalkte dronken door het dorp op zoek naar de paashaas, die hij verdacht van het stelen van de miswijn, vissers die als de dood waren voor zeemeerminnen maar nog banger voor hun jaloerse zeemeerman. Ik probeerde me de grapjes te herinneren die ik aan boord van het schip gehoord had, gedroeg me midden op straat als een idioot, het was me om het even, als Ana maar lachte.

Slechts één keer ging ik over de schreef, toen ik haar probeerde te kietelen. Bijna had ik een klap te pakken en ze liet me bij de Heilige Maria zweren dat nooit meer te doen. Terwijl ik dat deed bedacht ik dat ik al maanden niet meer bij Maria of Haar Zoon was langsgegaan. De kerk had ik niet echt meer nodig en God, ach, die vond het kennelijk wel best wat ik deed.

Na die zomer volgde een opvallend milde herfst, die ervoor zorgde dat de bedden in de ziekenboeg leeg bleven. Nu Ana geen patiënten te verplegen had was er eindelijk eens tijd om de ziekenzaal zelf onder handen te nemen. Ik liet de baas in de barracas weten dat ik een paar dagen vrij had verdiend, waar hij niets tegen in kon of durfde te brengen. Zo kon ik Ana helpen de muren wit te sausen, waarbij ik niet geheel per ongeluk een flinke guts witsel over me heen goot. Een beetje kinderachtig misschien, maar het werkte wel. Terwijl Ana me nog stond uit te lachen trok ik mijn hemd uit.

Ik had de kwast nog maar net opnieuw ter hand genomen toen ik twee koele handen op mijn rug voelde. In een waaiervorm gleden ze uiteen en over mijn blote huid naar beneden. Heel zacht bleef Ana mijn rug strelen. Huid zonder littekens.

'Ik durfde het niet te vragen, Ana. Ik wil het wel, al heel lang, begrijp je dat? Wil je me het vertellen?'

Haar handen verdwenen van mijn huid. Ik draaide me pas om toen ik de sleutel in het slot van de deur hoorde. Ana stond met haar rug naar me toe. Ze knoopte haar jurk aan de voorkant los en zei zachtjes: 'Een kennis van mijn vader speelde voor kindervriend. Heel geloofwaardig. Als mijn ouders weg moesten werd ik naar hem gebracht. Hij. Zat. Aan. Me', stokten haar woorden weer. Ik hield mijn adem in. 'Hij vroeg of ik wist wat er met meisjes gebeurde die klikken. Hij legde het tot in detail uit. Niemand zou mij geloven, zei hij, en hij hoefde alleen maar te ontkennen.

Ik smeekte mijn ouders me daar niet meer heen te brengen, maar ik durfde niet te zeggen waarom. Ze wisselden wat blikken, haalden hun schouders op en brachten me weer naar hem toe.' Haar handen maakten de laatste knoopjes los. Haar jurk gleed tot halverwege haar schouderbladen. Boven de rand van de stof stak een lichtroze ribbel uit.

'Toen hij me op een avond weer beval om me uit te kleden ben ik door de achterdeur gevlucht, maar hij kreeg me te pakken voordat ik kon gillen. Hij was door het dolle heen en siste dat ongehoorzame meisjes maar moesten voelen als ze niet wilden leren. Dat deed hij met een stuk van een leren teugel.' Ze liet de jurk helemaal van zich af glijden. 'Toen gooide hij me op de grond en scheurde mijn onderbroek kapot.'

Ik greep me aan een bed vast en dwong mezelf te blijven staan. Ze draaide zich weer om.

'Ik neem het je niet kwalijk als je je bedenkt. Ik zou dat misschien ook wel doen.'

Ik hief een vinger voor mijn lippen en liep langzaam naar haar toe, alsof ze een dier was dat zou schrikken van een te snelle benadering. Voorzichtig legde ik mijn trillende vingers op haar wangen en boog me voorover om haar zo zacht mogelijk te kussen. Zelden ben ik zo bang geweest. Ik kon alleen maar wachten op de ontploffing, die alles waar ik van hield met zich mee zou nemen, of het uitblijven daarvan, wat dat ook zou betekenen.

Ik schrok toen ze haar armen om me heen sloeg, onbeheerst als een angstig kind. Ze trok zich zo dicht mogelijk tegen me aan; haar borsten tegen mijn borst, haar onderlichaam tegen het mijne. Onze lippen kusten elkaar, ons gezicht en hals en onze handen, alsof we ze moed inspraken om door te gaan elkaars lichaam te verkennen en het te genezen.

Ana huilde. Ik ook.

Zo begonnen de gelukkigste jaren die we samen hadden. Langzaam maar zeker dreven we de sprakeloosheid die haar ziel haar had opgelegd over die afgrijselijke tijd, uit lichaam en geest. Ik keek graag naar haar als ze dat niet doorhad. Om te ontdekken wat ik nog niet eerder gezien had in haar gezicht of haar lichaamstaal, als een boer die iedere ochtend over zijn akker loopt om te kijken wat de natuur de vorige dag en nacht heeft doen ontstaan.

Maar op één ding zouden we ons nooit kunnen verheugen. Want volgens de arts was de ravage in Ana's baarmoeder zo groot dat ze nooit zwanger zou raken. Dat was een harde klap, maar uiteindelijk zouden we zelfs die wel te boven komen. Dacht ik.

Maar toen Ana in de lente van 1909 misselijkheid en pijn in haar borsten voelde, moest diezelfde arts met vreugde zijn foute diagnose toegeven. In januari 1910 zou het kind geboren worden. Met blijdschap die zelfs voor twee harten te groot was keken we uit naar die dag in het volgende jaar, niet wetend hoe gitzwart die zou zijn.

In zekere zin de jongste dag.

⚬

Ik sla het doek om je lichaampje, maar toch moet je rillen. Je maakt geen geluid. Weet je wat je gedaan hebt? Ben je bang dat iedereen zich zal afvragen of jouw leven het waard is om te ruilen tegen het hare?

Je gaapt zo onschuldig mogelijk en even lijkt het alsof je naar haar kijkt. Naar het bezwete gezicht en de half geopende mond, waaruit, zo lijkt het, het laatste restje van haar doodskreet nog niet heeft kunnen ontsnappen. Haar mond, die zo lang gesloten is geweest als een kast waarin ze haar verleden had weggestopt.

Jouw ogen zijn zo donker als de hare, die half gesloten met stille verbijstering kijken naar het slagveld dat haar lichaam op het doodsbed is geworden; de opengesneden buik, leeggebloed in de lakens van het bed dat ze zelf zo vaak verschoond heeft voor anderen. Haar rechterbeen, dat de kans niet meer kreeg te ontspannen van de laatste kramp die door haar lichaam trok, ligt half gebogen over het linker, zoals ze ook vaak in haar slaap deed.

De mensen die kwamen om te helpen draaien langzaam van ons weg. Stilletjes schuifelen ze de kamer uit, denkend dat wij aan ons lot overgelaten willen worden. De pijn liever alleen voelen. In werkelijkheid is de aanblik van deze jonge vrouw die zo veel lijden van anderen verzacht heeft te afschuwelijk om naar te kijken. Haar leven is haar ontnomen terwijl ze een ander in de wereld bracht. Een omhelzing, een traan, een vloek zou nu niet passen. Later, als het weer wat beter met ons gaat.

Zelfs *el médico*, die in een poging om jou én haar te redden haar buik opengesneden heeft, verlaat met gebogen hoofd de ziekenboeg, haar bloed nog aan zijn mes. Dan zijn alleen wij drieën nog in de kamer: Moeder, Vader en Zoon, in twee werelden die elkaar niet kennen maar onlosmakelijk verbonden zijn.

Jou hou ik in mijn armen, degene die ik verloor was mijn geliefde. Hoe moet ik ooit écht van jou houden? Hoe kan ik je ooit vergeven, ook al weet ik dat je geen schuld hebt en je niets meer dan Zijn instrument was?

Ik zal je Carlos noemen: 'vrije man'. Vrij van mijn zonden, waarvoor ik harder ben gestraft dan met mijn eigen dood mogelijk zou zijn. Draag die naam met trots. En moge Hij de Hoogste misleiden wanneer je voor Zijn troon staat, mijn zoon.

~

Van de eerste jaren na Ana's dood kan ik me eigenlijk niets herinneren. Ook hier, in dit dagboek, zijn er geen pagina's die me precies kunnen vertellen wat ik in die tijd voelde, dacht of deed. Het is een brij van nutteloze vragen, onhandige opmerkingen, bedoeld om troost te bieden, en tranen en pijn. Ademhalen en je gewoon laten meedrijven wanneer er weer een golf van pijn komt. Meer kun je niet doen. En wachten. Desnoods tot het jouw beurt is. Ik had mijn werk in de barracas weer hervat, maar mijn hoofd was er niet bij.

Misschien dat God het verdriet had kunnen wegnemen, maar tot Hem kan ik me onmogelijk ooit nog wenden. Hij nam Ana van me weg. En het was mijn schuld dat Hij dat deed. Hoe zei padre Basilio het ook alweer in het confiteor? Mea maxima culpa, meen ik. En zo is het.

Maar kennelijk was Zijn waarschuwing niet duidelijk genoeg voor mij toen Hij padre Basilio strafte voor zijn losbandigheid. En toen Hij mij niet tot Zich riep toen de gaucho mijn keel doorgesneden had, geloofde ik liever dat het Ana was die me terug naar de levenden had gebracht. Hoe meer geluk Hij in mijn leven bracht, des te harder spartelde ik om me uit Zijn bescherming los te maken. In plaats van te bidden danste ik liever, en in plaats van naar Zijn huis te gaan om Hem te danken ging ik naar een bordeel om Ana te veroveren.

Voor altijd had ik Hem verloochend. En nu was Ana dood. Mea culpa, Ana, mea maxima culpa.

Carlos groeide op zonder dat het gemis van zijn moeder hem erg veel leek te doen. Toen hij merkte dat andere kinderen twee ouders hadden, vroeg hij weleens naar haar. Wat kon ik hem vertellen? Al snel vroeg hij niets meer.

Hoe dan ook leek er niet zo heel veel te zijn wat Carlos iets kon schelen. In de baarmoeder was hij al een dwarsligger geweest en dat was hij gebleven. Niet dat er kwaad bloed in hem school, maar hij wandelde door het leven zoals hij dat wilde en als het dreigde mis te lopen deed hij gewoon even een stap opzij om het noodlot langs zich heen te laten gaan.

Carlos groeide op tot een mooie jongen. Meestal keek hij ernstig de wereld in. Soms moesten mensen lachen om zo'n jonge knul die kijkt alsof hij over de grote levensvragen nadenkt. Maar van veel dingen zag hij juist de lol in – lol die vaak volstrekt aan mij voorbijging – en er verschenen kuiltjes in zijn wangen. Pret speelde dan om zijn lippen. Hij lachte zelden voluit.

Het gemak waarmee hij mensen om zijn vinger wond was groter dan goed voor hem was. Voor iedereen. Fluitend ging hij naar het schoolklasje twee straten verderop en zingend kwam hij weer terug. Ik probeerde de teugels strak te houden. Ik stuurde hem niet alleen naar school maar nam hem ook drie keer per week mee naar de kerk. Als de tijd gekomen was om te bidden knielde ik naast hem en vouwde mijn handen, maar mijn gedachten bleven stil. Ik wist wat God van mij dacht, maar ik zou ervoor zorgen dat Carlos niet dezelfde fouten zou maken als ik; zich van zijn Schepper afkeren, om precies te zijn, zodat hij nooit Gods toorn zou leren kennen. Nog voordat hij tien jaar oud was begon ik hem na het avondgebed, wanneer we samen op bed lagen tot hij sliep, wat zinnetjes te voeren. Een paar maar, zodat ik hem niet zou vervelen, over de verleidingen die een mens van het pad naar God lieten afbuigen. Vaak ging het dan over dansen. Het plezier waarmee de jongen naar de dansers op de binnenplaats keek maakte me ongerust. Niemand wist beter dan ik hoe je met die passen regelrecht naar de hel liep.

Vaak piekerde ik over het moment waarop ik hem moest vertellen hoe ik zijn moeder en mezelf precies zo naar de verdoemenis had geleid. Maar dan nam ik de enige vriend ter hand die wat voor me had kunnen betekenen in de zwarte jaren na Ana's dood: de rum, die me de waas bracht en het vergeten. Wanneer ik dan weer wakker werd, was Carlos allang verdwenen naar zijn school.

Op zijn vijftiende besloot hij dat hij te oud voor school geworden was. Hij wilde werk zoeken. Niet in de barracas en ook niet in de haven, waar al het schorem rondhing, drukte ik hem op het hart. Misschien kon hij in de stallen bij een van de rijke heren werken. Of loopjongen worden bij een kantoor. Maar zelfs toen ik hem voorstelde in de leer te gaan bij een smid of een koperslager haalde hij zijn schouders op. Hij zou wel zien, zei hij en hij wiegde zijn hoofd op het ritme van de tango die een gitarist op de binnenplaats had ingezet.

Als ik aan het eind van de middag thuiskwam na mijn werk in de barracas, was hij soms nog niet terug. Over werk hoorde ik hem echter nooit. Soms liet ik de weddenschappen even voor wat ze waren en liep ik van de barracas naar de haven om te kijken of hij daar soms rondhing. Ook in de donkerste steegjes van La Boca vond ik hem gelukkig niet. Waar was hij de hele dag?

'Gewoon, kijken en zoeken', zei hij dan en hij zweeg. Dat zwijgen had hij niet van een vreemde.

Het was tegen het einde van januari 1927 – Carlos was net zeventien geworden – dat hij zich anders begon te gedragen. Hij trok er iedere dag pas laat in de middag op uit, om daarna diep in de nacht zijn bed weer op te zoeken. Ons ritueel van samen bidden was allang gestopt, dus wachtte ik nu alleen op de slaap. Samen met de fles rum onder mijn hoofdkussen.

Soms werd ik wakker als Carlos het gordijn bij de ingang van onze kamer opzijschoof. Vaak rook ik dan die eigenaardige geur, een mengeling van zweet en bloemen. Ik had hem al een aantal keer gezegd dat hij zich vaker moest wassen. Daarover werd hij nooit kwaad. Wel als ik doorvroeg over zijn bezigheden.

'Er is niets oneerlijks aan wat ik doe, Antonio.' Hij noemde me nooit 'papa'. 'En wie ben jij om zoiets te zeggen?' Dat deed hij steeds vaker: hij probeerde het mes om te draaien. Hij wist van mijn werk als 'boekhouder' in de barracas en dat ik soms niet met het meest eerzame volk van Buenos Aires te maken had.

Dacht hij dat hij daarom de kades in de haven mocht afschuimen op zoek naar een kist om open te breken? Was hij in de macht van dat gauchotuig gekomen? Of verkocht hij drank in een of andere hoerenkast? Moest ik wachten tot ze mijn zoon op zijn buik drijvend in de haven zouden vinden, of met doorgesneden keel bij de Riachuelorivier, die niet voor niets de 'sluitspier van Buenos Aires' werd genoemd?

Op een middag sprak ik hem er weer over aan.

'Ik moet gaan, Antonio', was het enige wat hij zei en hij liep naar de deuropening. Hij had duidelijk haast om weg te komen.

'Waar ga je naartoe, Carlos? Ik ben je vader, ik heb het recht te weten wat je 's nachts uitvreet!' Het gordijn viel achter hem dicht. Zijn schaduw stond even stil op de oranje stof. Toen verdween hij. Ik wist genoeg.

Alles wat het daglicht niet verdragen kan, schuwt het niet zonder reden. Zijn gedrag was net zo duister als de zwarte kleding die hij droeg wanneer hij tegen de avond vertrok. Waarom viel me dat nu pas op? Snel graaide ik wat kleren bij elkaar. Onderweg naar het gordijn probeerde ik in mijn broekspijpen te hinken. Ik rende blootsvoets de warmte in en stak beneden de binnenplaats over in een rechte lijn naar de poort. Terwijl ik mijn hemd in mijn broek wurmde riep ik zijn naam. Van alle kanten echode het naar mij terug. Ik schoof de poort open en rende de straat uit tot aan de jacaranda op de hoek. Daar moest ik al stoppen.

Tegen de stam geleund vervloekte ik hijgend de warmte. Carlos was allang verdwenen. Weer terug op mijn kamer zocht ik mijn fles.

≼

De volgende dag stond ik vroeg op, nog voor tien uur. Ik moest ervoor zorgen dat ik de kamer uit was voordat Carlos wakker werd. Ik verschool me op de binnenplaats achter wat kleren die aan een waslijn hingen te drogen.

Daarna was het wachten op Carlos.

Een uur ging voorbij en een tweede: geen Carlos. Mijn voeten begonnen pijn te doen, maar nergens kon ik even gaan zitten zonder mijn schuilplaats prijs te geven. Ik was met mijn vijfenveertig jaar de jongste niet meer en na nog twee uur staan en wachten kregen niet alleen mijn benen er genoeg van maar begon ook mijn hoofd pijn te doen. Mijn hoed lag nog in onze kamer en die durfde ik niet zomaar te gaan halen. Carlos kon nu ieder moment wakker worden en het enige wat hij dan moest zien was mijn lege bed, zodat hij zou denken dat ik al naar de barracas was gegaan om er de inzetten voor het volgende gevecht te noteren.

Terwijl mijn schaduw langzaam van links naar rechts over de grond kroop, hielden de steken in mijn hoofd steeds langer aan. Ik begon misselijk te worden. Aan de andere kant van de binnenplaats ploften druppels uit een lekkend kraantje in het zand. Ik durfde de oversteek niet te maken.

Pas tegen de avond werd mijn geduld eindelijk beloond. De pijn bonkte inmiddels door mijn hoofd in het snelle ritme van mijn hartslag. Carlos liep over de binnenplaats, duidelijk op zijn gemak. Hij groette een paar spelende kinderen en maakte bij de poort een praatje met een van onze buren. Ik hield me vast aan de waslijn waarachter ik me verscholen hield, omdat het draaide in mijn hoofd. Ik deed mijn ogen dicht. Toen het draaien gestopt was zag ik Carlos nergens meer.

Ik struikelde naar de poort. Ik had verdomme niet urenlang voor niets in die gekmakende hitte gewacht. Toen ik bij de poort kwam, was Carlos al bij de hoek. Daar sloeg hij rechts af. Ik volgde hem op enige afstand en masseerde tijdens het lopen met beide handen mijn slapen. Iedere stap dreunde door mijn lichaam omhoog tot in mijn hoofd, waar mijn hersens inmiddels beurs waren. De weeë stank van rottend weefsel uit de rivier was letterlijk adembenemend.

Opeens sloeg Carlos rechts af een straatje in. Bijna had ik dat gemist. Ik dacht dat het Rocha was, maar ik kon het niet goed zien. Ik sloeg de hoek om en smakte tegen een groot lichaam aan. Ik mompelde een verontschuldiging en wilde doorlopen. De kolos versperde mij de weg en gaf me een flinke dreun tegen mijn schouder. Ik dacht Carlos nog in de verte te zien lopen, maar ik kreeg de gedaante niet goed scherp, alsof er twee van hem waren. Nu werd er ook in mijn benen geknepen. Dat deed pijn.

'En de beentjes? Nog steeds aan de zwier? Je ziet er trouwens niet goed uit, amigo. Drink wat met mij, dan voel je je beter.' Ik schudde mijn duizelige hoofd. Carlos was al verdwenen.

Twee uur later probeerde ik op te staan van het tafeltje waar Zavattoni me heen geloodst had. Ik kon me niet herinneren wanneer ik die bedrieger voor het laatst gezien had, maar hij deed alsof we gisteren nog samen gekaart hadden.

Het eerste glas water was er bijna net zo snel weer uit gekomen als het erin ging. Een aantal glazen en een natte doek in mijn nek verder, leek het Zavattoni raadzaam wat 'ter versterking' te bestellen.

'Volgens mij heb je een zonnesteek, amigo. Dit is ook geen tijdstip voor heren zoals wij om door de straten te rennen.' Hij klopte gemoedelijk op mijn knie. 'Wij horen in de schaduw te zitten', zei hij en hij spreidde zijn armen alsof het terras een schaduwrijk park was, 'en iets te drinken wat onze leeftijd ondersteunt.'

Ik voelde me meer ziek dan oud. Maar misschien was zijn voorstel zo slecht nog niet. Het feit dat ik geen geld bij me droeg was geen bezwaar.

'Maar amigo, beledig een oude man toch niet zo harteloos! Zou er iets zijn wat ik niet voor je zou doen?'

Ik kon wel wat noemen maar hield me in. Hij zou me misschien van nut kunnen zijn. Dunne straaltjes rum liepen langs het overvolle glas toen ik het met trillende hand in zijn richting hief. De drank deed zijn weldadige werk vrijwel meteen. Het was alsof ik thuiskwam van een lange reis, of zoals vroeger in Italië wanneer ik in de winter de warme stal binnenliep en het geruststellende gesnuif van de ossen hoorde.

'Amigo,' ik perste de vriendelijkheid eruit, 'wat zou volgens jou een jonge man hier in de buurt te zoeken hebben?' Zavattoni haalde zijn schouders op en schonk opnieuw in.

'Hangt van de jonge man af. Zoekt hij werk, een plaats

om te eten en te slapen?' Hij schoof zijn glas naar voren en boog zich naar mij toe. 'Of plezier? Er is nogal wat plezier te beleven in deze buurt!' Hij gaf me een vette knipoog. Wat zou ik hem graag op zijn gezicht hebben geslagen.

'Heeft deze jonge man een naam?' Ik kieperde een nieuw glas zo resoluut mogelijk in mijn keel. De beweging deed pijn aan mijn hoofd.

'Werk. 's Avonds en 's nachts.'

Zavattoni herhaalde de laatste zin met een vraagteken terwijl hij met de fles een uitnodigend gebaar maakte naar mijn glas. Ik sloeg niet af. De steken in mijn hoofd waren minder fel geworden. Terwijl hij inschonk keek hij me recht in de ogen, grinnikte en schudde kort zijn hoofd. Precies toen het glas vol was stopte hij met schenken, grinnikte nogmaals en leegde met zijn vrije hand in een achteloos gebaar zijn glas.

'Onder het tuig dat hier 's avonds "werkt" vind je geen jongemannen zoals de jouwe.' Hij leunde weer over de tafel.

'Maar in het legertje dat hier iedere avond komt sjansen zou hij best een ijverig soldaatje kunnen zijn. Doe hem trouwens de groeten. Ik dacht al een paar keer dat ik een bekend gezicht zag.' Ik stond wat wankel op, groette Zavattoni, die mij nog iets nariep, wat ik niet verstond.

❧

Ik vreesde dat Zavattoni gelijk had. Hoe onwaarschijnlijk me dat ook leek. Want 'sjansen', zoals Zavattoni het genoemd had, kost geld. En zelfs al zou Carlos het lenen – bij wie? – dan was dat een bron die sneller opdroogde dan een plas ether op de pampa.

Die avond in bed trokken de pijnscheuten als trage bliksems door mijn hersens. Mijn ogen waren gesloten maar dichter dan dat kwam ik niet bij de slaap. Af en toe probeerde ik diep adem te halen, maar het leek alsof er een strak aangetrokken band om mijn borst zat. Ik voelde iets kouds tegen mijn wang. Een koel straaltje kringelde mijn nek in.

'Ben je ziek, Antonio?' hoorde ik Carlos fluisteren. Ik kwam met moeite overeind om een paar slokken te nemen uit het glas dat hij me voorhield. Het smaakte naar metaal.

'Iets verkeerds gegeten, jongen.' Een lichtflits schoot weer door mijn hoofd. Ik kneep mijn ogen dicht en wachtte tot de pijn minder werd.

'Hoofdpijn', kreunde ik. Carlos knikte.

'Waarom had je gisteren je hoed niet op?' Ik zweeg. 'Toen ik opstond lag je hoed daar nog.' Hij gebaarde naar de muur achter mijn matras. 'Ik was al bang dat je te veel zon zou krijgen.'

'Ik kan toch wel tegen een beetje zon!' gromde ik. Terwijl ik met duim en wijsvinger tegen mijn oogbollen duwde hoorde ik hem weglopen.

Tot laat in de middag bleef ik op bed liggen. Roerloos, om de pijn in mijn hoofd niet uit te lokken. Op de achtergrond zeurde het nog wat door. Carlos zag er slecht uit toen hij me gedag kwam zeggen.

'Weet je hoe vaak ik vannacht mijn bed voor je uit moest?' vroeg hij toen ik hem op de wallen onder zijn ogen wees. 'In ieder geval kom jij daar voorlopig niet uit.' Hij keek zo ernstig dat ik erom gelachen had als dat niet zo veel pijn zou hebben gedaan. Dus knikte ik en deed gehoorzaam mijn ogen dicht.

Zelfs een zieke oude vader kon hem niet thuishouden. Ik sloeg de dekens voorzichtig weg.

Het was een helse toer om Carlos die namiddag te volgen. Geregeld moest ik steun zoeken tegen muren, deuren en stoeltjes van caféterrasjes, waarvan de bezoekers me wantrouwig aankeken. Ondanks de pijn zou ik Carlos dit keer niet uit het oog verliezen.

Voordat ik Rocha in liep, gluurde ik eerst voorzichtig om de hoek. Geen Zavattoni. Zo snel mogelijk verkleinde ik de afstand tussen Carlos en mij.

Voor een zwartgelakte deur nam hij de trap. Geen idee waar we waren. Hoelang we hadden gelopen en hoe ik straks de weg terug zou moeten vinden, kon me niets schelen.

Ik leunde met mijn rug tegen de gladde gevel van een gebouw schuin tegenover het pand waar Carlos naar binnen gegaan was. Langzaam gleed ik naar beneden, tot ik op de grond zat. Twee keurige heren in lichte kostuums en strooien hoeden die hun weg door mijn benen versperd zagen, stapten met een neerbuigende blik van het trottoir en staken de straat over. Ook zij liepen de trap op, die van gele steen was gemaakt, net als de rest van het hoge huis. Pas toen zag ik de groen uitgeslagen letters die in een balkon op de eerste verdieping waren aangebracht: HOTEL.

Voor het eerst sinds gisteren voelde ik hoe de lucht mijn longen vulde; de band om mijn borst gaf mee, sprong open. Even verdween het licht uit mijn ogen en ik dacht dat ik flauw zou vallen toen ik me langs de muur omhoogduwde. Maar dat maakte me niets uit.

Ik sloeg een kruis. De zwarte kleren, het vreemde luchtje dat bij thuiskomst rond hem hing en natuurlijk zijn werktijden ... Mijn borst rees. Mijn jongen werkte hard aan zijn toekomst. Hij had een toekomst. Gisteren had hij het me zelfs nog gezegd. Waar was ik nog meer doof voor geweest?

Met onzekere pas stak ik de straat over, nagescholden door een koetsier die zijn rijtuig vlak achter me langs joeg. Aan de overkant zocht ik steun bij de trapleuning en probeerde de steken in mijn hoofd te negeren. Sinds ik die middag van mijn matras was opgestaan, hoorde ik zachte fluittonen en gepiep. Maar hoe zacht de klanken die uit het hotel kwamen ook waren, het duurde niet lang voordat ik de melodie herkende, dwars door het gepiep in mijn oren heen.

Kennelijk schaamde men zich er niet voor om zelfs in zulke keurige gelegenheden als dit hotel die muziek te spelen. Maar weinig mensen kennen de engel der duisternis achter de tango. Met Gods hulp had ik Carlos daarvoor weten te behoeden. Nu was hij hard op weg een eerzaam man te worden.

De deur boven aan de trap, waarvan ik de leuning nog steeds vasthield, ging open. De heer die naar buiten kwam wierp een schichtige blik op me en stak gehaast de straat over. Ik bedacht hoe ik me in het hotel zou voorstellen aan de eigenaar, die mij daarop zou complimenteren met de werklust van mijn zoon. Hij zou vage toespelingen maken over Carlos' toekomst in het hotel. Maar die vaagheid was natuurlijk maar schijn. Hij zou voorspellen hoe hij ongetwijfeld de ladder van aanzien zou beklimmen en misschien, heel misschien, señor Moreno, zal uw zoon op een goede dag ... Ook daar was niets onzeker aan.

Ik hees mezelf de trap op en liet de koperen klopper één keer op het zwarte hout van de deur vallen. Het klonk als een knal in mijn hoofd. Hopelijk zou die tango afgelopen zijn wanneer ik binnen was, zodat mijn hoofd die extra pijniging bespaard werd.

De deur ging open. In de hal nam een oudere dame mij keurend op. Haar glanzende jurk was even zwart als de deur en viel tot vlak boven de grond, behalve aan de achterkant, waar een kleine sleep de plavuizen raakte. De jurk was hoog gesloten, maar bij de schouders en boven haar borsten opengewerkt als gespannen kant. Een nogal hypocriet decolleté.

'Mijn naam is Moreno, ik ben ...'

'Voelt u zich wel goed?' onderbrak ze mij.

'Moreno. Wilt u de directeur mededelen dat de vader van Carlos hem graag zou complimenteren met zijn etablissement?' Ik was trots op die zin, ook al leek hij weinig indruk te maken. Ze bleef daar maar staan en trok een gezicht alsof ze niet gewend was aan dit soort verzoeken. Misschien was ze slechts het meisje van de deur en moest ik mijn vraag aan een hogergeplaatst persoon richten.

'Moreno, Antonio', zei ik voor alle zekerheid nog maar eens. Ik voelde me wankel toen ik langs haar de gang in stapte. De tango was inderdaad gestopt, maar spijtig genoeg voor mijn arme hoofd werd de volgende alweer ingezet. Een langzame dit keer. Misschien was het toch raadzaam dat Carlos op den duur naar een andere betrekking zou uitkijken.

De dame die mij zo koel ontvangen had, gleed met zacht ruisende sleep voorbij. Ze bleef staan bij een halfronde doorgang zonder deuren maar met twee pilaren aan de zijkanten. Uit de opening scheen licht over het dikke tapijt in de gang. Ze knikte naar me, het wantrouwen weer in haar ogen alsof ik een kind was.

Ik trad in de lichtkegel, die uit een kleine zaal bleek te komen. Op de glanzende houten vloer werd de tango bedreven, ik kan het niet anders zeggen. Dames met jurken die aan de zijkanten bijna tot hun middel waren ingesneden, lieten weinig twijfel bestaan omtrent het doel van hun dans. De heren op hun beurt stonden erbij alsof ze de uitstalkast bij de slager bekeken, en ook mijn ogen zwierven over de inderdaad zeer appetijtelijke koopwaar en deden me een ogenblik vergeten waarom ik daar was.

De herinnering aan honderden tango's met Ana sloeg me als een natte lap in mijn gezicht. Het was alsof de klanken van die rotmuziek gaten in mijn hersens vraten, tot ze bij de achterkant van mijn ogen gekomen waren en daar net zo lang op zouden beuken tot ik blind was van pijn.

'Bent u onwel?' vroeg de dame in het zwart nogmaals. 'U ziet er werkelijk niet goed uit.'

'Een moment graag, de ontroering, de schoonheid', zei ik en ik deed alsof ik steun zocht bij een pilaar. Dat was slechts half gespeeld. Een koude grijns verscheen op haar gezicht. Toen gleed ze de zaal in. Hij zou hier natuurlijk ook kunnen werken, probeerde ik mezelf te kalmeren. Natuurlijk, het was zeker niet een voor de hand liggende plaats om een fatsoenlijke carrière op te bouwen, maar aan de andere kant, moest je niet ergens gewoon maar beginnen? Er waren er die op vreemdere plekken begonnen en toch als opziener bij een edelman geëindigd waren.

Het mens met wie Carlos danste was zeker tien jaar ouder dan hij, waarschijnlijk zelfs meer. Ze was slank noch schoon en had duidelijk plezier in de waan dat ze zo'n jonge knul kon verleiden. Een groen blaadje tussen haar dijen, die natuurlijk afgeragd waren als een kokos deurmat.

Half verscholen achter de pilaar keek ik naar het vreselijke tafereel. Mijn zoon danste met een hoer om haar gunsten straks te mogen kopen. Of misschien ook niet. In zijn zwarte kleren deed hij me denken aan de jongens die ik ooit zag dansen in het bordeel waar ik met Ana kwam.

Moeiteloos leidde hij haar over de dansvloer, zo duidelijk in wat hij deed dat zelfs een slechte partner, zoals zij dat was, kon schitteren op het langzame ritme. Hij danste andere passen dan ik had gedaan. Veel voorzichtiger, met ronde bewegingen die het vlees en vet van de botten van de tango schraapten.

Elegant, sensueel; ik kon het maagslijm al proeven, hoelang zou ik het nog binnen kunnen houden? En toch zou ik uren kunnen kijken hoe mijn zoon in *ochos*, *giros* en *caminadas* naar de verdoemenis liep. Carlos was een tangodanser. Een verdomd goede.

Ik haatte tango. Meer dan ooit.

~

21 november 1927. Een ondraaglijke hitte drukt de lucht uit mijn borstkas. Mijn hart gaat tekeer als de hoeven van een losgeslagen knol op de pampa. Soms gaan ook mijn arme hersens er met me vandoor en merk ik dat ik opeens niet meer denk aan datgene waar ik kort daarvoor nog aan dacht.

Aan Carlos denk ik. Carlos en de tango. Carlos en de hoeren. Het meisje dat mij een paar seconden lang had aangekeken, half verscholen achter een van de gordijnen naast de spiegels. Wat had mij geraakt in haar blik? Ik wacht tot de pijn minder wordt. Was het misschien die herkenning

die ik in haar ogen zag? Alsof ze míj herkende, niet omgekeerd natuurlijk. Maar dan zie ik Carlos weer tussen haar
en mij door dansen en wil ik schreeuwen. Ik wil hem laten
stoppen want hem zal niets vergeven worden, ook al weet
hij niet wat hij doet.

'Laat los, Carlos!' wil ik naar hem gillen. 'God danst geen
tango!'

Maar terwijl ik me moet overgeven aan een koude rilling
die door mijn lichaam trekt en ik mijn ogen dichtknijp tegen de pijn – rum, lieve Heer God, geef mij rum, laat mij
genezen – weet ik dat ik gisteren zonder een woord te zeggen naar huis gegaan ben. Gekropen.

Maar vandaag zal ik hem redden. Ik zal hem bevelen, of
anders smeken als het moet. Hij zal die vloek opgeven want
tango brengt een afgrijselijk verdriet. Niets anders. Het is
ellende die twee mensen tussen hun lichamen ingeklemd
gevangen houden, tot het ze vroeger of later zal vernietigen.
Ana. Mea culpa, Ana! Mea culpa!

Maar vandaag zal ik niet falen, Ana! Alles heb ik nu opgeschreven. Niet dat ik bang ben ook maar een van de vreselijke fouten die ik heb gemaakt te vergeten. Wat een geschenk
zou dat zijn! Maar God zal me dat niet toestaan. Hij zal me
nooit aan mijn herinnering laten ontsnappen, net zomin als
de letters op dit papier dat zullen doen.

Straks, als de pijn wat minder is, zal ik Carlos roepen, hem
waarschuwen dat de dans zijn leven zal vullen met ellende tot hij uiteindelijk eenzaam en alleen zal creperen. De
bladzijden in dit schrift zijn genoeg bewijs. Maar misschien
moet ik eerst even rusten.

Even mijn ogen dicht, heel even maar.
Dan zal de pijn vast snel verdwijnen.
Die pijn

Miguela Rojas

1927

Het schemert in de wereld en op sommige plaatsen is het al nacht. Twee zomers geleden begonnen de beschietingen, waarna dat Duitse tuig onder de Arc de Triomphe Parijs binnenmarcheerde. Nu lopen ze dagelijks met tientallen door onze straat, om even verderop de Jardin du Luxembourg binnen te gaan alsof ze toeristen zijn in plaats van bezetters die me dwingen die vuilgele ster te dragen en me met hun steeds strengere wetten zo langzamerhand opsluiten in mijn eigen huis. Soms worden ze zelfs rondgeleid door Franse politieagenten die hun eigen vernedering niet ontkennen. Misschien zijn ze te druk bezig witte voetjes te halen.

Vijftien jaar geleden waagden Carlos en ik de sprong naar de vrijheid. Zestig jaargetijden. En toch is er in de kelders van mijn geheugen geen woord verloren gegaan, geen geur verflauwd en geen kleur verfletst sinds die lentedag waarop alles zou veranderen.

Voor onze ouders lag de toekomst in de nieuwe wereld; voor onszelf in de oude. Op die bewuste novemberdag in 1927, de laatste die ik door had gebracht in Argentinië, draaide ik me op het schip niet om naar de Rio de la Plata. Schuin boven me verloor de zon duidelijk haar kracht en was ze al begonnen aan haar afdaling naar het grijsblauwe water dat onder me hoorbaar door de boeg gespleten werd. Verder was er niets vóór me, behalve verwachtingen en hoop.

En vrijheid.

Ik was als de zeewind in mijn haar; in alle richtingen kon ik verwaaien. Aan niets en niemand was ik gehoorzaamheid verschuldigd. In gedachten herhaalde ik eindeloos het woord dat uit een andere wereld kwam dan de mijne, tenminste, die van de laatste jaren. Zachtjes sprak ik het uit en luisterde hoe het vervloog. Misschien dat het lot me straks in de rug zou aanvallen, maar voorlopig leek het met mij geen andere plannen te hebben.

Ik was Carlos zo dankbaar dat het bijna pijn deed. In gedachten zag ik hem beneden in het onderste ruim liggen slapen. Zelf zou ik dat het liefst aan dek doen, tussen de houten stallen van het vee. Maar, in tegenstelling tot mij, haatte Carlos scheepsruimen niet. En al zou dat zo zijn, dan was het nog maar de vraag of hij zich daar iets van zou hebben aangetrokken. Er moesten een hoop dingen 'verslapen' worden die in het bestek van één week gebeurd waren, en dat duldde geen uitstel meer.

Het leek veel langer dan zeven dagen geleden dat Antonio stierf. De dag voor zijn dood hadden we hem gevonden. Hij lag in een rare houding op bed: met zijn gezicht naar beneden, alsof hij zich had willen omdraaien maar daar midden in de beweging mee gestopt was. Met zijn rechterhand hield hij een pen vast, maar we vonden niets waar hij op geschreven kon hebben.

Pas toen we hem wakker probeerden te schudden en hij Carlos zag, maakte hij de beweging van het omdraaien met veel moeite en pijn af en kwam er onder zijn borst een opengeslagen schrift tevoorschijn.

Hij wees slapjes naar Carlos, alsof hij naar hem zwaaide.

Wat hij probeerde te zeggen was niet te verstaan; Antonio's tong leek vastgeplakt in zijn mond.

Toen Carlos zijn vader voorzichtig optilde om hem naar het ziekenzaaltje van de conventillo te dragen, pakte ik het schrift van het bed en las een paar regels. Het was een dagboek. Ik heb Antonio wel gevraagd of ik het mocht lezen maar een antwoord heb ik nooit gekregen. Hij leek in een diepe slaap gevallen. De volgende dag stierf hij zonder nog bij kennis te zijn geweest.

Juist uit respect begon ik de avond na zijn overlijden te lezen in het schrift, dat eigenlijk meer een dun boek is. Carlos vroeg me eruit te vertellen, wat ik ook deed omdat hij het vroeg of laat toch wel zelf zal lezen. Ik had gehoopt dat Carlos me zou zeggen hoeveel pijn het deed om te horen hoe bang zijn vader was geweest voor de werkelijkheid: dat Carlos een tangodanser was. Maar dat hield hij voor zich. Net zomin reageerde hij op de vraag wie verantwoordelijk was voor Antonio's dood.

Antonio en ik hebben elkaar eerder gezien, ook al denkt Carlos van niet. Ik had een echte kennismaking – 'bekentenis' vind ik nog steeds een beter woord – altijd tegengehouden. Ik kon me niet voorstellen hoe dat zou moeten: 'Hallo papa, dit is Miguela, een prostituee. Met haar wil ik trouwen'? Onmogelijk.

Maar onze blikken hebben elkaar wel gekruist. Ze bleven zelfs even aan elkaar plakken, toen hij half verscholen achter de deurpost de salon van madam Juanita rondkeek. Op zoek naar Carlos, zoals ik in zijn dagboek las. Nooit zal ik vergeten hoe grauw dat gezicht was. Wat mij betreft zal Carlos er nooit achter komen. Het is geen mooie gedachte dat je vader je vrouw ooit als hoer heeft gezien.

Niet dat Carlos een probleem had met mijn werk. Misschien ook omdat hij wist dat ik geen keus had gehad. Al wist hij niet precies wat mij in Cádiz was voorgelogen, de werkelijkheid in Buenos Aires had hij van dichtbij gezien. Hij had zelfs Sal nog gekend, de schoft die mijn vader zand in de ogen gestrooid had. Over hoeveel beter ik af zou zijn in het rijke Argentinië dan bij mijn straatarme familie, over de zorgen waarmee ik omringd zou worden in 'het instituut voor jonge meisjes'.

Sal, die me daarna aan boord van het schip uit Cádiz met verkrachting had gedreigd als ik niet met hem zou 'trouwen'. Waarna hij het daarna alsnog deed om 'zijn feeks te temmen' en me de rest van de reis, wanneer hij me niet 'nodig' had, vastketende aan een leiding in het ruim. Sal, die door de tering gegrepen werd voordat Carlos hem te pakken kon krijgen. Zo verdiende hij niet te sterven: het ging veel te snel.

Toen Antonio overleden was leek het alsof de begrafenis voor Carlos een bijzaak was. Hij had die dagen weinig gezegd; naar ik aannam een voorstadium van de rouw die hem binnenkort zeker zou opslokken. Terwijl ik mijn tranen de vrije loop liet, zag ik in zijn ogen geen verdriet. Eerder een vastberadenheid, waar ik van schrok.

Langgeleden had madam Juanita hem in een café zien dansen. Ze wist direct dat hij geknipt zou zijn voor haar salon. Juanita leed aan opportune bijziendheid. Wanneer het haar eigen belang betrof zag ze alles. Een onschuldige zestien jaar oud was Carlos geweest, maar uit zijn bewegingen sprak oeroud begrip en liefde voor de muziek.

De eerste keer dat ik met hem danste was ook de eerste keer dat ik Juanita's gezicht zag glimmen van opwinding.

Zijn tederheid en ernst raakten precies dat kleine beetje in me dat nog ongeschonden was. Ik voelde die kwetsbaarheid, dat ongemakkelijke gevoel dat alles nu eenmaal ooit ophoudt. Carlos deed, zonder het te weten, precies waarvoor Juanita hem betaalde: hij liet mij van mijn mooiste kant zien en maakte me zo tot een van de meest gewilden en duursten van het bordeel.

En nu zijn vader dood was en niets hem werkelijk meer bond aan Buenos Aires, wilde hij die wrede bijwerking van zijn dans ongedaan maken. Misschien moest je daar zeventien voor zijn. Naïef genoeg om te denken dat 'de Dorre', de grootste pooier van allemaal en een gerespecteerd man in de stad, een onbeduidende knaap ook maar te woord zou staan. Waarschijnlijk zou hij hem direct in de Riachuelo laten gooien, waar hij tussen de gevilde dieren naar zee zou drijven. De Dorre, die zijn bijnaam niet zozeer dankte aan zijn piekerige strogele haar als wel aan de afwezigheid van ieder greintje gevoel, was helaas de enige die mij mijn vrijheid kon teruggeven zonder dat er bloed vergoten werd.

Dat Carlos een dergelijk plan aandurfde bleek echter het resultaat van weloverwogen denkwerk te zijn.

Zijn gesprek met Juanita was allesbehalve bemoedigend. Hij liet zijn schouders hangen en zuchtte diep toen ze hem een schouderklopje gaf.

'Echt, zelfs als ik erbij zou zeggen dat je net je vader verloren hebt, zou dat hem nog niet vermurwen. Hij zal Miguela echt niet laten gaan. Ik ben bang dat je heel wat meer moet bieden voor je haar op de boot naar Parijs kan zetten.'

Zonder de madam aan te kijken knikte Carlos ten teken dat hij het begreep en liep weg. Toen hij mij bij de zwartgelakte buitendeur zag staan schudde hij droevig zijn hoofd. Ik duwde de deur voor hem open en langzaam liep hij naar buiten. Aan zijn houding veranderde niets, maar de vingers van zijn linkerhand spanden zich voorzichtig tot een vuist en zijn duim strekte zich recht omhoog. Ik beet op mijn tong.

Die avond spraken we zijn hele plan nog een keer door. En meer dan dat.

'Overal vertellen ze me hetzelfde, Miguelita: in Royal, Las Flores, Teodore, La Turca; het enige waar ze het in de cafés nog over hebben is Parijs. Parijs is tango, Miguela, daar betekent tango geld! Kijk niet zo vermoeid!' lachte hij.

Ik zal inderdaad wel wat verveeld gekeken hebben. Ik had die woorden al zo vaak gehoord. Al sinds de eerste keer dat hij over zijn plan begonnen was en ik hem gek verklaarde. Maar naarmate hij langer op me insprak begon de twijfel wat te wijken en kon ik een toekomst zien die steeds minder onmogelijk leek. Ik weet niet of ik uiteindelijk overtuigd was van zijn ideeën of dat ik murw werd van het twijfelen, maar op een avond was het plan klaar en konden we alleen nog maar hopen dat alles liep zoals Carlos het voor zich zag.

Zo moest Juanita inderdaad direct na het gesprek met Carlos iemand naar de Dorre sturen om hem te melden dat een jonge idioot geprobeerd had een van zijn duurste dames los te kopen. Hij had een belachelijk laag bedrag geboden, wat alles was wat hij had, en daarom moest hij niet vreemd opkijken als het stelletje zou proberen te vluchten. De Dorre zou ze zo te pakken hebben, want Juanita kon ook verraden waar hij zijn gouden kippetje en haar liefje kon vinden: op de steiger van de boot naar Parijs. De jongen, een fantastische danser maar duidelijk geen erg groot licht, was namelijk zo dom geweest om haar te vertellen waar ze heen wilden als hij zijn Miguela had vrijgekocht. Hij had haar zelfs voorgerekend dat hij nog genoeg geld over zou houden voor een overtocht in de tweede klasse.

Waarop ook de Dorre moest doen wat Carlos van hem verwachtte: met een stel mannen zou hij als een afscheids-comité de vluchters opwachten bij de trap naar het tweede-klassedek. Misschien zou de jongen in het water springen, waar hij vast tussen wal en stoomschip zou worden geplet. Veel beter zou de knul niet af zijn als ze hem wel te pakken kregen, maar de Dorre stond erom bekend dat hij ervan hield om de dingen 'hun natuurlijke beloop te laten'.

Het allerbelangrijkste onderdeel van Carlos' plan was echter de geniale ingeving die de Dorre moest krijgen voor-dat ze het schip van onder tot boven zouden doorzoeken.

Voor zonsopgang stond ik op. Eindelijk. De vorige avond had ik een hoofdpijnaanval voorgewend zodat ik me moest terugtrekken in het 'ziekenkamertje' aan het eind van de gang in het souterrain. De voorstelling was hopelijk zo slecht dat ze Juanita achterdochtig had gemaakt.

Na een doorwaakte nacht, bang om onze toekomst te ver-slapen, was het dan eindelijk tijd. De zware deur naast het kamertje opende naar het afvalhok in de achtertuin. Bijna iedere avond werd 'vergeten' de deur op slot te draaien. Hij was aan het eind van een lange donkere gang waar alleen de duivel wat verloren had, en niemand liep daar graag het donker in. Gelukkig was dat die avond niet anders geweest. Achter een palm in de achtertuin wachtte Carlos op me.

Hij gaf me de kleren die hij volgens plan had meegenomen. Gezien het aantal mannen dat mij in geboortekostuum heeft gezien begreep ik zijn verbazing wel, maar misschien juist omdat Carlos de enige was van wie ik hield, vroeg ik hem zich om te draaien terwijl ik het versleten kloffie aantrok. Het was een prima vermomming en ook de zurige zweetlucht van de vorige eigenaar droeg bij aan de geloofwaardigheid van het geheel. Mijn haren stak ik op onder een pet waarvan ik hoopte dat hij niet bewoond was door jeukende ellende. Een paar vegen over mijn wangen maakten de metamorfose compleet. Ik was een echte kerel.

In de haven scheen het roze ochtendlicht op tientallen koeien en nog veel meer geiten, die op het punt stonden de verstevigde houten planken op gedreven te worden. Carlos had me uitgelegd dat de beesten het eigendom waren van eersteklassepassagiers, die pas aan het eind van de middag aan boord zouden gaan.

'Bang om zonder verse melk en vlees te zitten tijdens de reis', schamperde hij. Maar verder dreven we de spot niet met die snobs. Die ochtend zouden we hun nederige dienaar zijn, ook al wisten ze dat zelf niet.

Toen het laden eenmaal begon nam Carlos, brutaal als de neten in mijn pet, een willekeurige koe bij de neusring en stuurde het dier richting laadplank. Samen dreven we het beest zonder veel problemen het schip op, waar ze in een soort halfopen kast moest worden gestald. Nadat we onze dame netjes tussen een tiental geiten hadden gezet, gaf Carlos haar met zijn vlakke hand een daverende klets op haar bil, waarop het beest woedend stampij maakte. Het vee aan dek begon boos en angstig te blaten en te loeien, te draaien en te schoppen. Binnen een paar tellen gaven de drijvers elkaar over en weer de schuld en konden Carlos en ik het ruim in glippen. Als de deur niet vergrendeld was geweest.

Carlos draaide zich om en riep geërgerd iets naar een van de opgewonden drijvers. Wat het precies was weet ik niet meer, maar het kwam goed aan. Dat wil zeggen: in een mum van tijd was Carlos opgenomen in de duwende, trekkende en scheldende massa. Ik zocht zo snel mogelijk een schuilplaats.

Na zeker een uur in een stalkast te hebben gezeten, tussen drie onrustige geiten met mijn knieën in iets zachts wat langzaamaan koud werd, vond Carlos me. Twee schrammen kruisten elkaar precies in het midden van zijn besmeurde voorhoofd. Met zijn wijsvinger prikte hij naar beneden, over de reling heen.

'Dorre', fluisterde hij. Een brede grijns plooide zijn gezicht.

De deur naar de derde klasse stond op een kier en ik zou me het liefst diep in de buik van het schip hebben verborgen, maar Carlos schudde zijn hoofd. Zinloos. Een schip doorzoeken zou even duren, maar een machtige klootzak als de Dorre zou daar de tijd wel voor krijgen.

We zagen de Dorre vanuit onze schuilplek wat afwezig knikken, waarop zijn mannen naar de treeplank van de tweede klasse liepen. Zonder dat ik hem aanraakte voelde ik hoe Carlos verstijfde toen een deel van het groepje zich afsplitste en naar de plank voor onze afdeling liep. Dit was waar we zo bang voor waren geweest. Een rustig, leeg gevoel verspreidde zich als een wolk door mijn aderen. Zo voelde het dus als het einde onafwendbaar is.

In de doorwaakte uren van de afgelopen nacht had ik me voorgenomen me niet opnieuw te laten vangen. Het zou de vrijheid zijn of de dood, en het laatste was het dus geworden. De rust van dat idee was verbazingwekkend, maar koud als het water waar ik straks in zou springen, de dodelijke havenstromingen tegemoet. Hopelijk zou het snel gaan.

De mannen hadden de plank al bereikt toen de Dorre opeens begon te lachen. Verbaasd draaide het tuig zich om naar hun baas en ook wij staken ons hoofd wat verder boven de reling uit. Even dacht ik dat hij ons gezien had en zich blij maakte over zijn vangst. Maar toen wenkte hij zijn mannen en sloeg zich, nog steeds lachend, tegen het hoofd.

'Bijna was ik erin getrapt, ik!' hoorden we hem nog roepen. 'Natuurlijk zijn ze hier niet, vat je wel? Die knul denkt me te slim af te kunnen zijn door me iets voor te liegen. Ze proberen er op een andere manier tussenuit te knijpen, krijg je 'm door?' riep hij tegen een akelig grote kerel. Hij draaide zich om. 'Kom, we gaan het best naar de slagersknecht.' Wie dat was of wat ze daar gingen doen konden we al niet meer horen. Even later waren ze allemaal verdwenen.

'Waarom is het voor sommige mensen zo moeilijk om de waarheid te geloven?' vroeg Carlos met een onschuldig gezicht.

⁓

Iedere dag op zee brachten we door met wachten op de avond. Niet vanwege de sterren, waarvan er meer waren dan de belletjes in de schuimkopjes op het zwarte water onder ons. Niet vanwege de zilte flarden wind die 's avonds zo spannend uit het niets met je lichaam kwamen spelen. Nee, we wachtten op de viool.

Het zal de tweede avond aan boord zijn geweest, of misschien zelfs wel al de eerste, waarop ik de lange, klagende klanken hoorde. Ik herkende 'La Cumparsita' meteen en na een paar eindeloze maten begon er ergens in mij iets mee te zingen: *'Decí, percanta, ¿qué has hecho de mi pobre corazón?'*

De loden banden van het verleden sloten zich weer om mijn enkels terwijl de viool tergend langzaam, alsof hij zo ver mogelijk wilde uithalen met zijn gesel, de volgende klankboog spande. Wilden zijn snaren mij straffen om hoe ik geleefd had? Maar wat had hij te klagen? Met welk recht noemde hij mij een slet en durfde hij te vragen wat ik met zijn hart had gedaan? En hoe konden al die mannen, die met hun smerige poten aan me hadden gezeten en mijn verleden hadden bevuild, zingen over *el cariño santo*; hun 'heilige genegenheid' en mijn 'ogen die hun vreugde waren'? Mijn ogen, die hun walgelijke naaktheid hadden gezien. En waarom zou ik me schamen?

Die vraag was zout in de wond die mijn herinnering aan vroeger was, daarbij begeleid door de langzaamste en meest dwingende versie van 'La Cumparsita', en richtte zich als een kompasnaald op mijn geweten. Het zou nog vele nachten duren voor ik zou begrijpen dat die naald een andere kant op moest wijzen. Want ik ben niet vuil, niet vies of schuldig. Niet meer. Nooit meer. Ik ben vrij, bevrijd. Met mijn beslissingen, mijn eigen beslissingen, zal ik mijn vrijheid bewijzen. De viool besloot met twee gebroken akkoorden de overweldigende muziek en pompte kracht in de vuist die ik begon te maken.

Zachtjes werd er in mijn schouders geknepen. Een kuchje klonk achter me.

'Ontspan, het is nu achter de rug', zei Carlos. Er was niet méér nodig dan die ene zin om mijn trotse gedachten aan gort te slaan. Waarom begreep hij niet dat het nog lang niet achter de rug was? Dat onze vlucht slechts een begin was van iets wat misschien wel nooit achter de rug zou zijn.

Weer klonk de viool. De melodie leek een variatie op een stukje uit het 'Haneerot Halaloe', het traditionele chanoekalied. Ik zag ons weer zitten, de meisjes van Juanita, in een kring om de chanoeka met de negen kaarsjes. Als kinderen speelden we met de *dreidel* en genoten van die schaarse momenten waar we de adem van de madam niet in onze nek voelden. Zij was immers de enige vrouw in het bordeel die niet joods was, dus liet ze ons tijdens het feest met rust. Nadat de zaken van die avond gedaan waren, dat sprak voor zich.

Dankbaar bedacht ik dat wat dat betreft Carlos gelijk had. Het leven met Juanita had ik definitief achter de rug. En als om dat geluk te onderstrepen gooide de viool het over een andere boeg. In een net iets te langzaam tempo zette hij 'La Morocha' in, om daarna per couplet het ritme wat te versnellen, zoals de hartslag zou doen van de man uit het lied die de zangeres 'in alle vroegte de bittere maté serveert'.

Al na een paar maten voelde ik hoe Carlos' heupen uit het niets begonnen te wiegen. Juist daarom danste iedereen zo graag met Carlos; hij danste nooit met kracht maar met souplesse. Als een klankkast die zelf niets doet maar slechts muziek opneemt en versterkt. En daarna deed hij precies datgene waar zijn vader hem zo nadrukkelijk ver van had willen houden: meegaan in de beweging van de muziek. Hoe vaak had Antonio Carlos niet gewaarschuwd hoe die beweging zich zou uitbreiden naar de rest van het leven, en daar aangekomen te groot zou zijn om het onheil nog te stoppen? Hoe vaak had hij de tango niet vervloekt om het lot van zijn vrouw?

Carlos had dat verhaal over schuld en verdoemenis nooit geloofd. Aan iets wat twee mensen doen uit liefde kan geen schuld kleven, en als het lot je laat dansen kun je dat maar beter gewoon doen. Punt.

Ik draaide me om, we vonden elkaar en deden een paar passen op het dek, met hier en daar een gebroken serie om niet tegen de houten schotten van de dieren op te botsen. Vanaf het eersteklassedek, een paar meter boven ons, riep een aangeschoten stem: 'Kijk daar, *la morocha* is aan het dansen! La morocha Argentina!' En aangemoedigd door het gelach van zijn onzichtbare publiek sleepte de stem het laatste couplet achter de melodie aan:

Ik ben de donkere Argentijnse,
die geen verdriet voelt
en blij door het leven gaat
met haar liederen.

Carlos kreeg een hoestaanval.

'Ze hebben gelijk Carlos, ze hebben gelijk, ze hebben gelijk, echt waar.' Ik klopte hem op zijn rug en toen hij uitgehoest was strekte ik mijn armen naar hem uit, maar hij weerde af. Hij leunde met zijn rug tegen een houten schot en liet zijn achterhoofd ertegen rusten.

'Moe?' vroeg ik. Hij knikte naar de sterren.

'Veel gebeurd', zei ik. Weer knikte hij en hij hoestte nog een keer.

Die nacht maakte ik me er nog geen zorgen over en ook de volgende nacht toen ik Carlos hoorde hoesten draaide ik me om en probeerde zo snel mogelijk weer in te slapen. Ik dacht aan de violist die iedere avond een aantal tango's speelde, soms afgewisseld door een wals en iets anders, wat ik niet kon thuisbrengen. Na een paar avonden herkende ik de stijl van de onbekende muziek, die ook melancholisch maar klagender was dan tango. Niemand kon me meer vertellen, behalve uitgerekend een Duitser uit onze klasse, die wist dat het 'uit de buurt van Rome' kwam. We konden er in ieder geval op dansen en dat was het enige wat er echt toe deed.

Op een avond klonk de viool helderder dan anders. Het geluid kwam niet meer van binnen uit het schip. Toen we omhoogkeken zagen we hem staan, op het dek tussen de eerste klasse en dat van het vee en ons. Zijn hele lichaam speelde mee, iedere vezel in dienst van zijn muzikale gevoel, dat leed onder het ritme van de tango. Zijn hoge, kale voorhoofd glom als een van de deklampen zich er een moment lang in spiegelde. De wind streek door het grijze haar, dat bijna verzilverd leek, om de eenzame muzikant verkoeling te brengen. Soms, wanneer de hand de viool aaide en dan weer aanvuurde met de strijkstok, fonkelde het verschillende kleuren uit een grote steen in een brede ring aan zijn pink. Na afloop applaudisseerde ik. De violist boog naar beneden en na een beleefd knikje bleef hij me aankijken. Lang.

Niemand kon ons vertellen wie hij was.

Carlos en ik dansten iedere avond op de klanken van de anonieme violist. Tegen het einde van de reis – we waren al ruim drie weken onderweg – haalden we per avond niet meer dan twee tango's, soms maar een, of helemaal geen. Meer kon Carlos niet aan. Het bleef niet bij kuchen en hoesten: hij werd somber. Eerst dacht ik dat het zijn longen waren die zijn humeur neersloegen. Later dacht ik dat het misschien juist andersom was, dat het zijn gedachten waren die hem ziek maakten. Op een dag 'betrapte' ik hem namelijk toen hij in het dagboek van zijn vader las. Hij klapte het boek dicht en zei geërgerd dat ik hem had laten schrikken. Zonder dat ik hem iets vroeg zei hij dat het nou eenmaal zo gegaan was en niet anders. Toen kroop hij onder de dekens. Hij deed alsof hij sliep en ik bedacht hoe zwaar zijn vaders woorden voor hem moesten zijn.

De scheepsarts, die verplicht was twee keer per dag de derde klasse te bezoeken, was een man die zijn beste tijd al had gehad, iets wat hij jonge mensen als Carlos persoonlijk kwalijk leek te nemen. Een klopje hier, een ander daar, even diep zuchten – niet in mijn richting had ik gezegd, jongmens – dit naar beneden en dat omhoog – ik zie het al, gaat wel over, niet te veel hoesten want dat irriteert de longen. Het hoesten zou straks aan wal vanzelf wel minder worden, meende deze kunstenmaker. Maar daar waren we nog lang niet en tot die tijd moest Carlos zich niet vermoeien. En dus zweeg ik.

Ik zweeg over Frankrijk. Over hoe we vanaf de haven naar Parijs moesten komen. Waar zouden we wonen? Ik zweeg over mijn zorgen. Deed alsof ik ze niet kende. Geen zorgen over geld en waar we dat mee zouden verdienen; niet denken dat er al genoeg tangodansers en -leraren zouden zijn nu de tango al zeker tien jaar in de Parijse mode was. Geen zorgen! Niet alleen om Carlos te ontzien maar vooral: waar was ik anders voor gevlucht? Alles buiten de hel is de hemel, daartussenin is niets.

Ik herinner me de opluchting aan boord toen we na anderhalve maand varen eindelijk Boulogne zagen. We kwamen niet alleen vanuit de nieuwe wereld naar de oude, maar voeren ook van de lente de herfst binnen. Toen we eindelijk aanmeerden klonken er geen vreugdekreten. Zwijgend keken we vanaf het dek naar de smerige kades. Overal lag een laag bruinzwarte modder met hier en daar een hoop stront van een of ander dier, een half verrot vissenlijk en ander, onbenoembaar afval. Een legertje bedelaars in lompen stond blootsvoets te wachten tot wij zouden ontschepen: het ontvangstcomité van ons nieuwe land. Ons zouden ze vergeefs aanklampen. Al het geld dat Carlos gespaard had met zijn werk bij madam Juanita hadden we nodig om naar Parijs te komen en daar onderdak te vinden. Wie weet hoe duur Parijs was?

Carlos' hoest putte hem steeds meer uit. Met een gezicht zo bleek als koude tenen liep hij voor me de plank af naar de kade. Het leek wel alsof de reis hem zijn jeugd had ontnomen, maar bij de autoriteiten deed hij erg zijn best om niet als een ziek dier uit de kudde geplukt te worden. Toen hij daarna aan het eind van de pier op een lege ton zat uit te hijgen, wat weer een nieuwe hoestbui uitlokte, wees hij naar een houten barak met een wit bord waarop in statig donkerblauw geschreven stond: BANQUE GÉNÉRALE DU NORD. Hij graaide in zijn broek, ter hoogte van zijn kruis, en diepte er de leren lap uit op die hij ooit van zijn vader had gekregen om geld in te bewaren.

'Ga jij maar wisselen.' Met zijn arm veegde hij zijn mondhoek schoon en keek naar het slijm op zijn mouw. 'Jij spreekt Frans.' Een Parisienne bij madam Juanita had mij wat Frans geleerd en ik haar wat Spaans, om de klantloze uurtjes te doden. Soms speelt het lot je een keer de goede kaarten toe.

Zwaar op de proef gesteld werd mijn Frans niet. Het bankpersoneel was erg vriendelijk en in een zuchtje stond ik weer buiten. De leren lap leek nu nog beter gevuld, maar de bediende aan het loket had dan ook gezegd dat het veel geld was. Arme, hardwerkende Carlos.

Met zo veel geld zouden we eerst een nacht in een echt hotel kunnen slapen. Dan de volgende dag met een luxe trein naar Parijs. Carlos zou dan snel aansterken, en na een weekje het bed houden in de mooie woning – misschien wel twee kamers – die we nu konden huren, zou alles goed komen.

De herbergier van Le Cochon Rose, die vrij aardig bij de naam van zijn logement paste, wreef een biljet van honderd francs tussen zijn vlezige duim en wijsvinger en begon zijn hoofd te schudden. Ik kreeg een wee gevoel in mijn buik. In rap Frans zette hij het probleem uiteen. Carlos zei niets, maar steunde met zijn hoofd in zijn handen op de houten bar. Nogmaals begon de waard het probleem aan ons uit te leggen, totdat hij zichzelf onderbrak met een wilde schreeuw, waaruit ik pas later de naam 'Paulo' opmaakte.

Een jonge knul kwam op een drafje vanuit het donker van een achterkamer aangesneld, negeerde ons en sprong in de houding voor zijn baas, die hem met een nieuwe reeks Franse woorden om de oren sloeg. Na de frustrerend korte en heldere vertaling door Paolo stonden wij op straat met een leren lap vol waardeloze biljetten.

Anderhalf uur, misschien twee, nadat ik de bank had verlaten stonden we weer voor de barak waarin hij gevestigd was geweest. Het witte bord met de naam van de bank was verdwenen. Net als het personeel. Op de toonbank waarover Carlos' geld was verdwenen knaagde een rat aan een bot.

Zeven dagen, evenzoveel karren en wagens en nachten in het hooi verder, hotsten we mee op een houten kar tussen grote manden en houten vaten. Op de zijkant was een ovaal bord getimmerd waar met gele letters BIÈRE HOFFMANN, een telefoonnummer en het adres van de brouwerij in Parijs op geschilderd was.

Carlos was opzijgezakt als een dood dier en sliep met zijn hoofd op een mand. Sinds een paar dagen lag er een schaduw over zijn wangen, net onder de jukbeenderen, en ook de kassen om zijn ogen werden steeds donkerder. Nog had ik me geen zorgen gemaakt. Maar de avond voor de laatste etappe naar Parijs zag ik een druppeltje bloed in zijn mondhoek toen hij met piepende adem lag te slapen in de hooiberg.

Ik was zo dicht mogelijk tegen hem aangekropen en rilde bij de gedachte hoe de dood dat misschien aan de andere kant van Carlos' lichaam deed. Hoe hij even zijn hoofd zou optillen om over Carlos' schouder zijn eeuwige grijns naar mij te lachen. Lachen om zijn eigen onontkoombaarheid. Hoe zou de dood zelf er bij leven uit hebben gezien?

Parijs, Parijs, Parijs. Ik moest het blijven herhalen, bezweren. In Parijs zou een dokter ons helpen en zouden we onderdak vinden. Parijs, Parijs, Parijs. Op de een of andere manier.

Voorlopig was de enige die ons in Parijs hielp de wagen-
menner van Bière Hoffmann, die ons die avond naar een
brug bij een brede rivier bracht. Vlak boven het water lag
een dichte mist, die het geluid van de stad smoorde zodat
het gehoest van Carlos nog agressiever klonk dan anders.
De menner bromde wat voor zich uit.

'Pont du Carrousel', gebaarde hij naar de brug, die er eeu-
wenoud uitzag. Toen verdween hij in nevel en schemer.

&

Die eerste nacht deed ik geen oog dicht. Verderop krijsten
een paar katten en op de brug boven ons klonk het geratel
en geklop van wagens en paardenhoeven. Wat er overbleef
aan nachtelijke stilte werd doorbroken door Carlos' gehoest.

Alsof ik bang was anderen onder de brug te wekken sloop
ik naar de rand van de kade en ging op de stenen zitten.
Boven de rivier hing een bijna bewegingloze nevel. Flarden
die aan de bovenkant beschenen werden door de lantaarns
op de brug en die zich naar beneden toe verdichtten. Daaronder gleed het zwarte water van de rivier.

Er was niemand die ons miste. Nergens viel er die avond
een orkest stil om twee jonge dansers uit Argentinië aan te
kondigen. In plaats daarvan werden we toegesproken door
onze nieuwe buurman, die eerder die avond opeens van achter een vermolmde schuttingdeur vandaan was gekropen.
Nadat hij ons een tijdje zwijgend had bekeken, schudde hij
zijn hoofd en vroeg ons of we wel wisten wat 'die lui' – een
vaag hoofdgebaar naar achteren – allemaal met hun schillen
mee weggooiden?

Hij vertelde ons zijn 'geheim van de schillenkar'. Dat

kwam erop neer dat er veel keihard brood werd weggegooid, dat na een half uurtje onder de vochtige schillen weer eetbaar was. Het 'geheim' zelf stelde me nogal teleur, maar het onderzoek van mijn eerste schillenkar leverde wel genoeg op om de maag te vullen. Diezelfde dag kende nog een droevige primeur: ik begon te bedelen.

Al vrij snel had ik door dat vriendelijk vragen en daarbij een vriendelijke blik of zelfs een poging tot een glimlach eerder tot een aalmoes leidden dan het tentoonspreiden van mijn ellende. Veel geld bracht het niet op, dus moest ik iets anders verzinnen om ons in leven te houden. De enige mogelijkheid die ik kon bedenken was uit stelen te gaan, maar die stap probeerde ik zo lang mogelijk uit te stellen.

Carlos lag ziek in een stinkende deken die ik voor twee dure francs van een andere zwerver had gekocht. Zonder warmte en beschutting was hij kansloos tegen de winter. Mijzelf gaf ik eerlijk gezegd ook geen grote kans om de kou te overleven. Tot ik op een morgen mijn gezicht in de rivier had gewassen. Met een week lachje zei Carlos dat ik zulke mooie blosjes op mijn wangen had en dat hij aan zo'n mooie vrouw met plezier al zijn geld zou geven. Toen begreep ik dat stelen misschien helemaal niet nodig was!

Uit wat ik had meegenomen uit Buenos Aires trok ik mijn tangojurk tevoorschijn. Ik gebood Carlos onder zijn deken te blijven en liep verder op de kade de trap op naar een brug.

Heilige Moeder, wat was dat koud! Mijn benen knikten alle kanten op en ook mijn handen kon ik niet stil krijgen. Ik kon niet eens mijn arm fatsoenlijk om een aalmoes laten smeken. Wat ik zei klonk daardoor wel oprecht en dramatisch: *'Une au-au-aummmmônnne, sssss'il vous puppuplaît.'*

Ik was door- en doorkoud, hongerig en het huilen na-bij. Een vader en zoon keken elkaar in het voorbijgaan aan. Toen tikte de vader tegen zijn voorhoofd. Dat kleine gebaar had grote gevolgen. Iets knapte er in mij, alsof hij mijn plan met zijn vinger lek had gestoken. Ik voelde hoe door dat gat woede naar binnen gulpte. Koudgloeiende woede om de minachting voor mij, die hij met dat gebaar op die snotneus naast hem overbracht. Minachting voor mijn ellende, hier in een tangojurk op een ijskoude hoek van een brug van die klotestad waar voor hem en dat kloteventje van hem een warme kachel brandde!

De klap op zijn achterhoofd klonk bijna hol. Toen hij zich omdraaide kwam daar nog een harde tik op zijn wang achteraan. Terwijl hij zijn handen als een lafbek voor zich uit stak om zichzelf te beschermen, schold ik hem en zijn zoontje in het Spaans uit voor alles wat slecht en lelijk was. Toen ik door mijn rijke voorraad scheldwoorden heen was, maakte ik ze uit voor dingen die niet bestonden. Ik schold toch in een taal die ze niet begrepen en het was nu belang-rijk de stroom gaande te houden. Ik kreeg het er zelfs een beetje warm van.

Alles, alle vernedering die ik had doorstaan om hier nog meer vernederd te worden, schoof ik in de schoenen van deze klootzak en dat rotzoontje van hem. Mijn bloed jeukte alsof het smolt en de kristallen in de bloedvatwanden prik-ten. Mijn wangen werden weer warm, maar dit keer niet van het koude rivierwater maar van machteloze tranen.

Klik, klak, klik, klak. Zelfs mijn hakken maakten me belachelijk door dat parmantige getik op de stenen treden toen ik de trap naar de kade af rende. Het was afgelopen met mij. Met ons. Onder aan de trap klampte ik mij vast aan de kademuur. Ik voelde niets, zag niets en hoorde niets. Niets.

Niets, behalve een ritme dat ergens ontstond. Van ver weg kwam het naar me toe. Iets later kwamen er ook klanken bij. Het was geen muziek die ik herkende. Ik ben er niet eens zeker van of je het wel muziek zou kunnen noemen.

Een waas trok over mijn ogen, gleed verder naar beneden en trok mijn lichaam los van de muur. Ik was mijn oriëntatie kwijt en wist niet meer of de muur waar ik me daarnet aan vastgeklampt had links, rechts, achter of voor me stond. Ik was werkelijk los en voelde en zag alleen de sluier nog, waar duizenden takjes doorheen liepen, oranjeroze als in de huid van een pasgeborene. De muziek was dichterbij nu en ik voelde intuïtief waar ik mijn armen kon laten rusten, alsof de waas een mal van mijn eigen lichaam was.

Nog nooit, in een dans noch in het leven, heb ik me zo overgegeven aan een leider. Zelfs toen de muziek steeds luider klonk en sneller werd, was iedere beweging zo duidelijk dat het mijn eigen idee had kunnen zijn. Het klinkt misschien gek maar ik geloof dat ik toen pas merkte dat we dansten.

Om me heen stulpten vingers uit de waas. Van boven naar beneden begonnen de strelingen. Over mijn achterhoofd naar mijn nek, langs mijn schouders tot aan mijn vingers. Over mijn hele rug kriebelden ze als waaiers van vogeldons en nooit, geen moment, verloren we de muziek.

Toen verduisterden al die duizenden takjes. De vingers, inktzwart nu, drongen door mijn jurk heen en raakten mijn naakte huid. Ze trokken striemen over mijn buik, kietelden zacht in mijn nek, klauwden in mijn billen en gleden langs de binnenkant van mijn dijen omhoog. Bijna boven-aan gekomen explodeerden ze. Miljoenen stukjes smolten samen tot twee lange zwarte dameshandschoenen, die mijn borsten grepen. De zwarte vingers gleden van mijn borsten, drongen het borstbeen in en scheurden mijn lichaam van boven tot onder in tweeën.

Ik viel in een oneindige diepte, een onvoorstelbaar wit licht tegemoet. En toen lawaai van doffe klappen, gefluit en stemmen die joelden. Steeds harder werd de wereld om me heen, tot ik de grond onder mijn voeten voelde.

Hoeveel mensen er om me heen stonden wist ik niet. Ik wist niet eens wat er gebeurd was of wat ik gedaan had! Maar toen ik de boog van een muntje volgde dat uit het publiek in mijn richting vloog en op de kade landde, zag ik dat er daar nog meer lagen. Daar rinkelde nog wat op de keien. Er lag genoeg voor een brood, misschien zelfs voor een worst? Ik durfde de munten niet op te pakken; het was veiliger te denken dat ze niet bestonden. Pas toen de meeste lachende gezichten vertrokken waren en een van de brug-buren naderbij sloop, raapte ik in een mum van tijd op wat mij toebehoorde.

Bij 'onze' brug lag Carlos onder zijn deken te slapen. Ik voelde me uitgeput en wilde niets liever dan op mijn bed-je van kleren in slaap vallen. Ik zocht de leren lap met het nepgeld en deed de munten erin. De lap verdween in mijn onderbroek en ik kroop zo dicht mogelijk tegen Carlos' rug aan. Ter verwelkoming hoestte hij twee keer. Ik gaf hem een klap op zijn rug.

'Hou daarmee op!' riep ik. Morgen moest hij fit zijn. Fit genoeg voor mijn plan.

De zon gluurde onder de brug door om ons wakker te prikken. Het was een nacht vol woeste dromen geweest; mensen die in hun handen klappend als idioten om me heen dansten, mannen in de salon van madam Juanita die me muntstukken met handenvol tegelijk in het gezicht wierpen terwijl ik met Carlos danste.

Mijn hoop dat Carlos de volgende ochtend fit genoeg zou zijn om samen op de kade te dansen was natuurlijk tegen beter weten in. Alhoewel het leven in zijn gezicht leek terug te keren en hij die nacht naast het hoesten ook gesnurkt had als een wild zwijn, wankelde hij als een dronkeman toen hij in de vroegte opstond om te plassen. Ik moest een extra deken voor hem kopen en ervoor zorgen dat ik aan vlees kon komen, dat zou hem goeddoen. Ik tastte naar de leren lap in mijn onderbroek maar liet hem daar zitten. Geld stinkt toch al en waarom zou ik iemand op een idee brengen? Juist in de vroege ochtend, wanneer de kade bijna verlaten was, lag achter iedere pilaar, boom of hoek het gevaar op de loer.

Die middag, toen Carlos alweer in slaap was gevallen, liep ik een eind de kade af tot bij een boom waarachter de kade als een ronde uitstulping in de rivier gebouwd was. Alsof het al die tijd had liggen wachten om mij een podium te kunnen geven.

'Tijd, meisjes!' hoorde ik madam Juanita roepen. 'Alles op een presenteerblaadje, en denk eraan dat het dúúr is wat daarop ligt. Vóór de centen kijken met de ogen, daarna pas met de vingers!' Ik probeerde haar zure lachje niet voor me te zien. Dat stompzinnige humorloze grijnzen. Te laat. Als madam was zij de enige die in de luxepositie was haar

134

schaamte te kunnen verbergen achter een lachje.

Ik streek mijn tangojurk glad, wreef de bobbel van de leren lap zo goed mogelijk weg, en duwde mijn borsten wat omhoog, die bij gebrek aan korset weer terugzakten.

De eerste danspassen liep ik met een lach op mijn gezicht. Het was namelijk een bizarre grap dat de eerste tango die ik met mijn innerlijk oor hoorde 'Francesita' was. Ongeveer een jaar nadat ik in Buenos Aires was aangekomen, hoorde ik voor het eerst het verhaal zingen over het ongelukskind dat uitgerekend vanuit Frankrijk naar Argentinië werd gebracht!

Omdat het gek zou zijn om zonder man te dansen, probeerde ik Carlos in gedachten voor me te zien. Maar in plaats van de soepele, elegante danser van vroeger zag ik een oude, hoestende man die steeds te langzaam was voor het ritme van onze passen. Mijn schaduw daarentegen bleek een schitterende partner, alhoewel, gek genoeg, ook zij ergens aan vast leek te kleven.

Het was duidelijk te merken dat Parijs in de ban van de tango was; sommige passanten vonden het leuk vermaak, andere keken geïnteresseerd naar mijn voeten of volgden het patroon. Maar de duidelijkste aanwijzing kwam van de doorlopers; mensen die met een geërgerde frons vooral recht vooruit bleven kijken om de rest van de wereld te laten zien dat er ook nog nuchtere lieden bestonden die zich niet door een rage het hoofd op hol lieten brengen.

Ik probeerde door de kou heen Buenos Aires te voelen. Ik stelde me de zon loodrecht boven me voor, zag de zweetdruppels langs mijn hals lopen, voelde het verlangen van de donkere gezichten die deden alsof het hun om de gepassioneerde kunst ging. De trots waarmee ik hen weerstond was dezelfde waarmee ik de munten die tussen de wortels van de boom gegooid werden weerstond. Geld was de volmaakte belediging van deze tango en de vrouw die hem danste. Meer en meer muntjes daalden neer tussen de wortels. Hoe meer ik het geld negeerde, hoe aantrekkelijker het kennelijk was.

Na een paar tango's, of misschien duurde het wel een hele middag, oogstte ik toch de vruchten van mijn dansen. Het was misschien net genoeg voor een deken, een worst en een vers brood, zonder schillensmaak. Als ik iedere dag mijn stille tango's zou dansen, dan zouden we voorlopig wel overleven. Maar wat als de winter zou toeslaan?

⤐

De dagen werden korter, grijzer en kouder. In die twee weken dat we inmiddels onder de brug leefden had ik zo veel mogelijk troep naar ons hol gesleept om ons achter te verschansen tegen de kou.

Van wat ik overdag 'verdiende' kocht ik stevig voedsel. Vaak deed ik dat met 'bedelaarskorting' en betaalde ik niet voor de broodjes of blikjes die door puur toeval in mijn jaszak waren beland. Nood breekt wet.

Carlos wist niets van die praktijken, maar hij vroeg ook nooit wat de dagopbrengst was. Sinds een paar dagen kwam hij wat vaker tussen de schotten vandaan en liep wat heen en weer, iets vaster op zijn benen. Niet als een dronkenman maar slechts lichtjes aangeschoten liep hij naar de rivier om het water te pekelen.

Op een middag was het koud als gewoonlijk en begon het te spetteren. Ik zou nog één tango zingen en daarna met wat ik die dag verdiend had naar de brug terugkeren. Een bezoek aan het winkeltje zat er niet in. De gedachte aan de honger in de nacht maakte me misselijk.

'Mi noche triste', mijn trieste nacht, weerklonk uit de donkere poel die mijn ziel dreigde te worden. Ik zong het twee keer zo langzaam als ik het in Buenos Aires had geleerd, om de woorden van pijn en verlatenheid als scheldwoorden tegen mijn gehemelte te laten roffelen voordat ik ze uitspoog in deze, werkelijk godverlaten, wereld. Ik schold ook op mezelf. Want ook ik had mezelf bedrogen. Ik verlangde zo naar de rum waar ik over zong, of ieder ander gif waarmee ik mijn ziel stil kon drinken zodat ik niet anders kón dan vergeten, niets anders meer kon volgen dan de tranen van de drank die langs het glas naar beneden gleden. Maar voorlopig kwamen de enige spetters van boven. Steeds meer, groter en harder.

Ik brak mijn lied af. De paar mensen die hadden staan luisteren zochten een schuilplaats voor de regen. Ze konden de pot op. En het lied ook. Nadat ik die paar centimes op de grond toch maar opgeraapt had, wilde ik het op een lopen zetten naar de dichtstbijzijnde brug, maar botste tegen iemand op die als enige was blijven staan.

Ik had hem al eerder gezien. Er was iets vreemds aan de manier waarop hij naar me had gekeken. Alsof hij ergens over nadacht. De regen spatte inmiddels in miljoenen explosies uiteen in het oppervlak van de rivier. Ik maakte dat ik wegkwam.

'Attendez, mademoiselle!' Zijn stem kwam maar net boven het geraas uit.

Onder de brug bleef ik staan. Ik had er direct spijt van. Ik wilde naar Carlos, achter hem onder de deken kruipen, die stinkende lap over mijn hoofd trekken en mezelf weg, ver weg fantaseren uit dit leven.

'*Mademoiselle, un instant, s'il vous plaît ...*' Ik hoorde de man dichterbij komen. Ik wilde geen moment voor hem hebben, dus draaide ik me om en begon in mijn rapste Spaans te foeteren: 'Wat wil je van me? Het is koud en ik wil niet meer, nu niet, straks niet, nooit niet! Donder op! Begrepen?'

'Niet alles, maar het meeste wel, ja', zei hij tot mijn verbazing in vloeiend maar niet accentloos Spaans.

'Ik begrijp dat u het koud hebt.' In de medelevende blik die hij op mijn kleren wierp lag iets pijnlijks. En ook weer dat nadenkende.

'Kennen wij elkaar niet?'

Ik rolde met mijn ogen.

'Neem me niet kwalijk', zei hij met een glimlach. 'Het was niet als een ordinaire avance bedoeld. Maar zou het kunnen dat ik u eerder heb gezien?' Ik sloeg mijn armen om mezelf heen alsof ik iets om me heen trok, een doek of zo. Maar zelfs die had ik niet.

Zoals ik in het bordeel van Juanita altijd deed, keek ik snel naar zijn hand om te zien of de man getrouwd was. Alsof een ringvinger zonder ring een bewijs was! Deze man droeg een opvallende ring, maar aan zijn pink.

'U wilt natuurlijk snel naar de kachel thuis en ik houd u op. Nogmaals excuus, ik zal het kort houden.' Nog steeds in vloeiend Spaans. 'Woont u hier of bent u slechts op bezoek in onze mooie stad? Uw Spaans klinkt niet Zuid-Amerikaans maar zoals u de tango danst en zingt lijkt u daar juist wel vandaan te komen?'

Ik vroeg hem waar zijn Spaans vandaan kwam, niet van

plan in te gaan op intieme vragen van een vreemde. Hij streek zijn grijze haar naar achteren en begon een verhaal. Die kleur was geen teken van ouderdom. Ik schatte hem niet veel ouder dan dertig. Het gaf hem iets voornaams, dat grijze, alsof het een verdienste was. En ook al had hij een wat droeve oogopslag alsof hij spijt had van een bepaald besef, het was een aangenaam gezicht om naar te kijken. Even dacht ík ook hém te herkennen. Weer keek ik naar zijn ring.

'… en, zoals u weet, spreekt iedereen in Buenos Aires Spaans en is het bovendien de taal van de tango', legde hij uit waar zijn Spaans vandaan kwam. Hij woonde zelf in Parijs maar kende Buenos Aires goed; waar hij verliefd was geworden op de tango. Niet dat hij een danser was, haastte hij zich te zeggen alsof dat een pijnlijke vergissing zou zijn geweest, maar hij had het een en ander van de muziek begrepen – zei hij zonder valse bescheidenheid – en kende zijn weg vrij aardig in het Parijse tangoleven.

Ik vond dat ik nu wel beleefd genoeg had geluisterd, ik had zelfs even geïnteresseerd geknikt, en gebaarde in de richting waarin ik verder wilde lopen.

'Waarin u met uw manier van dansen beslist ook thuishoort, in plaats van hier langs de Seine, met uw welnemen', vervolgde hij.

'U zou echter een partner nodig hebben die u de vrijheid zou kunnen geven om …' Hij maakte zijn zin niet af maar keek peinzend naar de rivier, waarin de regen nu slechts kleine butsjes sloeg. Ik bedankte hem, zei dat ik reeds was voorzien en begon te lopen.

'U hebt al een partner! In dat geval wil ik u graag een voorstel doen.' Zijn enthousiasme deed me omdraaien.

Van ons laatste geld had ik een stukje zeep gekocht, waarmee ik onze beste kleren in de rivier had gewassen. Bij de vuurpot die een van de clochards van het café op de hoek van de rue du Bac had gestolen probeerde ik ze zo goed mogelijk te drogen. Met zijn stinkende deken om zich heen geslagen vroeg Carlos zich hoestend af of dit wel een goed idee was.

'Nee, Carlos, het is niet eens een idee! Het is een teken van God, een engel die hij gestuurd heeft om ons hieruit te halen. En juist omdat het zo makkelijk lijkt weet ik zeker dat het goed is, net zoals de mooiste tango's vaak de simpelste zijn.' Daar kreeg hij geen speld tussen, maar zijn frons verdween niet.

Ik pakte zijn schouders vast en begon hem heen en weer te schudden. Ik was gelukkig en kon het niet uitstaan dat hij dat niet ook was. Ziek of niet.

'Gewoon doen wat we het beste kunnen, Carlito!' Hij onderdrukte een nieuwe hoestbui en knikte.

Ik zag voor me hoe we de volgende dag om drie uur zouden aanbellen bij het huis aan de avenue Hoche. De dienstmeid van mevrouw De Dreux, comtesse De Dreux maar liefst, zou ons met een knikje binnenlaten en ons naar de zaal leiden waar de 'tangothee' plaatsvond. Volgens de man bij de Seine – waarom heb ik hem zijn naam niet gevraagd? – was het in Parijs heel gewoon om thee te drinken en tango te dansen. Of om vijf uur wijn te drinken en tango te dansen, of rond lunchtijd, koffietijd en natuurlijk ook 's avonds tango te dansen. Het tijdstip maakte niet uit, als je maar een reden kon vinden.

Daar zouden wij dansen. Draaiende hoofden zouden ons van achter hun theekopjes proberen te volgen en zich afvragen of ze het ooit zó zouden kunnen leren. Dan pas zouden ze begrijpen waarom Carlos en ik in Parijs waren. Aan het eind van de middag zouden we ons moeten afvragen waar we een ruimte konden huren om al die lessen te geven. Wat een heerlijke zorg! Morgennacht zou weleens onze laatste onder de brug kunnen zijn. Misschien zou de gravin ons zelfs een kamer aanbieden nu we in haar kring gearriveerd waren? Hoe zou ik de man met het grijze haar ooit kunnen bedanken?

De volgende dag stonden we op het afgesproken tijdstip voor het portiek aan de avenue Hoche, dat eerder dreigend dan uitnodigend was. Uit het enorme portiek waren een soort ranken gebeeldhouwd, die boven de deur eindigden achter een somber hoofd dat met druiventrossen omgeven was. De deur zelf leek op een reusachtige insectenkop met zwart glas als ogen en mond.

De in zwart en wit gestoken bediende leidde ons zonder een woord te spreken, hij had slechts even geknikt, een aantal trappen op. Hij sloeg dan weer links en dan weer rechts af tot hij plechtig twee hoge deuren van een salon voor ons openduwde.

Midden in de balzaalachtige ruimte stond een dame als een monument tussen duidelijk lager volk. Haar dunne, geverfde lippen glimlachten in een rechte streep tegen haar gasten, die zich om haar heen verdrongen als bijen om hun koningin. Het leek meer een gewoonte dan een uitdrukking van genegenheid. Toen de bediende ons aankondigde, kneep ze haar ogen een beetje dicht alsof onze verschijning onverwacht was. Ze legde een gehandschoende hand op het collier dat over de welvingen van haar decolleté lag te glanzen. En alhoewel het duidelijk geen jonge vrouw meer was, had de tand des tijds zijn appetijt kennelijk liever met andermans huid gestild.

Langzaam reikte ze met haar andere hand wat in onze richting, de handrug naar ons toe alsof ze trots was op de diamant aan haar vinger. Ik beantwoordde haar vriendelijke gebaar met een lichte buiging en gaf Carlos een por. De drukte in de zaal verstilde. Toen ik weer opkeek glimlachte het masker van de gravin nog steeds. Daaronder was alles veranderd. Waar bleef die tango?

Opeens was die jongedame er. Ik zag niet waar ze vandaan was gekomen maar opeens stond ze naast de gravin. Ze was een stuk kleiner dan de gravin en moest op haar tenen staan om bij het adellijk oor te komen, waar ze iets in fluisterde. Ik begon me af te vragen of ik beter naar Carlos' twijfels had moeten luisteren. Ik durfde me niet te bewegen en keek vanuit mijn ooghoeken naar zijn bleke gezicht. Gelukkig zag hij er nogal wezenloos uit, bijna dommig, anders zou de manier waarop hij de comtesse aanstaarde hondsbrutaal zijn geweest.

Pas toen de jongedame in onze richting keek en naar de muzikanten gebaarde die rechts van haar stonden af te wachten als een roedel bange honden, viel me de gelijkenis met de gravin op. Hetzelfde vlasblonde haar, de dunne maar in dit geval ongeverfde lippen en ook de pupillen waren van hetzelfde lichtgrijs.

De muzikanten zetten een tango in. Carlos' handen voelden koud aan. Zoals hij bewoog leek hij zelf de kou ook te voelen, tot in zijn botten. Ik probeerde passie, vuur, liefde en boosheid in mijn passen te brengen om hem wat op te warmen, maar inspiratie voor al die emoties waren in die salon zo onvindbaar als het leven in een doodskist. Ook Carlos zelf kon ik niet vinden. Niet in zijn lichaam of de bewegingen daarvan, noch in onze dans. Ik probeerde hem uit te nodigen, zelfs uit te dagen mij te leiden, maar hij reageerde nergens op. Hij danste in een wereld die niets met de mijne te maken had en liet zich gedwee als een kleuter alle kanten op sturen.

Onze tango was doodgeboren en die wetenschap maakte het zo zwaar om door te gaan. Nog een paar maten misschien … Zonder dat ik er iets aan kon doen begonnen mijn passen trager dan het ritme te lopen en ook daarin volgde Carlos, tot ik stilstond en iedere beweging en ieder geluid ook tot stilstand kwam. In Carlos' wereld leek niets te zijn gebeurd. Of misschien toch iets moois. Want zijn gezicht verzachtte als dat van een wijze die een waarheid herkent.

Toen gaf zijn lichaam het op.

༉

In het schemerduister zweefde haar vinger voor haar mond.

'*Chut!*' Het klonk alsof ze een nies onderdrukte toen ze de bediende achter mij, of eigenlijk Carlos, die naast hem de trap af wankelde, tot stilte maande. Niet dat we wat te vrezen hadden, want de muzikanten in de salon leken hun best te doen zo hard mogelijk over onze afgang heen te spelen. Ook de gasten in de zaal gonsden en kakelden honderduit, duidelijk opgelucht dat de deur achter ons gesloten was en de hele *nuisance* dus niet plaats had gevonden.

'*Quel choc*', waaierden sommige dames hun tere gestel troost toe, ze schakelden van de thee over op champagnecocktails en van de zojuist doorstane verschrikking over op de 'choc' die 'goede bekenden' was overkomen en de 'pijn' die hun dat persoonlijk had gedaan.

Ondanks het feit dat we daar op de trap op veilige afstand van de comtesse en haar gasten waren, was ik de jongedame met het vlasblonde haar zo dankbaar voor wat ze deed dat ook ik me omdraaide en tegen Carlos siste. Ook al had hij nergens schuld aan en zou ik me eerder zorgen om hem moeten maken, het was heerlijk om tegen Carlos te sissen. De bediende maande tot kalmte.

Nadat Carlos buiten de salon weer op de been was gebracht en de woedende gravin, die ons 'zou laten teruggooien in de stinkende goot waar we uit gekropen waren' de hoge deuren met een zware dreun had dichtgetrokken, was de jongedame nogmaals uit het niets verschenen. Ook toen had ze haar vinger op haar lippen gelegd en dat rare niezende geluid gemaakt. Ze gebaarde ons haar naar beneden te volgen. In de hal liep ze naar een gordijn van zware blauwe stof dat naast een enorme houten kast hing. Achter het gordijn was een deur, en daarachter een donker trapgat.

De eerste treden van de trap vond ik op de tast. Pas nadat de bediende het deurtje weer dicht had gedaan, knipte er een lichtje aan. Houten treden wentelden zich om een ruwe stenen pilaar zodat ik niet kon zien waar de trap naartoe leidde. We cirkelden een aantal keer helemaal om de koude as en kwamen bij een stenen poort zonder deur, waarachter een aantal gewelfde vertrekken lagen, groter dan de meeste woningen waar ik tot dan toe in was geweest.

'*Tan grande …* ' Ik durfde niet hardop te spreken.

'*Grande?*' vroeg de blondine in het Frans.

'*Français?*'

'*Un petit peu*', kneep ik mijn duim en wijsvinger bij elkaar.

'Het is inderdaad groot,' sprak ze langzaam en met een donker stemgeluid dat niet bij haar kleine gestalte paste, 'groot genoeg om iemand in alle rust te laten herstellen. U woont toch langs de Seine?' vroeg ze alsof ik haar dat ooit verteld had. Of dreef ze de spot met ons?

'Bijna niemand kent deze ruimtes en ook al zijn we feitelijk nog steeds in haar huis, dit is een van de hoekjes van Parijs waar mijn moeder nog nooit is geweest en ook nooit zal komen.' Ze leek te schrikken van haar manieren, zoals alleen mensen dat kunnen die werkelijk waarde hechten aan dat soort holle zaken.

'Jeanne.' Tot mijn opluchting stak ze gewoon een hand uit.

'Comtesse?' vroeg ik.

'Jeanne. Gewoon Jeanne.' Ze wees op een kleinere kelder, waar de bediende de olielampen aanstak die aan weerszijden aan de muren hingen. Schaduwen begonnen een spel op de wanden en plafonds.

'Daar zijn jullie beter beschut dan in de grotere ruimtes. Geen daglicht helaas, daar zullen jullie voorlopig mee moeten leren leven. Zodra hij beter is kunnen jullie naar buiten. Tot die tijd blijven jullie hier.' Ze sprak sneller nu en op een toon die me niet beviel.

Met een tevreden knik draaide ze zich om en liep naar het donkere trappenhuis, terwijl ze haar bediende nog wat instructies gaf.

'Jeanne,' onderbrak ik haar, 'waarom?'

'Dat komt later', zei ze en ze verdween in het trappenhuis.

De bediende overlaadde ons met luxe. Een paar échte matrassen werden naar beneden gesleept, waarna hij terugkwam met dekens die naar zeep roken in plaats van naar zwerver. Daarna daalde hij af met hete soep, waar ik mijn tong gruwelijk aan verbrandde, en nog meer eten, waarvan ik een aantal dingen niet kon thuisbrengen. Terwijl ik at en nadacht sliep Carlos.

Onder de brug had hij veel geslapen, maar dit was heel anders. Soms leek hij zo ver weg dat ik zachtjes tegen hem aan duwde om te kijken of hij nog leefde, en op andere momenten was ik er bijna zeker van dat hij slechts deed alsof hij sliep. Ik keek naar het schimmenspel dat de olielampen op zijn rug speelden en vroeg me af waarom hij me alleen liet.

Pas veel dagen en maaltijden later – ik duwde brokken voedsel in zijn mond alsof ik een gans aan het vetmesten was – nog meer slapen en heel veel liefde verder, begon hij te praten. Op willekeurige momenten. Losse woorden eerst, later ook flarden van zinnen. Soms met mij, soms tegen anderen, die er natuurlijk niet waren, en soms sprak hij met zichzelf. Het was een fontein uit het verleden; een uitbarsting van ervaringen, delen van zinnen, beelden die ik kende maar die geschetst werden met kleuren die ik daar onmogelijk bij kon zien, van verdriet dat bestaan had, dingen waarvan ik het waarheidsgehalte betwijfelde en onmiskenbare fantasie.

Het moet zelfs voor de bediende van de gravin een angstige ervaring zijn geweest om hem zo mee te maken. Nadat Carlos hem aan zijn zwarte jasje had getrokken om hem te verhinderen weg te lopen toen hij hem vertelde 'dat de dood je tijdens het dansen opeens kan grijpen en je buik opensnijden', haastte hij zich de trap op. Een goed uur later verscheen een jongeman in een driedelig, wat sleets kostuum.

Hij had een bol, bijna rond koffertje met metalen hengsels bij zich, waar hij een slangachtig instrument uit haalde.

'Student aan de Sorbonne', verontschuldigde hij zich en hij gebaarde Carlos zijn bast te ontbloten.

'Duizelig?' Zijn vinger maakte cirkeltjes in de lucht. Carlos knikte. De student legde één uiteinde van de slang tegen Carlos' borst en stopte de andere twee in zijn oren en deed Carlos een diepe ademhaling voor.

Stilte. *'Oh là là.'* Hoofdschudden.

Hij mocht dan een student zijn, maar de boeken waar Carlos' ziekte in beschreven stond had hij kennelijk al gelezen. Nadat hij zijn spullen weer ingepakt had nam hij me apart en begon omstandig uit te leggen wat het probleem was. Ik begreep dat het niet goed was maar ook niet erg kwaad, op voorwaarde van een 'tenminste' dat ik helaas niet goed kon volgen. Hij moest in ieder geval goed eten, dan zou hij niet meer van zijn stokje gaan. De volgende dag zou hij wat poeders laten brengen.

Met het Frans dat ik kende probeerde ik hem onze armoede uit te leggen. Maar de dokter in spe pakte in één beweging mijn handen uit de lucht, bracht ze samen voor mijn borst alsof ik bad en duwde ze toen zachtjes naar beneden.

'Mademoiselle Jeanne is een goede vriendin', knikte hij bemoedigend. Toen ik hem vroeg of hij soms wist waarom zij al die moeite nam, haalde hij zijn schouders op en liet zijn lippen ploffen alsof er in zijn mond een bommetje lucht geëxplodeerd was.

Hoeveel dagen ben ik bezig geweest met Carlos eten en poeders te voeren? Ik had geen idee meer hoelang een dag duurde en of het dag of nacht was. In onze kelder was het altijd allebei. Het belangrijkste was dat ik Carlos terugkreeg.

Hij sprak alleen nog maar tegen mij of de bediende – die geen Spaans begreep – maar tenminste met mensen die tastbaar waren. Het vlees begon de ruimte tussen huid en bot voorzichtig weer wat te vullen, zodat hij ook qua uiterlijk afstand begon te nemen van de man met de zeis. Alleen zijn geheugen bleef hem in de steek laten. Alles wat hij zich nog kon herinneren sinds onze aankomst in Parijs waren wat vage beelden van de kade langs de Seine. Ik voelde geen behoefte die leegte te vullen. Zo moest ik Jeanne, die ons na al die tijd opeens bezocht met een dienblad met thee en kopjes, eerst aan hem voorstellen voordat ik die simpele vraag naar het waarom opnieuw kon stellen.

'Als ik heel eerlijk ben heeft het "waarom" meer met mij te maken dan met jullie', begon ze nadat ze het dienblad voorzichtig op een matras had neergezet.

'Niet dat jullie me niets kunnen schelen', vervolgde ze onhandig en ze gaf zichzelf wat tijd door met een dun straaltje de thee in te schenken. 'Armand vroeg me voor jullie te zorgen. Ik doe alles voor hem. Hij is erg van uw dansen gecharmeerd, vandaar zijn bezorgdheid.' Ik keek haar niet-begrijpend aan.

'Armand', zei ze en ze overhandigde me een kopje thee alsof hij daarin zat. 'Die u gesproken heeft op de kade.'

'Met het grijze haar?' Nu had hij tenminste een naam. Meer ook niet. Jeanne knikte en schonk een kopje voor Carlos in, die bedankte. Die afwijzing leek haar pijn te doen.

'Armand en ik', de woorden van liefde volgden in stilte; ze werden hier kennelijk niet graag gehoord.

'De gravin?' vroeg ik. Jeanne knikte, dankbaar voor het

begrip voor haar moeilijke situatie. Het vraagteken op Carlos' gezicht groeide.

'Geld?'

'Nee, het is ...' Ik probeerde me Armand en Jeanne als man en vrouw voor te stellen. Onwillekeurig dacht ik aan de ring aan zijn pink. Nu wist ik waar ik hem al eerder had gezien.

'Carlos, de violist op het schip, dat is Armand!'

Iedereen sprak door elkaar: Carlos vroeg zich af om welke violist, welk schip en welke Armand het ging, Jeanne vroeg waar ik hem had horen spelen en ikzelf schetste hoe Armand daar op het dek boven ons was verschenen en hoe het licht weerkaatste in zijn ring. Alleen de bediende zweeg en hij keek benauwd naar het trappenhuis.

'Maar hij speelt prachtig!' riep ik. 'Dat veegt toch ieder bezwaar van tafel?'

'Behalve als dat het bezwaar zelf is. Mijn moeder vindt hem "maar" een muzikant. Dat hij geld genoeg heeft om mij te onderhouden vindt ze zijn enige pluspunt. Maar hij is niet van adel, niet van "onze soort". Dat durft ze niet met zoveel woorden te zeggen, dus gooit ze het maar op het leeftijdsverschil. Terwijl we maar twaalf jaar schelen! In het voorjaar wordt hij eenendertig.'

Ik beet op mijn onderlip. De reactie van de gravin, toen wij haar voor haar gasten te kijk hadden gezet, was me nu volstrekt duidelijk. Het was precies gegaan zoals ze gehoopt had. Armand had ons immers aanbevolen. Maar ik begreep Jeanne ook. Vooral hoe ze zich zo liet beetnemen. Ik herinner me het zelf namelijk nog zo goed, die avonden in Cádiz waar ik naar niets anders verlangde dan samen zijn met Sal en me spinnend wentelde in zijn leugens als een kat in het ochtendzonlicht. Sal, die ook veel ouder was dan ik.

'In de liefde doen slechts de jaren waarin je bij elkaar bent ertoe en niet hoelang je daarop hebt moeten wachten, Miguela.' Ik hoor het hem nog zeggen, knielend voor me, met zijn handen om mijn polsen, als voorbode van de enkelbanden die hij me later aan boord van het schip naar Buenos Aires zou aanleggen zodra de kust uit zicht was.

Maar liefst twaalf jaar ouder was hij dus, deze Armand. De herinnering aan het bordeel drong zich aan me op. Het beeld van die oude geile stumpers die gek van verlangen werden als ze me met Carlos zagen dansen bij Juanita. Niets liever wilden ze dan zo'n lekker jong ding betasten. Een tiener was ik toen nog maar, net als Jeanne nu. En als ze dan eenmaal de trap weer naar beneden liepen waren ze niets rijker, alleen een hoop geld armer. Was Armand ook uit dat hout gesneden?

Hoe was het in godsnaam mogelijk dat hij zo mooi gespeeld had op de boot? Of was ik toen zo gelukkig geweest dat ik zelfs het gekras van een kraai mooi had gevonden? Misschien moest ik Jeanne wel voor hem waarschuwen. In ieder geval zou ik hem in de gaten houden.

Nu Carlos aan het herstellen was, begonnen we ons steeds minder op ons gemak te voelen in de 'crypte', zoals Carlos onze schuilplaats was gaan noemen. Jeannes voorstel kwam letterlijk van boven.

Armand kende belangrijke mensen in de Parijse tangowereld. Ook een bandoneonist die in een aantal van de belangrijkste clubs met zijn orkest speelde. In L'Hermitage bijvoorbeeld, of Apollo en Daunou op de Champs-Elysées;

overal waar tango ertoe deed kende men hem. Als Carlos en ik een goed nummer konden neerzetten, dan zou Armand zijn contacten gebruiken om ons te laten dansen op een paar avonden en in verschillende gelegenheden. Vanaf dat moment zou het dan verder aan ons zijn.

Natuurlijk namen we zijn voorstel aan. In onze positie deden mijn reserves ten aanzien van Armand er niet toe.

'Ter voorbereiding', zei Jeanne met een groot gebaar van begrip, 'zullen jullie wel eerst een paar passen met elkaar willen maken, zonder publiek.'

En zo traden we die middag het daglicht in, handen voor de ogen, glurend tussen de vingers door tot het licht eindelijk geen pijn meer deed. De gravin was uitgenodigd voor een andere 'tangothee' en haar hoofdbutler zou er persoonlijk voor zorgen dat we op tijd gewaarschuwd zouden worden mocht ze voortijds terugkomen.

'Zelfs haar bedienden hebben voor Armand en mij gekozen', legde Jeanne de muiterij uit en ze leidde ons naar de zaal waar Carlos ingestort was en waar nu, verloren als twee dwergen in een reuzenkamer, Armand en een onbekende man ons stonden op te wachten. Armand stelde de onbekende aan ons voor als violist uit het tango-orkest van een van de clubs. Daarna begroette hij mij alsof we oude vrienden waren en wendde zich toen tot Carlos, die hem in het Spaans en veel te overdreven begon te bedanken.

Ik vertaalde zijn woorden kort.

Niet veel later liepen Carlos en ik onze eerste behoorlijke tango sinds we in Frankrijk waren. De violist legde het ritme duidelijk in de muziek en ook al was hij geen Argentijn, hij begreep de tango en kende ook de tekst goed, wat ik kon horen aan de manier waarop hij de muzikale lijnen kneedde: soms verstilde hij bijna, dan liep hij weer door tot een punt waarop hij ons alle tijd voor een versiering gaf.

Het dansen gaf me ook de gelegenheid Armand eens nader te bestuderen. Waarom liet hij iemand anders vioolspelen? Ik wist hoe goed hij zelf de tango beheerste. En waarom speelden die droeve trekken om zijn mond en ogen? Zelfs wanneer hij naar Jeanne keek lag er iets treurigs in zijn blik, alsof het hem speet dat zij van hem hield. Zijn bedoelingen met haar waren mij nog steeds onduidelijk, maar desondanks moest ik ervoor waken hem af te stoten. Bedenkingen of niet, hij was de enige halm waar we ons nog aan vast konden houden en misschien zou hij de laatste zijn. Als er een beslissend moment in ons leven was, dan was dit het misschien wel. We zouden of een nieuw binnengaan, of het zwart van de goot zou ons definitief omhullen.

Armand schoof de gordijnen achter de ingang opzij en het was alsof ik een tunnel binnenkwam, gevuld met sigarettennevel, alle kleuren van de regenboog en kleren, heel veel kleren met mensen die keken alsof ze zichzelf een kunstwerk vonden. Ergens speelde een bandoneon de tango waarop gedanst werd, maar dat ging langs me heen. Die kleren; ik kon er mijn ogen niet van afhouden en nauwelijks geloven wat ze me lieten zien.

Want dit was Parijs, hét Parijs waar alles wat deftig was in Buenos Aires zijn ogen op richtte. De stad waar al die omhooggevallen koehandelaren en leeggelopen adel hun zoontjes naartoe stuurden om van de 'oude noblesse' te proeven, en kijk eens aan! Daar was ze dan, die edelheid die bijna niets bedekte. Liep bij madam Juanita de split nog aan de zijkant van het been, hier liep hij bijna aan de voorkant, zodat links en rechts blote benen de sigarettenrook doorkliefden.

En als de heer achter zijn dame stond, dan kon hij zich altijd nog vergapen aan de blanke huid van haar rug, die tot net boven haar achterste ontbloot was. Het waren net dansende cadeautjes; je hoefde waarschijnlijk maar aan één draadje te trekken en de hele jurk gleed als een lapje op de grond.

En dan die hoeden: windsels in alle kleuren, alsof ze een hoofdwond bedekten. Hier en daar stak er niet meer dan één veer in het kapsel alsof het een verjaardagstaart van een peuter was, en bij anderen was er een dode vogel met alles erop en eraan over het hoofd gedrapeerd, zo leek het. Dat alles draaide langs elkaar heen tegen een achtergrond van felle kleuren in strenge patronen. Zelden was ik zo overdonderd door wat ik zag.

Carlos verging het niet anders. Met openhangende mond volgde hij de dansende paren. Inderdaad, het orkest was goed en de passen leken precies op tangopassen, maar toch was het een volledig andere dans. Hier zou ieder mannetje en vrouwtje door een ander kunnen worden vervangen zonder dat een van beiden het door zou hebben. Waar was het gesprek? Waar bedreven de lichamen de liefde en waar waren ze boos? Wat was de noodzaak van hun dans?

Armand wenkte ons. Langs de bar aan de zijkant volgde ik hem naar een kleine verhoging achter in de zaal. Carlos achter mij aan als een kind aan moeders hand.

De bandoneonist heette Genaro en had een van de vriendelijkste gezichten die ik in lange tijd gezien had. Zijn donkere ogen straalden betrouwbaarheid uit. Hij schudde mijn hand met beide handen nadat Armand ons had voorgesteld, stond op en stelde ons op zijn beurt met luide stem voor als twee van de jongste maar zeker ook de beste tangodansers uit Buenos Aires.

Genaro glimlachte alsof hij onze grootste vriend was. Of misschien omdat hij ons de grootste idioten daar vond. En toen ik de zaal rondkeek gokte ik op dat laatste; tussen al die prachtige kostuums die zo modieus waren dat ze gisteren en morgen belachelijk waren, leken Carlos en ik gekleed in stofdoeken. Carlos in een donker pak dat veel te ruim om zijn lichaam hing en ik in een jurk die zo versleten was dat hij inmiddels waarschijnlijk doorschijnend was, met elegante kleurschakeringen van fletsrood naar iets wat leek op een slecht uitgewassen wijnvlek.

Genaro kondigde de tango aan: 'La Gringuita'. Ik had er nog nooit van gehoord. Ik wist niet of hij daarmee bedoelde dat wij die avond vreemde eenden in de bijt waren of dat het een knipoog was naar twee eenden in een vreemde bijt. Maar dit was het moment waar we in Buenos Aires over gedroomd hadden. Dit was de stap die ons gelijk moest bewijzen en al onze demonen de dolk in het hart zou steken.

Dat we in een omgeving terecht zouden komen waar hij noch ik ooit in thuis zou horen, had ik echter niet voorzien. Welke woorden we ook zouden gebruiken, niemand zou ons hier écht begrijpen.

'*Lo siento*, Carlos', fluisterde ik. 'Het spijt me.' Ik vluchtte het café uit.

❦

Alhoewel er op dat ogenblik niets te lachen viel heb ik later nog vaak moeten grinniken om hoe ik daar buiten bij de deur stond in een mooie chique mantel die ik, bijna rennend naar de deur, van de kapstok gegrist had. Ik wachtte op Carlos, maar vóór hem verwachtte ik nog de eigenaresse van de mantel. Of waarschijnlijker: een boze echtgenoot. Als wat moest gebeuren maar snel gebeurde.

Maar de deur achter mij was dichtgevallen en dicht bleef hij. Ook het orkest speelde gewoon door. Een ouder echtpaar liep langs de gevel en bleef voor een van de grote ramen staan kijken. Ik vroeg me af waarnaar.

Twee mannen, een grijsaard en een jongeman, hadden zich bij het echtpaar gevoegd. Misschien bewonderden ze het orkest of het interieur. In ieder geval maakte het echtpaar goedkeurende geluiden, waar de twee mannen mee instemden. Een luidruchtig groepje dat uit de andere richting aan kwam lopen, bleef ook voor een raam staan en verstomde.

Ik draaide me om en keek door de deur. Nergens zag ik Carlos. Ik stak de straat over naar waar de dikke stammen van een paar platanen een schuilplaats boden tegen het licht uit de straatlantaarns. Net toen ik vanuit de schaduw goed zicht had op een raam aan de overkant schoof het echtpaar, dat eerst bij het andere venster had staan kijken, voor mijn beeld. Voor dat andere raam was het inmiddels veel drukker geworden en ook voor de eerder nog onbezette ramen werden de staanplaatsen nu ingenomen. Waar kwamen die mensen allemaal vandaan?

Ik deed een paar stappen naar voren en schrok van mijn schaduw die op straat viel en overreden werd door een auto die klonk als een van Carlos' hoestbuien. De bestuurder claxonneerde venijnig en schreeuwde iets Frans naar me. Vreemd genoeg keek niemand om, terwijl mensen vaak juist zo geïnteresseerd zijn in onaardigheid.

Ik was nu vlak bij een van de ramen. De tango was duidelijk te horen. De gezichten naast mij keken ernstig en geconcentreerd. Ik volgde hun blik door het licht beslagen glas, naar de roerloze mensen in het café die net zo met stille aandacht vervuld waren, langs het orkest aan de zijkant, waar Genaro zijn bandoneon over zijn knie uittrok alsof hij een lam ontvelde, naar het punt waar al die aandacht bijeenkwam en waar een man en een vrouw dansten.

Alleen al aan zijn gezicht had ik kunnen zien dat hij aan het dansen was. De pretrimpeltjes, waar ik als een blok voor gevallen was, leken uit zijn gezicht gestreken en vervangen door een frons. De bron van zijn bezorgdheid draaide in zijn armen, liet hem af en toe even los, om zijn handen dan weer te vinden.

Ze danste mooi maar met een zekere reserve. Ik weet niet of ze er haar best voor deed, maar de elegantie droop er in ieder geval van af en dat was precies wat er niet aan klopte; het maakte haar breekbaar. Te breekbaar voor tango; bang om geschonden te worden door intimiteit. Door het raam keek ze recht in mijn ogen, maar ze zag me niet: Jeanne.

Was ze ooit zo mooi geweest als Carlos haar nu liet zijn? Ik moest denken aan mijn tijd bij madam Juanita.

De bandoneon had zijn leed gezongen en met een laatste akkoord viel hij stil. Ik zag het applaus. Binnen klonken misschien zelfs gefluit en bravo's. Ik zag hoe Armand, die Jeanne met uitgestoken handen toeklapte, bewonderend zijn hoofd boog. Precies zoals die oude stumpers het voor mij hadden gedaan in het bordeel.

Met een duw naar links en een naar rechts bevrijdde ik me uit het groepje voor het raam en rende naar de deur, de geleende jas half uitgetrokken. Binnen in het café hoorde ik een verontwaardigd damesgeluid, ik gooide de mantel in die richting en werkte me door de massa naar voren. Hoe weet ik niet meer, alleen dat toen ik eenmaal vooraan stond, Carlos en Jeanne zich opmaakten voor nog een dans.

Met een paar passen was ik bij haar en duwde haar aan de kant. Over Carlos' rechterschouder hield ik Armands verbaasde blik gevangen terwijl ik langzaam op Carlos toe liep. Nooit meer zou ik toelaten dat Jeanne en hij dansten als Armand in de buurt was.

Ik stond nu vlak voor Carlos en nog steeds lieten mijn ogen Armand niet los. Maar mijn aandacht was bij Carlos en de ruimte tussen ons, die langzaam, als een kus die nog niet zeker is, kleiner werd op de eerste maten van de muziek.

Ik spreidde mijn armen en vingers om zijn omhelzing tot in het diepst van mijn ziel te kunnen ontvangen, daar waar zo veel tango's hun sporen hadden achtergelaten. Carlos hief zijn linkerarm hoog, hoger dan anders. Het voelde alsof hij me met die ene hand net boven de grond liet zweven, als lucht onder de vleugels van een albatros. En natuurlijk liepen we onze passen, versierden de dans met van alles en nog wat, maar daar weet ik niets meer van.

Mijn herinnering begint weer op het moment dat de muziek voorbij was en ik de stilte zo lang mogelijk wilde vasthouden. Veel te snel voelde ik de zachte druk van Carlos' hand, waarop ik me met een dubbele draai uit zijn omhelzing rolde en we een diepe, maar trotse buiging maakten. Toen stortte het eerste applaus uit mijn leven zich over ons uit als een prachtig noodweer.

'*Bonjour, mi amor!*' riep Carlos toen hij op een zonnige septemberdag van 1928 uit het raam van onze woning hing en mij aan zag komen lopen. Hij zwaaide en maakte een theatrale buiging, waarbij hij bijna over de ijzeren balustrade viel.

'*Ma chérie*, zul je bedoelen', riep ik terug en ik mompelde: 'Zoals ik je al honderd keer verteld heb.'

'*Boilà, c'est ça! C'est doer de parler en français!*'

'*Dur, Carlos, c'est dur, pas "doer"!*' Ik wurmde mijn sleutel in het slot van de voordeur. We woonden al een half jaar in de rue de Mouffetard, of 'La Mouffe', zoals ze hier zeiden, maar Carlos verdomde het gewoon om fatsoenlijk Frans te leren spreken. Hoe moeilijk was het om een 'u' niet op zijn Spaans uit te spreken? Of een 'v' niet als 'b' te mishandelen? Ik weet zeker dat hij de taal veel beter had kunnen beheersen, ook de uitspraak, maar dat is het probleem met mensen die met een tikje te veel charme bedeeld zijn: iedereen doet te hard zijn best ze te begrijpen. Het belangrijkste was echter dat ik de oude Carlos voor wie ik in Buenos Aires gevallen was weer terug had. Een knap en charmant straatschoffie.

Sinds we een behoorlijk aantal leerlingen hadden, dat gestaag bleef groeien, was er geld genoeg voor eten en zelfs om een klein appartement te betalen. Op de derde verdieping van de huurkazerne, zoals ons huis genoemd werd, stond Carlos in de deuropening toen ik bovenkwam. Het appartement was klein en had een uitbouw die leek op een soort kast, waar een wasbak in geplaatst was. Het toilet naast de trap deelden we met de andere bewoners van onze verdieping. Daar rook het dan ook naar. Maar dat was niets vergeleken met de stank die iedere avond door de straat walmde wanneer de beerputten waar de toiletten op uitkwamen door toepasselijk bruin- en saffraankleurige tankwagens werden leeggepompt. Zelfs de clochards, die zich geleund tegen een regenpijp of een deurpost voor dood hielden, werden dan wakker.

Wat mij betreft lieten ze die beerputten de hele dag openstaan. Aan de stank zou ik wel wennen, eerder dan aan die stinkerds die niets beters konden verzinnen dan hun hand op te houden tussen het slapen door.

Ik gooide mijn jas op het oude leren bankje dat we op de Boulevard du Montparnasse gevonden hadden en ging op de leuning zitten bij het open raam. Het zonlicht van de namiddag maakte me loom als een volgevreten kat. Hoe vaak heb ik die beesten niet benijd! Je oprollen, ogen dicht laten vallen en wachten tot je weer fit bent voor meer eten. Ook dansten katten niet zes avonden achter elkaar in drie verschillende clubs en gaven ze overdag geen les. Zíj hoefden vanavond niet naar La Coupole om naar een wildvreemde te gaan luisteren omdat hij toevallig ook uit Buenos Aires kwam.

Carlos pakte mijn hoofd en duwde het zachtjes tegen zijn buik. Ik hoorde zijn maag knorren.

'Je hebt er geen zin in, hè? We maken het niet laat vandaag, Miguelita.'

'Français, Carlos, français', zuchtte ik.

'*Muy bien*', nam hij de berisping in ontvangst en vervolgde in het Spaans: 'We gaan gewoon luisteren en als hij aardig kan zingen praten we wat met hem en gaan weer naar huis. Vanavond is voor ons een avondje uit. We houden het kort en gaan lekker vroeg slapen.'

'Afgesproken', loog ik terug.

La Coupole, aan de Boulevard du Montparnasse, zag eruit als een glazen tempel. Sinds het grandioze openingsfeest met meer dan tweeduizend gasten in december vorig jaar was ik er kind aan huis.

Alles was er groot en groots: de ruimte, het plafond met de prachtige koepel die de brasserie zijn naam had gegeven, de beschilderde pilaren met daarop de wildste taferelen, de herrie die je tegemoet waaide zodra je binnenkwam. Het licht langs de muren en pilaren weerkaatste in de koperen buizen langs de banken, en de vloer was één groot en wild mozaïek. Het was net alsof je in een uitbarsting van de natuur terechtkwam.

Carlos en ik waren voor de opening uitgenodigd door Armand, die goed bevriend was met een van de twee eigenaren: Ernest Fraux. Ik had nog steeds mijn reserves jegens Armand, maar hij hield een respectvolle afstand tot mij en wanneer hij over Jeanne sprak, klonk hij als een echte heer. Hard met haar van stapel lopen deed hij in ieder geval niet, want we zagen ze eigenlijk nooit samen.

Ook die avond was ze er niet bij. We stonden in het meer van licht dat door de voorpui op het trottoir viel. Boven aan de gevel was 'La Coupole' met roze neonletters gespeld, zo fel dat je het vanaf het topje van de Eiffeltoren zonder bril zou kunnen lezen. Het lawaai van binnen was zo luid dat het leek alsof er zich geen glas tussen ons en de gasten bevond. Ernest heeft ons later verteld dat toen, terwijl het feest feitelijk nog moest beginnen, de twaalfhonderd flessen Mummchampagne die hij had laten aanrukken al geleegd waren.

Binnen liep van alles rond, de een wat wankeler dan de ander. Armand wees ons op schrijvers, beeldhouwers, avonturiers, bohemiens en geldadel in gezamenlijke roes. Hij stelde ons voor aan twee morsige types, schilders die de pilaren en de prachtige koepel tot ware kunstwerken verheven hadden. Volgens Armand waren het beroemde artiesten.

Fraux en zijn zwager Lafon, de mede-eigenaar, hadden hen in natura betaald. Drank om precies te zijn. Even verderop wees Armand op een schildering die een zwarte dame tussen struisvogelveren voorstelde.

'Josephine Baker!' riep hij enthousiast. Mij zei die naam niets. We worstelden ons verder door de massa naar de dansvloer. Het orkestje daarnaast speelde alsof het alles en iedereen moest overstemmen. Vlak bij de dansvloer tikte een kelner in zwart gilet en wit openhangend colbert Armand op de schouder en riep hem iets toe. Armand haalde vragend zijn schouders op. De kelner bracht zijn hand naast zijn mond als een halve toeter en herhaalde zijn boodschap nog wat luider. Armand knikte, gebaarde naar ons en gezamenlijk volgden we de bediende naar een deur rechts van de glazen pui, die hij opende naar alweer een duister trappenhuis. Ik fronste naar Carlos. Hij grinnikte.

De stilte op de trap was verbluffend. De zwarte bekleding van wanden, treden en plafond sloot ieder geluid buiten. Slechts hier en daar hing een elektrisch lampje van het plafond naar beneden.

Beneden aangekomen kondigde de kelner met één gemoffelde klop op de dubbele deur onze aanwezigheid aan. Hij draaide zich om en liep de trap weer op. Carlos en ik keken elkaar weer aan. Maar Armand duwde zonder omhaal de deuren open en stapte naar binnen.

In de ruimte, waarvan ik niet kon zien hoe groot die was,

stond een tafel met daarop een koperen bureaulamp met een groene kap, die een zacht schijnsel verspreidde.

'*Merde*', vloekte Armand. '*C'est quoi ça?*'

'Oh là là', klonk het uit het duister links van ons. Een oranje puntje gloeide op en begon op ons toe te zweven.

'*Quelle honte, Armand, quelle honte!*' grinnikte een mannenstem.

'Hij moet zich schamen', vertaalde ik voor Carlos.

'Ah oui, Armand vertelde me dat uw Frans uitstekend is', zei de stem, die dichterbij kwam. Pas toen hij vlakbij was zag ik een heer in een onberispelijk kostuum. Over zijn das lag een bescheiden glans. Zijde, dacht ik. Hij nam mijn rechterhand en drukte er net geen kus op. Inderdaad, een heer.

'Ernest Fraux, *à votre service*, madame. Of is het mademoiselle?' Ik wist niets te zeggen.

Carlos sprak zijn eigen achternaam langzaam en met overdreven nadruk uit alsof hij met een achterlijke te maken had, maar Fraux liet niets merken en uitte zijn genoegen over de kennismaking met een kleine buiging.

'Hoe lijkt het u?' Fraux doelde op de kamer.

'Prachtig, maar misschien kun je het licht wat dimmen?' smaalde Armand. Weer grinnikte Fraux en hij haalde een schakelaar over waardoor een enorme ruimte uit het duister ontstond. Even was het stil. Toen begonnen Armand en Fraux door elkaar te spreken. Geluiden van goedkeuring, begrip, besliste onmogelijkheid en juist vanzelfsprekendheid, ondersteund met drukke gebaren. Pas toen ik mijn vraag om uitleg voor de derde keer luid herhaalde, hielden ze even abrupt als ze begonnen waren hun mond.

'Ahh!' zei Fraux. Hij stak zijn handen naar me uit alsof ik

een kunststuk was dat hij aan Armand presenteerde en zei betekenisvol: 'Voilà.'

'Hier', hij wees naar boven, 'spiegels. Het hele plafond. En hier', hij ging in het midden van de zaal staan en wees op vier punten om zich heen, 'pilaren, zodat er een podium voor dansers op de dansvloer zelf ontstaat. Begrijpt u? Houten pilaren met ...' Hij tekende wat krullen in de lucht en deed verder geen moeite er woorden bij te zoeken. 'Daar aan het eind van de zaal komt het podium voor het orkest en daar', hij wees naar de zijkant, 'een bar langs die hele kant. Oui? Parket,' zijn hand bestreek de hele lengterichting van de vloer, die nu nog van steen was, 'maar niet te glad, niet te glad!' verzekerde hij haastig.

'Ik ga niet te snel voor u?' vroeg hij aan Carlos, wiens gezichtsuitdrukking een antwoord op die vraag overbodig maakte.

'Oh, non, mais ...' hij zocht even naar woorden, *c'est doer, le français.*'

'Dur!' Ik kon het niet laten.

'Boilà.'

'Waarom zijn we hier?' Ik begon mijn geduld te verliezen. Armand had ons meegenomen naar wat een openingsfeest zou moeten zijn, maar in plaats van met cocktails wat te flaneren stonden we in een hol onder de grond tussen het puin te luisteren naar bouwplannen. Ik was lang genoeg onder de grond geweest.

'Pourquoi?' bracht Fraux uit. Sprakeloos gebaarde hij naar Armand en hij stotterde wat halve woordjes.

'Ik wilde ze verrassen', zei Armand verontschuldigend.

'*Excusez-moi*, mademoiselle Rojas, van een verrassing wist ik niets', keerde Fraux zich naar mij. 'Ik heb gehoord van de tango's die u danst en vooral hoe u die danst. Mijn vriend Genaro Espósito is moeilijk te stoppen wanneer hij daarover begint. Hier zal een paleis ontstaan voor tango en salsa die zijn weerga in tout Paris niet kent. En u', hij wees op Carlos en mij, 'wil ik aanbieden hier te dansen, twee avonden per week. Ik hoop alleen dat uw honorarium overkomelijk zal zijn?'

Natuurlijk was ons salaris voor Fraux een pijnloze zaak, maar Carlos en ik voelden ons koning en koningin. Niet alleen kregen we vijftig franc per avond maar ook mochten we de kelder onder La Coupole overdag gebruiken voor onze lessen. Een klein minpuntje was dat er eerst nog flink verbouwd moest worden, dus zat soms het ritme van de timmerman dat van de bandoneonist of pianist flink in de weg, maar wat zou dat? Gratis lesruimte en een vast salaris!

Daar lieten we het niet bij: het duurde niet lang of we dansten ook in L'Hermitage en Club Daunou aan de Champs-Elysées. Als we zuinig zouden leven en wat geld konden sparen, dan zouden we misschien naar iets beters kunnen verhuizen, weg van de zwervers en de stank van strontkarren.

Dat alles was acht maanden geleden en nu stonden we weer op het tapijt van licht voor de glazen gevel van de ons inmiddels zo bekende brasserie. Naast de deur hing een groot plakkaat, waar de zanger van die avond op afgebeeld was met een glimlach breder dan de rand van zijn hoed.

'Kijk,' wees ik Carlos op het affiche, 'jullie hebben dezelfde naam.'

'Nou en? Eerst maar eens zien wat hij kan', zei Carlos en hij duwde de deur open.

Binnen was het druk en luidruchtig als altijd. Sigaretten-rook kringelde omhoog naar de koepel en het licht van de lampen werd verduizendvoudigd in champagne- en wijn-glazen, zilveren dienbladen, oorhangers en colliers. Voorin speelde Genaro zich met een langzame tango warm voor het concert van straks. Als je goed keek zag je de concentratie waarmee hij zijn muzikaliteit leidde. Niet in zijn gezicht, dat volstrekt ontspannen was, maar in zijn lichaam, waar die aandacht tot een stuwende kracht werd gevormd die het instrument hielp zingen. Ongeveer zoals een violist dat doet met het vibrato van zijn linkerhand, dat er vaak al is voordat de snaar zijn klank van de strijkstok krijgt. Maar het was al na tienen en hoe prachtig Genaro ook speelde, ik hoopte dat het concert snel zou beginnen.

'*Buenas nochès!*' Die foute klemtoon was het handelsmerk van Fraux. Misschien was het zijn kleine wraak voor de ma-nier waarop zijn moedertaal door Carlos mishandeld werd. Zijn hoofd kwam tussen de onze zweven.

'Geniet van het concert. Daarna wil ik jullie even spre-ken.' Verdwenen was Fraux' hoofd.

Carlos en ik keken elkaar aan. Ik zag de onrust in Carlos' ogen. Zou er dan zo snel een eind aan ons geluk komen?

Ik gebaarde met mijn hoofd naar de verhoging, waar in-middels Genaro's orkest had plaatsgenomen. Het gordijn aan de kant schoof wat opzij en uit de schaduw stapte Car-los' naamgenoot, die, eenmaal in het licht, even bleef staan, alsof ook hij een toeschouwer was in afwachting van wat ging gebeuren. Op zijn gezicht lag een soort treurige lach. Hij had een keurig zwart pak aan, compleet met das en po-chet, dat net zo smetteloos wit was als zijn overhemd, en met zijn haren die met millimeterprecisie strak achterovergekamd waren, stond hij daar als een onberispelijke gentleman.

Keurig en glimlachend sprak hij met een lichte maar sonore stem kort een paar woorden Spaans tot het publiek. Toen zette hij, met één hand in de zak van zijn colbert, de eerste zin in van 'A media luz', een tango die nog maar een paar jaar oud was maar al enorm populair. Behalve zijn gezicht, en dan vooral zijn mond en soms zijn wenkbrauwen, bewoog er weinig aan deze man. Maar zijn stem zette iets in beweging in mij.

Zij blies het stof van de herinnering aan al het mooie dat ik achter had gelaten. De bloemen, het wuiven van een palm, de geur van geroosterd vlees of het zoete parfum van een jacaranda na de regen, maar ook het *media luz* van Cádiz, of eigenlijk meer het moment vóór de schemer waarin de vissersbootjes in de baai roodbruin kleurden in de ondergaande zon, zag ik voor me.

Verlangen werd bijna tastbaar gemaakt. De tango zelf was niet meer dan een knipoog naar het gesjans van een stelletje in hun liefdesnest, maar het was de mildheid waarmee deze zanger zijn stem voerde langs de pieken en dalen. Moeiteloos nam hij de wendingen van het lied en bracht korte, elegante versieringen aan. Deze wat stijve verschijning liet een natuurlijker gevoel voor tango zien dan ik ooit was tegengekomen, misschien een of twee uitzonderingen daargelaten.

Na de inzet van zijn tweede lied voelde ik voor het eerst sinds de bootreis van Buenos Aires naar Frankrijk weer een noodzaak om te dansen. Die prachtige dwang. Want nu de mooie herinneringen voorbijtrokken lieten ook de minder mooie zich niet onbetuigd. Dansen zou dé manier zijn om ze los te laten, ze te laten wegvloeien door het gat waar deze stem het deksel vanaf getrokken had. Maar waar was mijn Carlos?

'Hoe kun je?' fluisterde ik. Een eindje verderop bracht hij met zijn dijbeen het been van een jonge brunette naar een volgende stap. In één vloeiende beweging dansten ze door. Ze was vooruitgegaan sinds ik haar een paar lessen had gegeven. Straks kreeg ik daar nog spijt van.

Het was ruim na twaalven toen het concert met daverend succes afgesloten werd. Ik voelde me treurig en eerlijk gezegd ook een beetje beledigd dat Carlos niet met mij maar met een leerlinge gedanst had. Misschien was het ondanks onze vrije avond een zakelijke beslissing van hem geweest om met andere dames te dansen. Misschien was het erger; wat moest er van ons worden als mijn gevoelens hem zo weinig waard waren? Wie die avond overigens ook aan zaken dacht, was Fraux. Door de fantastische zanger was ik hem glad vergeten. Onrust sloeg weer toe.

⁓

In een achterkamer op de eerste verdieping boven zijn café hield Ernest Fraux kantoor. Het was een vrij sobere witte ruimte met half openstaande luiken. Tussen de lamellen drong de nazomeravond naar binnen. Door de kieren tussen het hout zag ik de binnenplaats van La Coupole, waar twee kelners in het zwart en wit twee glaasjes hieven en dronken. De propellerventilator aan het plafond joeg schaduwen over de muren.

Een van de twee bureaus in het kantoor deed dienst als vergaarplaats van post, kranten en andere papieren, een paar lege flessen en een kapotte wandlamp uit de zaal beneden. Dat was het bureau van zijn zwager, die van financieel belang was voor de tent maar verder ook niet, zei Fraux en hij liep naar dat van hem, waar hij een doos sigaren opende. Nadat wij bedankt hadden besloot hij dan maar zichzelf op dat genot te trakteren. Met een zekere behoedzaamheid ging hij zitten in een stoel die wat te elegant leek voor zijn gewicht.

'Mooie dingen.' Hij humde tevreden naar zijn sigaar. 'Mooi ook wat we hier vanavond hadden. Die jongen komt er nog wel, let op mijn woorden.'

'Je zult bedoelen dat hij al bijna weer weggaat,' zei Carlos, 'met het succes dat hij heeft.' Fraux glimlachte.

'Ik steek graag mijn hand uit naar mensen, net zoals ik deed toen ik jullie aanbood hier tango te komen dansen.' Fraux was een goede ondernemer maar een meester in subtiliteit was hij niet.

'En die avonden lopen goed, Ernest. Wat zal het zijn, twee, drie keer zo veel publiek als de salsa-avonden?' Carlos was ongewoon scherp. Fraux grinnikte.

'Je hebt gelijk. En daarom winnen we allemaal bij mijn voorstel.' Hij deed even alsof hij aarzelde, alsof hij persoonlijk een paar veren zou moeten laten.

'Luister, ik bied jullie twee extra avonden aan om de salsa wat meer …'

'Hou maar op, Ernest, wat jij weet, weet ik ook.' Carlos onderbrak hem met een hoofdschudden.

Fraux hief zijn handen op die typisch Franse manier waarbij het vragende gebaar gepaard gaat met de grimas van een onbenul.

'Ik weet wie voor jou de andere clubs afstruint en hij heeft gelijk: ook in Danou en L'Hermitage trekken we heel wat mensen. Je zult ook wel gehoord hebben wat we in Apollo gedaan hebben?' Langzaam begon er een lichtje uit het verleden te flakkeren. Dit was de Carlos uit Buenos Aires die met zijn grote bek via madam Juanita de Dorre uitdaagde door te zeggen dat hij mij zou loskopen. Ik had nog nooit van een 'Club Apollo' gehoord maar knikte toch, alsof het grote succes me nog helder voor de geest stond. Langzaam begon ik te begrijpen waar Carlos op aanstuurde.

'Ik hoor alles wat er in Parijs gebeurt.' Fraux tikte nerveus met zijn wijsvinger tegen zijn linkeroorlel. 'Dus natuurlijk weet ik dat. Ik wist het al bijna voordat het gebeurd was.'

'Boilà! Voor jou blijft inderdaad niets verborgen!' Carlos' ontzag was niet van echt te onderscheiden.

'Maar salsa dansen kan ik niet, Ernest. Dat wil zeggen: ik zal het nooit gaan leren. Zie je, voor mij heeft dansen niets met dansen te maken. Niet zoals dansen voor andere mensen is.' Kennelijk voelde hij dat die toevoeging niet erg verhelderend werkte. Op het plafond zocht hij naar de juiste vertaling van zijn gevoel. Ik had verwacht dat hij wel stil zou vallen, maar hij ging zitten op de punt van Fraux' bureau en begon uitvoerig te vertellen op een manier die ik niet van hem kende.

'Zoals sommige kinderen na hun avondgebedje een kus krijgen en horen hoeveel er van ze gehouden wordt, kwam mijn vader naast me liggen om telkens hetzelfde verhaal te vertellen. Een soort sprookje, zou je kunnen zeggen, dat altijd om hetzelfde draaide: doe het goede. Alles wat leuk lijkt, is waarschijnlijk het verkeerde. In zijn verhaal waren tango, dansen, liefde en geluk steeds weer de boosdoeners die vanuit verschillende hoekjes en gaatjes van het leven zouden proberen mij de vernieling in te helpen. Als bewijs voerde hij de dood aan van mijn moeder, die gestorven is bij mijn geboorte. Die leuke maar gevaarlijke dingen in het leven hadden op een mysterieuze manier tot haar einde geleid. Hoe moest een kleine jongen dat begrijpen?'

Fraux haalde zijn schouders op. Net zomin begreep hij waar Carlos heen wilde.

'Zijn verhalen hadden dan ook een averechtse werking op me. Hoe kon zoiets als dansen gevaarlijk zijn? Waarom waren die tangoliederen zo lelijk en slecht terwijl ik ze juist mooi vond? Hoe zou geluk je ongelukkig kunnen maken? Heel veel spannender kun je het voor een kind niet maken, dus ging ik op onderzoek uit.

Hoe hard ik ook oefende, het gevaar in de dans kwam ik maar niet tegen en dus oefende ik nog harder. Altijd in het geheim, natuurlijk. Wanneer ik blij was, verdrietig of boos, danste ik de tango en leerde hoe ik die gevoelens daarin kon uitdrukken, vaak beter dan ik dat met woorden kon.

Dansen werd mijn leven. En dat bedoel ik ook letterlijk zo, Ernest: een leven dat van míj was, waar ík aan het roer stond. Een wereld die duurde tot de instrumenten zwegen – of de muziek in mijn hoofd. Salsa, of welke andere dans dan tango dan ook te leren en te 'dansen', zou belachelijk voelen, alsof ik opeens met een raar stemmetje zou gaan praten of op mijn handen zou gaan lopen. Snap je?'

'Nauwelijks', zei Fraux. 'Salsa leek me een mooie mogelijkheid voor jullie om wat vaker op dezelfde plek te dansen, zodat je niet meer iedere avond naar een andere gelegenheid toe hoeft. En jullie zouden wat meer kunnen verdienen.'

'Jij vooral', zei Carlos met een kalmte die wat ongemakkelijk aanvoelde binnen de min of meer vriendschappelijke relatie die wij met Fraux hadden. Maar Fraux' gezicht betrok niet, hij glimlachte slechts even.

'Jij weet precies', ging Carlos onverstoorbaar door, 'hoeveel mensen we aantrekken in andere clubs. Het zal je toch gebeuren dat die allemaal hier naar Montparnasse komen!'

'Sarcasme is een lelijke eigenschap, *jeune homme.*'

'Hebberigheid ook, Ernest, en als we allebei toch geen schijn op te houden hebben kunnen we maar beter ter zake komen.' Het was een goede zaak dat Carlos in Buenos Aires nooit de Dorre te spreken had gekregen.

Achter de grijze kegel as gloeide Fraux' sigaar oranjerood op. De rook verliet als dikke cirkels zijn lippen. Toen die tot slierten vervormd waren gebaarde hij vragend met zijn sigaar of Carlos nog met een concreet voorstel kwam.

'Vier tegen twee. Wij dansen in geen andere club meer, die vier avonden geven we op als we er hier twee bij krijgen.' Waar dacht Carlos dat hij mee bezig was?

'Voor een juiste prijs, natuurlijk', deed hij er kalmpjes nog een schepje bovenop.

'En die is?'

'Achthonderd franc.' In plaats van op Carlos richtte Fraux zijn blik nu op mij. De glimlach was verdwenen, zijn vriendelijkheid afgekoeld tot een zakelijkheid waar ik niets mee te maken wilde hebben.

'En dat vind jij "natuurlijk"?' Het was me niet duidelijk aan wie hij het vroeg.

'Denk er maar eens over na, Ernest', zei Carlos brutaal als de beul. 'Reken maar dat echte liefhebbers, zoals er zo veel zijn in Parijs, graag een paar straten omlopen voor goede dansers en een échte tangoavond. Net zoals echte goede musici elkaar ook opzoeken in bepaalde gelegenheden en in andere juist liever niet komen. De Champs-Elysées laat zich met gemak naar Montparnasse rijden. Omgekeerd ook, trouwens.'

Of het dat laatste, nauwelijks verholen, dreigement was dat de doorslag gaf, of dat Fraux ons echt goedgezind was zullen we nooit weten. Zijn handenschudden leek gemeend en de robuuste manier waarop hij zijn sigaar de gloeiende kop indrukte in de asbak liet geen twijfel bestaan over zijn enthousiasme. Toen Carlos het kantoor uit liep sloeg Fraux een arm om mijn schouder.

'Een duiveltje is het, jouw Carlos,' gebaarde hij naar de deur, 'maar laat hem oppassen; niet iedereen laat zich graag door hem beduvelen, zoals ik.'

Wat kan een mens zich toch vergissen.

~&~

En weer startte een nieuw leven. Dit keer zou het goed zijn en overvloedig. Veilig en betrouwbaar als ons nieuwe thuis in de rue de Vaugirard met zijn zandkleurige muren.

Op de dag dat we voor het eerst bij dat prachtige huis aan de bel trokken regende het zacht, maar op een manier waar je kletsnat van wordt. Het was een statig geval, niet hoog maar breed als een kazerne. Het leek de Jardin du Luxembourg als zijn achtertuin te hebben en nam voor Parijse begrippen een ongewoon grote hoeveelheid grond in beslag. Aan de voorkant was een flink deel begroeid met klimop, of misschien was 'overwoekerd' een beter woord. De bel liet zich dan ook niet zo snel vinden.

Het idiote idee om te vragen of er in al die ruimte een paar kamers voor ons te huur waren was nergens uit geboren, of misschien uit een mengsel van euforie en naïviteit. De meeste mensen bij wie we eerder die dag hadden aangebeld stuurden ons dan ook weg, bevreemd, geërgerd maar soms ook geamuseerd.

Sommigen herkenden ons. Zoals de oudere dame in de rue de Vaugirard, die ons terugriep toen we ons al hadden omgedraaid. Carlos hield zijn hoofd wat scheef om zijn buiging zo galant mogelijk te maken.

'Madame, *botre maison est très belle*! Vergeeft u mij dat ik u daarom stoor, ik zou u namelijk willen vragen ...'

'U bent dat Argentijnse stel, nietwaar? Precies, ja. Uit La Coupole, de tangodansers.'

'Boilà', riep Carlos uit. Straks moest ik zijn voeten nog aan de grond vastspijkeren.

'En u bent op zoek naar woonruimte?' Ze schudde haar hoofd. Ik begon Carlos al weg te trekken van de deur en bood mijn verontschuldigingen aan. De oude dame wuifde ze weg. Ze deed de deur verder open en mompelde iets wat ik niet verstond. Dezelfde hand die het excuus buiten de deur had gehouden nodigde ons binnen.

De talloze spettertjes op de hoge ramen gaven toe aan de zwaartekracht, maar vooral zochten ze elkaar op om samen ten slotte in één, en als één, naar beneden te biggelen. De kamer keek uit op de Jardin, waar de bladeren schoorvoetend begonnen te verkleuren.

Madame Savigny, zoals ze zich aan ons had voorgesteld, schonk thee in de drie kopjes op het dienblad op de salontafel en bood ons een flinterdunne wafel aan.

'En nu wilt u natuurlijk weten wat een oude vrouw in La Coupole doet.' Carlos en ik schudden driftig ons hoofd.

'Natuurlijk wel! Ik tenminste wel, wanneer ik in jullie schoenen stond.'

'Maar u bent toch nog helemaal niet ...' Madame Savigny had slechts één blik nodig om Carlos voor eens en altijd duidelijk te maken dat zij geen valse woorden zou dulden.

'Hoe oud bent u, jongeman? Achttien? Negentien?' Carlos knikte. De oude dame keek van Carlos naar de regendruppels op het raam en weer terug. Hij bleef er verbazingwekkend kalm onder.

'Walter was toen ook zo oud', zei ze na een lange stilte. 'Ziet u, Walter, mijn zoon, zou nu drieëndertig geworden zijn.'

'Waar is hij dan nu?' blunderde Carlos.

'Onder een van de duizenden grijze stenen bij Ieper. Savigny is een Duitse naam, ziet u. Mijn man was Duitser en Walter daarom ook. Dat hij in Parijs geboren en getogen is deed er voor mijn man niet toe; Walter was Duitser en volgens zijn vader moest en zou hij daar trots op zijn. Dus toen mijn man Walter van het zesentwintigste reservekorps vertelde, dat bijna helemaal uit studenten bestond, wilde hij een goede zoon zijn. Zijn beste vriend nam dienst aan Franse zijde maar Walter vertrok naar België voor een keizer van wie hij tot een jaar daarvoor de naam niet eens kende. Vier dagen in oktober 1914, langer duurde het niet. En ergens in die vier dagen', ze keek de druilerige tuin weer in. 'Ja', zei ze na een poosje, alsof ze haar vreselijke verhaal had afgemaakt, wat eigenlijk ook zo was.

Godzijdank hield Carlos nu zijn mond. Toen ze een slok van haar thee nam tikte het kopje zachtjes tegen haar tanden.

'Ik hoop dat uw vraag zo beantwoord is?' Ze draaide zich

om naar Carlos, die er heel wat voor overgehad zou hebben om in lucht op te gaan en door een kier de kamer uit te kunnen waaien. Maar madame Savigny was nog niet uitgesproken.

'In december, twee maanden later, bleek het hart van mijn man te erg gebroken en gaf het definitief op. Als ik het al had gekund, was het de vraag of ik het had willen lijmen.

Sinds een paar jaar verdraag ik de korte dagen minder goed. Ik weet dat ook het licht in mijn leven niet lang meer zal schijnen. Maar ik zal die kreupele bastaard van een Kaiser Wilhelm niet nog een offer gunnen, dus doe ik wat ik kan om het einde wat voor me uit te schuiven.' Ze hief haar kin omhoog en haalde diep adem.

'En tangodansen helpt daar geweldig bij. Als ik dans heb ik geen tijd voor de dood. Dat ik geen twintig of dertig meer ben interesseert me dan ook niets; ik dans, net als zij die dat wél zijn.'

Carlos begon verontschuldigingen te mompelen, maar de oude dame wilde daar niets van weten.

'Je manier van doen doet me erg aan Walter denken, jongeman. Die had ook van die grote voeten. Die frisse lucht doet me goed.'

Eind september 1929, nog geen week na onze kennismaking met madame Savigny, lieten we de deur van het appartement in de rue de Mouffetard voor de laatste keer in het slot vallen en trokken we met onze spulletjes bij haar in. Het leren bankje lieten we staan.

Het huis van madame Savigny bestond maar uit één verdieping en was gebouwd in een U-vorm, zodat er twee vleugels waren, waarvan wij maar liefst een hele mochten bewonen. We betaalden nauwelijks meer dan de kosten van het warm en licht houden van ons deel. Goed bezien betaalden we de rest in natura door het verdringen van de herinnering aan een creperend lichaam in de modder. Of van echtgenoten die binnen een week van elkaar vervreemd waren omdat de een de ander een kindermoordenaar noemde. En aan smeekbedes op een sterfbed die het hart niet kon inwilligen.

Ondanks de wrede haal waarmee het lot haar leven verminkt had, was madam Savigny maar tot op zekere hoogte het slachtoffer daarvan geworden. Zelden heb ik zo'n sterke vrouw ontmoet, die bovendien zo'n goed hart bleek te bezitten. Tijdens de avonden in La Coupole was ze ook een welkome gast, met wie bijna iedereen graag danste. Ondanks haar leeftijd en het feit dat ze nog niet erg veel ervaring had. Of misschien juist daarom? Slechts één keer, jaren nadat wij haar hadden leren kennen, maakte een andere gast, die achteraf een veteraan uit de Grote Oorlog bleek te zijn, nare opmerkingen over haar omdat ze met de vijand zou hebben geheuld. Veteraan of niet, binnen een paar minuten had Carlos hem op straat gezet.

Het leven was goed voor ons alle drie en werd zelfs steeds beter. Carlos en ik hadden nauwelijks kosten, Fraux kwam zijn afspraak na en betaalde ons een geweldig bedrag. Over een jaar slapen we op zakken met geld, grapten we. We hadden gehoord dat mensen in Amerika veel geld verloren waren sinds oktober en dat het er ook in Europa niet goed voor stond, maar wat merkten wij daarvan? De gasten bleven komen en het geld ook. We konden kopen waar we trek in hadden en zonder bedelaarskorting bovendien! Ja, er scheen steeds meer licht in ons leven en dat zou ook zo blijven. Dacht ik.

Op oudejaarsavond vroeg ik me in een stampvol La Coupole af waar Carlos bleef. Hij zou alvast een glas champagne voor ons halen, het laatste kwartier van het jaar was immers al begonnen. Nu was ik hem uit het oog verloren. Ik voelde de ergernis naar mijn wenkbrauwen optrekken, want het zou typisch iets voor Carlos zijn om rustig met andere dames te staan praten wanneer het aftellen begon. Toen de lampen in de zaal opeens dimden tot een zachte gloed, gaven ze samen met de sigarettennevel de zaal iets sprookjesachtigs.

Daar had je het al, dacht ik boos; de laatste minuten van dit jaar laat Carlos mij hier staan om met een of andere tut te staan flirten. Opeens bescheen een spot het podium. Zo direct zou Fraux of Lafon met het aftellen beginnen. Verdomme, Carlos, wanneer liet ik jou in de steek? Uit de coulissen kwam iemand het podium op. Was dat Carlos die midden in de lichtkegel ging staan?

'*Bonsoir messieurs-dames!*' begroette hij de gasten.

'*Il n'est pas encore temps!*' riep een dronken stem, waarop ook anderen riepen dat het nog geen tijd was.

'*Bien soer!*' wierp Carlos tegen. 'Het is allang tijd, al heel lang zelfs!' Het werd stil in de zaal. Was hij dronken? Opeens klapten de deuren van de keuken open en een stuk of tien kelners kwamen twee aan twee naar buiten gemarcheerd. De massa week uiteen en ook ik wilde opzijstappen, maar voor ik het wist grepen witte handschoenen mij vast en zweefde ik door de zaal naar het podium, waar ik neergezet werd.

'*Cela je dois dire en espagnol*', verontschuldigde Carlos zich voor het feit dat hij iets in het Spaans zou zeggen, maar hij verzekerde de gasten dat: '*bous comprendrez probablement.*' Het was inderdaad niet moeilijk te begrijpen wat er gebeurde toen hij knielde en mijn hand vastpakte. Ik kon mijn tranen niet stoppen.

Een mooiere ring had ik me niet kunnen voorstellen. Een mooiere vraag ook niet.

Direct nadat ik het enige denkbare antwoord had gefluisterd begon het aftellen en op precies klokslag twaalf uur kusten wij elkaar. Terwijl de champagnekurken de lucht in knalden wensten wij elkaar al die wensen voor het leven, niet alleen voor het net begonnen jaar.

⚬

Van heel ver weg komen uit het duister lichtjes op me af. Als ze dichterbij komen kan ik ze tellen; het zijn er negen. Negen kaarsen op gouden armen. Negen onrustig flakkerende vlammetjes. Onder de middelste kaars hangt een sieraad dat uit een paar lijnen bestaat die samen een zespuntige ster vormen.

Nu de kaarsen dichterbij zijn, ontbranden ook andere kaarsen, overal om me heen. Ik zie houten banken verlicht worden door kaarsen die op de rugleuningen branden en daar hun vet op druppelen. Hoog boven me zweven sierlijke zilveren bogen die de gloed van het vuur weerkaatsen. Dan pas merk ik dat Carlos naast me staat.

Ik ga naar voren. Carlos ook. Mijn voetstappen klinken duidelijk op de houten vloer. Mijn benen doen de stappen zonder dat ik ze dat gebied. Ik wil Carlos vragen of hij zich ook zo raar voelt, maar als hij zijn gezicht naar mij toe keert zie ik een uitdrukking die ik daar nooit gezien heb. Alsof er een ander gezicht in het zijne zit. Maar een dat ik wel herken. Van heel vroeger. Vóór ons is een verhoging van hout, als een podium. Alle banken met lichtjes staan eromheen. Een vlek licht beschijnt het lege toneel. Carlos gaat er rechts omheen, ik links, tot hij aan de andere kant weer naast me komt lopen; nog steeds dat vreemde gezicht.

'*Baruch haba besheim Adonai*', hoor ik een koor van onzichtbaren zingen. Rechts van ons staat een hoge kast, die ik herken uit mijn jeugd. Ervoor hangt een gordijn, dat net zo wit is als de japon die ik draag. Van achter het gordijn klinken woorden die ik niet versta maar toch weet ik dat ze heilig zijn. Dan klinkt een tweede stem. Het gezicht dat ze spreekt komt langzaam uit het zwart op me af en wordt nu ook beschenen door de talloze kaarsen om ons heen, waar er iedere keer meer van zijn wanneer ik ze probeer te tellen.

Het gezicht staat onder een doek dat als een soort tent in de ruimte gespannen is. Het is gerafeld en vol scheuren. Een arm die bij het gezicht hoort geeft Carlos een gouden ring. Ik knik ja maar wil nee schudden. Met twee handen trekt Carlos aan de ring. Hij wordt groter en groter, tot hij slechts nog om een reusachtige vinger zou passen. Dan kan Carlos hem openen en hij legt hem om mijn nek. Het brandt. De geur van geschroeid vlees is overal.

'Nu ben je van mij', zegt Carlos. Ook zijn stem klinkt niet als die van hem. Gejuich van mannen weerklinkt, maar ze zijn niet blij. Ik zoek ze maar ondanks al die kaarsen kan ik niemand zien.

'Waarom maken jullie zo'n drukte,' roep ik, 'het is maar voor een paar uurtjes!'

Dan valt een kaars naar beneden. Hij buitelt een paar keer over de kop, de vlam gaat niet uit. Als hij ten slotte de grond raakt, spat het vet op de houten vloer en vat vlam. Tientallen kleine brandjes. Daar valt er nog een en nog een, dit keer vlak bij me. Ook het doek boven ons wordt geraakt; in één seconde verwordt het tot as, die als sneeuw uit de hemel naar beneden wiegt.

De hele vloer staat nu in brand, ik hoor een bank door zijn poten zakken. Ook de kast met de heilige woorden staat in lichterlaaie. Ik voel geen pijn aan mijn voeten, terwijl het daaronder toch ook brandt; ik voel alleen het branden in mijn nek en hals. Maar als Carlos de ring vastpakt en mij meetrekt, lijkt het hem geen pijn te doen. Hij lacht en lacht. En langzaam verandert zijn gezicht in dat van Sal, de smeerlap die mij in Cádiz bedroog en een hoer van me maakte.

Bijna altijd vluchten de voorstellingen die 's nachts ongeremd in je hoofd hebben gespeeld in het ochtendgloren. Soms echter zijn ze te traag, zodat het ontwakende bewustzijn ze nog slaperig bij de staart kan grijpen om ze tot een herinnering te maken. Vandaar dat ik nu, bijna dertien jaar later, die droom terug kan zien alsof het weer de nacht na Carlos' aanzoek is en ik nog steeds aan het dromen ben.

Toen ik 's ochtends, eigenlijk was het al bijna middag, ontwaakte uit die droom waren de nachtschimmen allesbehalve geheimtaal voor me. Het was al lang geleden dat ik nog aan mijn vader had gedacht. De rest van mijn familie, mijn broertje en mijn twee zusjes, had ik in Buenos Aires uit mijn herinnering proberen te duwen om me te beschermen tegen de pijn van het gemis. Ook het bestaan van mijn vader zou ik het liefst hebben ontkend, omdat hij mij verkocht had aan Sal – zonder zijn bevel was ik nooit met die hond meegegaan – maar aan de andere kant was het maar de vraag in hoeverre hij zich bewust was van zijn misdaad. Juist omdat ik het niet klaarspeelde daar een antwoord op te geven bleef hij mijn vader én een koud stuk verdriet dat de herinnering niet waard was. Maar zonder het vreselijke ongeluk waar hij me in had gestort, zou ik het geluk van de ontmoeting met mijn toekomstige man ook niet beleefd hebben.

Dat ik niet in de sjoel zou trouwen, zou voor mijn vader onbespreekbaar zijn. Maar Carlos was nu eenmaal geen Jood. Misschien werd het eens tijd dat ik me niet meer zo om anderen bekommerde maar meer om wat ík wilde? De droom was daar vrij duidelijk over geweest; ik wist hoe het was om een slaaf te zijn.

Zou Carlos begrijpen dat ik dat nooit meer zou zijn? Dat ik wel met hem wilde trouwen maar nooit zíjn vrouw zou worden? Ik was een vrouw, Jodin bovendien, trots op de geschiedenis van mijn volk, ook al brak ik door mijn huwelijk met een van zijn tradities. Ik zou nooit meer onderdrukt worden. Ik zou voor altijd een vrije vrouw zijn, en ik moest eraan denken dat vaak, heel vaak tegen mezelf te zeggen.

We besloten pas de volgende zomer te trouwen. Zo zouden we nog wat kunnen sparen en met mooi weer zouden we een feestje kunnen geven in de tuin van madame Savigny.

De problemen in de geldhandel die een jaar daarvoor begonnen waren merkten we inmiddels ook in Parijs. Veel mensen verloren hun baan of werkten harder voor minder geld. De samenstelling van ons publiek veranderde en daarmee ook onze groep klanten. Van veel leerlingen, die we kenden vanaf het eerste uur, moesten we afscheid nemen. Maar hun plaatsen werden snel ingenomen door anderen, steevast uit de dure huizen van Parijs, die de crisis alleen in de kranten zagen afgedrukt, niet in hun bankboekje.

Vooral de vrouwelijke elite danste zich graag door de moeilijke tijden van anderen heen, zodat Carlos aan het eind van iedere avond stonk als een bordeel: wel twintig verschillende parfums. Aan aandacht had hij geen gebrek. Nooit gehad.

Ook Armand scheen het financieel goed te kunnen redden. Hij was de meeste avonden van de partij. Tussen hem en Carlos groeide iets wat een ander misschien vriendschap had genoemd. Maar daarvoor vond ik het te voorzichtig, bleef er te veel afstand bestaan. Iets leek Armand te weerhouden van de onvoorwaardelijkheid die vriendschap nou eenmaal in zich draagt.

Waarom kreeg ik maar geen hoogte van deze vreemde man die zo schitterend viool had gespeeld op de boot? Wanneer ik hem vroeg wat hij in Buenos Aires had gedaan of waar hij daarvoor gewoond had, gaf hij nietszeggende antwoorden. Maar altijd uiterst vriendelijk en doorspekt met vleierijen.

Ik had liever gezien dat hij zijn galante attenties en complimenten aan het adres van Jeanne zou richten, die duidelijk een grotere plaats in haar hart voor hem had ingeruimd dan hij in het zijne voor haar. Dat we al een tijdje niets meer van haar vernomen hadden deed niet veel goeds vermoeden.

Op een koude februarimiddag mocht ik even achter de sluier van geheimzinnigheid kijken. Toen ik de sleutel in de voordeur van ons huis aan de rue de Vaugirard stak, werd ik me bewust van de muziek. De klanken leken op die van een viool maar waren ronder en voller. Misschien was het een cello? Maar belangrijker nog dan de klanken waren de lijnen die ze vormden. Een opmaat pakte me bij de hand en voor ik er erg in had wiegde ik als een palmblad heen en weer in winden van treur en troost. Muziek die was zoals hij moest zijn; een ander antwoord op de noten die net voor hun opvolgers wegstierven was niet mogelijk.

Voorzichtig duwde ik de deur van de salon van madame Savigny op een kier. Ik zag Carlos op de leuning van een sofa zitten. Naast hem zat madame Savigny met gebogen hoofd. Ik gluurde wat verder om de deur heen tot ik de muzikant zag. Ik was verbijsterd.

Bijna roerloos stond hij daar, zijn ogen gesloten, de viool horizontaal op zijn schouder gesteund alsof hij blind ergens op richtte. Zijn vingers dansten trefzeker op de muziek over de hals omhoog of naar beneden. Slechts af en toe hielden ze onderweg even in en trilden, alsof ze bijna bezweken onder de droevige klanken. Even ging de lijn de hoogte in, waar ze de helderheid en zuiverheid van een naakte pijn verwoordde, dan daalde ze weer en omspeelde drie dalende noten in één zelfde, omhullend patroon, de andere noten als rouwende naasten eromheen.

Ook al kende ik de muziek niet, het was duidelijk dat zij over hetzelfde sprak als sommige tango's. Van achter de deur luisterde ik naar wat Armand zijn viool liet vertellen.

Toen hij de punt van het instrument liet zakken vulde een vreemde stilte de kamer. Madame Savigny hief haar hoofd op.

'Vijftien jaar,' zei ze en ze stond op van haar stoel, 'misschien zelfs nog langer geleden heb ik Walter er voor het laatst op horen spelen.' Ze keek naar de altviool en knikte alsof ze het instrument bedankte voor zijn klanken. Toen haalde ze diep adem en liep de kamer uit, haar voetstappen gesmoord door de dikke tapijten. Ze opende de deur die ik al op een kier had gezet helemaal en liep zonder een enkel woord langs mij heen.

Armand nestelde het instrument voorzichtig in het rode fluweel waarmee de vioolkoffer bekleed was en sloot het deksel. Ik rilde. In één vloeiende beweging schoof hij met zijn duim een traan weg, die op het zwarte deksel viel. Ik geloof niet dat Carlos het zag.

Ik liep de kamer in en was het liefst Armand om de hals gevallen, mijn reserves geheel vergeten. Iemand die zulke mooie muziek maakt kan niet anders dan goed zijn, dat wilde ik op dat ogenblik tenminste geloven.

'Wat doe jij hier?' Het kwam er toch vinniger uit dan ik wilde.

'Hij heeft met Savigny's zoon op kostschool gezeten', antwoordde Carlos voor Armand.

'Ik ben geboren in Zuid-Frankrijk,' legde Armand uit, 'maar mijn ouders vonden de scholen op het platteland niet goed genoeg. Nou ja, niet deftig genoeg', gaf hij wat gegeneerd toe. 'Voor hen liep de as van de wereld door Parijs, dus werd ik hierheen gestuurd. Vanaf het tweede jaar was ik bevriend met Walter en dat zijn we gebleven, zelfs toen hij dienst nam in het ene leger en ik in het andere.'

'Dus jij hebt ook …?' vroeg ik verbaasd. Ik kon me Armand moeilijk als soldaat voorstellen. Officier, waarschijnlijk. Armand knikte.

'Maar ik heb het overleefd.'

'Walter niet.' Van die opmerking had ik direct spijt.

'Misschien dat Elvira en ik daarom zulke goede vrienden zijn geworden na de oorlog: we doen elkaar aan Walter denken. Soms vraagt ze me er wat op te spelen.' Hij knikte naar de gesloten vioolkist.

'Het was prachtig.' Eindelijk had ik de juiste toon gevonden. Armand keek me dankbaar aan.

'Jij speelt overmorgen mee,' walste Carlos over het gevoelige moment heen, 'en waag het niet om nee te zeggen. Ik vraag het Genaro morgenochtend, of beter: ik zeg het hem!' Maar Armand schudde zijn hoofd.

'Mijn vriend, ik speel geen tango.'

'En of je dat doet! Op de boot, we hebben je gezien en gehoord op de boot. Avond na avond! En we hebben er al die avonden op gedanst.'

'Waarom nu dan niet meer?' vroeg ik. Maar Armand bleef zijn hoofd schudden. 'Muziek kan veel pijn en verdriet genezen, Miguela. Soms is dat de reden dat zij gespeeld wordt. Tango wordt gespeeld en gezongen om wonden te openen en er de vinger in te leggen. Niet mijn woorden', hief hij bezwerend zijn handen op. 'Mijn vriend Ramón Goméz de la Serna heeft dat ooit gezegd toen we in een café in Buenos Aires zaten te drinken. Laat op de avond.'

'Waarom zou iemand dan nog tango spelen? Of dansen?'

'Omdat', even haalde hij zijn wenkbrauwen op alsof hij zich verontschuldigde, 'een wond nu eenmaal zuurstof nodig heeft om te genezen. Zonder dat wordt het een etterende zweer.'

Het was al laat in de avond toen we in de deuropening afscheid namen van Armand. Hij stapte de motregen in, lachte even over zijn schouder naar ons, riep een groet en liep weg.

'Armand!' Ik wilde de regen niet in lopen. 'Is Walter die wond waar jij je vinger in gelegd hebt?'

Hij stond even stil voordat hij zich omdraaide. Met een

glimlach haalde hij zijn schouders kort op, zwaaide nogmaals en verdween achter de regen.

❧

Mijn leven als Miguela Rojas kwam vijf maanden later tot
een einde. In twee gelukkige dagen en één nacht verschroeide het tot as en herrees ik als een feniks tot Miguela Moreno
Amador.

Het huwelijksfeest vond inderdaad plaats in de tuin van
het huis aan de rue de Vaugirard. En dat betekende dat de
Jardin du Luxembourg, of in ieder geval een groot deel ervan, ook meedeed aan de feestelijkheden. Gelukkig stak de
champagne van madame Savigny de grens tussen onze tuin
en die van de stad niet over, maar muziek houdt zich niet
aan dat soort drempels, dus gleed zij onbezwaard het park
in. Op eerbiedige afstand bleven eenzame wandelaars staan
luisteren terwijl paartjes om hen heen dansten. Voor mijn
geluk leken de mensen meer oor te hebben dan ze voor mijn
misère op de kade hadden gehad.

Mijn witte jurkje voelde als een nieuw vel. Een andere
kleur dan wit was volstrekt ondenkbaar, juist vanwege het
verleden dat ik door mijn wedergeboorte achter me liet.
Carlos vond het jurkje ook prachtig, maar ik vraag me af
hoe ver zijn gedachten daarbij gingen. In ieder geval ging
zijn invoelen niet erg diep toen ik duidelijk maakte dat ik
die dag niet kon dansen. Niet zolang 'El Tano Genaro', zoals Genaro zijn Orchestre Argentin Genaro Espósito in La
Coupole noemde, de muziek van zijn vaderland speelde.
Tot er iets anders zou klinken dan tango liepen mijn voeten
naast de muziek.

Op wat de mooiste dag van het leven van zijn dochter zou moeten zijn waren noch mijn vader, noch andere familieleden uit Cádiz aanwezig. Toch was ik niet zonder familie. In mijn muziek leefde nog een andere vader, die op zo veel koude dagen op de kade langs de rivier bij me was geweest en mijn gevoelens had vertolkt. Een moeder die me daarop had laten bewegen zodat wij drieën wat centimes verdienden. Ik had broertjes en zusjes en ooms en tantes leren kennen in La Coupole en in al die andere gelegenheden. Die familie was op deze dag wel om me heen, maar ik kon niets met ze beginnen vanwege hun gehavende zielen. Zielen die ik altijd met respect zou behandelen. Juist daarom was het die dag onmogelijk om de tango te dansen.

Pas toen Genaro zijn orkest een pauze gunde om niet alle champagne en hapjes aan zijn neus voorbij te zien gaan en een paar leerlingen van Carlos en mij ongevraagd de neergelegde instrumenten opnamen en een charleston inzetten, begonnen mijn benen te bewegen. Wat ik deed had vast niets met een echte charleston te maken, maar dat voelde juist zo heerlijk. Iedere beweging drukte – voor mij tenminste – maar één ding uit. Iets wat in woorden onbetamelijk zou zijn geweest.

'Kom op, doe mee. Doen we eens wat anders!' wenkte ik Carlos, maar hij schudde zijn hoofd.

'Lieve schat, wij zijn Moreno Amadors, wij zijn tangodansers!' riep hij terug.

Die opmerking vervulde me met een diepere droefheid dan ik wilde toegeven. Carlos lachte zijn mooiste lach en wierp me een kushandje toe toen een vage bekende zijn plaats als mijn danspartner innam.

Een paar dagen later was ik weer de tangodanseres. Fraux had ons een hoger salaris gegeven. Hij bood het aan als huwelijkscadeau, maar ik denk dat hij ook wel begreep dat onze waarde voor La Coupole bleef stijgen en dat het chiquer was om het moment voor te zijn dat toch wel zou komen. Ook later had hij telkens een feilloos gevoel voor het tijdstip waarop hij ons weer eens voor een glas in zijn kantoortje moest uitnodigen.

En zo bleven we dus in La Coupole, dat het eerste jaar na ons huwelijk een tweede thuis werd. Een fijn huis waar we een gelukkig leven leidden. 's Middags en in het begin van de avond gaven we les en voordat om tien uur het feest weer begon, aten we in de keuken wat er over was gebleven van de vorige avond. Carlos' favoriet was de lamscurry, waar met enige regelmaat te veel van gemaakt werd. Toen die regelmaat een regel werd wist ik dat zelfs een grote kerel als de chef door Carlos' charme aangestuurd kon worden.

Sinds we ruim twee jaar geleden waren begonnen met lesgeven begreep ik steeds beter hoe Carlos' magie werkte. Was er onzekerheid bij de leerling, of een vergissing van de danspartner, dan kwam die geruststellende blik, die lach, die net iets steviger omhelzing en dat kleine toefje achteloosheid. Niets van wat hij deed was ooit gespeeld, het was er gewoon altijd. En bijna alle zekerheden hebben één eigenschap gemeen: ze gaan irriteren.

Ik moet toegeven dat het niet alleen steeds voorspelbaarder werd wát hij zou doen, maar ook wie hij met zijn attenties zou bekoren. Bij sommige dames was er net dat beetje meer dan bij andere of dan bij mannen, want ook voor hen was hij vaak de elegante vriend. Vrouwen, meisjes nog maar, giebelden vroegwijs over 'de onverbeterlijke charmeur', wat oudere dames spraken knipogend over 'gentleman'; in mijn ogen werd hij een flirt. En met een flirt kun je geen tango dansen. Misschien wel bij madam Juanita maar niet bij ons.

Terwijl ons banksaldo groeide, begonnen de minnetjes in onze relatie steeds meer te prikken. Eerst bleef het bij woorden die af en toe wat scherp waren, maar zonder de bedoeling echt gevaarlijk te worden. Die punaises verbogen steevast op het hardhout van Carlos' glimlach.

Ik probeerde hem wakker te schudden, maar desondanks gleed ons huwelijk het dal in. Carlos zag het niet. Of wilde het niet zien.

Op een middag in de herfst van 1934 stelde ik me aan een niet onaantrekkelijke jongeman die les kwam nemen voor als Miguela Rojas, in plaats van Carlos' achternaam te gebruiken. Daarmee hoopte ik op de werkvloer wat afstand tussen ons te scheppen. Misschien dat we elkaar dan iets minder dicht op de huid zouden zitten.

De druk op de ketel werd er natuurlijk niet minder van. Hij zou zich gewoon ergens anders ontladen. Thuis, om precies te zijn. Waar in de andere vleugel madam Savigny ieder woord verstond.

Ze liet er niets van merken als we haar spraken of als ze kwam dansen. Maar het was het soort zwijgen dat niets verhult. Of misschien vergiste ik me en was ze zo stil omdat ze, zoals ieder najaar, Walters stervende lichaam weer zag kronkelen en de koude nevel over zijn graf zag trekken.

Zou ze ons inmiddels niet ook als haar kinderen zien? Ik werd droevig van de gedachte hoeveel pijn ons geruzie haar dan wel niet zou doen. Sleurden we haar mee ons dal in?

Ik was bang. Verlies.

Ik herinner me dat het de twaalfde december was. Carlos en ik liepen voorzichtig over de spiegelgladde straat naar huis. Het was een sterrenloze avond. De afgelopen dagen was de hemel al bedekt geweest met het soort grijs waarvan een mens zich afvraagt of het ooit nog wel oplost. Het zou niet lang meer duren voordat de eerste sneeuwvlokken zouden vallen.

We waren net de hoek van de rue Guynemer met onze straat omgeslagen toen Carlos zo plotseling bleef staan dat ik me nog maar net aan zijn jas kon vasthouden om niet onderuit te gaan.

'Verdomme, Carlos, moet ik mijn nek breken of zo? Wat als ik iets verrek? Dan kun je lekker dansen met die lange trut van vanmiddag.' Carlos' vinger legde mij het zwijgen op. Niet door hem bezwerend recht omhoog te steken maar door te wijzen in de richting van ons huis. Toen zag ook ik de auto voor de deur staan. Het was een chic geval: een witte carrosserie met een zwart dak en dito treeplanken, die soepel over de witte banden golfden. Er zat niemand in.

'Wie gaat er met dit weer nou rijden? Zeker met zo'n duur ding als dat daar,' zei Carlos, 'je glibbert geheid ergens tegenaan.'

'Misschien is dat ook waarom hij daar staat? Misschien is hij van iemand die wél eens nadenkt over wat hij doet en is hij verder gaan lopen. Dat bestaat hoor, dat soort mensen.' Carlos deed alsof hij het niet gehoord had en schuifelde voorzichtig verder over de stoep, zich vasthoudend aan de metalen spijlen van het hek om onze tuin.

'Zou ze bezoek hebben? Zou er iets zijn? Ik heb haar de laatste dagen niet meer gezien.' Zelfs die vragen vond Carlos geen enkele reactie waard.

Toen hij de huisdeur opende zag ik een heer in de hal zitten, die opschrok.

'Monsieur, madame … Morènó?' Hij stak zijn hand naar Carlos uit. Een zware gouden manchetknoop schoof uit de mouw van zijn stemmige pak. Nadat hij ook mij begroet had kuchte hij even en schoof de knoop van zijn das wat hoger naar de boord toe. De manchetknoop had een evenbeeld.

'Mijn naam is Henry, *docteur* Henry.' Nu pas viel me op dat hij daarnet ook gefluisterd had.

'Madame Savigny …' Hij vouwde zijn handen onder zijn hoofd zoals een kind de slaap uitbeeldt. Een belletje klonk.

'Nee, dat doet ze helemaal niet,' klonk de stem van madame Savigny, die kennelijk dwars door de muur kon kijken, 'en je kunt gewoon Frans tegen ze praten, Jean! Laat ze binnenkomen.'

'Ah, u spreekt Frans?' herhaalde de dokter haar woorden, alsof het een klein wonder betrof. 'Madame zei dat u uit eh … Voilà', onderbrak hij zichzelf opgelucht en hij wees uitnodigend op de deur van Savigny's vleugel. De dokter leidde ons door de donkere woonkamer naar de slaapkamer, waar een vuur brandde in de grote schouw. Madame Savigny zat half rechtop in bed.

Het is vreemd hoe een genegenheid, een vriendschap, misschien soms wel liefde, voor een ander in ons kan groeien en zelfs onderdeel van onszelf kan worden, zonder dat we daar iets van merken. Of misschien benoemen we het niet vaak genoeg en vinden we het daarom zo erg wanneer de mogelijkheid daartoe voor altijd verdwenen is. De aanblik van die ooit zo trotse vrouw die niet verder wenste te buigen voor het leed dan strikt noodzakelijk was en daar nu in bed lag, vertelde me meer dan ik wilde weten.

Toen ik haar hand in mijn handen nam perste ze haar lippen op elkaar en keek me aan met de blik van iemand die zich verontschuldigt voor iets waar hij onmogelijk schuld aan kan hebben. Achter me hoorde ik Carlos met het gebrek aan tact dat de meeste mannen nu eenmaal eigen is de banale vraag aan de dokter stellen.

'Madame Savigny …'

'Dit zijn geen vreemden voor me, Jean. En ik zou het op prijs stellen als jullie mij ook eindelijk eens bij mijn voornaam zouden noemen. Het stadium van "gewone vrienden" zijn we wat mij betreft al heel lang geleden gepasseerd.'

'Très bien. Elvira', de dokter boog even vormelijk, 'heeft een zekere zwakte van het hart die haar conditie niet op de meest positieve manier beïnvloedt.'

'Draai er niet zo omheen, man, ik ga dood!' De dokter boog zijn hoofd ten teken dat hij haar vertaling van de diagnose wat cru vond maar niet kon tegenspreken.

'Al heel lang hoor, doet het klokje het niet goed. Veel te lang. Mijn man was wat dat betreft gelukkig te prijzen dat het zijne er snel de brui aan gaf. Twintig jaar heb ik moeten leven zonder Walter en met die gruwelijke beelden die daarvoor in de plaats kwamen. Twintig jaar! Toen ik hoorde dat ik een hartaandoening had dankte ik de Heer voor zijn goedheid. Maar ik wist niet dat het een valse belofte was en met iedere dag werd mijn teleurstelling groter. Misschien dat jullie nu begrijpen wat een oud mens als ik dansend in dat benauwde La Coupole deed? Het spijt me dat ik wat dat betreft niet de waarheid verteld heb. Maar, aandoening of niet, de opwinding van het dansen miste keer op keer zijn uitwerking. Niet kapot te krijgen.' Ze trok haar schouders nauwelijks zichtbaar op.

'Op de dag dat jullie aan de bel trokken – wat is het nu, ruim vier jaar geleden? – en de gedachte aan nieuw leven in het huis me wel beviel, dacht ik dat het vanaf dat moment snel zou gaan. Geluk is namelijk niet mijn grootste talent.' Haar ogen zakten dicht.

'Maar vier jaar is toch nog iets om dankbaar voor te zijn en zeker de afgelopen vier jaar', zei ik. Met gesloten ogen glimlachte ze.

'Madame, pardon, Elvira moet nu rusten. Belooft u mij ieder half uur even te kijken maar haar verder niet meer te storen? Mocht u zich ongerust maken, dan kunt u me hier bereiken.' De dokter presenteerde zijn kaartje tussen wijs- en middelvinger geklemd aan Carlos, die het aandachtig bestudeerde om zich een houding te geven.

Toen het na middernacht mijn beurt was om poolshoogte te nemen bij Elvira, was er eerst weer die broze glimlach voordat ze haar ogen opende.

'Ga naar bed, Miguela, je hebt het nodig.' Ik schudde mijn hoofd en fluisterend vroeg ik of ze zich al wat beter voelde.

Ik denk dat ze bemoedigend wilde knikken, maar daar had ze nauwelijks de kracht meer voor. De tranen stonden in mijn ogen.

'Niet doen, Miguela. Ik heb je al verteld dat mijn tijd allang gekomen is. Maar zorgen heb ik wel', sloeg haar quasi-opgeruimdheid om. 'Over jullie.' Ik voelde mijn wangen gloeien van schaamte.

'Het is een goed huis maar niet geluiddicht. Stille avonden dragen het geluid bijzonder goed. En ik ken de macht van woorden. Ik heb ze ook gebruikt, scherp als een scalpel. Om pijn te doen, niet om te genezen. Ik neem er niets van terug en verwijt mezelf niets, alleen vraag ik me soms af of mijn man langer geleefd zou hebben wanneer hij zijn hart zou hebben kunnen luchten, letterlijk. Maar die kans gaf ik hem niet omdat hij door de mangel moest, net zo lang tot hij begreep wat hij gedaan had. Zie je dat crucifix daar?' Ze wees op een glanzend metalen kruis boven de schoorsteen-mantel.

'Ik heb niets tegen vechten. Het is gezond, snijdt het rotte vlees weg en kan een relatie zo sterk maken dat ze onge-lofelijk veel aankan. Maar alles hangt af van hoe je vecht. Toen Walter zestien werd gaf mijn man hem een degen. Een oude Duitse traditie. Walter moest leren schermen met alle etiquette die daarbij hoort, ook het ongesproken soort. Volgens die idiotie is het een eervolle zaak om een litteken in het gezicht te hebben als souvenir aan een gevecht. Een groot deel van haar leven doet een moeder alles, letterlijk alles om haar kroost te beschermen tegen ziekte, gevaar en verdriet. En als haar taak voorbij is, is een geschonden gelaat opeens een eervolle zaak?

Vlak voordat Walter achttien werd verdween de degen opeens. Een paar dagen later vertelde ik mijn man dat ik hem weer gevonden had en liet hem dat crucifix zien. Het was de degen, die ik had laten omsmelten. Zelden heb ik zo veel plezier beleefd aan iemands woede.'

Ze sloeg de deken terug, daar had ze drie bewegingen voor nodig, en schoof naar de rand van het bed.

'Wie ga je bellen, de politie?' vroeg ze uitdagend toen ik protesteerde. Waarom vond ik het zo moeilijk haar wens te respecteren? Elvira wilde niets anders dan zo snel mogelijk dood neervallen, dus liet ik haar begaan toen ze naar een houten kist in een hoek van de kamer liep. Ze haalde er iets uit dat ze met twee handen naar me toe gooide. Haar armen waren te zwak om de afstand tussen ons te overbruggen en voor mijn voeten vielen met zachte plofjes twee rode bokshandschoenen op de grond.

'Dat was mijn tegenbod. Voor de degen', zei ze terwijl ze weer in bed kroop.

'Eerste kwaliteit kalfsleer, zo mooi worden ze vast niet meer gemaakt. Had ik al gezegd dat vechten prima is? En dan bedoel ik natuurlijk niet iemand doden als de eerste de beste herseloze soldaat, maar écht vechten. Leren incasseren dus. Trek ze aan en geef Carlos maar eens een lel. Je moet alleen bereid zijn die ook van hem te ontvangen. En denk eraan dat je handen niet zozeer beschermd zijn voor jouw welzijn, maar vooral voor het zijne.'

⋙

Die nacht ben ik niet meer bij Elvira gaan kijken.

Toen ik de volgende ochtend met een dienblad met koffie, room en croissants binnenkwam – andere vette, lekkere en uiterst ongezonde dingen voor het hart waren zo snel niet voorhanden – zat er weer een heer bij haar bed. Deze was nog grauwer gekleed dan de dokter. Ik vroeg me af of ze niet een beetje te hard van stapel liep. Bang om betrapt te worden draaide ik me met mijn dodelijke dienblad zo snel om dat ik nog net langs de deur kon glippen voordat hij in het slot viel. Elvira riep me terug de kamer in.

Met een bleek en vermoeid gezicht weerde ze het kopje koffie af. Toen ik de heer aan haar bed beleefdheidshalve de croissants wilde aanbieden, keek ik in een gezicht dat gemaakt leek voor het donkergrijze pak dat hij aanhad. Zelfs zijn ogen hadden zich daaraan aangepast en waren dof als de haren, die als een soort grijze manen naar achteren gekamd waren. Hij leek me niet het soort dat croissants of welke andere geneugten ook waardeerde, dus schonk ik hem alleen een kopje zwarte koffie in, waar hij zeer vriendelijk voor bedankte. Pas later bedacht ik dat ik zijn lippen niet had zien bewegen.

Toen Elvira hem voorstelde als haar notaris schoot alweer het vocht voor mijn ogen. Ze vroeg me zonder omhaal of ik Carlos kon halen.

Angst besprong me. Waarvoor diende dat appèl? Ik zag de kade langs de Seine weer voor me. Het huis zou vast in handen komen van een of ander familielid dat zich ergens in Duitsland of Frankrijk afzijdig hield tot het tijd was te incasseren. In het mooiste geval zou Elvira in haar testament bedingen dat wij hier konden blijven wonen, in dit huis waar we zo van waren gaan houden.

In de hal kwam Carlos me tegemoet. Ik omhelsde hem. Ik wist niet waar dat opeens vandaan kwam, maar op dat ogenblik voelde ik mijn liefde voor hem tot in de puntjes van mijn haren. Doodsbang om Elvira te verliezen en terug te moeten verhuizen naar een appartementje, keek ik met meer vertrouwen naar onze toekomst dan ik misschien ooit had gedaan.

Elvira Savigny gebaarde de notaris te zwijgen. Verder dan het schrapen van zijn keel was hij niet gekomen.

'Hoe bevallen de bokshandschoenen?' vroeg ze aan Carlos.

'Ze hangen aan een haakje boven het bed de vrede te bewaren.' Hij wreef over zijn rechteronderkaak. Zijn glimlach kwam niet erg uit de verf. Elvira sloot haar ogen en knikte nauwelijks merkbaar.

'Het gaat verder dan een paar bokshandschoenen', zei ze na een tijdje. 'Vier jaar tijd is niet zo lang om echt van mensen te gaan houden, en zeker niet voor de mate waarin ik van jullie ben gaan houden. Als ik ga, laat ik een hoop onvervulde wensen achter. Een ervan is dat ik jullie eerder had willen leren kennen. Jullie hebben de laatste paar jaren draaglijk gemaakt. Meer dan, zelfs.'

En nu laten we je sterven, dacht ik alsof daar iets tegen opgewassen was.

'Al die nachten waarin ik opeens een oude vriend weer leerde kennen: de slaap. In plaats van aan Walter te denken en een ander leven dat het mijne niet mocht zijn, was ik moe van het dansen, of eigenlijk van het leven zelf, maar dan een dat het waard was te leven.

Het deed zo'n pijn om te horen welke wending juist jullie leven dreigde te nemen.'

Ze pauzeerde even. Ik vermoedde dat we bij de kern van het verhaal waren gekomen en dat ze haar geest even de tijd voor een aanloopje gunde.

'Wat ik bedoel te zeggen,' zei ze met een zucht alsof ze zichzelf met haar verhaal verveelde, 'is dat het maar de vraag is of er een reden bestaat die goed genoeg is om datgene wat je nog wél hebt ook kapot te laten gaan. Ze zullen er vast zijn, maar misschien is het meer de angst voor het pijnlijke werk dat verzet zal moeten worden en geven we daarom liever iets op, ook al betekent dat uiteindelijk alleen nog maar meer verlies.

Nog anders gezegd', ze gaf de notaris een teken, waarop deze een brilletje zonder poten op zijn neus drukte, plechtig opstond en een document openvouwde.

'Monsieur, madame Moreno Amador, vóór mij heb ik de laatste wilsbeschikking van madame Ludivine Elvira Savigny-Soyer, geboren et cetera' – met een kleine buiging vroeg hij ons het weglaten van de datum te vergeven – 'waarin zij verklaart, kort gezegd en in dagelijks Frans, dat na haar verscheiden de volle eigendom van het huis aan de rue de Vaugirard te Parijs, in de gemeenschap van goederen valt waarin u beiden getrouwd bent.'

Hij gaf ons even tijd.

'Met dien verstande', hij keek ons over zijn brilletje heen aan en pauzeerde om de gewichtigheid van het moment te benadrukken, 'dat u beiden het recht op enig deel van dit huis verbeurt wanneer die gemeenschap uiteenvalt. Plat gezegd', en weer was daar een knikje dat vroeg om excuus voor zijn woorden, 'als u uit elkaar gaat staat u beiden op straat en vervalt de eigendom van het huis aan de stad Parijs.

Overigens bepaalt diezelfde clausule verderop dat die voorwaarde geldt tot u beiden de leeftijd van zeventig jaar bent gepasseerd, uitgezonderd de situatie waarin een van u voor die leeftijd door een natuurlijk overlijden wordt getroffen. Weest u dus voorzichtig met elkaar. In ieder geval tot u zeventig bent. Daar komt het op neer.'

In de vroege uren van de 25ste december 1934 was Elvira Savigny aan haar laatste reis begonnen. Toen ik om negen uur binnenkwam met de koffie, die ze al vier dagen niet meer dronk, zag ik het direct. Het was geen strijdtoneel; haar ogen en mond waren half gesloten als de luiken van een huis dat geen bewoners meer heeft. In vrede en stilte was ze vertrokken op weg naar haar Walter. Wie weet stond ook *Herr* Savigny in dat heilige oord op haar te wachten. Die tweede kans zou ze hem vast vergunnen.

Ik sloot haar ogen en liep achteruit naar de deur. In onze slaapkamer lag Carlos nog te slapen onder twee roodleren bokshandschoenen. Ik trok mijn kleren uit en kroop onder de dekens tegen hem aan.

Op oudejaarsdag stonden we aan de rand van haar graf. De priester had zijn woorden gesproken en Armand, Carlos en mij alleen gelaten met onze overleden vriendin. Het was een druilerige maandag en vlak voordat Armand voor de tweede keer de altviool van Walter uit de koffer haalde keek hij bezorgd omhoog.

Hij klemde het instrument tussen schouder en kin en terwijl hij de strijkstok op spanning bracht keek hij me kort aan.

Wat hij speelde duurde niet lang, maar het was prachtig. Het klonk als een epiloog waarin de laatste muzikale lijn het boek sluit. Later vertelde hij me dat een Duitser het gecomponeerd had. Een lied over de dood en het leven. Over een jonge nachtegaal die zo over de liefde zingt dat zijn gezang zelfs doordringt tot in een droom.

Toen het laatste vibrato uitgetrild was legde Armand de viool voorzichtig terug in de koffer met het rode fluweel en, na de bovenkant van de klankkast met zijn zakdoek schoongemaakt te hebben, sloot hij het deksel. Ook Carlos zweeg toen Armand, geknield in de zompige aarde, in het graf reikte.

Dood, liefde en eeuwigheid. De roffel van de modder die we lieten neerkomen op de vioolkoffer boven op de grafkist paste goed bij die woorden.

Het was een warme avond van de daaropvolgende zomer. Ik had net een tuimelraam van de slaapkamer opengezet toen ik me met een ruk naar het bed omdraaide en naar de kale spijker boven het bed keek. Terwijl het gekwetter en gelach van aangeschoten toeristen in de Jardin du Luxembourg de kamer binnengulpte, vroeg ik me af of ze er de vorige avond nog wel hadden gehangen. Ik had werkelijk geen idee en met een klein beetje schaamte merkte ik dat het me eigenlijk ook niet zo heel veel kon schelen. Maar er was die zomer dan ook genoeg dat op een veel dwingender manier om mijn aandacht vroeg.

Om precies te zijn: de aanpak van onze vleugel. Nu het huis officieel van ons was en iedere bank dus graag bereid was ons een lening te verstrekken, hadden we het plan opgevat één vleugel te verbouwen tot onze eigen tangoclub. Bijna heel tangodansend Parijs kende Moreno Amador en Rojas – onder die naam was ik inmiddels bekend geworden voordat ik Carlos' naam recent opnieuw had aangenomen – en ook vanuit de hoek van de musici konden we voldoende steun verwachten om er een succes van te maken. We zouden het 'Club Savigny' noemen, dus deed het er niet echt toe welke achternaam ik voerde. Veel belangrijker was het feit dat ik me weer graag 'mevrouw Moreno Amador' voelde.

Na een vuistdikke stapel aanvragen, planningen en vergunningen moest alles opnieuw, vanwege redenen die ik alweer vergeten ben. Iets met leidingen en de richting waarin een bepaalde balk liep die onder een zodanige hoek met een dragende muur stond dat, enzovoorts. Twee weken later, waarin Carlos en ik af en toe flink gebruikmaakten van de bokshandschoenen, werd dan eindelijk bijna iedere muur van de vleugel doorgebroken, zodat er één schitterende ruimte ontstond.

Aan de lange kant van waaruit je de Jardin du Luxembourg kon zien, waren uitsluitend ramen die van de grond tot bijna aan het plafond reikten, door merantihout onderverdeeld in langwerpige ruiten. Aan de andere lange kant waren twee schouwen gebouwd, die we op winterochtenden konden stoken om de vorst uit de zaal te krijgen voordat 's middags de eerste leerlingen zouden verschijnen. En nu was het einde van het geklop, gebreek, gezaag en het opgewekt schelden en fluiten van werklui naderbij. Nog één dag en dan zou het stil zijn, precies op tijd voor de opening twee dagen later. Tegen beter weten in besloot ik die zomeravond de voorman op zijn woord te geloven en op tijd naar bed te gaan.

Maar nu was er dus een nieuwe kwestie: de bokshandschoenen. Misschien moest ik gewoon eens even een avond nergens aan denken. Ze waren vast wel ergens.

Ik werd wakker toen Carlos naar bed kwam. Altijd. En ook zonder dat te willen. Carlos kroop namelijk nooit gewoon tussen laken en deken; hij ging erop zitten zoals een kind zich op een zachte bank laat vallen. Een paar keer al had ik een kletsverhaal over de conventillo moeten aanhoren, waar hij op houten planken sliep, en dat hij daarom iedere avond weer eerst de zachtheid van het bed wilde voelen.

'Verdomme, Carlos!' Dat kan toch ook wel anders! Zijn lippen kusten de mijne.

'Niet boos worden, Miguelita, ik zal het nooit meer doen. Vanaf morgen zul je er nooit meer iets van merken wanneer ik naast je lig.' Met gesloten ogen zag ik zijn grijns.

'Belofte nummer zoveel. Doe liever eens wat je belooft. À propos,' ondanks het feit dat de zomeravond de kamer nog schemerig verlichtte knipte ik het bedlampje aan, 'waar zijn ze?'

'Wie?' vroeg Carlos. 'Wie, Miguelita?'

'Die dingen waar ik je nu graag een dreun mee zou willen geven, "Carlito"', snauwde ik.

'Ah.'

'Carlos!'

'Rustig maar.' Ik zag aan zijn gezicht dat hij begreep dat het ernst was. Ik had hem graag een lel verkocht, maar ik deed mijn best mijn woede te beheersen en vroeg zo koel mogelijk: 'Wat is er gebeurd, Carlos?' Toen schrok ik.

'Ze zijn toch niet weg? O God, ze zijn toch niet kapot?' Daar ging de beheersing. 'Hoe kan verdomme een paar bokshandschoenen kapotgaan? Zijn de veters waar we ze aan ophingen gescheurd?'

Carlos knikte nadenkend. 'Ja. Dat denk ik wel, tenminste.'

Met een ruk draaide ik me om en sloeg op het knopje van het nachtlampje. Ik was te moe voor deze flauwekul. Op dat uur. Zak.

De volgende ochtend werd ik wakker door die heerlijke ge-
brande geur. In plaats van naar de spijker boven het bed
keek ik naar de koffie die Carlos in een plas hete melk
schonk. Hij duwde me de kop in handen.

'Vanavond', hij legde een croissant op de deken boven
mijn schoot alsof het een offer op een altaar was, 'is er een
tafel gereserveerd in Les Deux Magots op naam van de heer
en mevrouw Moreno Amador. U weet wel, de eigenaars van
die prachtige Club Savigny.' Met een halve croissant schreef
hij de naam in de lucht.

'Wat is dat, die "Magots"?'

'Die Magots? Mag ik u er misschien op wijzen dat iedereen die er echt toe doet in Parijs daar min of meer tot het
meubilair behoort? Het barst er van de schrijvers, schilders,
filosofen en andere interessante mensen.'

'Daar heb ik er in La Coupole genoeg van gezien. Ik heb
niet zo'n zin, Carlos,' begon ik te pruilen, 'we hebben hier
nog zo veel te doen. We gaan al bijna open!'

'Om twaalf uur vanmiddag', knikte hij zeer beslist, 'is het
hier opeens stil. Na al die maanden. We moeten er echt uit,
Miguela. Of je nu wilt of niet,' lachte hij, 'we kunnen het
onmogelijk zomaar voorbij laten gaan. En denk eens aan de
avonden die gaan komen: werk, werk en succes. Wanneer
hebben we dan nog tijd voor een pleziertje?' Hij schudde
vertwijfeld zijn hoofd.

Aangezien ik nu eenmaal vind dat je een wanhopig man uit
zijn lijden dient te verlossen, als daar tenminste iets leuks
tegenover staat, liepen we die avond de rue Bonaparte in
naar het Place Saint-Germain-des-Prés, dat ik al tientallen
keren was overgestoken. Kennelijk altijd zonder de namen

op de luifels te lezen. Het was in feite een wandelingetje van niets, maar het was zo'n zomeravond waarop het leek alsof alle huizen leeggestroomd waren en hun bewoners elkaar vonden in de trottoirbrede poelen van luidruchtige gezelligheid. Borden bij de cafédeuren schreeuwden de namen van nieuwe drankjes, die even duur klonken als de prijs van het drankje zelf. Te duur voor Jean en Pierre, die liever een eau de vie of een *fine à l'eau* bestelden of toch maar gewoon een liter wijn om mee te beginnen.

Onder de luifel van Les Deux Magots stond een kelner zich koelte toe te wuiven. Toen hij Carlos in de gaten kreeg wenkte hij en wees op een tafeltje waar de avondzon net niet bij kon.

'*Merci, Gilles, il fait chaud, hein?*'

'*Ah, c'est de la merde! Allez, allez!*' Zijn wapperende hand veegde ons ongeduldig onze stoelen in, hitte of niet.

'*Et vous?*' vroeg Gilles aan mij alsof Carlos al besteld had. Hij bevestigde mijn bestelling van een glas Perrier met een schouderophalen en liep weg.

Plotseling voelde ik het. Misschien keek Carlos één keer te vaak om in de richting waarin Gilles verdwenen was, of tikte een van zijn nagels iets te hard op het metalen tafeltje. In ieder geval reageerde hij net even te snel toen ik hem vroeg: 'Biechten, mannetje?' Ik had geen idee wat hij te biechten zou hebben en hoopte dat hij dat ook niet had.

'Nee hoor.' Weer keek hij achterom toen de deur van het restaurant openging.

'Nou ja, eigenlijk wel.' Ik volgde zijn blik. Gilles kwam met een wijnkoeler aan. Tussen de vingers van zijn andere hand bungelden losjes twee champagneglazen. Achter hem liep een andere ober met een houten kistje waarin de woorden CHAMPAGNE en BOLLINGER gebrand waren.

'Carlos?'

'Boilà.' De wijnkoeler werd op tafel gezet en hij glimlachte trots alsof hij een hele prestatie had geleverd. Soepeltjes trok Gilles de fles uit het ijswater en ontdeed hem in één beweging van de glanzende capsule. Zachtjes plofte de kurk terwijl de tweede ober de champagnekist ook op tafel zette.

'Op de vrouw van mijn dromen.' Carlos hief zijn glas.

'Schei uit', zei ik en ik raakte het mijne niet aan.

'Wil je de bokshandschoenen terug? Eerst een slokje.' Zelfs chantage schuwde hij niet. Ik hief kort mijn glas en nam een grote slok.

'Ik hoop dat we ze straks niet nodig hebben.'

'Ai, dat zou niet gaan. Nooit meer, ben ik bang.' Hij was me voor. 'Eerst dat glas leeg, dan hierin kijken.' Hij schoof het houten kistje naar voren en tikte op het deksel. 'Daarna mag je sputteren wat je wilt.'

'Zitten ze hierin?' Ik tikte op het dunne hout en leegde mijn glas. Carlos knikte.

'Ja, maar ook weer niet. Maak open.' Langzaam schoof ik het deksel naar achteren en keek in het kistje.

Tijd vervloog.

'Kalfsleer zoals ze al lang niet meer maken, hè?' vroeg ik uiteindelijk. Mijn keel was droog als beschuit.

'En zilver.'

Ingebed in het zaagsel dat de originele champagneflessen ooit had beschermd lagen de mooiste tangoschoenen die ik ooit had gezien, gemaakt van rood leer met een zilveren gesp in de vorm van een geopende roos.

Toen we laat op die avond thuiskwamen slopen we onze danszaal binnen in het donker, alsof hij niet van ons was. We dansten in het laatste licht van de dag. Zelfs toen de maan het van de zon overnam dansten we door.

⁕

Geen enkele nacht van die zomer in 1935, noch die van de jaren daarna, werd zo donker als de dagen nu zijn, zeven jaar later. Parijs is een grauwe stad geworden, ondanks het feit dat veel mensen dat niet zien. Wanneer de sombere uniformen langs de terrasjes stampen, kijken de Fransen dwars door ze heen. Ik kom er niet achter of ze de bezetting niet verdragen of de oorlog, waarin zo veel mensen al gestorven zijn, ook niet-Fransen.

Alles is minder. Minder leuk, minder fris, het eten is minder en misschien is zelfs de wijn minder. Alleen de Parisiens die het al goed hadden, blijven het goed hebben, zolang het duurt. En mits het geen Joden zijn, anders krijgen ze hetzelfde gele keurmerk dat ik sinds een paar weken moet dragen of worden ze gearresteerd en weggevoerd zoals vorig jaar gebeurde. Nadat we ons twee jaar geleden hebben laten registreren op het politiebureau, willen ze er nu nog meer van maken dan alleen een papieren zaak. Ik begrijp de schande niet die de Duitsers in mijn afkomst zien.

Ik heb er niet om gevraagd Joods te zijn, het kan me zelfs niets schelen dat ik dat ben. De tradities zijn sinds jaren niet meer aan mij besteed, alleen de naam Rojas, waarmee ik bekend werd vóór de oorlog, wijst naar mij op een manier die me bang maakt.

We kenden mooie jaren nadat we Club Savigny hadden geopend. We hebben nauwelijks een aanlooptijd gekend; in een mum van tijd hadden we genoeg leerlingen om van rond te komen en onze lening af te betalen. En alhoewel dat nooit onze opzet was, waren na twee jaar de 'Soirées Savigny' bekend als een concurrent van meer gevestigde dansgelegenheden.

Helemaal zonder problemen bleef dat overigens niet, dat blijft zoiets nooit, vooral in de zomer wanneer het zo warm was dat de glazen pui helemaal open werd gezet en het aangrenzende park de 'Jardin du Tango' werd. De hitte droeg de muziek ver het park in over de stoffige lanen, waar iedereen er het zijne mee deed. Sommigen zagen het als achtergrond voor een luidruchtig feestje met alles waar alcohol in zit en steeds vaker ook met cocaïne. Het duurde niet lang of Moreno Amador was ook bij de sterke arm een gevestigde naam.

Wie vooral erg aanstoot nam aan zulk vertier was een gendarme die nota bene Pipou heette. Alleen leek hij in de verste verte niet op het grappige mannetje dat je bij zo'n naam voor je ziet. Een akelig kereltje was het, met lichtblond haar en bijna zwarte ogen. Een combinatie die eigenlijk niet mogelijk zou moeten zijn. Wanneer de gendarmerie werkelijk geen enkele andere kant meer op kon kijken en een einde moest maken aan de een of andere vrolijkheid, nam Pipou maar wat graag de leiding op zich. Hier en daar deelde hij een stevige tik uit en zonder trofeeën in de vorm van arrestanten was zijn eigen feestje niet compleet.

Hij schiep er plezier in om Carlos ook mee te nemen, 'voor aanvullende feiten', zoals hij dat noemde. Dat betekende steevast dat Carlos pas tegen de ochtend weer naar huis kon, nadat hij ondervraagd was over ongeregeldheden in het park waar wij geen zicht op hadden, laat staan dat we er iets mee te maken hadden.

Pipou had hem zelfs een keer twee uur in de cel gezet toen Carlos zijn kalmte verloor. Hij bezwoer me dat de agent met een glimlach de sleutel had omgedraaid. Hij had iets gesmaald over 'jouw soort'. Een andere keer vroeg hij tussen neus en lippen door of Carlos 'er ook zo een was, zoals die Rojas waar hij mee samenhokte'. Carlos begreep die vraag pas toen we in het najaar van 1938 van de afschuwelijke rellen in Duitsland hoorden. Ik weet nog goed hoe treurig ik het vond om zijn ziel iets van dat onbevangene te zien verliezen.

Al snel waren we ons ervan bewust hoe ver weg dat alles van onze landsgrenzen gebeurd was en hoe veilig we in Parijs waren. Een enkele gek als Pipou zou ons het leven niet zuur maken, noch dat van onze klanten. We dansten door. We stopten niet voor Pipou en verwonderden ons niet over de hoeveelheid gasten die maar bleven komen.

Stevig in het zadel galoppeerden we 1939 binnen. Jazz, de nieuwe muziek uit Amerika, was weinig meer dan een flirt en zeker geen blijver zoals de tango. En wij.

We waren niet de enigen die er zo over dachten. Op straat werd het drukker en drukker. Auto's reden zes rijen dik op de Champs-Elysées, gelardeerd met fietsers en een enkele idioot die zijn leven waagde en te voet wilde oversteken. Agenten, strak in het zwart met glimmende knopen en de witte knuppel bungelend aan de koppel, regelden het verkeer met de souplesse die bij hun autoriteit hoorde, ongeacht de vraag of dat nodig was. Sommigen zaten zelfs nog te paard en stuurden alles in de war wanneer de knol draaide en auto's vanuit beide richtingen boven op hun rem moesten gaan staan om het beest niet te halveren.

De zomers waren mooi en slechts in de kleine donkere uurtjes was het rustig in de Jardin achter ons huis. Overdag werd er in de schaduw van de bomen getennist door giechelende jongelui. Stelletjes flaneerden over de zandpaden, die zo droog waren dat het stof om hun voetstappen heen plofte en het gepoetste schoeisel zijn glans ontnam. Bij het wortelstelsel van een oude plataan was telkens een ander groepje kinderen aan het bikkelen. Luidkeels vuurden ze elkaar aan, dwars door de sentimentele chanson van een straatzanger heen.

En in die nazomer die vervuld was van die merkwaardige combinatie van dreiging – ver weg als zij immers was – en *la douce vie*, kwam hij per ongeluk in ons leven.

De laatste drie maanden van '39 was ik misselijk, zodat ik pas na de jaarwisseling weer in Les Deux Magots kwam voor een kopje thee en wat patisserie, iets wat ik voordat ik zwanger werd geregeld had gedaan. Sinds die avond met Carlos, die nu zo lang geleden leek, noemden we het Les Deux Chaussures, oftewel De Twee Schoenen. Iedere maand zwangerschap bracht nieuwe beperkingen met zich mee zodat ik alle tijd had om, meestal ongevraagd, me nauwkeurig op de hoogte te houden omtrent het onheil waar Hitler Europa in stortte en dat, daarvan was ik zeker, uiteindelijk ook ons leven zou bedreigen.

Maar over dat laatste sprak ik met niemand. Omdat er geen Fransman was die kon geloven dat hun Maginotlinie het zou kunnen begeven en omdat ik het zelf wel kón geloven maar het niet wilde. En Carlos? Die danste en leefde alsof de tango een universum was waar geen oorlog ooit in zou kunnen doordringen.

Toen echter de beschietingen begonnen op de derde juni was het definitief afgelopen met de Franse inbeelding en mijn afgewende blik. Als die avond de weeën de kritieke regelmaat niet bereikt hadden, dan zou Carlos gewoon door zijn gegaan in zijn wereld, met zijn leven.

In plaats daarvan keek hij tegen middernacht in de ogen van León Walter Moreno Amador. Die typische ogen van een pasgeborene, die slechts zo kort twee poeltjes pure on-schuld zijn, waarna ze tot aan de laatste dag het venster zijn waardoor het leven de ziel aanraakt, betovert en kwetst.

Het duurde niet lang voor ik me met León op straat waag-de. Nadat de Duitsers de stad waren binnengetrokken, had-den ze met niet te miskennen *Gründlichkeit* er zorg voor gedragen dat rust en orde zo snel mogelijk hersteld waren. De voorwaarden voor de wapenstilstand, alleen een soldaat durft een dergelijke verkrachting van het leven zo te noe-men, hoorde ik op de Place de L'Opéra uit de luidsprekers schallen die de bezetter boven op zijn auto's had gemon-teerd. Uiteraard waren die 'voorwaarden' niets anders dan een reeks vernederingen en beperkingen.

Oude vrouwen luisterden bewegingloos met de hand voor de mond. Sommige mannen plukten aan baard of snor, peinzend over de vraag wat die voorwaarden voor hun middelen van bestaan zouden betekenen. Voor anderen was dat geen vraag meer en werden tranen met een boos gebaar van het gelaat geveegd.

De verachting waarmee de Parijzenaren toekeken hoe hun eigen politieagenten, die men soms met naam en toenaam kende, voor de Duitse soldaten salueerden was niet direct te zien maar duidelijk te voelen. Maar alle verholen boosheid en afschuw ten spijt werd de Place de L'Opéra volgebouwd met wegwijzers alsof het één groot soldatenkamp was, wapperde op belangrijke gebouwen het hoekige symbool van de onderdrukking en gingen de Duitse soldatenliederen de strijd aan met de tango die uit de open ramen van onze danszaal bleef klinken, oorlog of geen oorlog.

Ondanks die stampende laarzen, lelijke Duitse woorden die overal op gekalkt werden en het rood-wit-zwart dat de stad ontsierde, waren de balkons van de bussen nauwelijks minder vol, renden kinderen en volwassenen nog steeds achter een balletje aan door het park en wie danste, danste door.

En nu, juli 1942, doet men dat nog steeds. Terwijl niets meer is zoals het was, dansen de mensen nog steeds. Behalve ik.

Ik ben al een hele tijd niet meer buiten de deur geweest. Om de tijd te doden heb ik het meeste van wat ik me kan herinneren van mijn nieuwe leven, dus na Buenos Aires, opgeschreven. Zolang de oorlog duurt zal ik blijven schrijven en misschien ook nog wel daarna. Wie weet wil iemand dat ooit nog weleens lezen. In ieder geval heb ik dan iets te doen, naast mijn taak als moeder natuurlijk.

Behalve Carlos lijkt Armand de enige die me niet vergeten is in mijn afzondering. Hij zoekt me vaak op als Carlos aan het werk is en vertelt me wat er zich buiten afspeelt. Althans, wat hij erover wil vertellen, want zijn verhaal stokt te vaak. Soms minutenlang. Van de leugens die hij daarna opdist wordt hij steeds somberder. Hopelijk kan hij snel weer de waarheid aan.

De rode tangoschoenen heb ik opgeborgen in een kast. De vraag wanneer ik ze weer aan zal trekken maakt me bang. Ik kijk naar León, die zijn middagslaapje doet, en om de angst te bezweren beloof ik hem dat zodra ik de zilveren gespen weer om mijn enkels sluit, ik hem zijn eerste pasjes zal leren. Het zit hem vast in het bloed. Ik verheug me.

Armand de Blanchefort

1942

Het geraas van de banden, die veel sneller dan toegestaan Parijs uit denderden, de regen die tegen de voorruit sloeg en de gierende wind om de auto overstemden het geluid van de motor zonder veel moeite. Zelfs bij deze snelheid kwam er niet meer dan een bescheiden brom van onder de lange motorkap van de Hispano-Suiza. Naast mij op de voorbank zat Carlos. Zijn gezicht verried de angst en radeloosheid die hij bevocht. Een grote tegenstelling met de vrede op het gezichtje van de slapende León op de achterbank, ingepakt in een deken waar meestal de kat op lag te spinnen. Tijd om een schone te pakken was er niet geweest.

Even verderop draaide een vrouw haar kinderwagen naar de weg toe, klaar om over te steken. Ik toeterde een paar keer om haar te waarschuwen. Als ik in mijn spiegel had gekeken zou ik haar vast hebben zien schelden, maar het slechte weer dwong me vooruit te kijken.

Ondanks mijn concentratie op het wegdek struikelden woorden, gevoelens, beelden en geluiden over elkaar in mijn hoofd en maakten een warboel van de gebeurtenissen van de afgelopen uren. Ik zag Carlos weer in de deuropening, hoorde hoe hij haspelde wat hem overkomen was en wat hij had aangericht. Ik schakelde naar een hogere versnelling en terwijl de auto optrok voelde ik datzelfde weeë gevoel in mijn buik als vanmiddag, toen Carlos hijgde: 'Ze hebben haar, Armand.' Hij hield zich vast aan de deurpost van mijn appartement aan de rue de Rivoli. 'Ze hebben Miguela weggehaald. Opgepakt, opgesloten.' Zijn ogen schoten paniekerig heen en weer. Plotseling greep hij me bij mijn revers. 'Wat moet ik doen, Armand?' kreunde hij. 'Wat moet ik doen? Wat kan ik doen? Kan jij iets doen?' Pas toen keek hij me aan.

Ik probeerde die herinnering uit mijn hoofd te schudden. Het liefst was ik vol op de rem gaan staan maar in plaats daarvan trapte ik het gaspedaal nog iets verder in. Carlos keek om, alsof hij bang was dat we gevolgd werden, maar ik wist dat hij naar iets anders keek: Parijs. Hetzelfde Parijs dat ook ik niet wilde verlaten, niet mocht verlaten. Wegrijden van de stad, waar Miguela in een groot stadion tussen duizenden, misschien wel tienduizenden anderen gevangenzat, voelde alsof de huid van mijn vlees getrokken werd.

Maar we moesten door, bang voor controleposten. Gelukkig echter stonden nergens gendarmes om triomfantelijk een grote bordeauxrode auto met twee mannen en een dreumes van twee jaar op de achterbank aan te houden, om ze daarna af te voeren naar het bureau.

Eindelijk zag ik het bord dat de grens van de stad aangaf. Ik duwde het gaspedaal nog verder in. Woedend door de gedachte aan het lot van Miguela. En woedend was ik op Carlos, die de directe reden was waarom we Parijs moesten verlaten. Ontvluchten, om precies te zijn. Niet dat ik iets anders zou hebben gedaan dan Carlos. Zelfs een gendarme zou in zijn positie precies hetzelfde hebben gedaan. Ik duwde een paar seconden lang op de claxon en vloekte vier of vijf keer achter elkaar om lucht te geven aan mijn frustratie.

'Godallemachtig, Carlos, een gendarme neerslaan? Idioot die je bent!'

'Had jij een beter idee?' beet hij van zich af. Weer draaide hij zich om en keek door de achterruit.

'Ja! Nee, natuurlijk niet! Jezus, man!' Ik sloeg met beide handen tegen het stuur. De wagen maakte een gevaarlijke slinger. Op de achterbank begon León te huilen.

'We moeten van de hoofdweg af, zo snel mogelijk', riep Carlos. 'Dat is hun plan, Armand, ze pakken ons buiten Parijs,' hij stuiterde op en neer in zijn stoel, 'ze pakken ons waar al het verkeer samenkomt op de uitvalswegen! We moeten ervanaf, daar, daar!'

Ik had hem met liefde een stevige por tussen zijn ribben gegeven om zijn paniek te doorbreken. Onder andere. Hij had ons in deze situatie gebracht, dus was ik de enige die recht op die angst had. Iedere gendarme in Parijs zou zijn collega willen wreken.

Direct nadat Carlos me verteld had wat hij gedaan had, wist ik dat hij geen minuut langer in Parijs kon blijven. Hij knikte eerst maar schudde daarna zijn hoofd toen ik zei dat ik zou proberen om Miguela vrij te krijgen.

'Begrijp je het niet, Armand?' Hij pakte me vast en schudde me door elkaar.

'Gaat alles dan langs je heen? Heb je je nooit afgevraagd waarom niemand meer iets gehoord heeft van de mensen die vorig jaar zijn opgepakt?' Zijn woorden werden door de muren van de hal achter me als een kakofonie teruggekaatst.

'Dit doen de Duitsers en de Fransen samen,' siste hij, 'die pakken geen Joden op om ze op gelasting van meneer De Blanchefort weer te laten gaan. God weet wat er met ze gebeurd is, maar teruggekomen zijn ze in ieder geval niet,

Armand.' De tranen rolden over zijn wangen. 'Misschien komt ze nooit meer terug.'

Uit een plunjezak op zijn rug kwam een snikkend geluid. 'León,' fluisterde Carlos, 'León.'

'Die kelder', zei hij toen. Ik begreep hem niet. 'Waar Miguela en ik een tijd geschuild hebben toen ik ziek was', verduidelijkte hij. 'Bij Jeanne!'

'Jeanne?'

'Jeanne! Breng ons daarheen! Daar zijn we veilig tot Miguela misschien …'

Ik schudde mijn hoofd. 'Jeanne en ik zijn al een hele tijd uit elkaar, Carlos.'

Zijn mond viel open. Ik wist dat ik hem en Miguela op het verkeerde been had gezet door hun vragen over onze relatie te ontwijken. Ik had ze altijd in het ongewisse gelaten. Ook op dat moment wilde ik er niet méér over zeggen, er was een groter belang: ik moest vader en zoon in veiligheid brengen. Ik had de schuilplaats en de middelen. Maar ik wist ook dat ik ze, eenmaal op de plaats van bestemming, niet zomaar alleen kon laten. Daarvoor was de ontreddering bij Carlos te groot.

León had zijn vader nodig, iemand die voor hem zorgde. Ik wist hoe Carlos zich door zijn emoties kon laten leiden en maakte me ernstig zorgen over het knulletje. Tot ik zeker was dat zijn vader zich niet alleen om zichzelf bekommerde zou ik over hem waken. Een vreemde speling van het lot.

De schemering kroop inmiddels over de velden. Voor het donker moesten we onderdak gevonden hebben voor de nacht. Bij het eerste daglicht zouden we weer vertrekken. Als we geluk hadden zouden we tegen de avond al in onbezet Frankrijk kunnen zijn.

L'Arbre d'Or stond inderdaad midden in een klein bos, maar met goud had de herberg verder weinig te maken. Het belangrijkste was dat we ons niet in het gastenboek hoefden in te schrijven zolang we maar zorgden vóór zes uur 's ochtends weer weg te zijn. Voor zessen begonnen de Duitsers namelijk nooit met persoonscontroles. De tweede voorwaarde waarmee we hadden ingestemd was dat we alle drie op één kamer zouden slapen. Nu lagen Carlos en León met gesloten ogen op het ene bed en ik op een ander.

Het verhaal dat Carlos me verteld had was behoorlijk verknipt en het was nog niet zo eenvoudig er een sluitend geheel van te maken. Het begon toen Carlos zijn ongerustheid niet meer de baas kon. Miguela was 's ochtends vroeg naar de markt gegaan en was halverwege de middag nog niet terug.

'Is het toevallig een Jodin?' vroeg de ongeïnteresseerde gendarme bij wie hij aangifte deed van haar vermissing op het Sous-Préfecture. Hij wipte zijn bureaustoel op de achterste twee poten en keek uit het raam toen hij suggereerde dat Miguela naar een wielerstadion was gebracht. Dat was namelijk met duizenden andere Joden gebeurd, die in alle vroegte waren opgepakt. Peinzend vroeg de gendarme zich af wat voor een bende het daar wel niet zou zijn als al die Joden eindelijk weggevoerd waren.

Carlos was opgesprongen, maar de gendarme hief doodkalm zijn hand op en vroeg: 'En u?' Vaag gebaarde hij naar de revers van Carlos' jas alsof daar een ster hoorde te zitten. Carlos vertelde me later dat hij op die vraag geen antwoord had kunnen geven.

Nu hij wist waar Miguela werd vastgehouden was hij nog geen stap verder. De politie noch de Duitse soldaten lieten iemand het stadion in of uit. Bovendien, zo had een gendarme Carlos toegesnauwd toen hij daar aangekomen was, waren er zo veel Joden opgepakt dat hij wel een paar dagen nodig zou hebben om zijn vrouw te vinden.

'Een speld in een Jodenberg!' grapte zijn collega. 'En nu wegwezen! Klagen doet u maar bij de commandant!' Grinnikend liepen ze weg. Toen zag Carlos het groepje gendarmes dat achter de grapjassen verborgen was geweest. Net even buiten het groepje stond een klein mannetje. Helblonde pieken haar staken onder zijn zwarte politiepet vandaan. Toen hij de zwarte kraaloogjes die hij zo goed kende zijn kant op zag gluren, had Carlos zich snel omgedraaid en zich uit de voeten gemaakt, hopende dat hij niet herkend was.

Aan het eind van diezelfde middag zag hij Pipou voor zijn huis uit een dienstauto stappen. Roerloos keek hij toe hoe de gehate gendarme zijn politiepet opzette, zijn koppel rechttrok en op de deur afliep. Zijn collega bleef in de auto wachten.

Carlos opende de deur voor Pipou, die zonder verdere plichtpleging vroeg: 'Die Jodin, had die niet een kind? Daar zag ik u vandaag mee lopen, en dat is dus een Joodje. Die moet mee. Orders zijn orders', glimlachte hij.

Carlos kon zijn woede nauwelijks onderdrukken, maar juist toen was die typische kalmte in Carlos komen bovendrijven. Een koelbloedigheid die hem in een aantal beslissende situaties het juiste had laten doen en die hem nu liet zeggen dat hij nét bezig was de kostbaarheden van zijn vrouw veilig op te bergen. Die leugen was een zuivere aanslag op de strakste snaar van de hebberigheid van een aasgier zoals Pipou, en zonder nog één woord te zeggen liep hij achter Carlos aan de Hades binnen.

Toen de gendarme zich over Leóns wiegje boog om hem op te pakken, ramde Carlos het crucifix waarmee Elvira Savigny haar man een hak had gezet zo hard mogelijk op het achterhoofd van de diender. Zonder een kik te geven zakte hij over het bedje in elkaar. Carlos smeet het kruis in een hoek en graaide wat spullen bij elkaar, die hij in een rugzak propte. Toen haalde hij Leon uit zijn bedje, die half onder de gendarme lag maar door al het geweld heen was geslapen. Voorzichtig legde hij het ventje boven op de spullen in de rugzak en trok het snoer zo ver dicht dat er een ruime opening boven Leóns gezicht bleef. Zonder nog één keer om te kijken liep hij toen doodkalm door een van de openslaande deuren de Jardin du Luxembourg in, verstild nagekeken door verweerde standbeelden.

De beslissing om met Carlos Parijs te verlaten was juist. Maar het maakte het vreselijke verraad dat ik daarmee aan Miguela pleegde niet goed. Was die keuze een toevallige wreedheid, of bezat het lot inderdaad het sadistische karakter dat sommigen hem toedichtten?

León nam elke twijfel weg. Hij mocht zijn prille leven niet als een bange mol in de catacomben van Parijs doorbrengen. Miguela zou dat nooit gewild hebben. Ik was het niet alleen aan die kleine verplicht maar ook aan Miguela om hem naar een betere plaats te brengen.

Het bed naast me kraakte. Carlos was opgestaan. Hij liep naar het raam en duwde de luiken open. Koele boslucht drong langs hem heen de kamer binnen terwijl hij vragend zijn armen spreidde als een Jezus aan het kruis. Tot wie richtte hij zijn vraag? Hij liet zijn armen zakken en zei: 'Het is een nacht zonder sterren.'

'Dat komt doordat je niet door het bladerdek van de bomen heen kunt kijken', zei ik.

Carlos schudde zijn hoofd en sloot de luiken. 'Nee, er zijn geen sterren meer.'

Het was de namiddag van de derde dag sinds we uit Parijs vertrokken. Zonder dat ik het merkte was het landschap veranderd. Opeens reden we tussen de olijfbomen, die met hun bijna zwartgeblakerde stammen tegen de okerrode aarde afstaken. Een reusachtige hand had in een van die onbewaakte momenten al die zonnebloemen, manshoog en velden vol, uit de grond getrokken, waarboven ze nu met hun zware harten het licht zochten. En wie had die grijsgroene ribfluwelen velden lavendel uitgespreid?

Zonder één ogenblik te hoeven nadenken sloeg ik rechts af of links af, sneed stukken af; slechts één keer vergiste ik me in de weg, waar een nieuw kruispunt was aangelegd. We waren de heuvels al binnengereden die soms de allure van kleine bergjes hadden, en kwamen door het dorp dat ik zo goed kende: Maussane-les-Alpilles.

Naast mij was Carlos ingedommeld en ook León, die van alles wat hij voorbij zag komen wilde weten hoe het heette, had de vermoeidheid ingeruild voor de slaap. Een rust die paste bij het landschap.

Geen van beiden merkte er iets van toen ik de wagen in de schaduw van een bosje parkeerde. Nadat ik het portier zo zacht mogelijk gesloten had liep ik een klein stukje verder een zanderige weg af, tot ik het huis zag. Een weerzien dat in stilte en zonder anderen moest plaatsvinden.

Omringd door heuvels van grijze rotsen, begroeid met bossen vol vaalgroene steeneiken, wilde olijfbomen, kastanjes en waar hier en daar een ceder uit piekte, lag het zandkleurige huis, dat uit een aantal kleinere en grotere gebouwen bestond. De terracotta dakpannen staken met hun kleurschakeringen bont af tegen de blauwe lucht. De luiken van de eerste verdieping van het hoofdgebouw hadden nog steeds die onbestemde kleur die het midden hield tussen lavendelblauw en grijs. Het sierhekwerk voor de ramen was roestig zoals in mijn herinnering.

De voordeur, die eigenlijk één kleinere deur was in twee grote deuren die uit de tijd van paard en wagen stamden, gaf toegang tot een lichte, koele hal waar op het gewelfde plafond met rode, vervaagde hanepoten *ALTERIUS NON SIT, QUI SUUS ESSE POTEST* geschilderd was door een kunstenaar uit een lang voorbije eeuw. Voor die deur had ik plechtig gezworen hem nooit meer te openen. Maar erg overtuigd was ik nooit geweest van die eed. Ik wist dat ik ooit weer naar binnen zou stappen. Net zoals ik wist dat ik de dromen die ik met zo veel moeite ontvlucht was, weer zou dromen in dezelfde slaapkamer waar ik ze voor het eerst gedroomd had. 'Wie zijn eigen heer kan zijn moet geen ander toebehoren', zoals de rode spreuk op het plafond luidde, mocht dan het parool van de Blancheforts zijn, maar op mij was hij nog steeds niet van toepassing. Niet totdat ik eindelijk verlost zou zijn van de nagedachtenis die mij vervolgde.

Carlos en León zouden veilig zijn in het huis, dus liep ik terug naar de auto. Vader en zoon waren nog steeds in diepe slaap. Ik klemde mijn handen om het stuur en haalde diep adem voordat ik de Hispano-Suiza uit de schaduw van het bosje reed. Even verderop deed ik dat nog een keer, net voordat ik de oprijlaan insloeg van mijn ouderlijk huis.

᪥

Zonder een woord te zeggen kwam hij op ons afgerold. Vlak voor onze voeten kwam de rolstoel tot stilstand. León maakte een angstig geluidje en verdween achter zijn vader.

Het gezicht was niet veranderd; open en vriendelijk op een manier die je het gevoel gaf dat hij je vergaf wat je dacht als je naar hem keek.

'Armand de Blanchefort.' Hij sprak mijn naam bedachtzaam uit. Alsof hij iets vaststelde. 'Slavendrijver van beroep, gewetenloze huichelaar, meen ik me te herinneren. Ik weet het zelfs zeker, want wie anders zou de man die hij ooit zijn beste vriend noemde laten wegkwijnen tussen deze muren?'

'Dat was inderdaad de bedoeling', antwoordde ik.

'Zelfs wanneer ik hier het vuur uit mijn wielen voor je rij, ben je nog te beroerd om af en toe een teken van leven of waardering te geven.' Ik boog achterover zodat ik León kon aankijken, die nog steeds achter Carlos verscholen stond.

'Vuur uit wielen rijden? Ruik jij hier soms rubber, León?' Het bange hoopje was te jong om de grap te begrijpen. Carlos liet zijn gereserveerdheid varen toen mijn oude vriend Firmin en ik elkaar na onze flauwiteiten omhelsden. Een andere stem klonk uit de gang.

'Armand, *c'est toi*? Armand?' Ik herkende de stem meteen.

'*Oui maman,*' riep Firmin over zijn schouder, 'de heer des huizes is teruggekeerd.'

In alle gauwigheid rekende ik uit dat ze nu rond de vijfenzeventig moest zijn, maar haar gezicht ontkende dat in alle toonaarden. Vol blijdschap en ongeloof beet ze bijna meisjesachtig op haar onderlip en bleef ze even staan alsof ze bang was dat haar aanwezigheid mijn verschijning zou kunnen verjagen. Ze sloeg haar handen ineen en dat moment waarin ze het verleden weer zag, ging niet onopgemerkt aan mij voorbij.

'Firmin, madame Gaudet, dit zijn Carlos Moreno Amador en zijn zoon León uit Parijs. Carlos is tangodanser.' Ik klopte Carlos op zijn schouder. Die knikte afwezig. Ook Firmin en zijn moeder knikten beleefd. Ik was me bewust van het gevaar dat er vragen gesteld konden worden die in een ander geval onschuldig zouden zijn. Dus toen madame Gaudet daartoe aanstalten maakte, schudde ik bijna onmerkbaar mijn hoofd. Ze sloot haar mond weer als een vis die naar lucht hapt. Een andere keer, als Carlos niet in de buurt was, zou ik haar de dingen uitleggen die ze waarschijnlijk had willen vragen. Bijvoorbeeld waar de moeder van de jongen was.

'Dit zijn de Gaudets', stelde ik Firmin en zijn moeder voor aan Carlos. 'Firmin en ik zijn hier samen opgegroeid en sinds een eeuwigheid beheert hij alle zaken van de Blancheforts. Hier in het huis en buiten op de velden.'

'Ik zei het toch?' zei Firmin met gespeelde ernst tegen Carlos. 'Hij is een slavendrijver. Andere mensen laten werken voor zijn geld.' Het was een pesterijtje dat ik al zo vaak gehoord had, maar waarvan ik nog steeds niet wist hoe het precies bedoeld was.

'Waar zijn we hier eigenlijk?' Het waren de eerste woorden die Carlos sprak sinds we aangekomen waren op het landgoed. Hij was het gazon achter het huis op gelopen terwijl ik binnen twee glazen witte wijn inschonk. Ik had gehoopt dat de schoonheid van de omgeving tot hem door kon dringen. Dat de Provençaalse natuur, of anders de warmte van de zon weer wat leven in hem zou brengen. Maar toen ik hem op het gras een glas wijn aanbood haalde hij niet eens zijn blik van León af om het te weigeren. Hij hief gewoon zijn hand op.

'Hier? Hier is waar dit vandaan komt', prees ik de wijn aan, die goudgeel fonkelde in de namiddagzon. Carlos zweeg.

'Dit is het huis waar ik geboren ben, Carlos, Chateau Blanchefort.' Hij knikte. 'Niet dat het ooit iets met een echt kasteel te maken heeft gehad, hoor. Het is in de zestiende eeuw gebouwd op de overblijfselen van een Romeinse villa. Interessant, hè?' peilde ik zijn belangstelling.

'Nee, nee,' kwam de niet erg adequate reactie, 'vertel vooral door.' Ik hield mijn mond en keek ook naar León, die met een plof op het gras was gaan zitten.

'Nadat een oude Blanchefort het gebouwd had,' besloot ik toch mijn verhaal af te maken, 'is het altijd in het bezit van de familie gebleven. Net zoals de rest.' Ik maakte een vage cirkelbeweging met mijn wijnglas. 'Ja, olijfbomen, wijngaarden, en meer van dat soort dingen. Daar komt het vandaan, het geld van de familie.' Zo, dat was eruit.

'En jij bent hier opgegroeid?' Carlos hief zijn hand op om zijn ogen te beschermen tegen de lage avondzon. 'Wat doe je dan in Parijs?'

'Dat heeft Elvira Savigny je toch verteld? Ik zat daar op kostschool met haar zoon, Walter. Na school kwam de oorlog en daarna had ik zo mijn redenen om in Parijs te blijven.'

'Vast. Het valt ook niet mee om tussen zo veel moois te wonen', schamperde Carlos. 'En die Firmin regelt alles maar voor je? Gewoon zo?'

Ik knikte. 'Betaald natuurlijk. Zijn ouders werkten hier al. Ik zou hem nooit kunnen ontslaan.'

'Waarom niet?' vroeg Carlos, maar gelukkig interesseerde het antwoord, net als de rest van het gesprek, hem geen zier. Zijn gezicht zakte weer terug in een sombere slapte. Hij naam plaats in de stoel die ik hem aanbod.

'Miguela zou het hier prachtig vinden.' Een lange stilte volgde, waarin slechts het gerasp van de *cigales* klonk. Het gepruttel van León, die dorre grassprietjes uit het gazon getrokken had die hij nu toesprak, kwam er nauwelijks bovenuit.

Carlos kreunde en duwde zijn handen tegen zijn slapen.

'Als ik niet zo stom was geweest dan zou ik nu nog in Parijs zijn. Dan had ik kunnen proberen haar terug te halen.' Zijn handen grepen als klauwen boven zijn hoofd in elkaar en even dacht ik dat hij zou gaan schreeuwen.

'Praat geen onzin, Carlos. Had je León dan laten weghalen door dat stuk tuig? Hoe denk je dat Miguela dat gevonden zou hebben?' Ik schoof naar voren in mijn stoel om mijn gezicht dichter bij het zijne te brengen.

'Carlos, dit is een nachtmerrie die je je ergste vijand nog niet toewenst. Maar we zitten er middenin en er is niets, niet het kleinste verdomde dingetje, wat wij eraan kunnen doen. We moeten Miguela laten gaan. Voor nu.' Ik wilde nog meer zeggen, maar ik schrok toen Carlos me opeens aankeek.

'We?' zei hij en hij stond langzaam op. Zijn ogen waren zo donker dat ik het wit ervan bijna niet meer zag. 'Jij zit

227

hier in je kasteeltje, ver weg van alles. Wat heb jij te missen? "Wij" zijn het niet die degene om wie het leven draait moeten missen. "Wij" zijn niemand kwijt. "Wij" hebben helemaal niets verloren. Ik. Alleen ik.'

Dat laatste had hij bijna gefluisterd, maar alsof hij de woorden naar buiten moest persen, door zijn woede heen. Toen hij wegliep had ik hem misschien achterna moeten gaan. In plaats daarvan dronk ik in één teug mijn glas leeg en daarachteraan het glas dat ik voor Carlos had meegebracht. Hij had geen idee hoezeer hij ernaast zat.

In de daaropvolgende dagen zag ik Carlos nauwelijks en wanneer we elkaar tegenkwamen wisselde hij geen woord met me. Pas veel later begreep ik dat hij die tochten door de heuvels, de Alpilles, maakte in de hoop zichzelf te verliezen in het landschap. Ik probeerde kennissen in Parijs te bereiken voor eventueel nieuws omtrent het lot van de Joden die in juli waren opgepakt. Niemand wist iets of durfde iets te zeggen. We waren dan wel in 'vrij' Frankrijk, maar dat betekende niet dat ieder bericht zomaar de grens over mocht.

Wie aan welk verlies dan ook geen enkele boodschap had, was León. Zolang er maar handen waren die met hem speelden en lekkere dingen toestopten, deed het hem er niets toe aan wie die handen vastzaten. Toen hij op een ochtend wél trammelant maakte was het kasteel dan ook direct in rep en roer. Ik herinner me de verbijstering in haar stem toen madame Gaudet me vertelde hoe ze León huilend en met een kletsnatte broek op de grond van Carlos' kamer had gevonden. Ze hadden Carlos overal gezocht maar hem niet gevonden. Het verbaasde me niets; die dwaalde op dat ogenblik waarschijnlijk ergens kilometers verderop.

Met een droge broek en versgebakken koekjes in zijn knuistjes was Leóns leed snel geleden, maar de Gaudets, en iedereen die hoorde hoe de vader zijn zoon gewetenloos in de steek had gelaten, zagen nog lange tijd daarna rode gepunte oren uit Carlos' haarbos steken.

Ik hield me afzijdig en was beducht op meer staaltjes van onverschilligheid. Haarscherp zag ik voor me hoe Carlos in La Coupole met een schare vrouwen flirtte, terwijl geen tien meter van hem vandaan Miguela met zichtbare pijn in haar ogen toekeek. Nog precies weet ik hoe hij het afgelopen jaar gewoon doordanste, zich schijnbaar onbewust van de angst van zijn vrouw, die door de bezetter haar huis niet meer uit durfde.

Vooral Firmin had Carlos graag zijn nalatigheid ingepeperd. Ik probeerde zijn verontwaardiging wat te sussen door hem te vertellen wat er in Parijs gebeurd was. Over dat soort pijn en dat verdriet wist Firmin meer dan hem lief was. Alleen daarom gunde hij Carlos voorlopig het voordeel van de twijfel.

We probeerden de nieuwe situatie zo goed mogelijk vorm te geven: ik controleerde 's ochtends Carlos' kamer, haalde indien nodig het baasje uit bed en legde hem daar 's avonds weer in terug. Madame Gaudet liet zich dan overdag achternalopen en -kruipen in haar domeinen, net zoals Firmin mij in de buurt van zijn dagelijkse werk duldde.

Sinds zijn prille jeugd, die hij door zijn mismaakte benen al in een rolstoel had doorgebracht, was hij op zoek naar taken en verantwoordelijkheden om het verschil tussen hem en anderen te nivelleren of, als dat even kon, om te draaien. Wat dat betreft was hij nog steeds het jongetje dat schreeuwde dat hij harder de zandweg af kon rollen dan jij kon rennen; hij schiep er een bijna dwangmatige eer in om de zaken van de familie Blanchefort zo voordelig mogelijk af te handelen, ook al werd hij er zelf niet rijk van. Dat ik de enige nog levende Blanchefort was, gaf me dan ook niet het recht om me met mijn eigen zaken te bemoeien.

Tussen alle zakelijke mededelingen en dingen die het dagelijks leven betroffen liet hij mondjesmaat ook andere berichten doorsijpelen. Zijn bronnen waren beter ingelicht, vooral ook minder legaal, dan de mijne.

Zo begrepen we dat de situatie in het Provençaalse verzet behoorlijk gespannen was door de verschillende groepen die maar moeilijk tot samenwerking konden komen, en men was bang dat de Duitsers hun geduld aan het verliezen waren met Vichy. Niet helemaal onbegrijpelijk, want langzamerhand werd het onbezette deel van Frankrijk een bolwerk van socialisten, communisten en vrijmetselaars. Ook de ontsnappingsroutes via Marseille draaiden op volle toeren, waar vooral Joden en neergeschoten vliegeniers naar Spanje of Engeland probeerden te ontkomen.

Toen ik hem op de man af vroeg waarom hij zo goed op de hoogte was van de verzetsactiviteiten zei hij niets, maar in de manier waarop hij even aan zijn neus krabde, zag ik het plezier van de jongen die het eind van het zandpad als eerste bereikt heeft. Ik zal de dankbaarheid en opluchting nooit vergeten waarmee dat gebaar me vervulde. Alsof na al die jaren zijn handicap er niet meer toe deed, ja zelfs een voordeel kon zijn. Dat hem dat zijn leven kon kosten leek vreemd genoeg niet van belang.

Ik daalde naar de kelder onder een van de bijgebouwen af om het enige passende te doen. En gelukkig lagen ze er nog steeds, onder een prachtige laag stof. Ik nam twee flessen van het paradepaardje van Blanchefort mee naar boven om met een goed glas het moment te begeleiden waarop ik, en Firmin waarschijnlijk ook, zo lang gewacht hadden. Nu Firmins leven niet meer uitsluitend bepaald leek te worden door zijn lichamelijke onvermogen, zou misschien ook de tijd zijn aangebroken waarop we konden praten over dat waarover we al zo lang zwegen in onze vriendschap.

Zeventien jaar om precies te zijn. Zeventien jaar vriendschap en taboe. Zo veel lange jaren, soms zonder begin of einde, sinds ik in 1914 in Parijs dienst nam om te vechten voor het ideaal van *Liberté, Egalité et Fraternité*. Net achttien jaar oud, verried ik de vriendschap die ik sinds mijn vroegste jaren koesterde door iets te doen wat Firmin nooit zou kunnen, terwijl ik wist hoeveel dat voor hem zou betekenen. Het verschil tussen hem en mij, dat we als kinderen gewoon niet zagen, werd opeens een kloof waarvan ik de diepte niet kende. Want nadat ik getekend had bij de infanterie, vielen de glorie en de aura van heldhaftigheid die een soldaat in die jaren vanzelfsprekend begeleidden, zelfs nog voordat hij ook maar één kogel had afgevuurd, ook mij ten deel. Met wie ze echter nooit verbonden zouden worden was Firmin Gaudet.

Hij kon niet vechten voor zijn vaderland, voor zijn geliefden. Daar bleef het niet bij. Zijn jongere zus Salomé, die al voor de oorlog mijn liefde beantwoordde, haalde het in haar hoofd mij te willen volgen naar het front als verpleegster. Hemel en aarde bewegen om haar tegen te houden bleek niet genoeg te zijn. Volstrekt tegen mijn zin ging ze toch. Een Provençaalse is koppiger dan een dove ezel.

Ze was een van de weinige vrouwen die werkelijk dicht bij het front het smerige werk deden. In de brieven die ons goedgezinde koeriers in het geheim overbrachten vertelde ze hoe ze soms uitgescholden werd door de gewonde soldaten, die ze niet gezond moest maken maar gevechtsklaar. Over de angst om verkracht te worden, die groter was dan die voor de granaten. Ze schreef over de dood, wiens gezicht ze steeds minder afschrikwekkend vond, en hoe ze zich tijdens de bombardementen af en toe in Maussane-les-Alpilles waande, waar wij onze kinderen hoorden spelen. Het was duidelijk dat haar geest beschadigd begon te raken.

Hoe zal haar hart zijn opgesprongen toen ze op de elfde november hoorde van de afgekondigde wapenstilstand. Een vreugde die waarschijnlijk maar een paar ogenblikken heeft geduurd voordat ze dekking moest zoeken voor het laatste, gruwelijke artillerievuur dat de Grote Oorlog zou besluiten. Na ontvangst van het bericht dat de wapenstilstand die dag om elf uur 's ochtends van kracht zou zijn, ontdeden beide zijden zich van zo veel mogelijk ammunitie. Zonder onderbreking begon het tonnen en tonnen granaten te regenen, met als enige reden dat geen man of paard ze daarna zou hoeven dragen.

Zonder dat het ooit zo bedoeld was werd het een vreselijke slachtpartij. In het wilde weg. Tot precies om één minuut voor elf die ochtend het spook van de stilte over het slachtveld kwam zweven.

Van Salomés veldhospitaal was niets meer over dan brandhout, flarden stof en verkoolde ledematen, zonder dat er ooit gericht op was geschoten. Niemand werd teruggevonden en niets werd geïdentificeerd.

De wijn wierp fonkelende sterren over de tafel. Firmin en ik dronken er niet van.

'Ik heb er altijd spijt van gehad, Firmin.'

'Salomé?'

Ik schudde mijn hoofd en zocht naar een reactie in zijn ogen. 'Van het aanmelden heb ik spijt. Dan had Salomé nog geleefd en had ik jou hier niet laten zitten.'

'Letterlijk.'

Ik grinnikte. 'Ja, letterlijk. Ik heb er nooit bij stilgestaan …'

Firmin onderbrak me door zijn glas te heffen. 'Voor die woorden is nu geen tijd meer, Armand. Dit is een ander leven. Veel gevaarlijker, en dit keer zal die rolstoel me misschien niet van de dood redden. Op het leven, Armand.'

Ik begreep hoe belangrijk de aanwezigheid van de dood voor hem was om het leven te voelen stromen.

'Op het leven, Firmin.'

Een maand of vier later, de novembernevel hing 's ochtends al boven de velden, stond ik met een paar door Firmin ingehuurde boerenzonen voorzichtig de eerste olijven af te kammen. Opeens was het nieuws er: de Duitsers hadden nu ook hun marionetten in Vichy aan de kant geschoven en rolden met hun tanks dwars door ons 'onbezette' Frankrijk door tot aan de Middellandse Zee.

'*Tant mieux*', gromde Firmin, die vanuit een strategische positie tussen de bomen in zijn rolstoel de olijvenoogst tegen onze onkunde beschermde. 'Des te beter, dan kunnen die zwijnen meehelpen bij de pers. Dat past wel bij ze: kleine dingetjes kapotknijpen tot er vocht uit komt.' Verder deed hij er het zwijgen toe en keek naar de groene vruchten die in netten werden opgevangen.

Het was een macabere gedachte dat de tijd die nu aangebroken was de zijne was. Het was duidelijk te zien hoe hij de laatste maanden zijn koers had gevonden. Als het niet zo misplaatst zou zijn, had men kunnen zeggen dat hij steviger in zijn schoenen was gaan staan.

Natuurlijk had hij gehoopt dat de Duitsers zijn geliefde Provence nooit zouden bezetten, had hij op middernachtelijke uurtjes boven een glas wijn in de keuken beweerd, maar dat dat een leugen was wisten we allebei. Zijn zuster was vermoord, misschien wel door een vader of een oom van het tuig dat nu met hun tanks voor de deur stond. Wraak was gerechtvaardigd. Dat Franse kanonnen net zo veel dood en verminking hadden laten regenen op zonen en broers van andere zusters, speelde geen rol in zijn rancuneuze gedachten. Salomé was dood en ook al wist hij net zo goed als ieder ander dat er niemand door terugkwam, betaald moest er worden.

Carlos kon het in ieder geval allemaal niets schelen, elke commotie en dreiging van gevaar ten spijt. Ook toen de winter kwam en iedereen zo dicht mogelijk bij de schouwen bleef waarin het olijvenhout brandde, verdween hij nog bijna dagelijks in de Alpilles, waar de mistral door het kreupelhout joeg. En al die tijd groeide en speelde León om de voeten van madame Gaudet en onder de geërgerde blik van Firmin.

Slechts een paar keer kon ik dankzij de wijn, waar Carlos grote vrienden mee begon te worden, diens tong losmaken. Maar na verloop van tijd sliste hij weer dezelfde vermoeide vragen waar alleen Miguela een antwoord op leek te kunnen geven. Iedereen speculeerde over wat er met haar gebeurd zou kunnen zijn. De opgepakte Joden zouden te werk zijn gesteld in het oosten, een menselijk schild vormen om munitiefabrieken heen of naar een eiland in de Beringzee zijn gebracht om naar goud voor de Duitsers te graven. Weten deed niemand iets.

Firmin deed er het zwijgen toe.

Zo vergingen een paar maanden, waarin ik Carlos niet uit zijn lethargie kon provoceren. Ook het commentaar van Firmin, dat vooral over Carlos' onverschilligheid ten aanzien van zijn zoon ging – zo noemde hij het als hij in een vriendelijke bui was – leek langs hem heen te glijden. Tot een middag in maart van dat volgende voorjaar. Of misschien was het wel april. Zeker was in ieder geval de grijze patrouille die jacht maakte op de *Schweinehunde* van het verzet en daartoe het huis en bijgebouwen wilde onderzoeken. Ik wapperde mijn *Ausweis* in hun gezicht en stelde onzinnige vragen om tijd te rekken en te bedenken met welk verhaal ik hun aandacht van Carlos en Firmin zou kunnen afleiden. Wie weet naar wat en wie ze precies zochten.

'Tja, dat is een beetje een pijnlijk verhaal, Herr …?' improviseerde ik toen de officier naar Carlos en Firmin snauwde dat hij hun papieren wilde zien.

'*Untersturmführer*', dreunde de voorman.

Ik draaide de officier voorzichtig weg, alsof wat ik hem ging vertellen te gênant was voor andere oren.

'Ziet u, Herr Untersturmführer, u bent natuurlijk al het een en ander tegengekomen, sinds uw verblijf in onze Provence. Boerenfamilies en hun soms wat minder fraaie kanten.' De Duitser knikte, maar hij was duidelijk nog verre van overtuigd.

'Die daar', ik maakte een klein knikje naar Firmin en

Carlos, 'zijn broers. Hun ouders', hier pauzeerde ik even, 'broer en zus.' De Duitser trok een vies gezicht. Ik haalde verontschuldigend mijn schouders op.

'Wat kon ik doen?' Ik wees op Firmin. 'Hij zat knel bij de geboorte en heeft nooit kunnen lopen.'

'Hmmm', zei de Duitser. *'Und er?'* Hij wees op Carlos.

'Die heeft een trap van een ezel gehad toen hij nog maar net kon lopen. Hij heeft nooit echt leren praten. Niet lang daarna sloeg hun vader bijna zijn eigen voet eraf met een zeis en stierf binnen een maand aan gangreen.' Weer trok ik mijn schouders op. 'Wat kan ik eraan doen? Maar gaat u vooral uw gang', ik liep voor de officier naar de deur, opende die en wees hem op gebouwen en andere dingen die hij zelf ook wel kon zien, en na nog wat aanmoediging – *'Bitte, machen Sie nur!'* – vertrok de patrouille zonder ook maar iets te hebben geïnspecteerd.

Firmin vloekte vol overgave.

'Wat?' vroeg ik. Hij ging rechtop in zijn rolstoel zitten.

'Waar is je zoontje?' vroeg hij aan Carlos, en voordat deze de kans had gekregen te antwoorden brulde hij hem dezelfde vraag nogmaals in zijn gezicht. Carlos reageerde geschrokken.

'Geen idee', constateerde Firmin. 'Wat gebeurt er als dat Duitse tuig straks op het erf over hem struikelt? Zo'n mooi jochie bij een stel idioten die niet voor hem kunnen zorgen? Binnen een week heeft hij nieuwe ouders. Duitse, onvruchtbare ouders.'

'Blijf met je poten van León', zei Carlos, alsof hij Firmins woorden niet goed begrepen had, 'en bemoei je niet met zijn opvoeding.'

'Over welke opvoeding heeft hij het?' vroeg Firmin druipend van sarcasme aan mij. 'Ik weet wat er met je vrouw gebeurd is. Mijn deelneming maar het is oorlog, achteraan aansluiten maar. Is het niet eens tijd om op te houden met dat gejank en iets te doen voor iemand voor wie je wel nog wat kan betekenen, of ben je echt door een ezel geschopt?'

De vraag die Carlos toen stelde, klonk als een verwijt. Zo had hij het ook bedoeld. Niet zijn beste ingeving.

'Wat ik van verlies weet?' Firmin fluisterde de vraag. Twee keer. Ik dacht dat hij zou opstaan uit zijn rolstoel. Hij hief zijn handen op en zei: 'Hiermee heb ik mijn zusters doodskist gemaakt. En weet je wat we daarin begraven hebben? Een pop, waar ze als meisje mee speelde. Van mijn zus was namelijk niets meer over.

Ik weet genoeg van verlies', zijn stem hervond zijn kalmte weer, 'en ik weet ook dat er altijd meer verloren gaat dan je denkt.' De stilte die volgde waagde niemand te doorbreken.

'En dat is precies het lot van die jongen van jou. Je zult hem meetrekken in jouw ellende en hij zal nooit begrijpen hoe dat toch gebeurd is. Dat je zijn moeder niet kon redden zal hem gauw genoeg duidelijk zijn. Maar waarom je dan niet tenminste wat van zíjn leven gemaakt hebt zal hij waarschijnlijk nooit begrijpen.' Weer was het stil. De wind tochtte door de schoorsteen.

Langzaam knikte Carlos toen hij Firmin aankeek.

'Mijn medeleven met het verlies van je zuster', zei hij en hij liep zonder verder nog een woord te spreken naar buiten, waar de mistral inmiddels behoorlijk was aangetrokken. Ik zou hem pas de volgende dag weer zien.

De zomermaanden van 1943 waren warm. Mijn vriendschap met Firmin had weer wat kleur gekregen. Tegen Carlos werd Firmin daarentegen steeds korter van stof. Het effect van mijn eerste poging om zijn ergernis wat te bedaren was volledig verloren gegaan bij zijn frontale aanval tegen Carlos. Zelfs het voordeel van de twijfel zou Firmin hem voorlopig niet meer willen gunnen. Om eerlijk te zijn begreep ik dat wel; ik herinnerde me hoe Carlos in Parijs met Miguela was omgegaan.

Toch waren er in diezelfde stad een hoop mensen geweest voor wie Carlos wél veel betekend had. Zijn ongekende kwaliteiten als danser benadrukte ik natuurlijk om voor de hand liggende redenen tegenover Firmin niet al te zeer. Toen ik weer voor me zag hoe Carlos in Parijs met zijn nonchalante charme en de speelse lijnen rond zijn mond en ogen zelfs het grootste stuk chagrijn voor even zijn ware aard liet vergeten, stelde ik met pijn in het hart vast hoe hard en vlak dat gezicht geworden was en hoe stram zijn bewegingen waren.

Mijn bloedeloze pogingen om wat verdraagzaamheid te stichten richtten niets uit en ik kon maar ternauwernood een tweede uitbarsting tussen de twee voorkomen. Het werd de hoogste tijd dat iemand Carlos met zijn neus op de feiten zou drukken en hem zou laten zien dat er ondanks de oorlog en al het verdriet wel degelijk nog iets was om voor te leven. Maar hoe meer ik dat deed, des te levendiger werden mijn herinneringen aan die andere oorlog.

En die dromen. Steeds opnieuw.

Weer zat ik rechtop in mijn bed.

Dit keer was ik in de olijfboomgaard, waar Salomé uit de rode aarde verrees. Zo kwam ze op allerlei andere plaatsen uit de grond omhoog: als een lappenpop kwam ze tevoorschijn uit modder, zand en gesteente. Zelfs de stoeptegels van Parijs hielden haar niet tegen. Waar grond was, verscheen Salomé. In al mijn dromen was grond. Slechts op één plaats bleef de aarde gesloten. Over haar graf.

Het was alsof ze zocht naar het antwoord op de vraag waarom ze had moeten sterven. Ik had haar duidelijk gezegd, zelfs gesmeekt, mij niet te volgen naar het front. Misschien had ik het niet bij woorden moeten laten. Misschien had ik een eind aan onze relatie moeten maken, zodat ze gedwongen werd voor het leven te kiezen in plaats van een spel met de dood te spelen.

Minutenlang keek ik naar de steeds langer wordende streep zonlicht die tussen twee luiken door de kamer binnenviel en inmiddels bijna tot aan mijn bed reikte. Steeds verder voltrok zich de scheiding van mijn kamer in twee delen. Wie in de kamer was, was of links of rechts van de lichtende lijn; een keuze die gemaakt moest worden. En daarmee werd alles helder.

Ook ik moest een streep trekken. Tussen Carlos en León, om precies te zijn. Ik zou Carlos dwingen voor zijn zoon te zorgen. En ik wist precies hoe.

Ik liet de strijkstok op de snaren rusten. Langzaam grepen mijn vingers om de zwarte hals. Mijn innerlijk oor hoorde de klank van het instrument al. Zo klinkt weemoed, boosheid, pijn en verdriet dat gekoesterd wordt, zoals een moeder een koortsig kind aait. Op een viool kun je alles spelen, zegt men. Ik kan dat niet. Slechts de tango kan ik erop spelen en dat gaat over niets anders dan de wonden die het leven in de ziel gemaakt heeft.

Langzaam zoog ik mijn longen vol adem en mijn gemoed met de waanzin die verdriet probeert te doen vergeten. De eerste twee tonen doorbraken de stilte met het effect van een klont ijs op een naakte rug. Woede, een dissonant die de wanklank belichaamde die het leven is. Met iedere streek wilde ik over blote zenuwen schuren en met iedere klank trok ik de snaren dichter om de weerloze hals, die spoedig zou gaan reutelen.

Alsof het buiten me om gebeurde gleed een triller uit in één hoge noot, die als een gekarteld mes door het trommelvlies sneed, waarna de melodie vervolgd werd met nog meer dissonanten, tot zij ontaardde in een cascade van noten aan het eind waarvan de stok woedend over de snaren struikelde die de muzikale lijn met hun staccato smoorden.

En door dat alles heen was het lied toch duidelijk herkenbaar. In gedachten zong ik mee:

Alleen en treurig in deze nacht,
donkere nacht zonder sterren …
Als drank troost brengt:
hier ben ik met mijn verdriet
om dat voorgoed te verdrinken …
Ik wil mijn hart dronken voeren
om daarna te kunnen toosten
op de fiasco's van de liefde

In een hoekje van de kamer zat mijn driejarige toehoorder met zijn benen wijd gespreid op de grond te luisteren. Hij hield zijn hoofd wat schuin, zijn ogen niet vrij van angst. Tot ze zich opeens hoopvol richtten op de deur achter mij. Het kleine ventje bloeide op toen hij zag wie er binnenkwam. Carlos, zonder twijfel.

Ik speelde door en wachtte af. Hoe blij hij ook was om zijn vader te zien, León durfde niet op te springen en naar hem toe te rennen. Maar lang hield zijn schroom hem niet gevangen, zodat ik eindelijk mijn viool kon laten zakken.

Toen ik me omdraaide zag ik de pijn in Carlos' gezicht. Hij had beschermend zijn arm om zijn zoon geslagen en wachtte op wat ik te zeggen had. Mijn tango had hem precies zo bij de strot gegrepen als ik bedoeld had.

'Laat hem los, Carlos,' zei ik en ik draaide me weer om, 'we zijn bezig.' Stilte.

'Ik dacht dat jij geen tango meer speelde?'

'Hij is niet alleen jouw zoon. Ook Miguela's bloed zit in hem. Hij heeft het recht de tango te leren kennen. Eerst zal ik hem vertrouwd maken met de muziek, daarna komen de passen.'

'Maar jij had de tango afgezworen.'

'Dat zijn mijn zaken, Carlos.'

'Hoe breng je een liefde over wanneer je die niet voelt?' Daarmee had Carlos mijn aanval gepareerd, de punt van de degen van zijn hart naar het mijne geleid en nu stootte hij door. Ik liep naar de vioolkist, legde het instrument erin en terwijl ik de koffer sloot gaf ik toe: 'Wanneer ik je dat uitleg, mag ik dan voor hem spelen?'

Carlos zei niets maar nam plaats in de fauteuil voor de brandende haard. Ik bleef staan en begon te vertellen over Salomé, en dan vooral wat er vóór de oorlog gebeurd was. Hoe de Gaudets mij opvingen na de dood van mijn ouders, vlak na mijn zestiende verjaardag. Salomé was twee jaar jonger, maar dat verschil waren we twee jaar later volstrekt vergeten. Een futiliteit waarvoor geen plaats was tussen onze dromen en de dagen van de eindeloze zomers wanneer ik niet op kostschool was en waarin we elkaar van alles beloofden.

'Maar de oorlog was inmiddels begonnen en net als voor de meeste jongemannen was het voor mij volstrekt logisch dat ik naar het front zou gaan.' Met de punt van mijn schoen duwde ik met een kort tikje een houtblok verder het vuur in.

'Wat er aan het front gebeurd is zal je wel duidelijk zijn na Firmins woede-uitbarsting.' Carlos knikte. 'Natuurlijk hadden ontelbaar veel gezinnen ook een kind verloren, net zoals de Gaudets. Vaak meer dan een. Nooit zal ik die treinreis vergeten in de lente van 1919, toen ik een stukje verderop in de wagon een vrouw haar hand zag opsteken, waarna ze demonstratief iedere vinger telde: een, twee, drie, vier en vijf. Daarna begon ze opnieuw: een, twee en zo door tot vijf, waarna ze weer opnieuw begon. Toen de andere reizigers er uiteindelijk om begonnen te grinniken keek de man die naast haar zat op en zei: "Lacht u niet om mijn vrouw, dames en heren. Ik breng haar naar het gesticht in Saint-Rémy. Ze heeft haar zoons verloren in de oorlog. Alle vijf."'

Carlos zei niets en keek in het vuur.

'Uiteindelijk kon ik er niet meer tegen. Net zo simpel als het klinkt. Ik leefde in een huis waarin nooit zou gebeuren waar Salomé en ik van gedroomd hadden. Ik trok me terug, zo ver als ik met goed fatsoen kon, en bemoeide me steeds minder met het beheer van de zaken op het landgoed. Het kon me eigenlijk geen zier meer schelen wat er om me heen gebeurde en bovendien kon ik de Gaudets op die manier makkelijk laten delen in de opbrengsten.'

'Afkopen dus', zei Carlos. Ik haalde mijn schouders op. 'Misschien, misschien ook niet. Ook dat kon me niets schelen. Het enige wat ik na verloop van maanden nog voelde was de waanzin. Ik moest weg. Ver, ver weg. Onbereikbaar, alsof ik niet meer bestond. En vooral hoopte ik dat mijn dromen me niet meer zouden vinden en ik mijn oude leven zou kunnen vergeten.

Toen ik op een dag in Marseille rondhing, zogenaamd om inkopen te doen, zag ik een groot stoomschip dat de haven net verlaten had. Het voer naar Zuid-Amerika, vertelden een paar mannen die het schip nakeken alsof ze zelf graag aan boord waren geweest. De rest van die dag bleef het door mijn hoofd spoken hoe ver, ver weg Zuid-Amerika wel niet was.

Drie maanden later stond ik zwetend in de Argentijnse zomerzon. Ik smeekte God de dromen te stoppen, lokte vechtpartijen uit, die telkens toch goed afliepen, en verdronk iedere avond de kater van die dag in talloze glazen rum. Geen woorden, geen drank waren genoeg om het verlies te bevatten, te verwerken zo je wilt, en ik geloof ook niet dat dat mogelijk is.

Op een avond zette een violist in de bar een tango in. De tranen liepen over mijn wangen. Nu wist ik hoe ik zonder woorden zou kunnen communiceren.

Ik ging op zoek naar een instrument. Als jongetje had ik een paar jaar vioolles gehad, tot ik net zo lang gezeurd had tot ik ermee mocht stoppen. Met wat goede wil zou ik vast nog wel wat techniek kunnen opgraven. Als door een wonder kwam ik in de *lutheria*, de strijkinstrumentenbouwplaats van Luigi Rovatti. Van hem kocht ik een prachtige viool. Maar bovendien bracht hij me in contact met Remo Bolognini, de broer van de grote Ennio Bolognini. Remo was een geweldige leraar, die de eerste weken zijn wrevel over mijn gebrekkige techniek niet onder stoelen of banken moffelde. Wat hij me vooral leerde was hoe ik de muziek als beeldspraak moest zien. Niet iedere noot hoeft een lading te hebben, zoals een woord, maar iedere lijn waar hij onderdeel van uitmaakt moet vorm geven. Aan een gevoel, een gedachte, een voorstelling, maar nooit, nooit mag de lijn leeg zijn. *"Sin sentir"*, dreigde Remo met een beweging alsof zijn keel doorgesneden werd. En in dat idee, dat muziek zonder gevoel niet kan leven, geloofde hij sterker dan de paus in Onze-Lieve-Heer.'

Carlos schoof wat heen en weer in zijn stoel.

'Dus, hoe raar het ook klinkt, ik ging voor Salomé spelen. Ik speelde dag en nacht. Het maakte niet uit wat. Omdat er op mijn vioolkist een beschadiging zat in de vorm van een kruis, werd ik in sommige bars waar ik speelde op aanbeveling van Remo de "man met de kist" genoemd. Een wrange grap. Op een gegeven moment speelde ik niet zozeer vóór haar als wel dóór haar. Ik kende steeds meer tango's en na een paar jaar kon ik lezen en schrijven met mijn viool zodat ik steeds minder hoefde te doen en me steeds meer kon overgeven. Of misschien is openstellen een beter woord.

Geleidelijk aan bleven de dromen weg. Het leek of Salomé terugsprak. Geen woorden, geen zinnen uiteraard maar de muziek ging leven, gaf mij ook iets waar ik niet om gevraagd had.'

Carlos knikte. Het was langgeleden dat ik zijn gezicht zo ontspannen had gezien.

'Het is niet voor iedereen weggelegd om zo door muziek bewogen te worden.' Er kroop zelfs een glimlach over Carlos' gezicht.

'Verlang je daar niet naar terug?' probeerde ik. Carlos stond op en liep naar het stapeltje houtblokken naast de schouw. Hij koos er met zorg een uit, waarmee hij het vuur eerst wat opporde voor hij het blok er zachtjes op legde.

'Waarom ging je terug naar Frankrijk?' vroeg hij toen het vlam had gevat.

Ik vertelde hoe ik Jeanne in 1926 in Buenos Aires had ontmoet. Ze was min of meer door haar moeder weggestuurd om 'ervaring op te doen', iets wat niet ongebruikelijk was in hogere kringen en wat doorgaans inhield dat het jongmens in kwestie duizenden kilometers verderop in precies dezelfde kringen verbleef en geen steek wijzer werd. Zo niet Jeanne.

'Regelmatig zag ik haar in Café Royal, Las Flores, Teodore of La Turca. Gelegenheden waar je geen ongerept groen zou verwachten.' Carlos grinnikte nu zelfs.

'Uiteindelijk ben ik op haar afgestapt. Meer uit nieuwsgierigheid. Interesse werd vriendschap. Door met haar te praten werd vooral de heimwee aangewakkerd, wat er uiteindelijk toe leidde dat ik de boot naar huis nam. Jeanne besloot mee te gaan. In Buenos Aires liet ik ook mijn gesprekken met Salomé achter. Toen ik aan boord ging zwoer ik dat ik na het ontschepen in Frankrijk nooit meer een tango zou spelen en Salomé voorgoed zou laten rusten. Mijn spel aan boord was één lang afscheid.'

Ik hoopte dat Carlos nu zou begrijpen dat ik de viool niet zomaar had opgegeven. Dat het onze taak was, onze plicht zelfs om León het beste van twee werelden mee te geven:

muziek en dans. Carlos' reactie was verrassend en pijnlijk tegelijk.

'Jeanne heeft geen echte kans van je gehad. Waarom gaf je haar hoop?'

Deze wending beviel me niets, maar ik besloot eerlijk te zijn.

'Jeanne liep erg hard van stapel, terwijl ik veel minder zeker was van mijn liefde voor haar. Ik kon niets anders doen dan de verbintenis verbreken.'

'Alleen daarom?' Zijn stem trilde. Ik deed alsof ik het niet had gehoord.

'Armand?' vroeg Carlos. Ik hield mijn blik strak op het brandende hout gericht.

'Armand?' Ik kon zijn blik niet blijven vermijden.

'Toen we hier net waren aangekomen werd ik boos op je omdat je zei dat "we" in hetzelfde schuitje zaten en "we" Miguela moesten laten gaan. Was die woede terecht?'

Ik keek hem aan. Zijn opgetrokken wenkbrauwen daagden me uit hem te weerspreken. Het antwoord bleef uit. Peinzend keek hij in het vuur: 'Het was voor jou net zo erg als voor mij om Parijs te verlaten, en wreed genoeg vanwege dezelfde vrouw.' Toen draaide hij zich om naar mij. 'En toch heb je voor mij en León gekozen. Waarom?'

Ik kon het hem niet zeggen. Niet toen.

Hij liep naar de deur en riep León bij zich met een onverwachte tederheid. Voordat ze de kamer verlieten draaide Carlos zich om.

'Twee oorlogen meemaken en in beide een geliefde verliezen ...' Hij boog zijn hoofd en verliet de kamer.

De eerste maanden van 1944 waren steenkoud, maar ik wist dat het niet de winter was die Carlos ervan weerhield om er nog op uit te trekken. Want iedere dag speelde ik voor León en ik zorgde ervoor dat dan altijd de deur van de kamer openstond.

Al snel begon ik León zijn eerste tangopasjes bij te brengen. Het knulletje werd wat onzeker van de luide stem waarmee ik dat deed. Een kind in het ongewisse is geen prettig gezicht, maar ik veranderde mijn koers niet. Uiteindelijk was het allemaal voor zijn eigen bestwil. De bedoeling was immers om Carlos uit zijn tent te lokken. Ik was niet zo idioot een peuter werkelijk te willen leren dansen. Carlos ook niet. Toch schoof hij mij na een paar dagen aan de kant om León te laten zien hoe het wél moest. Of eigenlijk om mij te laten zien dat ik me niet alleen op zijn domein begaf maar ook dat van Miguela.

Aanvankelijk maakte hij nog gebruik van mijn muzikale bijdrage, dat wil zeggen: hij stond me toe in een hoekje tango's op mijn viool te spelen. Maar het duurde niet lang voordat mijn aanwezigheid in de kamer hem te veel werd. Hij vroeg of de oude grammofoonspeler in wat vroeger de bibliotheek was geweest het nog deed. En of ik heel toevallig een grammofoonplaat met tango had? Niet dat ik niet mooi speelde, maar omdat hij wist dat de tango 'nogal beladen' was voor mij. Erg veel moeite om de leugen te maskeren deed hij niet, maar het was een opluchting dat ik niet meer hoefde te spelen.

Dus toen ik na een dag Marseille, waar ik in obscure winkeltjes naar tangomuziek had gezocht, terugkwam met een geschikte grammofoonplaat, aanvaardde hij de gift met een vriendelijk en geïnteresseerd knikken. Om vervolgens de deur van de salon voor mijn neus dicht te doen.

Ik hoorde de eerste maten van achter de deur en stelde me voor hoe Carlos fronsend naar het ronddraaiende schellak zou kijken. Maar discutabele kwaliteit of niet; hij had het er maar mee te doen.

In de weken die volgden leek het leven Carlos' wezen weer wat te vullen. De lente was aangebroken. Het voelde alsof ik een wijngaard tegen een ijzige winter had beschermd en nu keek hoe de eerste knoppen zich met schroom uit het hout losmaakten. Soms wandelde hij wat met León, of keek hij vanaf een bankje toe hoe zijn zoontje naast hem speelde. Nooit zag ik wat hij achter de gesloten deur deed wanneer het 'takkotijd' was, zoals de bijna vierjarige León de dagelijkse routine noemde. De kleine leek er in ieder geval niet onder te lijden, zodat ik me eindelijk kon overgeven aan mijn vermoeidheid.

Misschien was het gewoon dat gevoel van opgeven, dat zo vaak opspeelt als het pleit eigenlijk al beslecht is. Dat gold ook voor de spanning die de oorlog met zich meebracht, want die liep op zijn eind, zo liet Firmin het ons tenminste geloven. Hij leek goed ingelicht over verplaatsing van fronten en de gevoelige verliezen die de Duitsers leden. Ook zinspeelde hij steeds vaker op een invasie van de geallieerden, die niet lang meer op zich zou laten wachten.

Betrouwbare informatie over het lot van de opgepakte Joden kregen we niet. Er werd van alles beweerd, maar het was verre van hoopvol: dwangarbeid en zeer slechte leefomstandigheden. Er waren geruchten dat de Duitsers er niet voor terugschrokken hun gevangenen dood te schieten als ze hun niet meer van nut waren. Nog gruwelijker en moeilijker te geloven waren de verhalen over kampen waar de Joden systematisch vermoord werden. Schoften waren het, die Duitsers, maar het waren geen beesten. Zodra de oorlog afgelopen was zouden we zekerheid krijgen. Eerlijk gezegd waren we doodsbang voor die wetenschap.

Steeds vaker verschenen uit het niets stille karakters, die soms een paar uur met Firmin in de keuken zaten maar soms ook twee of drie dagen bleven hangen. Wanneer ze hun stilzwijgen doorbraken klonk steevast het accent uit de bergen van de Vercors. In die dagen verdween Firmin regelmatig van het toneel. Het beheer van het landgoed liet hij aan mij over alsof hij me geen enkele verantwoording schuldig was. Wanneer hij terugkwam nam hij het roer weer over en regelde de zaken op het landgoed alsof hij nooit weg was geweest.

Op een ochtend zag ik aan de natte bandensporen die naar de keuken liepen dat Firmin weer terug was van een van zijn verdwijningen. Onderweg naar de koffiepot duwde ik de keukendeur open en stapte midden in een samenzwering, of iets wat daarop leek. Carlos zat op een houten kruk naast Firmin, die zijn hand op diens schouder liet rusten. Geen van beiden groette toen ik binnenkwam.

Firmin had inmiddels duidelijkheid gekregen omtrent het lot van de gedeporteerden. Genadeloos rapporteerde hij wat zijn bronnen in de Résistance hem vertelden. Hij ratelde als een machinegeweer. Hij hield er zelfs niet mee op toen Carlos wegliep.

Ik wilde blind zijn voor het beeld dat hij schetste van de vernietiging. Vooral van die ene vrouw. Het was onmogelijk om Miguela als één onder die miljoenen te zien. Firmins woorden waren te afschuwelijk om nog aan te horen, maar ik kon hem onmogelijk vragen te zwijgen. Ik kon alleen maar hopen dat hij me begreep, of het me tenminste vergaf toen ik een hand over zijn mond legde. Op de gang huilde ik zonder geluid te maken. In zijn kamer deed Carlos waarschijnlijk hetzelfde als ik.

Het was wreed dat ik Miguela nooit iets over mijn gevoelens voor haar had kunnen zeggen maar nu wel om haar mocht treuren. Nu Carlos ervan wist hoefde ik immers ook van mijn verdriet geen geheim meer te maken. Hij begreep de wallen onder mijn ogen zoals ik die van hem begreep.

Twee levens moesten opnieuw beginnen.

᠅

Eind september 1944 gaf ik toe aan zijn wens, verlangen, eis en smeekbede en reed met Carlos naar Parijs. Berichten over achtergebleven sluipschutters, explosieven die de Duitsers waren vergeten, gebrek aan voedsel en schoon water: niets hield hem tegen. Ik denk dat hij een stiekeme hoop had dat hij daar zou ontdekken dat Miguela als door een wonder gespaard was gebleven. Ikzelf koesterde geen illusies.

Hoe dan ook zou Parijs niet meer hetzelfde zijn en de tijd zou verstrijken zonder dat éne, grote gemis te herstellen. Carlos' geest zou stukje bij beetje afbrokkelen. Rondom mijn huis in Maussane waren er nog de olijfbomen en de wijngaard, waar hij de laatste maanden in had gewerkt. Het had hem goedgedaan, vond ik, en de aanstaande druivenoogst, direct gevolgd door die van de olijven, zou nog meer afleiding hebben betekend. Het scenario dat ik in Parijs voor hem zag vormde daarmee een donker contrast.

Parijs verwelkomde ons als een verlepte bloem. De beroete gevels leken op pokdalige gezichten met witte kogelgaten als littekens. Het leek wel alsof alles in de stad verminkt was; zelfs het Parc Montsouris, waarlangs we noordwaarts reden naar de Jardin du Luxembourg, was verwilderd en treurig.

'We kunnen ook eerst naar míjn huis gaan om te kijken of daar nog iets van over is?' had ik gesuggereerd toen Carlos mij richting rue de Vaugirard begon te dirigeren. Hij schudde slechts zijn hoofd.

We zagen het huis liggen en mijn gebed dat er eindelijk eens iets niet kapotgegaan was in die godvergeten oorlog, werd verhoord. Behalve dan de ramen van de zijgevel.

'Ons huis', fluisterde Carlos. Op het oranje plakkaat dat als een zegel over de voordeur en de deurpost was geplakt stond: EIGENDOM VAN DE STAD PARIJS.

'Moreno Amador is de eigenaar van het pand. Carlos Moreno Amador.' Carlos trommelde met zijn vingers op de balie waarachter de ambtenaar van het gemeentelijk kadaster evenzo zijn geduld begon te verliezen. Met een klap gooide de man een kartonnen map met papieren op de balie en boog zich uitdagend naar Carlos.

'En ík herhaal wat ík al een half uur lang zeg!' Hij griste een papier uit de map en schoof het ons met een ruwe beweging toe. Carlos weigerde het document te lezen, dus deed ik dat. Bovenaan prijkte het stempel van de Sous-Préfecture, waaronder een aantal juridische en bureaucratische bepalingen volgden die het eigendom van het pand bepaalden. Onderaan stond de clausule waar alles om draaide. In het kort kwam het erop neer dat het pand aan de gemeente was vervallen wegens het in werking treden van een clausule in het testament van de eigenaar.

'Maar dat ben ik!' riep Carlos uit. 'En ik heb nog nooit, nog nooit zeg ik u – zijn wijsvinger priemde bijna in de neus van de ambtenaar – een testament gemaakt. Nooit, nada!' En terwijl Carlos de man nog wat Spaanse woorden toevoegde die duidelijk niet voor vertaling vatbaar waren, viel mijn oog op de ondertekening van het document. Het was een krabbel die zoals zo vaak maar deels te ontcijferen was maar in dit geval duidelijk genoeg: de achternaam begon met een grote 'P' en eindigde op 'ou'. Ik schoof het papier snel bij Carlos vandaan en vroeg de ambtenaar waar we de notaris konden vinden waar het testament gedeponeerd was.

Het verlangen om van Carlos verlost te zijn was zo groot dat de ambtenaar tegen iedere ambtelijke gewoonte in de moeite nam het adres van de notaris op te zoeken. Nadat hij het gegeven had, herstelde hij zijn beroepsetiquette met de opmerking dat het loket voor vandaag verder gesloten was en verdween zonder een woord van afscheid in een kantoortje achter de balie.

Carlos zette er flink de pas in. Af en toe ving ik een scheldwoord op of een halve zin waarin hij aan een denkbeeldige gesprekspartner uitlegde hoe de vork in de steel zat. Maar hij maakte alleen zichzelf iets duidelijk. Hij ging steeds langzamer lopen, alsof het besef van de waarheid hem afremde. Tot hij opeens stilstond. Met gesloten ogen zei hij: 'Elvira Savigny. Zij was het. Het was háár testament.'

In een café legde hij me uit dat madame Savigny een clausule in haar testament had opgenomen waarmee ze de temperamenten van Carlos en Miguela in toom wilde houden. Zolang ze bij elkaar bleven mochten ze het huis bewonen.

Maar de gedwongen scheiding maakte geen eind aan hun samenzijn. Was Miguela in haar eigen bed overleden, dan was er ook nog niets aan de hand geweest. De clausule sprak van een 'natuurlijk overlijden', kon Carlos zich herinneren voordat we ons overgaven aan de drank.

⋘

In de herfst van 1945 begon de wederopbouw van de stad op gang te komen. Voor Carlos was waarschijnlijk niets moeilijker voorstelbaar dan een nieuw begin. Voor alles wat gebouwd wordt heb je een bodem nodig en waar hij ook keek, het leven was één peilloze diepte geworden. Zelfs in zijn hart was er slechts nog een zwakke echo uit het verleden en verder niets.

Na maanden vol bange hoop waren de lijsten bij het kantoor van het Rode Kruis aangekomen. Per concentratiekamp hadden de Duitsers al hun moorden in een nauwgezette chronologie opgesomd en ergens in september 1942 was haar naam in keurig regelmatig handschrift vermeld: Miguela Rojas, geboren te Cádiz.

Van achter de vitrage voor de ramen van mijn woning op de derde verdieping keek Carlos naar de Parijzenaars die, soms nog wat schuchter als een dier dat net vrijgelaten is, door het park voor mijn huis liepen. Zwijgend had hij mijn uitnodiging aangenomen om bij mij te komen wonen in de rue de Rivoli. Behalve de muffe stank en wervelende stofwolken was er niets in het huis veranderd. De hospita had alleen een filmploeg binnengelaten die de overwinningsmars van De Gaulle door de rue de Rivoli had willen filmen. Hun voetafdrukken stonden in het stof op het tapijt.

Sinds Carlos niet meer om de spijkerharde werkelijkheid heen kon, waarmee hij ook een deel van zichzelf verloor, had hij nauwelijks een woord gesproken. Dat was ook niet nodig om te weten waaraan hij steeds dacht. Of misschien vroeg hij zich ook wel af waar al die mensen in de Jardin des Tuileries naartoe gingen? Wat was er in al die vrijheid te vinden, terwijl een deel van hen toch ook geliefden te betreuren had? Hoe ze zo zeker wisten waar hun doel lag nu het licht van hun bakens gedoofd was?

Maar was het, ondanks dat, niet beter op de tast door het duister te gaan, waar ten minste de kans bestond dat je uiteindelijk over iets waardevols zou struikelen? Carlos bleef liever stilstaan, achter het witte gaas van mijn ramen, dat hem onzichtbaar maakte voor de rest van de wereld. Ik koos ervoor het leven in te stappen. In ieder geval een poging daartoe te wagen.

Overdag zwierf ik door de stad. Ik vermeed de kades langs de Seine, waar nog te veel herinneringen lagen, maar verder gedroeg ik me als een toerist in mijn eigen stad. Van het ene terrasje op een straathoek naar het andere op de volgende hoek. Zo lang mogelijk probeerde ik ogen en oren open te houden voor nieuwe indrukken – ideeën voor een nieuw leven vooral ook – tot ze tegen de avond moe waren van de champagne waar de Duitsers geen tijd meer voor gehad hadden. Na een bescheiden maaltijd in een bistro was ik klaar voor het avondleven, dat veel minder aangeslagen was door de bezettingsjaren dan ik had gedacht. Behalve de muziek.

Tango kwam ik niet meer tegen en alhoewel er in verschillende cafés muziek werd gemaakt leek de avond nergens meer om de muziek te draaien. Natuurlijk waren er uitzonderingen, zoals La Coupole, maar Ernest Fraux, die in vijf jaar tijd een oude man was geworden, somberde dat niemand op het graf van anderen wil dansen. Zolang de herinnering aan de oorlog zou leven bleef de dans dood.

'Nou ja, échte dans tenminste,' mopperde hij, 'want op dat getomtidom van de Amerikanen staan ze wel flink met hun kont te draaien maar wat heeft dat met dansen te maken?'

Zelden dansten de champagnebelletjes zo frivool in mijn hoofd als toen hij dat gezegd had. Zonder het te willen had Fraux van mij zijn nieuwe concurrent gemaakt. Het waren de woorden waar ik op al die terrasjes en God weet waar op gewacht had. De nieuwe kans waarover ik had willen struikelen.

Op een schilderachtig pleintje in Montmartre zou ik mijn geluk beproeven. De huizen met hun allegaartje van verschillende gevels, luifels en gietijzeren balkonnetjes die overal te klein voor waren; de oude platanen die zo statig waren dat je ze een naam zou geven, waaronder bankjes stonden die zo op hun sierlijk gekrulde poten leken te kunnen weglopen.

Dat prachtige pleintje zou over een paar maanden nog mooier zijn wanneer het pand waar ik bij toeval mijn oog op had laten vallen ingericht zou zijn en de deuren geopend konden worden. Ook de naam van het café was me aan komen waaien.

Het was inmiddels 1946. In de lente had ik in de achterzaal van een kroegje iemand een onbekend lied horen zingen. Toen ik door de kieren van de deur gluurde zag ik haar eerst niet; ze was zo klein dat ze schuilging achter de hoge piano waaraan een jonge man haar begeleidde. Maar al was haar lichaam niet bepaald indrukwekkend, haar stem klonk alsof ze meer dan één leven geleefd had. De combinatie van die klank en de hoop in het lied dat ze zong gaf met één penseelstreek weer wat ik voor me zag. In stilte dankte ik de kleine vrouw voor die gift.

Vlak voordat ik op een bloedhete zomeravond de deuren van mijn café annex dansgelegenheid opende, verscheen de naam in neonletters op de gevel: LA VIE EN ROSE.

⁊

Het café was vanaf de eerste dag een succes. Niet dat het mij iets uitmaakte wat er verdiend werd, het ging er vooral om te bewijzen dat het leven nog zin had en dat het zelfs ooit weer leuk kon worden.

Met Carlos begon ik mijn geduld te verliezen. Steeds vaker wanneer ik thuiskwam in de bedompte sfeer waarmee Carlos het huis vergiftigde, vermengd met vrouwenluchtjes van een wat ordinaire kwaliteit, merkte ik hoe mijn wrevel me in beslag nam.

Natuurlijk kon Carlos óók weer verder, maar hij wilde niet. Of misschien was het beter te zeggen dat het hem aan wilskracht ontbrak om die keus te maken. Op een avond besloot ik dat de maat definitief vol was. Eindelijk.

'En wie denk je wel niet dat je bent met je volle maat? Zal ik niet zelf bepalen wat ik doe met mijn leven?' vroeg Carlos met een behoorlijk dikke tong.

'Nee, het moment van kiezen is voorbij.' Ik had mezelf de vraag gesteld of ik hem werkelijk geen keus meer kon laten, maar het was genoeg. Weg met dat eeuwige rouwrandje.

Maar om de een of andere reden kon ik geen streep trekken.

'Fraux?' vroeg Carlos. 'Wat heeft die hiermee te maken?'

'Het gaat er niet om wie er wat mee te maken heeft. De vraag is wie er wat aan doet. Maar als je me laat uitpraten hoor je snel genoeg wat je moet weten.' Ik wachtte even voor ik verderging.

'Zoals ik al zei zijn er in ieder geval twee mogelijkheden: de eerste is dat je in La Vie en Rose de tango weer zo populair maakt als vroeger.' Ik had beide handen nodig om Carlos' voortijdige commentaar in de kiem te smoren. 'Ik weet het, er wordt de laatste tijd alleen jazz gespeeld. Maar de Amerikanen blijven hier niet eeuwig. En als Parijs eenmaal zichzelf weer is zullen mensen ook weer terugverlangen naar de tango. Dat is jouw kans, maar daar moet je dan nu al aan werken.' Maar Carlos schudde, zoals ik al verwacht had, zijn hoofd.

'Fraux ken ik goed, La Coupole nog beter en La Coupole kent mij het best', zei hij met een lachje dat op niets anders leek dan schaamteloze arrogantie. 'Wanneer heb je Ernest gesproken?'

'Gesproken is wat veel gezegd. Hij was vooral aan het mopperen over zijn inkomsten en over andere muziek dan zijn tango.'

'Zíjn tango? Ha!' Het gesprek was wat mij betreft ten einde.

'Hij vroeg hoe het met je ging, en voordat hij wegging zei hij dat hij je altijd kon gebruiken.' Het was waarschijnlijk de nonchalance waarmee ik het zei die de barricade van zijn eerzucht omverwierp.

'De tango is nooit weg geweest. Misschien dat het vlammetje wat lager brandt, maar dat is natuurlijk wat Fraux van mij wil: het zaakje opstoken. En gelijk heeft hij.' Hij klapte vol enthousiasme een paar keer in zijn handen en keek om zich heen naar León, die onder een bank op zijn buik lag te spelen met wat tinnen soldaatjes die ik nog van mijn vader had gekregen.

Die tinnen soldaatjes hebben na die avond nog een half jaar daar onder de bank gelegen. Ik gaf de schoonmaakster duidelijke instructie alles te laten liggen zoals León het er achter had gelaten toen Carlos hem onder de bank vandaan trok.

Maar bij de grote schoonmaak voor het Paasfeest van 1947 had de ijverige dame de soldaatjes weer keurig in hun oude slagorde opgesteld en daarbij ongemerkt de bank wat verschoven. Een tinnen leventje sneuvelde onder mijn voeten. Toen ik hem in de afvalbak begroef vroeg ik me voor de zoveelste keer af hoe het met zijn generaaltje van vlees en bloed zou gaan. Ik had hem, en Carlos, te lang niet gezien.

Dus liep ik de volgende avond de trap af van La Coupole die naar de ondergrondse tangotempel van weleer en misschien alweer leidde. Zo te horen speelden er een bandoneon en een viool, beide met een wat te week muzikaal regime naar mijn smaak.

Onder aan de trap duwde ik beide deuren open. Rond de vier dikke houten pilaren die de aandacht van iedere bezoeker naar hun midden trokken, had zich het publiek opgesteld als een sluitende cirkel. Op het podium daarachter keken de bandoneonist en de violist over de hoofden naar wat voor mij nog onzichtbaar was.

Ik moest glimlachen om al die aandacht. Hoe vaak had ik Carlos wel niet zien dansen? Ik wurmde me tussen de toeschouwers in om ook een glimp op te vangen van het spektakel. Het plezier dat de menigte leek te hebben in de dans was nieuw voor mij. Vóór de oorlog was ook het kijken naar tango een serieuze zaak. De aanmoedigende kreten uit het publiek kwamen volstrekt belachelijk op me over, maar de sfeer zat er in ieder geval goed in. In de cirkel zag ik een idioot schouwspel: een klein mannetje dat omhoogreikte naar de vrouw met wie hij danste. Ik was niet erg onder de indruk van zijn wat slordige voetenwerk.

Toen hij een draai maakte herkende ik de kleine generaal die een half jaar geleden zijn tinnen manschappen onder mijn bank in de steek had moeten laten. Mijn uitroep van verbazing klonk boven de muziek uit, maar niemand nam er aanstoot aan. Nerveus zocht ik om me heen naar Carlos.

Van achter de bar, een champagneglas afdrogend en gestoken in het tenue van de bediening, keek hij me aan.

'Carlos.'

Hij groette terug op dezelfde manier: alleen mijn naam. Zijn ogen weken niet van de mijne.

'Tjonge …'

'Sprakeloos? Ik ken dat gevoel. Heel goed zelfs!' Zijn blik gleed van mijn gezicht naar het glas in zijn hand, dat hij opnieuw begon droog te draaien in een theedoek. Hij keerde zijn rug naar me toe.

'Carlos?' Weer kwam ik niet verder.

'Met je bek vol tanden staan wanneer je voor gek gezet wordt. Ken je dat?' Hij draaide zich om en wees met het lange glas naar mijn gezicht.

'Nee, jij niet, hè? Want jij staat langs de kant. Waar mensen zoals jij meestal staan. Jij bent het type dat graag vanaf een veilig afstandje staat te gniffelen terwijl je het geld in je broekzak door je vingers laat glijden.'

De tango was afgelopen en om me heen kwamen mensen aan de bar staan om drank en sigaretten te bestellen. Van achteren grepen twee armen zacht om mijn middel. Het sopraanstemmetje kende ik zo goed: 'Oom Armand, kwam u om mij te zien dansen? Ik dans bijna iedere avond, goed hè?'

Ik draaide me om en aaide hem over zijn bol, veinsde verwondering. Waar was de uitgang uit deze absurde film? Carlos achter de bar en León op de dansvloer? Ik schoof het jochie opzij en liep met een duizelig hoofd naar de deuren. In het restaurant moest ik me een paar keer aan de koperen stangen boven op de rugleuningen van de banken vasthouden terwijl ik naar het kantoor liep, waar ik Fraux hoopte te vinden.

'Een verklaring?' Fraux keek er onnozel bij.

'Die man was een geweldige danser, een sterdanser, jóúw sterdanser nota bene, en nu verneder je hem door hem achter de bar te zetten? Waarom in hemelsnaam? Omdat hij een eigen club opende? En León laat je voor je dansen?'

'Armand de Blanchefort, ik mag dan een oude man zijn maar dit is nog steeds La Coupole, míjn Coupole. En ik laat je met een grote boog de straat op schoppen wanneer ik dat wil. Ga nog even zo door en dat is precies waar jouw achterste in terechtkomt: de goot waar ik die "sterdanser" uit hou!' Fraux liet zich terugvallen in de pluchen fauteuil achter het bureau en beduidde mij met een kort knikje ook te gaan zitten.

'Toen hij hier verscheen had ik het idee dat hij van jou begrepen had dat hij zijn oude baantje weer terugkreeg. Ik heb hem uitgelegd dat de oorlog daar te duur voor was geweest. Hij zei verder niets maar nam aan wat ik hem bood. Ik heb hem zelfs nog gecomplimenteerd met zijn sportiviteit.'

Met twee vingers speelde hij een geluidloze triller op zijn onderlip en keek mij peinzend aan. 'Ik denk dat hij zelfs geen zwart zaad meer heeft om op te zitten. En dan iedere avond je zoontje mee te moeten nemen. De jongen is een attractie, maar hoelang nog? Ik moet aan mijn zaak denken. Maar had hij niet bij jou onderdak gevonden?' Ik knikte vaagjes.

Ik begreep wat Fraux gezegd had. Zolang het hem wat opbracht was Carlos welkom. Morgen kon dat gedaan zijn. Het leek wel een soort natuurwet: ik moest me weer over Carlos ontfermen. Dat was tenminste wat Fraux bedoelde toen hij zich quasi afvroeg of Carlos geen onderdak bij mij gevonden had: hij had het niet over het verleden maar over de toekomst. En waarschijnlijk ook niet alleen over een plaats om te slapen.

Maar Carlos zou niet gemakkelijk over te halen zijn. Hij zag het vast als een belediging dat hij bij Fraux achter de bar stond, maar om nu eieren voor zijn geld te kiezen en voor mij te komen werken zou nog veel meer van zijn trots vragen. Met mij was het echter makkelijker onderhandelen over werktijden en wat daarnaast nog van belang is, zoals een normaal leven voor León. Wat zou ik blij zijn om dat jochie weer met tinnen mannetjes te zien vechten in plaats van met aangeschoten dames te zien dansen.

Kennelijk vroeg het helemaal niet zo veel van Carlos' trots, want nadat ik hem laat die nacht mijn voorstel deed, luisterde hij zonder me te onderbreken.

'En Fraux?' vroeg hij uiteindelijk.

'Laat hem maar aan mij over.'

'In jouw tent zal ik wel niet veel anders doen, hè?' Carlos keek even naar zijn zoontje, die in een hoekje op een kussen zat te knikkebollen.

'In ieder geval zal León jouw diensten niet mee hoeven te draaien.' Carlos haalde diep adem, zijn borst schokte even. Toen pakte hij een fles rode wijn en twee glazen.

'Mijn voorstel staat nog steeds, Carlos. Dat er in "La Vie" veel jazz wordt gespeeld betekent niet dat er voor tango geen plaats kan zijn.' Hij haalde zijn schouders op.

'Ik weet het niet, Armand. Dansen zijn levende dingen. Sommige hebben een langer leven, andere een korter.'

Nog diezelfde week stond hij in La Vie en Rose het koper van de bar te poetsen en drank te schenken. De muziek leek hij niet eens te horen. Net zo doof was hij voor ieder voorstel dat ik in de weken daarna deed om een tango-orkest te engageren.

'Kun jij je Genaro Espósito nog herinneren?' vroeg Carlos toen ik het weer eens probeerde. 'Die bandoneonist met wie ik zo vaak gewerkt heb? Hij heeft het eind van de oorlog niet eens gehaald, Armand, net als al die anderen.'

De wonden waren nog lang niet geheeld. Het zou tot de zomer van 1950 duren tot zijn verlossing kwam. En niet alleen die van hem.

Die zomeravond was de laatste gast al vertrokken. De lichten brandden op halve sterkte. Slechts Carlos, het keukenhulpje, de afwasser, twee schoonmakers en de band die ik voor een paar avonden had geëngageerd waren er nog.

In de keuken lag León in zijn onderbroek en een hemdje te slapen op een paar stoelen. In het tweede jaar na de oorlog hadden we een school voor hem gevonden en sindsdien danste hij nog maar zelden 's avonds. Zijn dagen werden gevuld met dingen die meer bij een kind horen: spelen en keet schoppen. 's Middags zogen de sommetjes en schrijfoefeningen het laatste beetje fut uit zijn lijfje, zodat hij na het eten dwars door de muziek uit de kroeg heen sliep.

Op de piano trilde het vloeistofoppervlak in twee flessen whisky en een paar glazen door het gepingel van de pianist. De zangeres, gezeten op een barkruk, keek naar de drank die ze in haar glas liet ronddraaien terwijl ze de eerste zinnen zong van een lied over een liefde die niets anders dan verdriet betekende. De klank van haar stem stond als een huis, zoals het geluid van de tenorsax naast haar, ook al zong ze niet luid. Haar gezicht, dat evenmin als haar stem een klassieke schoonheid genoemd kon worden, vertaalde ieder woord van wat ze zong in een universele taal, begrijpelijk voor iedereen die ook de lelijke kanten van het leven ooit gezien had.

Eigenlijk deed ze niets bijzonders met haar gezicht; ze zong, fronste hooguit wat en luisterde naar de solisten die met warme klanken of juist soms scheurend protest haar pijn omspeelden. Ik zag hoe de klanken diep in haar ziel grepen om de kern van haar wezen te wiegen als een kind dat net gehuild heeft, waarvoor ze leek te bedanken met een zacht instemmend knikken van haar hoofd. Alles in dat gezicht verried de pijn van haar verleden en voorspelde voor de toekomst meer van hetzelfde.

Toen ze die ene zin zong, over de liefde die maakt dat je dingen doet waarvan je wéét dat ze verkeerd zijn, keek ik naar Carlos. Met zijn hoofd schuin als een jonge hond stond hij naar de jonge vrouw te staren. Maar hij keek duidelijk niet naar een herinnering aan Miguela, zoals ik. Ik vroeg me af wat zijn aandacht dan eindelijk gevangen had, nu hij al jaren omgeven was door jazzmuziek.

'De tekst', was zijn antwoord toen het lied zijn einde had gevonden.

'Je weet wel: over haar gevoel, dat soort dingen', verduidelijkte hij en hij bedankte een van de solisten, die de glazen van de band naar de bar had gebracht.

'Is het je weleens opgevallen hoe vaak ze lopen te klagen?' Carlos boog zich over de bar naar me toe. 'Jazzmuzikanten? In hun teksten, bedoel ik dus.'

'Zo anders dan tangozangers, ja.' Mijn sarcasme ontging hem niet.

'Inderdaad heel anders, maar misschien merkt een violist dat niet.'

'En tangoteksten, waar gaan die dan over?'

Carlos haalde zijn schouders op. 'Natuurlijk, daarin gaat het ook over verdriet en ellende, maar het gaat vooral om de manier waaróp dat bezongen wordt. Weerbaarder, boilà,' was zijn eindoordeel, 'een tangotekst zit niet bij de pakken neer.'

Ik kende iemand die zowel de tango als het 'bij de pakken neerzitten' tot op grote hoogte beheerste. Wíé ontgaat er hier wát, dacht ik.

'Vind je?' hoorde ik mezelf vragen. 'Ik heb juist het idee dat blueszangers wat steviger in hun schoenen staan als het om dat soort dingen gaat. Zou dat niet ook de reden zijn waarom jazz al zo lang standhoudt? Zoals je al zei: het ene leven duurt wat langer dan het andere?'

Hij knikte mijn provocatie weg alsof dat kletspraat was en ikzelf ook wel beter wist.

'Denk maar aan dat moment van totale stilte voor de storm, Armand, wanneer alles nog staat te gebeuren maar je de tango toch allang in iedere vezel voelt. Alle tranen die nog gaan vloeien worden opgevangen met rechte rug, over geen enkel gevoel wordt snel heen gelopen; alles krijgt zijn tijd. Nooit verslapt die kracht die je nodig hebt om alles onder ogen te zien, nooit zakt die kin of vallen de ogen op de vloer.'

Het was langgeleden dat Carlos zo groot had geleken.

'Maar Carlos, hebben we het nog wel over muziek? Of tekst?' Een kinderlijke grijns trok over zijn gezicht. Ik was hem bijna vergeten.

৵

Er was een frisse wind opgestoken. Het enige wat Carlos nu moest doen was de zeilen vieren, zijn neus in de lucht steken om te peilen waar zijn geluk zich verscholen hield en daarheen koers zetten.

Misschien nog niet helemaal zeker van zijn zaak sloeg hij mijn aanbod af om één avond in de week te reserveren voor de tango, die wat mij betreft probleemloos samen met jazz en blues door één deur kon. Hij wilde liever op een bescheidener uur de tango in La Vie en Rose introduceren, waar hij vanuit de luwte zou kunnen toekijken hoe Montmartre op hem en zijn muziek reageerde. Niet dat er in een kunstenaarswijk zoals de onze veel mensen te vinden zouden zijn die de tango niet kenden, maar het wankele gemoed is nu eenmaal geen nuchtere gesprekspartner.

Ik deed wat ik kon om mijn steentje bij te dragen, niet in het minst omdat het ook voor mij een nieuwe draad spon, gebiedt de eerlijkheid me te zeggen. Zo groeide er voor ons beiden een zekere afstand tot het verleden en het lot van Miguela en poetsten we tegelijkertijd de dierbare herinneringen aan haar op.

Ik diepte uit obscure kroegjes wat haveloze types op die voor de oorlog hun sporen als pianist, gitarist of bandoneonist hadden verdiend. Bij sommigen van hen was het vuur definitief gedoofd, zo oordeelde Carlos, die hen vervolgens, met pijn in het hart maar onverbiddelijk, weer terugstuurde. De anderen zaten zonder uitzondering op het puntje van hun stoel en speelden met een muzikale devotie die ik niet vaak meer gezien heb, en dat alles voor de habbekrats waarvoor in die jaren veel in de wereld te krijgen was.

Om een beetje sfeer te creëren voegde ik aan het assortiment dranken rum toe, die weliswaar uit Cuba kwam maar tenminste een Spaanstalig etiket had. Ook liet ik de kok voor de milonga's in de namiddag wat Argentijnse hapjes maken. Veel verder dan variaties op het thema 'geroosterd vlees' kwam hij echter niet, maar met whisky was het een verbazingwekkend goede combinatie. En of het aan Carlos' aanstekelijk enthousiasme lag of aan de rum of allebei, zelfs de bediening leefde zich uit in zelfverzonnen danspasjes, riep te pas en te onpas: 'Olé', wat helemaal niets met tango te maken had maar wel bijdroeg aan de feestvreugde.

Maar de gestage toeloop, het plezier, de concentratie, de toewijding en zelfs het ontegenzeggelijke succes ten spijt zag ik dat hoe meer energie Carlos in zijn werk pompte, hoe groter het lek werd waardoor zij weer wegsijpelde. Tergend langzaam werd duidelijk dat zijn zeilen ondanks alles de wind niet goed konden vangen. En hoe meer hij probeerde bij te sturen, des te slapper werd het doek, tot het bijna bewegingloos naar beneden hing, slechts af en toe nog door een zuchtje beroerd.

'Het is op', zei hij op een avond, hij hief zijn armen wat omhoog en liet ze krachteloos tegen zijn lichaam kletsen.

'Weet niet, op, gewoon op', verduidelijkte hij. 'Ik heb het echt geprobeerd, Armand, maar ik kan niemand meer écht inspireren.'

Natuurlijk beweerde ik het tegendeel en overlaadde hem met bewijzen daarvan. Hij wuifde ze stuk voor stuk weg.

'Oppeppen en stimuleren is iets anders dan inspireren, Armand. Vroeg of laat komen ze daar zelf wel achter. Iemand die er echt verstand van heeft ziet het verschil zo.

Vroeger voelde ik me als een lont in een vat olie: ik brandde de olie op, niet mezelf. Maar nu is de lont aan de beurt. Misschien ben ik te oud geworden?'

'Onzin, Carlos! Je bent verdomme nog geen veertig jaar, man!' Ik wenkte Paul, die achter de bar stond, stak twee vingers in de lucht en wees op de fles Havana Club-rum.

'Er is niets mis met je. Tenminste, niet iets waar we niets aan kunnen doen', zei ik terwijl ik twee kleine glaasjes tot de rand toe volschonk. 'Je bent er te lang vandaan.'

'Te ver waarvandaan?'

'Nee, te lang, zei ik. Daarvandaan.' Ik wees op het etiket van de fles, proostte en sloeg het glas in één keer achterover, iets wat ik anders nooit deed.

'Ik ben nog nooit in Havana geweest', zei Carlos verwonderd.

Ik schudde mijn hoofd.

'Ik bedoel waar de rum voor staat. Zuid-Amerika. Het leven daar. Buenos Aires?' Carlos' vermoeide trekken ver-

267

anderden in een voorzichtige lach. Hij haalde langzaam en diep adem.

'Maar ik heb geen geld.' De vreugde viel als droog zand van Carlos' gezicht.

'Dat is geen probleem. Maar je zult twee blokken aan je been moeten meezeulen', zei ik en ik schonk nog eens vol. Het was een goede avond om dronken te worden.

Carlos hief zijn vinger op, maar ik smoorde zijn vraag over mijn voornemen om nooit meer naar Buenos Aires terug te gaan in de kiem.

'Drink', zei ik en ik gooide de rum weer in één keer achterover.

❧

In het najaar van 1951, de lente had zich met geur en kleur over de stad ontvouwd, meerde onze boot aan in de haven van Buenos Aires. Het was een lange reis geweest, langer dan gewoonlijk door het slechte weer in de eerste weken op zee. Ik had er bij Carlos op aangedrongen dat we per vliegtuig zouden reizen: snel en avontuurlijk. Maar volgens Carlos zou dat te spannend zijn voor een jonge knul als León. Ik hield het op iets anders.

Nadat we het hoofd van Leóns school overtuigd hadden van mijn kwaliteiten als pedagoog en hem de verzekering hadden gegeven dat zijn ontwikkeling niet te lijden zou hebben onder deze reis, had hij ingestemd met een paar maanden verlof.

Na aankomst was onze eerste zorg logies te vinden. Op advies van de kapitein zelf – ondanks Carlos' protesten reisden we eerste klasse – begaven we ons naar een hotel dat ooit een onderkomen bood aan immigranten. Dat moest al lang geleden zijn, want na een korte wandeling door de haven kwamen we bij een luxe logement uit.

'Moet je dat zien', zei Carlos en hij wees op de enorme jasmijnstruik die tegen de voorgevel op klom. De portier beweerde later dat het ding er al voor de eeuwwisseling had gestaan. Net zoals het rotte houten bankje daaronder.

Alle drie waren we blij een bed te voelen dat niet schommelde, en wat als hazeslaapje bedoeld was duurde tot het begin van de avond. Beneden aan een tafeltje bij de jasmijnstruik, die Carlos naar kattenpis vond stinken, bestelden we rum en limonade.

'Dit smaakt wel heel anders dan dat Cubaanse spul in Parijs', proostte ik naar Carlos. Of het ook echt beter was wist ik niet.

'Niets kan zo erg zijn als dat spul dat ze hier vroeger als rum verkochten', zei Carlos schouderophalend. 'Mijn vader beweerde dat dat van afval gestookt werd. Hij noemde het een zelfmoordelixer en inderdaad heeft die troep hem zijn kop gekost. Onder andere.'

Dat leek me een goed punt om bij aan te haken en hem eens aan de tand te voelen over zijn leven hier in Buenos Aires. Niet alleen dat van hem, dat was eigenlijk het minst belangrijk. Ik bestelde meer rum. Samen met de avondzon bracht die Carlos in een milde, wat nostalgische stemming, waarin hij openhartig vertelde over zijn stiekeme leven als jonge tangodanser. Hij leek zich niet bewust van het feit dat León, die onder de tafel aan het spelen was, ieder woord kon horen.

Honderduit vertelde hij over de trucs die hij gebruikt had om zijn vader te bedonderen en enthousiast stelde hij voor om morgen de conventillo te bezoeken waar hij opgegroeid was, zodat we met eigen ogen zijn sluipwegen en geheime plekjes konden zien.

Naarmate het later werd slopen bittere woorden de nostalgie binnen. Hij vertelde over zijn vaders preken over het gevaar van de tango. Het ene moment leek hij die vaderliefde te begrijpen, het volgende ogenblik lachte hij om de eenvoud waarmee hij aan die zorgen kon ontkomen: 'Stomdronken lag hij iedere avond te dromen van de enige van wie hij echt heeft gehouden. Dat was ik niet.'

Bij het vierde glas sloeg zijn stemming om in regelrechte melancholie. Hij vertelde over de eenzaamheid van zijn jeugd toen hij besefte dat hij zijn vader nooit trots zou maken. Als een zonde droeg hij zijn verlangen om te dansen en hij was ervan overtuigd dat hij voorbestemd was voor schande. Misschien maakte dat zijn keus voor Miguela begrijpelijk, zei hij. Ik vroeg hem wat hij daarmee bedoelde, maar die vraag wuifde hij mompelend weg. Het volgende glas stond inmiddels alweer leeg voor hem.

Het leek me een goed moment om ongemerkt de balans van het gesprek naar Miguela te verleggen. Zo terloops mogelijk vroeg ik waar ze gewoond had, wat ze daar gedaan had en hoe ze elkaar hadden leren kennen. Dat was een vergissing. Hij weigerde een nieuw glas rum en gaf de rest van de avond niet één duidelijk antwoord meer.

Was hij te moe of had ik hem op zijn qui-vive gebracht?

Diep in de nacht werd ik wakker van het piepen van de deur van de kamer naast de mijne. Carlos' kamer. Voetstappen liepen langs mijn deur naar de trap.

❧

De volgende ochtend, León en ik hadden er al een rekenles op zitten en nu zat de jongen te tekenen, kwam Carlos mijn kamer binnen.

'Zware nacht gehad?' vroeg ik. Carlos haalde zijn schouders op.

'Het leven is hier nou eenmaal anders. Pas om elf uur 's avonds koelt het buiten af en wordt het binnen een beetje warm.'

'Waar ben je geweest?' Weer haalde hij zijn schouders op en keek over Leóns gebogen lichaam naar zijn tekening. Een dansende vrouw met lang zwart haar die omgeven was door hartjes en muzieknoten. 'Mama dansd tanko', luidde het onderschrift.

'Is dit waar jij met mama was?' vroeg León toen we Canning binnenliepen. Carlos antwoordde zijn zoon niet direct, alsof hij het zich niet precies herinnerde. Toen knikte hij.

'Hier en in Nino Bien, in Gricel, La Estrella, Las Floras, La Turca, overal!' Ik kende alleen de laatste twee, ik had er vaak gespeeld. Ook in de tijd dat Carlos en Miguela daar dus gedanst hebben, maar mij waren ze helaas nooit opgevallen. Ik zou de namen van de andere cafés onthouden voor later.

Een man in een wit pak kwam op ons af. Hij deed me denken aan een Amerikaanse gangster. Hartelijk begroette hij Carlos met zijn vraag of hij alweer onder de levenden was sinds de milonga van afgelopen nacht. Betekende dat dat Carlos zijn enthousiasme al teruggevonden had? Of stortte hij zich roekeloos in een leven dat hem zijn zorgen deed vergeten? De man schudde ook mijn hand toen Carlos mij aan hem voorstelde en zei dat ik een vriend van hem was.

'En van Miguela', voegde ik daaraan toe. De man hield zijn hoofd even schuin, misschien had hij het niet goed verstaan.

'Miguela Rojas', zei ik luider.

'O', zei hij en hij bood ons wat te drinken aan.

Op de binnenplaats van de conventillo in La Boca was het gloeiend heet. Niet ongewoon voor medio december. Carlos wees naar een veranda en naar de deuropening die daarop uitkwam. Daar had hij met zijn vader gewoond, vertelde hij enthousiast. Hij wilde León meetrekken naar een kamer aan de andere kant van het gebouw om hem te laten zien waar zijn oma de zieken had verzorgd en uiteindelijk zelf was gestorven, maar de jongen wilde niet. Hij had hoofdpijn en hij was moe.

'Morgen laat ik jullie zien waar opa werkte en waar ik altijd speelde in de haven. Of gaan we naar de Riachuelo?' vroeg hij aan León. 'Die rivier puilde vroeger uit van de dierenlijken. Als de huid gestroopt was hadden ze er niets meer aan, dus smeten ze die in de rivier. Kijken?' Maar León liep er, geheel tegen de smaak van zijn leeftijd, niet warm voor.

'Waar heb je Miguela eigenlijk ontmoet?' vroeg ik aan Carlos.

'Bij het dansen', zei hij.

'Maar waar?' drong ik aan. 'Misschien speelde ik er wel en dansten jullie op mijn muziek.'

'Zou kunnen.' Hij boog zich naar León en stelde voor naar huis te gaan.

Het was nog vroeg toen de knul, moe van de hitte en alle indrukken, in slaap viel. Een paar uur later liepen de voetstappen op de gang mijn deur weer voorbij.

Ik griste mijn schoenen, die ik naast de deur klaar had gezet, mee en sloop op kousenvoeten achter hem aan. Buiten schoot ik in mijn schoenen. Toen ik er zeker van was dat hij niet naar Canning ging, draaide ik me om. Canning was waar ik naartoe ging.

In het café had ik de man in het wit snel gevonden. Enigszins verbaasd keek hij me aan en schudde zijn hoofd.

'Nee, geen idee over wie u het heeft. Ik heb Carlos met zo veel dames zien dansen. Mannen zelfs. Maar niemand die Miguela heet, dat weet ik zeker.'

'Maar zelfs als ze niet hier gedanst heeft kent u haar misschien toch wel. In Parijs kende de hele stad haar.' Verontschuldigend hief hij zijn handen op.

Net als de barman in La Turca, die mij na binnenkomst met één toegeknepen oog bestudeerde.

'De man met de kist', zei hij nog voor ik iets had kunnen zeggen. Hij stak me een hand toe. Ook hij beweerde niets van een vaste partner van Carlos te weten. In Nino Bien, La Estrella, Las Floras was het niet anders.

'Snel weer eens komen spelen. We missen je!' Overal waar ik geïnformeerd had, werden me woorden van die strekking ten afscheid achternageroepen. Even joviaal loog ik terug en steeds steviger trok ik de deur achter me dicht.

Er werd me duidelijk een rad voor ogen gedraaid. De vraag was echter wie dat deed en belangrijker nog: waarom? Waarom moest hun liefde hier in Buenos Aires een geheim blijven? Misschien vonden ze Carlos te min voor haar, wilden ze haar goede naam beschermen. Maar zelfs als ik vertelde dat ze zijn vrouw was en dat ze in Parijs getrouwd waren, deden ze nog alsof ze niet wisten over wie ik het had. Zeer overtuigend, trouwens.

Waar vond ik iemand die me een eerlijk antwoord zou geven? Carlos zou zeker tot de ochtend doordansen, maar ik was me bewust van het risico als hem ter ore kwam dat ik overal navraag naar Miguela deed. Het was míjn zoektocht naar het verleden van de vrouw van wie ik hield, daar had hij niets mee te maken.

'Dat gaat je niets aan', zei ik dan ook toen Carlos me tot mijn stomme verbazing voor mijn kamerdeur stond op te wachten.

'En León dan?' zei hij alsof het míjn zoon was.

'Die lag te slapen en dat doet hij vast nog steeds. Maar wat doe jij hier? Waarom ben je niet aan het dansen? We zijn hier voor jouw inspiratie, weet je nog? Jouw dansen nieuw leven inblazen.' Carlos gromde wat en verdween zijn kamer in.

Drie nachten op rij ging ik nog op onderzoek uit. Overal waar Miguela maar mogelijkerwijs gedanst zou kunnen hebben deed ik vruchteloos navraag. Behalve dat ze in Spanje geboren was en hier samen met Carlos gedanst had wist ik niets van haar leven vóór Parijs.

'Het verleden is niet belangrijk, Armand. Hoe maak je de toekomst beter, dat is waar het om gaat', had ze meer dan eens tegen me gezegd.

Overdag bracht ik León wat rekenen, taal en algemene ontwikkeling bij. Zo goed als het ging en feitelijk tussen de zorgen door die ik me om Carlos maakte. Hij ging iedere avond trouw op pad, op zoek naar bezieling. Maar midden in de nacht was hij al terug. Misschien was dit hele idee tot mislukken gedoemd. Wat als hij inderdaad 'op' was en dat ook nooit meer zou veranderen? Ik durfde me niet voor te stellen hoe zijn leven er dan over een jaar uit zou zien.

Ondanks het zinloze van onze pogingen gingen Carlos en ik er die avond toch weer op uit. Maar dit keer zou ik hem blijven volgen.

Na talloze straatjes en steegjes stond hij stil voor een groot gebouw met een stenen trap. Voor de ramen van de beletage waren gordijnen dichtgetrokken. Af en toe gleden er schaduwen over. Ik nam aan dat het een soort salon was waar gedanst werd. Zelfs in het portiek van waar ik Carlos bespioneerde kon ik de tangomuziek horen.

Toen hij de trap op liep en de koperen klopper op de zwartgelakte deur liet vallen zag ik de letters die tegen een balkon op de eerste verdieping waren aangebracht: HOT L.

Toen Carlos naar binnen liep rende ik de straat over, sprong de treden van de trap op en kon nog net de deur tegenhouden voor hij weer in het slot viel. Ik wachtte even voordat ik naar binnen glipte. De hal waar ik in terecht was gekomen was leeg. Door een halfronde opening een paar meter verderop viel er licht over de plavuizen van de gang. Ik gluurde van achter een pilaar aan de zijkant van de opening naar binnen.

Nu begreep ik waarom Carlos iedere avond zo vroeg weer terugkwam. Dit was dus waar hij mij zo veel geld voor uit liet geven. Ook al werd er gedanst, en hier en daar niet eens zo slecht, de aanwezige dames inspireerden de mannelijke ziel tot veel oudere bewegingen dan danspassen. Carlos zag ik niet. Ik gleed langs de muur de zaal binnen en verschool me achter een gordijn. Voorzichtig schoof ik het iets opzij.

Een groepje dames week uiteen en daar stond hij, tegen een ongebruikte piano geleund. Hij kwam niet van zijn plek en wie hem aansprak kreeg slechts een kort antwoord. Behalve een dame die veel ouder was dan de rest. Aan het eind van hun gesprek maakte ze een uitnodigend gebaar naar de dansvloer. Carlos schudde zijn hoofd en na afscheid te hebben genomen verdween hij. Hij zou weer eerder in ons hotel zijn dan ik, vermoedde ik.

'Wat moest die vuile hond?' hoorde ik een rauwe mannenstem vragen.

'Kon ik niet uitvinden', antwoordde een vrouw.

'En die hoer van hem, is die ook in de stad?' vroeg de man.

'Die is dood, vertelde hij. De oorlog in Europa.'

'Mooi zo. Dat hij die vuile teef ontvoerde heeft me heel wat geld gekost.' Verbijsterd schoof ik het gordijn ver genoeg aan de kant om te zien wie het waagde Miguela een hoer te noemen.

'Zijn zoontje is er wel', zei de vrouw met wie Carlos zo lang had gesproken. Haar linkerooglid hing half over haar oog. De man knikte waarderend.

'Kijk eens aan. Een hoerenzoontje. Prachtig. Als die hond van een Carlos mijn duurste meisje steelt, dan wil ik daarvoor iets in ruil. Wordt hij bewaakt?'

'Ik heb gezegd dat je dood was, dus erg op zijn hoede zal hij niet zijn.' Toen zag de man mij.

'Hé?' riep hij. 'Moet je wat? Pak een wijf of sodemieter op!'

Buiten op straat dwong ik mezelf me niet bij iedere stap om te draaien. Ik zag die grofgebekte pooier ervoor aan om voor de zekerheid een mannetje achter me aan te sturen.

Nu begreep ik ook waarom niemand Carlos en Miguela had zien dansen. Als de pooier de waarheid sprak was de salon van het bordeel de enige plaats waar ze met elkaar konden dansen. Als ze tenminste niet hoefde te werken ... Ik drukte die gedachte de kop in en keek toch om of niemand me volgde. Als ik gewoon was doorgelopen had ik mijn aanvaller misschien kunnen ontwijken.

Iemand pakte me bij de kraag van mijn jasje en trok me zo hard een portiek in dat ik een naad hoorde scheuren. Een hand drukte mijn mond dicht.

'Stil!' fluisterde Carlos in het donker.

'Dat duurde', zei hij verwijtend.

'Er was een kerel met haar als een bos stro', hijgde ik, zonder me af te vragen waarom Carlos mij overviel.

'De Dorre', zei Carlos. Ik hoorde de minachting in zijn stem.

'León is in gevaar!'

Carlos snoof. 'Zoiets dacht ik al', zei hij. 'Juanita, dat is die met het oog,' verduidelijkte hij, 'zei dat de Dorre dat had gedaan nadat ik met Miguela gevlucht was. Juanita had hem voorgelogen, dacht hij. Ik voelde dat ze me dat nog terug wilde betalen.'

'Maar hoe wist je waar ik was?'

'Je bent verdomd slecht in stiekeme achtervolgingen, vriend.'

'Wat doen we met León? Hoe komen we hier weg?' Carlos trok me het portiek uit. Toen zetten we het op een rennen.

Pas hoog boven de oceaan liet Carlos de leuningen van zijn stoel langzaam los. We waren allebei de hele nacht wakker gebleven om over León te waken. De eerstvolgende boot naar Frankrijk vertrok pas over een week. León sprong een gat in de lucht toen hij mijn voorstel hoorde. Carlos zag eruit alsof hij iets verkeerds had gegeten.

Aan boord van het vliegtuig had Carlos zich vastgeklauwd aan zijn stoel en prevelde steeds weer dat dit nooit goed kon zijn voor een klein kind. Nu we niet meer stegen begon hij te ontspannen. León keek gefascineerd uit het raampje van de DC4 en hoorde niets van het verhaal van zijn vader. Over hun leven in Buenos Aires tot aan hun gedurfde vlucht. Geen detail liet hij weg.

We maakten tussenlandingen in Montevideo, Rio de Janeiro, Recife, Dakar en Lissabon, en de volgende dag vlogen we laag tussen de heuvels naar Genève, van waar we de trein naar huis zouden nemen. Vader en zoon lagen te slapen en het viel me op hoezeer León op Carlos begon te lijken. Ik probeerde trekken van Miguela in zijn gezicht te zien.

Misschien was het een teken dat me dat niet lukte. Een vreemde rust kwam over me toen ik begreep dat ik nu moest doen wat ik zo gevreesd had: haar loslaten. Maar het voelde niet zoals vroeger, wanneer ik daaraan dacht. Ik had niet meer het gevoel haar te laten gaan in de dood, als de hand van iemand die niet kan zwemmen loslaten in de oceaan. Ik had haar hand nooit vastgehouden, niet in het leven en dat zou in de dood ook niet gebeuren. Of kwam het door wat ik nu wist: niet zozeer dat Miguela geen heilige was geweest, maar vooral dat haar liefde zo diep was dat ze haar leven op het spel had gezet.

Voor Carlos. Niet voor mij. Het voelde bijna als een opluchting mijn liefde voor haar de vrijheid te geven. Ik kreeg er mezelf mee terug. Terwijl ik door het vliegtuigraampje de groene weilanden steeds dichterbij zag komen, begreep ik dat tot dan toe een vriendschap tussen Carlos en mij nooit een echte kans had gehad. Het was een goed moment om daarmee te beginnen. Juist omdat er ook in Carlos iets veranderd was.

Toen ik voor de start van de laatste vliegetappe zei dat we nu een andere plaats en manier moesten zoeken om het dansen weer voor hem te laten leven, zei hij nadenkend: 'Het ging niet om het vinden van inspiratie maar om het zoeken ernaar, Armand. Dat is wat me iets geleerd heeft. Vanaf onze aankomst ging ik naar cafés, salons, overal waar ik ooit gedanst heb. Ik vond er niets. Alles wat ik zocht was al verdwenen. In het verleden. Net als Miguela, die ik daar ook zocht, begrijp je? Zolang ik blijf zoeken, het wil hebben,' hij maakte een grijpbeweging in de lucht, 'zal ik het nooit te pakken krijgen. Ik moet het laten komen. Het de kans geven. Ik heb muziek nodig om daar ook echt naar te luisteren. Ik moet dansen en de stappen voelen. Niet omkijken naar waar dat gevoel gebleven is.' Hij schudde zijn hoofd, zette de kraag van zijn overhemd rechtop en deed zijn ogen dicht. Het geluk dat het gevonden besef hem bracht gloeide door zijn huid heen.

Vrouwen vertelden me vaak dat Carlos zo'n mooie man was. Voor het eerst zag ik dat ook.

Aan het eind van het eerste jaar na onze terugkomst, begin 1953, waren de jazzavonden en de tangoavonden in La Vie en Rose bijna met elkaar in balans.

Dat evenwicht werd in de lente van het daaropvolgende jaar al scheefgetrokken. Het mocht dan zo zijn dat de revival van de vooroorlogse jazzstijlen zoals swing hand over hand bezit nam van Europa, op een klein eilandje in Montmartre legde de jazz het echter af tegen de muziek die ooit in het andere Amerika ontstaan was. Ik weet niet precies wat de Spaanse vertaling van de naam van mijn club zou zijn, maar die had zo langzamerhand meer recht op een plaatsje op de gevel dan La Vie en Rose.

Ook León, inmiddels een puber van dertien, kwam er met enige regelmaat, al ontbrak bij hem de overgave.

'Je ziet het zitten maar hij laat het er niet uit. Volgens mij doet hij dat expres', verdacht Carlos zijn zoon van sabotage van zijn talent. Maar met de boze moed van een puber verdedigde de jongen het recht op eigen leven en de hem door de natuur opgelegde plicht alles dat riekt naar gezag af te wijzen. Zijn genen echter, die vredelievender waren dan hem lief was, dirigeerden hem van tijd tot tijd voor een 'goedmakertje' naar zijn vaders werkvloer. Na het verplichte zuchten, rollen met de ogen, vergeefs voorwenden van blessures en smekende blikken in mijn richting, stapte hij de dansvloer op als een bibberend kind dat door zijn zwemleraar met een bezem van de hoge duikplank af wordt geduwd.

Een last die mij niet ondraaglijk leek vanwege de mooie studentes die zich ogenblikkelijk op hem stortten, ook al waren ze vaak een decennium ouder dan León. Begrijpelijk; de jongen had een soepel, atletisch lichaam en een gezicht met een soort tijdloze aantrekkingskracht.

Carlos' gezicht sprak nog meer tot de verbeelding. Hij had zijn vijfenveertigste verjaardag allang gevierd, maar een rimpel was bij hem geen bewijs van voorbije tijd maar meer een tekening die wees op karakter.

Op een zaterdag in 1956 verscheen zijn foto in een krant naast een artikel over La Coupole, waarin de auteur Carlos' rol in het roemruchte verleden van de club als tangoparadijs enorm aandikte. Bij een mooi gezicht hoort een mooi verhaal, zal de schrijver gedacht hebben. Daarna volgden de foto's, de artikelen, de interviews voor radio en televisie, de voorfilmpjes in de bioscoop. Allemaal topjes van ijsbergen waarvan je niet kunt zien hoe ze onder water met elkaar verbonden zijn, maar daardoor des te meer kunt speculeren over wat er allemaal gaande is.

Vijf jaar na die eerste foto wist iedereen die weleens een pasje deed op de Parijse vloeren wie Carlos Moreno Amador was. In La Vie en Rose had de tango in het begin van de jaren zestig de jazz voorgoed de deur gewezen en de overname van mijn club was een logische stap die slechts nog gezet moest worden. Dat Carlos die stap kon nemen was te danken aan de manier waarop hij en anderen aan zijn bekendheid hadden getimmerd. Met dank aan het nog steeds ravenzwarte haar, waarin slechts bij de linkerslaap een eigenaardige donkergrijze vlek was ontstaan, de ogen, waar die brutale levendigheid nog steeds in zetelde, en de lijnen die het leven in zijn voorhoofd had getekend.

Voor de overname van La Vie en Rose had hij maar een deel nodig van wat de roem hem opgeleverd had, zodat hij twee jaar later, in de herfst van 1963, een huis kon kopen op de hoek van de rue des Saules en de rue Saint-Rustique. Daar ging hij samen met León wonen, die weliswaar op het punt stond om fluitend en met beide handen in zijn zakken de studie Kunstgeschiedenis aan de Sorbonne te voltooien, maar er nog niet aan dacht zijn vleugels uit te slaan. Of, zo vond ik helaas uit, het moest naar het café Le Saint Jean zijn in de rue des Abbesses, dat slechts een paar honderd meter van hun huis verwijderd was.

Kort na hun verhuizing zag ik León bij toeval tussen de rieten stoeltjes op het terras door naar de ingang schuifelen. Ik kwam net terug van La Vie en Rose, waar ik 's ochtends de voorraden controleerde en bestellijsten invulde. Ik had verder niet veel om de dag mee te vullen en aangezien Carlos en de morgenstond elkaar niet vaak zagen, deed ik die praktische zaken met plezier voor hem.

Op zich was het geen hemelschokkende ontdekking om León een café binnen te zien gaan. Ik wist immers dat hij hooguit één keer per week plichtmatig bij zijn vader kwam oefenen en vermoedde al dat hij, zoals het een student betaamt, de andere avonden benutte om zijn wekelijkse toelage zo snel mogelijk over de bar te hevelen. Wat wél verontrustend was, was het vroege tijdstip.

Was hij die grens overgegaan? Zou hij Carlos voorliegen dat hij 's ochtends naar de Sorbonne ging terwijl hij in alle vroegte het café in dook? Ik had het vaak genoeg gezien: jonge mannen en vrouwen, juist die met voldoende hersens om beter te weten, lieten zich veel te ver in het nachtleven zinken. Wat moest ik Carlos vertellen?

Naast al die zorgen voelde ik boosheid. Of misschien raakte het meer aan verontwaardiging. Had ik de opvoeding van die jongen niet voor een groot deel op me genomen? Had ik mijn best niet gedaan hem zo veel mogelijk mee te geven voor een mooi leven?

Ik had het recht, dat was wel zeker, om in te grijpen, net zoals een ouder dat had ten aanzien van een eigen kind.

Misschien had ik zelfs meer dan het recht de plicht. Op een decembermorgen wachtte ik hem op. Maar mijn beschermeling kwam niet. Net toen ik eraan twijfelde of ik me niet in de persoon had vergist, zag ik hem struikelen over een stoeltje dat ondanks de vrieskou buiten stond. Maakte de alcohol zijn knieën al week?

Ik stak de rue des Abbesses over en ging vlak na hem het café binnen. Ik denk dat ik hem op heterdaad wilde betrappen, zoiets. León liep naar een tafeltje bij het raam. Ik wurmde me door het werkvolk heen dat zich aan het aansterken was met koffie naar een tafeltje achterin, daar waar de bar een bocht maakte naar de muur.

León zat met zijn rug naar de glazen pui toe. Natuurlijk, zo kon hij immers drinken zonder herkend te worden door een voorbijganger.

Ondanks het feit dat hij me een paar keer recht in het gezicht keek, nam hij me niet waar. Zijn ogen keken niet, maar zochten; de blik van een bedwelmde. Hij gebaarde naar de bar en knikte, kennelijk ten teken dat het gebaar goed begrepen was. Mijn vermoeden bleek vals te zijn. Er werd geen alcohol gebracht maar koffie.

De serveerster was gekleed in een zwart rokje en een witte blouse, veel te koud voor de tijd van het jaar, en ze liep op lage witte linnen schoenen die een tikkeltje te sportief waren voor haar conventionele bovenkleding. Toen ze zijn koffie voor hem neerzette kon ik haar gezicht zien; dromerig als het woord 'rookglas' en met donkere wenkbrauwen als twee ernstige komma's, een neus die brutaal omhoogwipte maar toch prachtig in het dromerige geheel paste, en rode lippen die bekleed leken met het fluweel van rozenblaadjes.

Zijn blik volgde haar toen ze terugliep naar de bar. Ik had die ogen al eerder zo zien kijken.

Het waren de ogen van Miguela, zoals ze soms naar Carlos had gekeken.

✥

'En toch is het niet nodig, zeg ik.'

'Als je er iets vaker zou zijn zou je wat anders zeggen', sprak ik Carlos met een halve waarheid tegen. 'En daar zou je dan trouwens ook een heleboel van je gasten blij mee maken, als ze eindelijk eens de man voor wie ze naar La Vie en Rose komen zouden ontmoeten. Wanneer heb jij eigenlijk voor het laatst iemand lesgegeven? Hier, bedoel ik?'

'Hier?'

'Voilà', zei ik.

'Niks niet boilà', sputterde Carlos tegen. 'Waarom zou ik op één plek moeten blijven? Is er iets of iemand voor wie ik iedere avond hier zou moeten zijn?'

'Niet iedere avond, nee, en ook niet gewoon zomaar iemand.' Ik liet een stilte vallen.

'Die jongen komt er wel, Armand, daar hoef je je niet zo'n zorgen meer om te maken. Straks is hij klaar met studeren en dan: pffffffffff.' Ik was er niet zo zeker van. Juist daarom moest ik nu mijn plan doorzetten.

'Neem nou maar van mij aan dat het nodig is. Zeker op sommige avonden is het zo vol dat we er niet meer komen met wat we hebben. Een echte professional, dat is wat La Vie nodig heeft.'

'En uit welk vaatje tap jij die professional?'

'Waarom vertrouw je me niet gewoon? Je laat me de boel

hier regelen in jouw afwezigheid, geloof me dan ook als ik zeg dat er nog iemand bij moet komen!'

'*Calma, calma amigo*, doe het maar! Je hebt dus al iemand op het oog?' Ik knikte.

'En je wilt haar echt anderhalf keer het normale salaris betalen? Is ze zo goed of is ze zo mooi?' Hij gaf me een knipoog. Ik haalde mijn schouders op.

Haar opzegtermijn duurde een maand. De daaropvolgende maandag stond Aline Lauzier op de dansvloer en nam de kale ruimte in zich op.

'Dus dit is waar heel Parijs komt tango dansen?' Ze veegde een krullende lok donkerbruin haar, dat ze dit keer in een staart had gebonden maar waaruit enkele dissidente lokken hadden weten te ontsnappen, achter haar oren.

'Zo goed als, ja. Er zijn nog wel wat andere gelegenheden maar eigenlijk is La Coupole de enige waarmee we soms om gasten moeten touwtrekken.'

Terwijl haar ogen over het messing van de bar gleden en de figuren van de dansers op plakkaten die daarachter hingen bestudeerden, nam ik haar voor de zoveelste keer in me op. Vanaf de eerste keer dat ik haar aangesproken had, toen ze nog achter de bar in Le Saint Jean stond, had ik datzelfde gevoeld als waar León zo van in de ban was geraakt. Dacht ik, tenminste. Op een avond, toen ik haar mijn voorstel deed, scheen er net wat licht vanuit de drankenkast achter de bar over haar haren, zodat het leek alsof er een halo om dat bijna negentiende-eeuwse gezicht kwam te liggen. Het werd haast kitscherig; een reclameposter voor absint uit het eind van de vorige eeuw.

'Dans je zelf?' De staart donkere krullen schudde heen en weer.

'Wel gedaan, vroeger. Walsen en zo.' Ze draaide zich naar me om. 'Het punt is dat je een goede partner moet zien te vinden. Er zitten soms nare figuren tussen, van die haantjes. Ik ben een beetje te veel van dat soort types tegengekomen. En het vervelendste is nog dat dat vaak juist de goede dansers zijn.'

Ze maakte een gebaar naar de bar en zei: 'Ik bekijk het van daar wel.'

Ik geef toe dat het allemaal misschien niet zo netjes was. Maar het bijsturen van een afwijkende koers, het opfleuren en hier en daar in de gewenste vorm masseren van de werkelijkheid zijn als steuntjes in de rug van een nog nauwelijks ontsproten liefde niet ongebruikelijk. Eigenlijk maken ze eerder deel uit van de spelregels dan dat ze die overtreden.

Nog kan ik me het gezicht van León herinneren toen hij die avond binnenkwam in La Vie en Rose.

'O, ik wist niet dat jullie elkaar kennen?' loog ik.

'Dat doen we ook niet', loog León terug. 'Hoe komt zij hier?'

'Ze werkte in een café waar ik weleens kom en aangezien we hier dringend iemand nodig hadden, vroeg ik haar om hier te komen werken.' Hij keek de zaal rond, waar hooguit twintig gasten waren.

'Als ze zich maar niet overwerkt.' Toen hij me aankeek vroeg ik me even af of hij soms wist wie Cupido's pijlen aan het oppoetsen was, maar ik speelde mijn rol gewoon door.

'Even voorstellen?'

'Doe maar niet', zette hij zich schrap.

'Natuurlijk doe ik dat wel! Je bent immers de zoon van haar baas.' Toen begon hij pas goed te bokken. Als ik het maar uit mijn hoofd liet om dat te zeggen!

'Zie je, Armand, ik ben daar ook een of twee keer geweest, in dat café. Als ik hier nu opeens het zoontje van de baas blijk te zijn ...'

'Dan wat?'

'Zeg er gewoon niets over, Armand.'

Ik trok hem mee naar de bar, waar ik hen aan elkaar voorstelde. 'Aline, León. León, Aline.'

'Hé, jou ken ik!' sprak ze met oprechte verbazing. 'Jij kwam bijna iedere dag in Saint Jean. Espresso in de ochtend, cappuccino in de middag.' León zei niets en knikte.

'Espresso in de ochtend?' Ik kon de verleiding niet weerstaan.

Ik vertelde Aline dat León een zeer goede tangodanser was. Zelfs wanneer je nog nooit tango hebt gedanst, heb je met iemand zoals hij de basispassen onder de knie vóór de eerste tango voorbij is.

'Denk er eens over na.' Ik liet hen alleen. Natuurlijk had ik met mijn woorden de kans dat ze ooit met elkaar zouden dansen waarschijnlijk tot nul teruggebracht, maar wat gaf dat?

De weken daarna leek León iets van zijn verlegenheid te verliezen. Zodra Carlos van huis was, hing León hele avonden bij de bar, waarachter Aline werkte. Eerst aan het eind ervan, later schoof hij steeds meer op in haar richting. Hij speelde niet langer meer de stomme en af en toe kwam er zelfs een voorzichtig grapje uit zijn mond. Aline, die maar weinig schroom leek te kennen, antwoordde met een flirt.

Op een ochtend vertelde Aline hoe zelfs León de vorige avond na sluitingstijd het overige personeel naar huis stuurde, de lichten op de dansvloer weer aandeed en een wals op de grammofoon legde.

'Volgens Armand is dit de enige dans die je beheerst', zou hij gezegd hebben en hij nodigde haar toen uit op de dansvloer. Volgens Aline bakte hij niets van het dansen. Ik vroeg niet verder.

Het was een goede zaak dat Carlos er zelden was, zodat niemand zich afvroeg waarvoor zij eigenlijk nodig was: voor het flirten met die jonge knul of voor haar rol als gastvrouw in La Vie en Rose? Vooral omdat ze niet uitblonk in het laatste.

Op de doodenkele avond dat Carlos er was maakte León overigens direct rechtsomkeert. Dus was León er ook niet getuige van hoe Aline en Carlos kennismaakten. Ze spraken diezelfde taal, die zo gemakkelijk wordt misverstaan voor gemakzucht, arrogantie, ongeïnteresseerdheid of zelfs domheid, maar die in werkelijkheid een van de kenmerken is van de oprechte levenskunstenaar. Misschien was het inderdaad waar dat een kind iets van zijn ouders zoekt in de partner met wie hij of zij de dagen wil slijten, zo begreep ik León.

Dus kabbelden de ontwikkelingen van een vriendschap en iets wat meer was dan dat naast elkaar voort naar een nog onbekend punt in het verschiet. Tot het noodlot León trof in de gedaante van een studiebeurs die ieder jaar door de Sorbonne aan twee zeer veelbelovende examenkandidaten werd toegekend. Niet minder dan een eindeloos half jaar verbanden ze hem naar Madrid om bij het Prado onderzoek te doen.

Carlos sloeg zijn zoon vol trots op de schouders en vond het een teken uit de hemel. Zijn zoon, hun zoon, zou uitgerekend in het geboorteland van zijn geliefde Miguela zijn afstuderen voorbereiden. Maar wat moest León daarmee? Aan zijn moeder had hij geen enkele herinnering, maar de vrouw aan wie hij zijn dromen had gewijd werd hem door die rotbeurs ontnomen, zo kwam hij op een avond bij mij biechten.

Want zoveel wist zijn door verliefdheid beangstigde hart zeker: zodra hij weg was zouden de kapers op de kust hun kans schoon zien en wat hem bij terugkomst uit Madrid zou resten, was niets meer dan herinneringen en dromen. En alsof dat niet genoeg was zag hij zich door die ellendige eer ook nog eens genoodzaakt niet alleen zijn afkomst te verzwijgen, maar zich nu ook in het drijfzand van de leugen te begeven. Dit zou namelijk een buitengewoon ongelukkig moment zijn, zo redeneerde hij niet onlogisch, om vlak voor zijn vertrek Aline uit te moeten leggen waarom hij een en ander verzwegen had. Stel je voor dat ze boos zou worden; bij wie zou ze in zijn afwezigheid troost zoeken?

En natuurlijk was dat nog niet genoeg, had León zich verbitterd gerealiseerd, want nu hij er wat langer over nadacht werd hem duidelijk dat hij geen andere keus had dan dat hele half jaar bij elkaar te liegen. Over waar hij zou zijn, waarom hij daar was en wat hij daar deed. Want in dat half jaar zouden zijn vader en Aline elkaar ongetwijfeld een keer spreken in La Vie.

Lang zou het vast niet duren of de lelijke aap zou uit de mouw kruipen, waarna León ongenadig op zijn donder zou krijgen van Aline. Voor altijd zou het gedaan zijn met de prachtige dromerigheid van haar gezicht. Misschien bleef hij maar beter in Madrid, schoot hij wat fatalistisch door. De rest van zijn eenzame leven.

Ik hoorde dat gejammer met gemengde gevoelens aan.

Een flair voor drama kon hem niet ontzegd worden, maar mij leek het waarschijnlijker dat het allemaal niet zo apocalyptisch zou verlopen. Enig vertrouwen in de vergevende natuur van de mens zou wel passen.

Een paar weken later pinkte Aline op het station snel een traantje weg. Ze hoopte dat het gauw gedaan zou zijn met de 'reorganisatie van indeling van antieke vermogensobjecten bij een gemeentelijke instelling' waar León aan zou werken, zo had hij verteld.

Dure woorden, die hij met zorg gekozen had: ze voorkwamen verdere vragen en bovendien was het niets anders dan de waarheid. Hij werd naar het Prado gestuurd om mee te werken aan een nieuwe catalogisering van Spaanse schilderijen.

༄

Eind april 1964, een ruime maand nadat León van het Parijse toneel verdwenen was, keek ik door de patrijspoort in de keukendeur van La Vie en Rose naar een dansend stel. Het was ergens in de middag, in ieder geval zou het nog uren duren voor de eerste gasten zouden komen, dus waanden zij zich onbespied.

Er klonk geen muziek, maar uit de manier waarop hij haar vasthield werd duidelijk dat ze een tango dansten. Slechts één spot wierp zijn cirkel van licht op de dansvloer, zodat het paar maar af en toe beschenen werd. Een aantal keer, net buiten de cirkel, meende ik te zien hoe hij haar aanmoedigde om bijna tegen hem aan te leunen, iets waar de meeste beginners moeite mee hadden. En dat zij een beginner was zag ik direct, alhoewel zij juist niet die schroom scheen te voelen voor dat lichamelijke contact.

Misschien gaf ze zich zo makkelijk over omdat haar partner zo veel ouder was dan zij. Of misschien was het omdat ze het gewoon fijn vond zich over te geven, te leunen tegen dat kussen van rust en vertrouwen dat overal om hem heen scheen te zijn. Nergens op haar gezicht zag ik een van die nerveuze trekjes, of dat giechelige lachje waarmee de nieuweling excuus vraagt voor fouten die alleen hijzelf ziet als domheid. Voorzichtig, bijna 'leeg', zette ze haar voeten neer, om er daarna een bedachtzame halve draai op te maken of een pas naar voren te doen.

Het was prachtig om te zien hoe haar concentratie naar binnen gericht was, alsof ze haar dansende lichaam voelde in plaats van het te sturen. En ook al waren haar bewegingen nog niet vloeiend, het was wel duidelijk dat ze precies begreep hoe haar partner haar wilde leiden. Waarom leidde hij haar eigenlijk over de dansvloer? Had ze niet duidelijk aangegeven dat ze niet wilde dansen?

Opeens duwde Carlos Aline van zich af en vloekte. Hij had een stap opzijgezet, waardoor hij mij in de gaten kreeg.

'Verdomme, Armand, je laat me schrikken, man! Wat sta je daar te gluren?'

'Slecht geweten, Carlos?' pestte ik hem en ik kwam de zaal in. 'En ik stond niet te gluren maar observeerde een nieuwe ster aan het tangofirmament', zei ik en ik boog naar Aline, die met een wat ongemakkelijk lachje bedankte voor het schaamteloze gevlei.

'Hoezo "slecht geweten"?' beet Carlos me toe. 'Volgens mij is deze zaal van mij en wanneer ik daar iemand wat wil bijbrengen, dan is dat mijn zaak. Niet soms? Met hoeveel mensen heb ik hier wel niet gedanst?'

Ik haalde kort mijn wenkbrauwen op.

'Je zult wel denken ...' begon Aline.

'Eigenlijk wel een beetje, ja.' Ik keek hoe Carlos achter de bar de koffiemachine aanzette.

'Jij hebt me zelf verteld dat León zo'n goede danser is', haar stem kwam nauwelijks boven het geraas van de koffiemolen uit. 'En ik had gehoord dat Carlos zo'n geweldige leraar is, dus leek het me een leuke verrassing voor León als ik in deze maanden een beetje zou leren tangodansen. Ik heb al een paar lessen gehad en Carlos denkt dat we een heel eind kunnen komen in die tijd.'

'Heb je Carlos verteld over León?'

'Dat hij de reden is waarom ik les neem, ja. Maar niet met naam en toenaam, hoor.' Ze kwam iets dichter bij me staan. 'Kennen die twee elkaar?'

'Hoezo?'

'Ik heb het gevoel dat ze elkaar misschien niet zo mogen. Ik heb zelfs eens gezien dat León al bijna midden in de zaal stond, maar toen hij Carlos zag direct weer naar buiten liep.'

'Werkelijk?' vroeg ik. Ze zou het me wel vergeven als de hele grap straks achter de rug was.

Ze keek naar Carlos, die met zijn rug naar ons toe koffie stond in te schenken. 'Wat een bijzondere man', sprak ze tegen zijn rug en het leek alsof ze mijn aanwezigheid alweer vergeten was. 'Elegant en charmant. Erg charmant.' Toen leek ze zich toch weer te herinneren dat ik naast haar stond en ze zei met een lachje: 'En er is niets wat een man zo mooi maakt als charme.'

De zomermaanden van 1964 waren gloeiend heet. In Parijs was het geregeld vijfendertig graden of warmer en in La Vie was het stil. Mensen zaten op terrasjes of in het park met een koel drankje of een natte handdoek in de nek en deden geen enkele stap te veel, laat staan danspassen. Het scheen dat er een paar keer een vreselijk onweer over de stad trok, dat bomen deed omvallen en een ravage aanrichtte in de stad, die de volgende dag in een vochtige hitte wakker werd.

Ook hoorde ik dat mensen de stad uit vluchtten en dat sommige die achter moesten blijven letterlijk gek werden van het gevoel langzaam te worden gesmoord in een oven. De stank van het afval dat bijna kookte in de containers en van de uitlaatgassen moet niet te harden zijn geweest.

Zelf bracht ik de zomermaanden door in Maussane-les-Alpilles om daar met Firmin te redden wat we nog konden in de olijfboomgaarden, die stonden te smeulen. Bij de wijnranken konden we alleen een droevige stilte in acht nemen en elkaar verzekeren dat de druiven het toch zouden overleven. Wat we konden doen, deden we voornamelijk in het tweede deel van de nacht. Overdag, wanneer de duivel zijn helse adem over mijn land blies, lagen we in de scha-duw en las en herlas ik de brieven die ik van León kreeg uit Madrid.

Ik was aangenaam verrast door de toon waarmee hij zijn verblijf daar beschreef. Hij voelde zich erg thuis in het mu-seum, waardoor hem de lange werkdagen eigenlijk weinig konden schelen. Hij genoot van de stad, beschreef op een liefdevolle manier de eigenaardigheden van de Madrilenen en vond dat de levenskwaliteit daar op zijn minst kon wed-ijveren met die in Parijs. Ware het niet dat Parijs in één op-zicht onverslaanbaar was, dat was duidelijk.

En dan wijdde hij een paar zinnen aan zijn gemis en vroeg van alles en nog wat over Aline wat ik onmogelijk kon beantwoorden. Het vuur was duidelijk nog brandende.

'Al met al, Armand,' besloot hij een van zijn brieven, 'is Madrid een goede stad om eenzaam te zijn.'

Wie me iets minder eenzaam leek was Aline. Ook zij stuurde met enige regelmaat een brief naar Maussane, 'zodat je niet te veel van Parijs vervreemdt', zoals ze schreef. Uit de brieven klonk haar verlangen naar León en naar de dag waarop ze elkaar zouden weerzien en ze hem achteloos ten dans zou vragen. Op dat laatste verheugde ze zich als een klein meisje dat over een paar dagen jarig is.

Verder schreef ze over de gekmakende hitte, het pleintje voor La Vie, dat smerig werd en niet met water gespoeld mocht worden vanwege de droogte, hoe de platanen gele bladeren kregen en het soms leek alsof de herfst al begonnen was, hoe het onweer een boom op het deux-chevauxtje van haar oom had doen vallen en natuurlijk over de nieuwe dingen die ze weer van Carlos had geleerd. In haar laatste brieven schreef ze daar echter niets meer over.

Eind augustus was ik terug in Parijs. Een week of twee voordat León terug zou komen. Een van de eerste dingen die ik deed was La Vie bezoeken. Alleen de toegang naar de keuken was open en eenmaal binnen zag ik door het patrijspoortje in de deur naar de zaal licht branden. Door het ronde raampje zag ik dat Carlos ondanks alle faam en afleiding van het eigenlijke dansen nog steeds die geweldige leraar van vroeger moest zijn. Eerst dacht ik namelijk dat ik hem met een andere vrouw zag dansen. Haar bewegingen waren trots geworden, als een vrouw die geleerd heeft elk van haar gevoelens en gedachten te kunnen uitdrukken in haar dans. Niet dat ze echt al zo ver was, dat zou onmogelijk zijn, maar het leek er wel al op.

Ik duwde de keukendeur open en liet mijn verbazing horen. Weer schrok Carlos en vloekte. Aline droeg tangoschoenen. Rode. Met zilveren gespen in de vorm van een roos. Een doffe pijn trok door mijn borst.

'Tangoschoenen moeten dansen, amigo, het zijn geen museumstukken', zei Carlos en hij klopte me zachtjes op mijn schouder.

Begin september haalden Carlos en ik León van het station. Het was een week eerder dan oorspronkelijk gepland was, maar het Prado ging een paar dagen dicht en dus kon León Aline verrassen. In een moment van verslapte waakzaamheid bracht ik Carlos op de hoogte van de vervroegde terugkomst. Die sprong op en riep: 'Laten we hem verrassen en hem ophalen van het station!' Toen hij dat zei begreep ik dat het gedaan was met Leóns geheim. Want na het station gingen we vast direct naar La Vie voor een drankje, waar Aline ook zou zijn. Echt rouwig was ik er eigenlijk ook niet om. De hele poppenkast was zo langzamerhand nogal vermoeiend geworden en het was tijd dat iedereen zich maar eens blootgaf.

De wijzers van de klokkentoren van het Gare de Lyon wezen precies het oosten en het westen aan toen Carlos, León en ik die middag in een taxi stapten die ons naar La Vie en Rose zou brengen. León veegde zich het zweet van zijn voorhoofd. De hete kooltjes waar hij op zat waren opgestookt door Carlos: 'Je moet nu eerst eens kennismaken met onze nieuwe aanwinst in La Vie. Werkte ze er niet al voordat hij naar Madrid ging?' vroeg hij aan mij. 'Kom, we gaan er even wat drinken en dan naar huis.' León sputterde over hoofdpijn en ander ongemak, maar niets hielp. Ik keek uit het raam en deed dat tot het einde van de rit.

In de zaal brandden zoals gewoonlijk maar een paar lampen tot de avond echt zou beginnen. Ik zag Aline achter de bar staan, haar schouders en nek behangen met witte droogdoeken, bevroren als een foto van een dame die een glas afdroogt.

Naast mij stond een tweede sculptuur: 'man gevangen in betonbad'. Een absurd beeld, die twee sprakeloze mensen die roerloos met hun emotie vochten. Carlos liep vrolijk naar de bar, en wenkte naar zijn zoon, die geen voet verzette: 'Kom nou toch, jongen! Aline, een witte wijn voor ons allemaal, ook voor jou, om kennis te maken. Mag ik je voorstellen? Dit is León. Mijn zoon.'

Haar gezicht werd bleek als de klamme theedoek die ze om haar nek had geslagen.

Square du Vert-Galant

1987

De nacht trok ongemerkt voorbij, want ik was daar niet meer, op dat bankje in Parijs. Ik was op zo veel andere plaatsen. Nadat ik het laatste boek had dichtgeslagen zag ik nog net hoe de lantaarn naast mij doofde. Boven Parijs lokten gouden en roze vlammen de dageraad tevoorschijn. Het zou een mooie dag worden.

Een mooie dag voor het ontbrekende verhaal.

Jaime Blanco

1987

Van onder mijn balkon strekte de Calle de Santiago zich als een zwarte tong uit tot aan de kerk op het pleintje van waar al eeuwen de pelgrims hun voettocht naar Santiago de Compostela begonnen. Pas als tiener begreep ik dat de straat voor ons huis niet naar een delicatesse vernoemd was maar naar een heilige. Een begrijpelijke verwarring gezien de afbeelding van twee Sint-Jacobsschelpen op ons straatnaambordje en de talrijke eetgelegenheden.

Die middag zag ik ze niet. Ook de geuren van geroosterd vlees, paprika en koffie rook ik net zomin als de zuurstof in de lucht. Want vóór mij was slechts een tijdloos gat, waarin mijn vader en moeder voor altijd verdwenen waren. Maar ik zou ze niet naspringen, al was het alleen al omdat mijn balkon op de eerste verdieping lag. Het zou geen einde maken aan mijn gemis. Hooguit leverde het een verstuikte enkel op.

Daarbij kwam dat ik er alleen zeker van zou zijn dat ik mijn vader achternasprong. Van mijn moeder wist niemand waar ze was. Misschien leefde ze zelfs nog wel. Het enige wat ze mij achter had gelaten was één foto en wat herinneringen. De foto dateerde van ongeveer een maand voor haar vertrek. Ze schijnt in een lentenacht in 1967 gewoon de deur achter zich dicht te hebben getrokken en dat was dat.

Mijn vader was er erg verdrietig om, maar hij vertelde

dat hij er altijd rekening mee had gehouden dat iets derge-
lijks zou kunnen gebeuren. Daar had de psychiater die hij
geconsulteerd had na haar eerste zelfmoordpoging hem al
op voorbereid. 'Manisch', noemde hij haar, als ik me goed
herinner.

Hij sprak nooit een lelijk woord over haar. Integendeel,
vaak zaten we samen naar haar foto te kijken terwijl we herinneringen ophaalden. Zonder foto kon ik haar beeltenis
moeilijk helder voor mijn geestesoog krijgen, en daarna vervaagde ze veel te snel weer. Lange tijd was ik bang dat ook ik
'manisch' was, maar mijn vader verzekerde me keer op keer
dat daarvan geen sprake was. Hij wist immers precies wat de
symptomen waren.

Ik keek trouwens graag naar de foto van mijn moeder.
Net zoals iedereen, denk ik. Ze was een prachtige vrouw
met gouden, lange haren en op de foto lachte ze haar tanden zo mooi bloot dat het wel een reclame voor tandpasta
leek. Ik was trots op zo'n mooie moeder. Net als mijn vader,
ondanks zijn verdriet.

Hij vertelde al die verhalen die hij al zo vaak verteld had,
soms, al naar gelang de hoeveelheid drank die hij wegwerk-
te, zelfs twee keer op dezelfde avond.

Over mijn geboorte in Parijs bijvoorbeeld, die ik me zelfs
bijna kon herinneren, en over hoe we niet zo lang daarna
naar Madrid verhuisden, waar hij ooit stage had gelopen.
Ik heb een Frans paspoort, maar behalve dat was er niets
wat deed vermoeden dat wij alle drie Fransen waren. Geen
foto's, geen Franse spulletjes, niets. Dat kwam omdat we in
Madrid zo gelukkig waren dat we Frankrijk min of meer
vergeten waren. Zei mijn vader.

Mijn grootouders van mijn moeders kant waren al thuis

aan gene zijde des grafs ver voordat ik geboren werd. De ouders van mijn vader kwamen vlak na mijn geboorte om bij een auto-ongeluk en vrienden leken mijn ouders niet te hebben gehad, behalve elkaar dan. Dat mijn vader niet onder een gelukkig gesternte geboren was, was zacht uitgedrukt. Misschien verbaasde het me daarom niet wat hij een week geleden gedaan had.

De slaapmiddelen in zijn maag of de grote hoeveelheid alcohol in zijn bloed vond ik niet verwonderlijk. Van iemand die bij het ontbijt wijn dronk was het te verwachten dat hij de pillen met flink wat glazen drank had weggespoeld. Ook het feit dat hij uit de Manzanares gevist moest worden, waar hij in het filter voor grofvuil terecht was gekomen, verbaasde me niet. Ik vond het vooral treurig.

Of hij zelfmoord heeft willen plegen of dat hij min of meer per ongeluk over de rand van de brug was geslagen, midden onder het kabelbaantje naar het Casa de Campo, zal ik wel nooit te weten komen. Wanneer ik recht in de spiegel van mijn geweten zou kijken, zou ik ontdekken dat mijn treurnis voor een groot deel nogal obligaat was. De opluchting die ik voelde was een oprechtere emotie.

Want naast de bedroefde, verlaten echtgenoot en liefhebbende vader kon hij ook heel anders uit de hoek komen. Al begreep ik vaak niet wat de aanleiding was en zag ik zijn woede-uitbarstingen nooit aankomen. Het enige wat ik dan kon doen was naar mijn kamer vluchten. Soms kwam hij me scheldend en tierend door de gang achterna. Bonkend op de deur schreeuwde hij wat voor een last ik was en dat ik nooit, maar dan ook nooit geboren had mogen worden. Met wat er tijdens die buien aan serviesgoed, vazen, lampen en zelfs stoelen gesneuveld was, kon meer dan één bruidspaar van een uitzet worden voorzien.

Verscholen achter Martín, mijn knuffelbeer die vier keer zo klein was als ik, wachtte ik bevend van angst tot zijn woede omsloeg – niet bekoelde – en dat deed ze godzijdank altijd. Eerst stokte zijn stem, dan werd hij zachter en sputterde nog wat over de futiliteiten die zijn toorn hadden ontstoken en mijn schuld daaraan. Tot de eerste snik klonk, en ik wist dat ik hem de volgende dag pas weer zou zien. Wanneer ik op mijn tenen zijn slaapkamer passeerde hoorde ik hem huilen. Waarom kon hij zich niet beheersen als hij wist dat hij achteraf zo'n intense spijt zou hebben? Wat ik me als kind nooit had afgevraagd was waarom hij in zijn razernij buiten mijn kamer bleef, terwijl er geen slot op de deur zat.

Maar nu was het te laat om vragen te stellen. De gedachte aan het gekwelde leven van León Blanco, dat maar zevenenveertig jaar geduurd had – of waren het juist zevenenveertig lange jaren – maakte me neerslachtig. Op dinsdag 4 augustus 1987 ging zijn leven over in de dood. Het definitieve maakte diepe indruk op me. Het maakte dat ook dat andere overlijden mijn hoofd weer binnenzweefde, als een stuurloos papieren vliegtuigje, gevouwen van de brief die ik vanochtend had gevonden onder mijn vaders bed, samen met het postpakket.

Een pakket dat één groot raadsel vormde. Nergens in de brief werd een naam genoemd. De schrijver ervan had hem niet ondertekend maar misschien was het dezelfde persoon als de afzender. Die vreemd genoeg wél zijn naam op een groene adressticker had gezet.

De brief was kort. Op een vrij zware kwaliteit papier met een mooi watermerk, dat mij verder helaas niets zei, stonden onder de dagtekening van 1 augustus 1987 slechts een paar regels, in een bijna kalligrafisch handschrift. Het leek wel een brief uit de vorige eeuw. De schrijver richtte zich tot mij persoonlijk en de raadselachtige tekst kwam erop neer dat de inhoud van het pakket aan iemand had toebehoord die de schrijver had opgedragen er zorg voor te dragen haar eigendom mij te doen toekomen na haar verscheiden.

Alsof ik zou weten wie zij was, hoe ze wist waar ik woonde en alsof het de normaalste zaak van de wereld was om iemand schoenen te sturen wanneer je doodging. Want dat bleek de inhoud van het pakket te zijn: knalrode leren damesschoenen. Hoe langer ik erover nadacht, des te meer raakte ik ervan overtuigd dat het een grap was. Maar waarom had mijn vader me dit pakket niet gegeven? Hoe het precies onder zijn bed was gekomen was een tweede raadsel.

'Hoe wist jij dat nou?' Van schrik kieperde ik dan bijna toch nog over de rand van het balkon. 'Wat leuk, maar hoe wist je dat nou?' herhaalde Esmé haar vraag in de woonkamer.

'Ik ben hier, buiten', riep ik. Ze stapte het balkon op.

'Dat weet ik, schat,' ze sloeg haar armen om mijn middel, 'maar je stond als een zombie voor je uit te staren.' Ze nam natuurlijk aan dat ik aan mijn vader dacht.

'Of was het een verrassing?' probeerde ze me quasibeteuterd af te leiden. Dat lukte. Haar sproetenkop – over dat woord werd zij op haar beurt boos – had van nature al iets grappigs. Pas als ze al het theater van haar gezicht liet glijden, wat niet makkelijk was voor iemand die de hele dag tussen artiesten doorbracht, dan zag je dat pure waar ik zo graag naar keek.

'Heb ik het nu verpest?'

'Verpest? Waar heb je het over?'

'Die schoenen. Hoe wist je dat?' Ze wees naar binnen, waar ik de schoenen op de eetkamertafel had neergezet.

'O, die schoenen. Wat zou ik moeten weten? Een of andere idioot haalt een geintje uit.'

'Wel een duur geintje. En ik denk dat ik wel weet wie die idioot is.' Ze hield een van de rode schoenen omhoog. 'Mmm, ze zijn wel gebruikt, maar met de hand gemaakt. En … krijg nou wat! Je bent gek, Jaime Blanco, dat je zoiets duurs koopt! Dat heb ik nog nooit gezien: gespen in de vorm van een roos. Is dat zilver?' Ik haalde mijn schouders op.

'Goed, zal ik het dan maar opbiechten?' vroeg ze met een slechte imitatie van berouw. 'Je wist het, dat ik pas weer een paar lessen heb gehad, nietwaar? Ik moet zeggen dat wat ik vroeger ooit geleerd heb niet eens zo heel ver weggezakt lijkt. Misschien kunnen we samen gaan, Jaime. Het zou je goed doen; even uit huis, wat bewegen.'

'Bewegen?'

'Je kunt moeilijk op één plaats een tango dansen.'

'Tango?'

'Kom op, je hebt die tangoschoenen voor me gekocht!'

'Ik heb helemaal niets gekocht. Ik zeg je toch: een of andere idioot heeft me die dingen gestuurd. Zijn dat tangoschoenen? Waarom stuurt iemand mij tangoschoenen?'

We keken elkaar zwijgend aan.

Een half uur later zaten we op het terras van het Café del Real op het Plaza Isabel in de avondzon alles op een rijtje te zetten. Ik had de brief meegenomen en had op de achterkant daarvan het groene etiket met de naam van de afzender geplakt.

'Maar jij bent toch geboren in Parijs?' wees ze op het adreskaartje waar 'A. de Blanchefort, Paris' op gekrabbeld stond. 'Denk eens na, is er iemand in je familie die vroeger graag danste?' Ik haalde mijn schouders op.

'Nauwelijks een paar maanden in Parijs gewoond, weet je nog wel? Bovendien, leek mijn vader je iemand met dans in zijn bloed?' Esmé nam een slok van haar bier en schudde haar hoofd.

'Jij daarentegen hebt er bijna je hele leven gewoond', zei ik. 'Misschien dat die naam je ouders iets zegt? Die wonen er tenslotte nog steeds?' Maar aan Esmés gezicht te zien had ze daar weinig fiducie in.

Ik dronk mijn glas in twee teugen leeg. We keken hoe de duiven op het plein voor de Opera onder het voeren streng werden toegesproken door een kromgebogen vrouwtje met een zwart hoedje en een enorme zonnebril. In gedachten las ik mezelf de brief, waarvan ik de gezwollen zinnen inmiddels uit mijn hoofd kende, nogmaals voor:

Geachte heer, in opdracht van een dame die in dit schrijven naamloos zal blijven, stuur ik u hetgeen mij is opgedragen u te doen toekomen na haar verscheiden. De bedoeling van een en ander zal hoogstwaarschijnlijk voor u in nevelen gehuld zijn, waar zij, vrees ik, voorgoed verborgen zal blijven. Weest u niet verbolgen en veronachtzaam daarom wat ik u stuur echter niet; wat u niet bekend is, kan daarom toch nog een feit zijn. Met de meeste hoogachting,

Na de komma was er slechts nog blank papier.

'Wat u niet bekend is, kan daarom toch nog een feit zijn', herhaalde ik hardop de waarheid als een koe. Wat een geleuter!

'Ik denk dat het gewoon een malloot is die tussen vier witte zachte muren thuishoort', besloot ik er een punt achter te zetten. 'Iemand die op het internet willekeurig een naam en adres heeft uitgezocht om er troep naar te sturen. Gebeurt wel vaker; gekken die vissenkoppen en hondendrollen opsturen en dat soort dingen.'

'Handgemaakte leren tangoschoenen met zilveren gespen in de vorm van een roos, sinds wanneer is dat zoiets als hondenstront?' Ze nam een grote slok bier en ging rechtop zitten.

'Luister.' Stilte.

'Wat?'

Terwijl ik met een handgebaar meer bier bestelde, rommelde Esmé in het schaaltje olijven op tafel, nam er een veel te groene uit, waar ze maar een klein stukje vanaf beet voor ze hem weggooide naar een duif.

'Confessie nummer twee', zei ze en ze drukte haar lippen op elkaar alsof ze alweer ergens spijt van had.

'Laat maar komen, señorita Aubery', zuchtte ik.

Het Sabatinipark is in de zomer een oververhitte plaats waarvan menig toerist blij is de uitgang te hebben gevonden. De magnolia's met hun olieachtige bladeren, de pijnbomen en de tot idiote cilinders gekortwiekte coniferen beschermen het oog tegen de knalwitte standbeelden. Het netvlies wordt na het passeren van het groen opeens overvallen door een in hels licht badende beeltenis van een vroegere heerser. Koningen en koninginnen die al eeuwen dood zijn en wier lijkgeur door de weerzinwekkende stank van de buxusstruikjes treffend wordt gesimuleerd.

Maar verder was het een prima plek om na te denken.

Onder lantaarnpaal nummer 55, die daar volgens het opschrift in het jaar 1832 was neergezet en die al jaren door een innige omhelzing van zo'n vette magnolia goeddeels aan het oog onttrokken werd, stond een al bijna even verscholen bankje. Volgens mijn vader was dat 'ons' bankje en als bewijs daarvan voerde hij aan dat er nooit andere mensen dan wij op zaten, hetgeen inderdaad bijna altijd zo was. Pas veel later begreep ik dat de impopulariteit van het bankje aan het feit lag dat hij met toewijding ondergepoept werd door gevederde magnolialiefhebbers.

Ook die middag zat ik op dat bankje en dacht na over wat Esmé me de vorige dag op het terras van Café del Real opgebiecht had. Van onder het overhangende bladerdek keek ik de vier standbeelden op de rand van het waterbekken op hun rug, ieder een eigen dynamiek in het lichaam alsof ze tegen me spraken.

Felipe de Tweede, die bedachtzaam met zijn ogen naar de grond keek, zou zijn vraagtekens plaatsen bij een verhuizing naar Parijs. Bijgenaamd 'de voorzichtige' zou hij afwegen of Esmés geluk het mijne in gevaar mocht brengen. Nam ik geen te groot risico door mijn baan hier op te zeggen?

In gedachten pakte ik graag de uitgestoken hand van zijn buurman, Fernando van Aragon, aan. Hij leek mijn ongerustheid te willen sussen. Misschien was het goed om wat afstand te nemen van Madrid, juist op dit moment. Een nieuwe wereld kan je geven wat je nu niet hebt, was bij leven zijn devies geweest. Daarin had hij gelijk; ik had als freelancefotograaf goede referenties van *El País* en *El Mundo*, dus zou ik mijn diensten ook kunnen aanbieden aan *Le Figaro* of *Le Monde*.

'Maar bovenal', hoorde ik zijn vrouw Isabel sissen, 'kun je

uitzoeken wie je die schoenen heeft gestuurd. En als je hem hebt gevonden ...' Maar ik probeerde mijn oren te sluiten voor haar advies. Zij was immers degene die een handtekening onder de Spaanse inquisitie had gezet en aan zulk onderzoek had ik nu geen boodschap.

Toch kon ik haar woorden niet naast me neerleggen.

∾

Volgens Esmé was de rue des Martyrs een van de *bijoux* van Parijs. Een erg duur juweel is het echter niet, zeker niet in vergelijking met de pronk-en-patsadressen die ik later zou leren kennen. Zoals de grands boulevards waar iedereen door een zware zak geld als contragewicht omhoog werd gehesen tot de verdieping waarop ze resideerden.

Veel grijze en witte huizen verrezen vijf verdiepingen hoog tegenover elkaar. Afgebladderde luiken flankeerden of beschermden de hoge ramen, die vrijwel zonder uitzondering potdicht zaten, wat later overigens een aardige indicatie bleek te zijn van de hoofdstedelijke mentaliteit. Wat afleidde van de droefgeestigheid van de eerste verdieping en hoger waren de winkels op de begane grond.

Al het heerlijks dat de mens had uitgevonden, of in ieder geval een goed deel daarvan, werd hier verkocht. In Les Pains des Martyrs bijvoorbeeld was zelfs een ordinaire baguette een dagelijkse vreugde van knapperig bruin en luchtkussentjeszacht wit, en in de vitrine stonden uit suiker, meel, room en vruchten gebeeldhouwde eenmanstaartjes in slagorde de clientèle uit te dagen. Een groentewinkel, die bijna een heel huizenblok breed was, etaleerde over de helft van het trottoir zo veel mogelijk varianten van groen, geel en rood, tot aan de blauw-witte luifel van de Poissonnerie Bleue. De slager verderop verliet je niet zonder vingers die glansden van het vet na het proeven van bijvoorbeeld worst met rozemarijnkorst of gerookt spek uit de Elzas, zodat het proefglas in Het Hol van Bacchus, dat niet overgeslagen mocht worden, vol vingerafdrukken kwam te zitten. En dan de kazen in De Smullende Muis!

En al dat lekkere eten en al die Fransen die daarin knepen, eraan snuffelden en erover ruzieden, maakten de rue des Martyrs voor mij meer tot een gastronomische kermis dan een oord van glinsterende schoonheid.

Esmé werd op de eerste verdieping van nummer 22 geboren. Niet veel mensen weten de plaats waar ze ter wereld kwamen te relativeren. Esmé was daarop geen uitzondering. Zelfs toen de kletterende regen de straten van vuil en mensen schoonspoelde, genoot Esmé als een peuter die een punt roomtaart over haar gezicht uitsmeert.

Gelukkig zou de zomercursus waar Esmé haar werk zou beginnen als assistent van een zekere *professeur* Thibaud pas over twee weken beginnen, zodat we ons eerst wat konden inleven in haar ouderlijk huis, dat we tot halverwege de herfst voor ons alleen zouden hebben. De Aubery's, die naast hun woning in Parijs – het zeskamerappartement was meer dan twee keer zo groot als het huis aan de Calle Santiago waar ik met mijn vader had gewoond – ook nog een pied-à-terre aan de Middellandse Zeekust bezaten, plachten in de zomer de hoofdstad te ontvluchten. Die eerste week kon ik me dat met een blik op de straat, die veranderd was in een doorwaadbare rivier, goed voorstellen.

We leefden die weken in de rue des Martyrs als koning en koningin, gaven veel te veel geld uit, hetgeen we verantwoordden met de anticipatie op het salaris dat Esmé zou verdienen en de gages van de door mij te nemen foto's van nog onbekende spektakels voor nog onbekende opdrachtgevers. Wat kon het ons schelen?

Iedere ochtend renden we door de regen, springend over de kleinere plassen en zigzaggend tussen de grotere, naar het begin van onze straat, waar in La Rimaudière onze *grands crèmes* stonden te dampen naast een nog net lauw croissantje. Daar begon mijn Franse les, die erop neerkwam dat Esmé de rest van de dag geen beschaafd woord meer tegen me sprak, slechts nog Frans.

Na het ontbijt trokken we langs het uitgestalde voedsel in onze en andere straten, waar ik de – letterlijke – kneepjes van het beoordelen van versheid en kwaliteit leerde. Ik duwde mijn neus tegen meloenen, mijn vingers achter de kieuwen van een forel en liet een stuk blauwschimmelkaas uit de Auvergne langs mijn verhemelte glijden. Nadat we met minstens zeven kleine plastic tasjes vol geuren en kleuren en natuurlijk een baguette van Les Pains des Martyrs huiswaarts keerden, was het tijd voor de lunch, waarna we met tevreden spijt van het schransen in een fluwelen fauteuil hingen, of iets anders deden wat de spijsvertering ten goede kwam.

Na de obligate espresso, waarvan we dan blij waren dat het maar zo'n klein beetje vloeistof was, liepen we langs de Seine, bezochten een museum of een van de wereldberoemde bezienswaardigheden die je op de prullaria van de duizenden kraampjes die Parijs rijk is afgebeeld ziet staan. Zo vulden we dagen die eeuwig hadden moeten duren.

Op de dag dat Esmé moest aantreden op de Sorbonne was ze zelfs te zenuwachtig voor onze koffie in La Rimaudière. Ondanks haar aansporingen om toch vooral van Parijs te genieten – bedoeld werd hier: hard aan mijn Frans te werken zodat ik mij fatsoenlijk op de een of andere redactie zou kunnen presenteren – kwam ik die dag, en de daaropvolgende, het huis niet meer uit. Het was allemaal opeens niet zo leuk meer.

Steeds vaker dacht ik aan mijn overleden vader. Ook het mysterie van de schoenen drong zich in mijn eenzaamheid weer aan me op.

De volgende ochtend wroette ik in Esmés spullen naar het rode paar, dat zij ongevraagd onder haar hoede had genomen. Toen ik ze eenmaal gevonden had, bizar genoeg in een keurige doos onder de aanzienlijke hoop schoenen die Esmé verzamelde, merkte ik dat haar maat ongeveer dezelfde was als die van de vroegere eigenares. In de doos vond ik ook de gekalligrafeerde brief weer, die aan onbegrijpelijkheid nog niets ingeboet had. Zelfs toen ik de brief op allerlei manieren tegen het licht van mijn verstand had gehouden – ik zocht zelfs naar anagrammen en andere verborgen boodschappen – merkte ik dat er achter dat papier slechts volstrekte duisternis heerste. Gefrustreerd verkreukelde ik het, maakte er een bal van en gooide het vloekend in de open haard.

'De fik erin dan!' riep ik naar de schouw, waar helemaal geen vuur brandde. 'Flikker toch een eind op met die rotschoenen. Weet je wat ik ermee doe, met die klote-erfenis van jou? Hier', riep ik in het rond en ik hief demonstratief de schoenen hoog voor me uit als een stinkend boegbeeld en liep naar de keuken, waar ik ze in de afvalemmer smeet.

Stug zat ik daarna op de bank tegenover de haard met mijn armen over elkaar geslagen naar het papier te kijken. Aan de voorkant was een rond stukje van de groene adressticker zichtbaar, zodat het leek alsof een groen oog in het witte kreukelhoofd naar mij knipoogde. Toen begreep ik de hint.

Anderhalf uur later liep ik het postkantoor aan de rue du Louvre binnen. Met de groene adressticker was ik naar het dichtstbijzijnde postkantoor bij de rue des Martyrs gegaan, waar een behulpzame beambte me aan de hand van cijfers en letters van het poststempel kon vertellen vanuit welk kantoor het verzonden was. En nu ik daar aangekomen was zou ik vast een andere behulpzame beambte treffen, die me kon vertellen waar ik die A. de Blanchefort, monsieur of madame, zou kunnen vinden.

Dat eerste bleek inderdaad zo te zijn. Het tweede niet. De immense snor achter het loket wipte wat op en neer op de tevreden klanken die de mond maakte. Inderdaad, hij kon het zich nog goed herinneren. Monsieur had een pakket afgegeven voor het buitenland. Voor Spanje? Dat zou best kunnen. Hoe dan ook, en het was dáárom dat hij het zich kon herinneren, zei de snor met opgeheven vinger, had monsieur De Blanchefort pardoes vergeten zijn naam als afzender op het pakket te vermelden. De snor wipte lichtjes mee met het tevreden lachje.

'Monsieur De Blanchefort heeft al wat jaartjes op de teller staan', boog de beambte zich naar voren, hief zijn schouders en handen op en plooide zijn gezicht op die typische manier waarmee Fransen aangeven dat de loop van de wereld nou eenmaal niet te veranderen is.

'Dus toen hebt u de helpende hand geboden?'

'Voilà!' In het beroep van loketbeambte bij de Franse post

lagen de gelukkige momenten zomaar voor het oprapen.

'Natuurlijk schreef ik zijn naam op de zending. Hij had het vergeten. Stelt u zich eens voor dat de ontvanger …'

'Dat ben ik dus', vulde ik aan.

'… de ontvanger onvindbaar is en de zending geretourneerd moet worden.'

'Ah, dus dáárom is het', speelde ik mijn ontzag. Ik beaamde dat de heer De Blanchefort inderdaad al wat ouder was en dat ik hem zelf al heel wat jaartjes kende maar dat ik helaas niet in het bezit was van zijn adres.

'Ah!' Daar ging weer het vingertje omhoog. Dat bood hoop.

'*Voici le problème!*' riep de beambte bijna verheugd uit. Ik knikte heftig. Dat was inderdaad het probleem.

'Non.'

'Pardon?'

'Non. Wij geven geen adressen van onze clientèle en al helemaal niet aan mensen die ze niet kennen. Een bekende komt hier niet om een adres te vragen. Au revoir.' En met die woorden verklaarde hij de zaak voor gesloten.

Het was pas halverwege de middag toen ik verbaal het postkantoor uit geknikkerd werd en ik besloot dat mijn verongelijkte ego recht had op een van die belachelijk dure maar o zo lekkere broodjes bij de kar van Boulangerie Paul in de Jardin des Tuileries. Via de rue Saint-Honoré en de rue de Marengo slenterde ik een kwartiertje later de poort tussen de rue de Rivoli en de Jardin door, liet me door de broodjesverkoper afzetten en net toen ik mijn minibaguette een flink eind in mijn mond gepropt had, viel er uit het niets een schaduw over me heen.

De gigant had een huid die bijna net zo zwart was als de vodden die hij droeg en de hoge hoed op zijn enorme schedel. Hij was zeker anderhalve kop groter dan ik en aangezien ik op tien centimeter na twee meter groot ben, wil dat iets zeggen. Sprakeloos door zijn verschijning en het brood in mijn mond vroeg ik me af waarom zo'n lange man ook nog een hoge hoed droeg. Pas toen realiseerde ik me dat hij tegen me sprak, schudde de verwarring van me af en daarmee een groot deel van het beleg van het brood, dat nog steeds als een toeter uit mijn gelaat stak. Ik vroeg hem om pardon.

'Bonjour monsieur,' herhaalde hij met een glimlach en een vriendelijk knikje wat hij zo-even al gezegd had, 'zou ik u al te zeer ontrieven wanneer ik u vriendelijk en bescheiden nochtans dringend om een aalmoes voor mijn persoon zou mogen bidden, die weliswaar uw beurs zal doen slinken desniettegenstaande uw ziel op Gods waag flink zal doen aankomen?'

'Watte?'

'Wat genadebrood, mag ik u bidden?' Dit keer hield hij zijn hand op en ik keek naar de aangevreten baguette in de mijne. Ik zag hoe mijn linkerhand een briefje van vijftig franc in de uitgestoken bruinroze palm drukte. Verwonderd keek hij naar de gift, duwde zijn hoge hoed wat naar achteren en zei: 'Waarom geeft u nou zo veel?'

Goede vraag, dacht ik.

'Is het soms te veel?'

'Dat staat nog te bezien', mompelde Frankenstein. 'Aan haar weeromstuit, meen ik.' Ik zal hem dom hebben aangekeken. Hij spreidde zijn armen en legde ongeduldig uit: 'De muze, mijn vriend, de muze! Maar ik ben in dier voege gezegend dat ik vandaag een kleine mecenas in uw persoon mocht ontmoeten zodat ik, en al wat in mij is, voort kan leven, dat het universum mij thans sommeert een klein gebaar tegenover het uwe te stellen.' Hij maakte scheppende bewegingen met zijn hand alsof hij een kussentje opschudde, rochelde wat slijm bij elkaar, spoog de fluim rakelings langs een dame en begon met een stentorstem een voordracht zoals ik dat ook op culturele avonden met Esmé in het Institut Français in Madrid had gezien:

Vandaag treed je binnen in mijn verleden,
het verleden van mijn leven.
Mijn gekwetste ziel draagt drie dingen:
liefde, droefheid en pijn.
Vandaag nemen we nieuwe wegen.
Hoe groot was onze liefde, echter,
zie wat ervan overbleef.

En na die onbegrijpelijke zinnen, die hij vast en zeker ter plekke uit zijn gemarineerde hersens tapte, nam hij zijn hoge hoed af, boog hoffelijk, verzekerde dat hij mij nooit zou vergeten – dat leek me wederkerig – en liep weg in de richting van de Seine.

ی

'Dit is Spaanse folklore?' Ik schrok wakker uit mijn dutje op de bank. Aan Esmés wijsvinger bungelden de rode tangoschoenen aan hun dunne leren riempjes.

'Zal ik dan nu een paar van jouw schoenen in de vuilnisemmer kieperen?'

'Dat zíjn mijn schoenen', mompelde ik.

'Niets daarvan, bij gebrek aan belangstelling zijn ze verbeurd verklaard als jouw bezit en vervallen ze aan mij. Ga je me nog vertellen waarom je schoenen in de afvalbak smijt?'

'Omdat ze me op mijn zenuwen begonnen te werken, daarom.'

'Ah', zei Esmé begripvol.

Zuchtend kwam ik overeind en liep naar de keuken. Voor dit soort lastige momenten hadden de Fransen hun pastis gebrouwen. Eerst vanuit de keuken, en later toen we met de drankjes samen op het balkon zaten, deed ik haar verslag van mijn bizarre middag.

'Dus: je bent naar het ene postkantoor gegaan om te vragen waar de schoenen vandaan verstuurd zijn, toen ben je de halve stad door gereisd om naar dat andere kantoor te gaan om daar een potje te staan liegen en dat allemaal om achter het adres van die Blanchefort te komen?'

'Wat uiteindelijk dus niet lukte. Terug bij af.'

'Ah, dat denk jij.' Haar stem werd donkerder en zachter terwijl ze naar me toe boog. 'Hier in Parijs, en zelfs in andere steden in Frankrijk, heeft een select groepje ingewijden een geheimzinnig boek, dat vol met allerlei obscure informatie staat. Om dat geheim te maskeren doen we er van alles mee: we meppen er insecten mee dood, stabiliseren er tafels met ongelijke poten mee, er zijn zelfs krachtpatsers die het tijdens onderlinge wedstrijden doormidden scheuren, maar sommige mensen', ze keek schichtig om zich heen en fluisterde: 'kijken er toch in en vinden ...' Ik keek haar strak aan.

'Jouw ziel is net zo donker als je ogen, Esmé Aubery', zei ik en ik stond op om binnen het telefoonboek te halen. Ik mocht lijden dat er niet één Blanchefort vermeld stond. Hoe had ik zo stom kunnen zijn? Maar het geluk was me goedgezind: nergens een vermelding van A. de Blanchefort. In heel gezegend Parijs niet.

De dagen daarna bleven de schoenen waar ze waren: netjes opgeborgen in de kast, evenals de vraag naar de identiteit van A. de Blanchefort. Een paar dagen gleden voorbij, in navolging van het verkeer onder het balkonnetje waarop ik in het zonnetje zat te lezen.

Gelukkig was Esmé in het weekend vrij, hetgeen ik me voorstelde als tijd die we voor elkaar zouden hebben. Maar ik had buiten de waard gerekend en direct dat eerste weekend liet monsieur le professeur Thibaud er geen misverstand over bestaan in wiens herberg Esmé nu beland was.

'Ik moet die dia's hebben!' Esmé bleef zichzelf maar tegen haar voorhoofd slaan. 'Ik had ze gisteren willen meenemen om ze te sorteren. Thibaud vermoordt me als maandag de tiende eeuw nog door elkaar staat.' En om de wetenschapper, van wie je overigens een menslievender inborst zou verwachten, niet te frustreren door een plaatje van bijvoorbeeld Jan de Blinde waar het konterfeitsel van paus Gregorius VII zou moeten verschijnen, zat er niets anders op en gingen we naar de universiteit om daar de lichtprentjes te halen. Samen, want ik wilde toch zo veel mogelijk mijn oorspronkelijke idee van een weekend met z'n tweeën handhaven.

Toen we een uur later de deur van de universitaire hoofd-ingang achter ons in het slot hoorden vallen, spatten op de stenen traptreden vóór ons de eerste regendroppels uiteen. Het was de hele ochtend al broeierig weer geweest.

De druppels waren zo groot dat je ze bijna kon ontwijken. We renden zo hard mogelijk naar de metro om de dia's, die allesbehalve waterdicht verpakt waren, naar het droge te brengen. Zo hard dat ik onmogelijk een botsing kon vermijden met dat enorme gevaarte dat opeens voor mij langs pardoes de stoep overstak naar de straat. Na de klap veerde ik terug in de richting waar ik vandaan kwam.

'Mecenas! Stond ik in de weg?' Met een bulderende lach werd ik overeind gehesen, of misschien is 'opgepakt' een beter woord, door de gigant uit de Jardin des Tuileries. Maar dit keer was hij niet in zijn zwarte klofje. In plaats daarvan droeg hij een lichtgrijs pak met een vouw in de pantalon die zo scherp was dat de broek van papier leek. Zijn brede borstkas deed het crèmekleurig overhemd nonchalant openwaaieren in een mooi contrast met zijn gladde, bijna aardekleurige huid.

'Jaime, gaat het?' Esmés sproeten kwamen achter de bedelaar vandaan. 'Laten we ergens schuilen.'

'Ah, een doorluchtige verschijning die boven uw zog zweeft, mijn waarde mecenas!' draaide de kolos zich verheugd om. Hij pakte Esmés hand, lachte twee keer zo veel tanden bloot als ik in mijn mond had en boog zich het hele eind voorover tot zijn lippen vlak boven haar hand waren.

'Mevrouw, mag ik u toevlucht bieden tegen het hemelplengen in mijn voituur?' vroeg hij, nadat hij zich opgericht had en uitnodigend zijn meterslange arm uitstrekte naar een donkerblauwe, glanzende en ongetwijfeld peperdure bolide die langs de stoep geparkeerd stond. Had ik daarnet nog een paar tanden om met de zijne te vergelijken, nu vielen ze een voor een uit mijn mond. Met drie, vier passen was hij bij de auto en hield uitnodigend het achterportier open.

'Jij kent hem?' vroeg Esmé zachtjes. Niet in staat een

woord uit te brengen knikte ik schaapachtig.

'Dan slaan we het niet af. Waar ken je hem precies van?'

'Ik gaf hem geld toen hij stond te bedelen', zei ik en ik liep nog steeds met stomheid geslagen langs haar heen naar de andere kant van de slee. Ik kon mijn nieuwsgierigheid niet bedwingen.

'Ehm, niet om het een of ander, maar waarom vroeg u mij in het park om geld terwijl u ...' Ik wist niet precies waar ik op moest wijzen. Op zijn keurige pak? Het notenhout in het dashboard voor hem, het glanzende roofdierembleem in het stuur? Hij zweeg, misschien wel een minuut lang. Toen zuchtte hij en zei, net als een paar dagen geleden in het park: 'De muze, man, de muze, weet je wel?'

'Amerikaan?' zei Esmé, want het was meer een constatering dan een vraag. Hij draaide zich naar ons om en stelde zich voor: 'Jim Le Poète.'

'Le wat?' vroeg ik.

'Barnes, eigenlijk, maar iedereen kent mij hier als schrijver en dichter, vandaar "Le Poète".'

'En bent u hier werkelijk bekend?'

'Tot uw dienst, schone dame,' hervatte hij zijn eigenaardige taalgebruik, 'na dertig jaar groeien vriend en vijand als jaarringen aan.' Weer spleet een witte glimlach zijn bijna zwarte gezicht.

'Dertig jaar?' herhaalden Esmé en ik tegelijk.

'Het eigene zoeken in taal en toon is immerdurend stroomopwaarts spartelen, dat geef ik grif toe, maar jelui maken het wel wat bont. Doch evenwelzozeer, zo was mijn verkondiging ja, dertig jaar, driehonderdzestig maanden en voor uren en seconden gelieve ene wijle geduld te betrachten.'

'Maar waarom?' Ik kneep in het zachte leer van de achterbank. 'Wie bedelt er nou en rijdt in zoiets rond? Voor een muze?'

'De muze, tenminste die van mij, is een strenge nimf, mecenas. Op een dag als vandaag verandert zij in een harpij en kietelt mijn inspiratie pas weer wanneer ik kruip en bedel.'

'En waar heb je die muze voor nodig, Jim? Hoe kan een bedelaar zo rijk zijn?'

'Of iemand die zo rijk is, een bedelaar?' voegde Esmé eraan toe.

'Zegt u maar in welk heenkomen u resideert,' de auto leek als vanzelf te starten, 'dan zal ik onderweg mijn verleden voor u ontwindselen tot het naakt is zoals het u moge gerieven.' De auto schoot het verkeer in, dat luid toeterend schrok als een dienstmeid van een muis.

De kleine Jim Barnes werd geboren in een wereld die gebouwd leek van torentjes munten. Stapels die hij leuk vond om wat ze waren of wat ze deden, niet om waar ze van gemaakt waren, daarin verschilde hij niet van andere kinderen.

Voor Jims vader lag dat anders. Eigenlijk nog in het minst om de voor de hand liggende reden maar vooral omdat rijkdom en aanzien, die hij verdiend had in de textielhandel, in de jaren veertig het voorrecht van de blanke man was. Dat leek de eigenlijke reden waarom Jims vader doorbouwde, steeds meer en grotere torens, als ornamenten voor zijn eigen familieverleden en dat van zo vele anderen.

Jim begreep zijn vaders trots, maar wilde die van hemzelf op iets anders dan geld bouwen. Het was een klassiek verhaal: de boze jongeling, wiens eigenzinnigheid langzamerhand tot ideaal werd en die zijn levensgeluk ergens anders wil zoeken dan waar de vader dat vanaf zijn hoge troon ziet liggen. Kunst en cultuur, de jaren vijftig en Europa: de drie-eenheid die zo veel Amerikanen het avontuur in trok, kreeg ook vat op Jim. Hij trok naar Parijs en leefde daar als de typische zolderkamerbohemien tussen al die anderen die hemel en aarde verscheurende kunst zouden maken.

Ver tot in de jaren zestig leefde hij in een symbiose met woordkunstenaars, musici, dansers, acteurs en schilders. Met iedereen die dat was of dat wilde zijn.

In de file op de Pont Neuf liet Jim een raam zakken omdat de zon begon door te breken en vertelde hij over de twee dichtbundels van zijn hand die verschenen bij een kleine, inmiddels in het niets opgeloste uitgeverij. Overmoedig geworden weigerde hij het geld dat zijn vader uit fatsoen maar ook met enige onwil maandelijks naar Parijs zond. Zijn kunst zou de enterhaak zijn waarmee hij zijn eigen, gerespecteerde plaats in de samenleving zou veroveren. Tot dat moment zou hij bedelen en werken en in de armoede leven, waar hij later met een glimlach op terug zou kijken.

Maar over respect en samenleving dachten vader en zoon volstrekt verschillend. 'Een dichter leeft bij de gratie van medelijden. Omdat hij zielig is, arm, en waarschijnlijk reutelend van de tbc of een andere nare aandoening op zijn stromatras ligt, lezen de mensen hem. Afhankelijk zijn van andermans goedheid verdient geen respect', zo schreef vader Barnes in een brief, die verdween in de vuurkorf die Jim illegaal stookte onder het dakraam van zijn zolderkamer. Meer vlammende post vloog in beide richtingen de oceaan over en de dood moest eraan te pas komen om Jim voor onterving te behoeden, waarna Jim met een probleem zat: geld dat het leven versoepelde maar de muze verstarde.

Van hotel naar hotel verhuisde hij om er inspiratie te zoeken, maar zelfs al was het champagneglas nog tot de rand toe vol, Jim zag alleen de bodem en zelfs daar keek hij doorheen. Pas toen hij op een maandagochtend een oud kloffie aantrok en een malle hoge hoed opzette die hij op een straathoek gekocht had, voelde hij waar de regels van zijn gedichten leefden.

'Zie het dus maar als een gewone werkweek,' grijnsde Jim zijn haaiengebit weer bloot toen we in de rue des Martyrs aangekomen waren, 'in het weekend rij ik hierin rond en in de week tocht het door de gaten in mijn zolen. Happy as Larry', zei hij met een ongebruikelijke kernachtigheid. Nadat hij de deur van de wagen voor Esmé had opengedaan, pakte hij haar beide handen en hielp haar naar buiten. Toen sprak hij zachtjes:

Eerst moet men leren afzien,
dan beminnen, en dan verlaten,
en uiteindelijk weggaan zonder na te denken.
De geur van een sinaasappelboom in bloei,
ijdele beloften van een liefde
die verdween met de wind.

'Sommige woorden zeggen het net beter dan andere, vindt u niet?' Hij nam afscheid en reed weg.

Midden in de nacht werd ik wakker van de heftige beweging waardoor het hele bed heen en weer schoof. Toen ik het bedlampje aanknipte zag ik Esmé rechtop in bed zitten.

'"Naranjo en flor", ik weet het bijna zeker.' Ze draaide

zich om naar mij. 'Tango, Jaime, het is een tango die Jim voordroeg.'

⁓

Uitgerekend op zondag, wanneer de cafeïne het door slaap-gebrek of afbraakproducten vastgelopen mechanisme weer vlot moet trekken, was La Rimaudière gesloten. De ene week was dat een groter probleem dan de andere, zoals deze, waarop de dan maar in arren moede zelfgezette koffie ge-noten werd in onze koningsloge: het balkonnetje van waar we onopgemerkt de kleinere en grotere scènes in de rue des Martyrs konden volgen.

Ik kan niet zeggen dat ik er met mijn hoofd erg bij was toen Esmé bij het tweede kopje koffie haar kennis over de tango met de bloeiende sinaasappelbomen met mij wilde delen.

'Niet weer die schoenen', smeekte ik.

'Dat heeft toch niets met die schoenen te maken?' riep Esmé uit, waarna ze even zweeg en zich waarschijnlijk be-dacht hoe ze dat dan tenminste zichzelf wijs kon maken.

'Ik vind het gewoon leuk dat ik die tekst herkend heb en ja, ik vind dat nou eenmaal mooie muziek!' Mokkend ging Esmé naar binnen om de dia's voor maandag te rangschik-ken. Ik liet haar gaan, in de volstrekt verkeerde veronder-stelling dat ze met een uurtje wel weer afgekoeld zou zijn.

Als een wijs mens, of eigenlijk meer als een klein kind, hield ik mijn mond. Het was nogal kleingeestig om de on-rust en mijn chagrijn op haar af te schuiven, maar de dood van mijn vader en dat absurde, raadselachtige gedoe met die schoenen bracht niet de redelijkheid in mij naar boven.

Maandagavond werd de wrevel te veel. De knal waarmee Esmé de voordeur achter zich dichtgooide was door het hele trappenhuis te horen. Ik ging haar niet achterna.

Pas tegen de ochtend kroop ze naast me in bed en sloeg heel voorzichtig een arm om me heen. Ze rook naar zweet. En nog iets.

De volgende ochtend deed ze met kleine oogjes minutieus verslag van de schemertocht met een vriendin van de Sorbonne die ze toevallig was tegengekomen. Ze waren in wel drie verschillende cafés geweest, die ik geen van alle kende en, verzekerde Esmé me met enige nadruk, dat kon ook zo blijven, want ze waren de moeite beslist niet waard. Vandaar dat ze ook in geen één daarvan de hele avond waren gebleven.

'Nacht', corrigeerde ik. Esmé kwetterde door, maar geen woord over onze ruzie. Ik liet het daarbij en was blij toen ik kon opmerken dat het al aan de late kant was om nog op tijd op de universiteit te zijn, waardoor ze de bijna woordelijke herhaling van hun oeverloze gesprekken moest afbreken. Vanavond zou ze verder vertellen. Gelukkig had ik tot dan de tijd.

In ieder geval sprak uit Esmés enthousiasme de belofte van een stevige vriendschap met haar nieuwe collega. Zelden had ik gehoord hoe twee mensen zo precies hetzelfde dachten dat ze wel één leken.

Ik dacht aan de vrienden die ik in Madrid had achtergelaten en voor het eerst sinds mijn leven in het Franse voelde ik me eenzaam. Ik wilde mensen leren kennen, werk vinden en iets opbouwen. Natuurlijk voor Esmé en mij, maar vooral ook voor mezelf.

Werk dus, hier en nu. Niet afwachten. Voor een sollicitatie was mijn beheersing van de taal zeker ruim voldoende, ik had zelfs al ruziegemaakt in het Frans. Met die gedachte trok ik de voordeur achter me dicht. Nu was het tijd om een plan de campagne te bedenken.

Ik zou langs de Seine lopen en me tijdens eindeloos slenteren aan een denkbeeldige redacteur voorstellen en bedenken welke vragen hij zou stellen. Ik moest een lijst maken van de foto's die ik zou meenemen, kortom: de rest van de middag zou ik me voorbereiden. Daarna zouden de praktische aspecten snel geregeld zijn en vóór het weekend zou Esmé vol ongeloof mijn perskaart bewonderen.

Aan het eind van onze straat sloeg ik links af de rue du Faubourg Montmartre in, die ik overstak, en oefende mijn sollicitatiegesprek. 'Bonjour monsieur.' Een luid toeterende automobilist onderbrak me. Hij maakte met nogal afgezaagde gebaren een oprechte belangstelling voor mijn geestelijke vermogens kenbaar. De bestuurders van de auto's achter hem deden hetzelfde tegen hem. Eenmaal aan de overkant zag ik de hoofdredacteur weer voor me en begroette hem opnieuw.

Bij de rue la Fayette sloeg ik rechts af en een half uur later kwam ik aan in de rue de Rivoli. Onder de stenen poort door, langs het Louvre, nog even en ik was bij de rivier, waar ik het kennismakingsgesprek met de hoofdredacteur nog eens zou herhalen. Ik dribbelde de stenen trap naar de kade af, sloeg na de laatste trede rechts af en liep met een smak tegen een muur op.

'Mecenas!' hoorde ik verheugd uitroepen toen ik weer op probeerde te staan. 'Nou zie ik je alweer! Mag ik mijn waardering uitdrukken over de waarachtigheid en intensiteit en de ontegenzeggelijke eigenheid van jouw manier van begroeten? Ik zou haast menen dat het een ode is aan het heden ten dage zo geschuwde fysiek contact.'

'Jim', groette ik terug en ik klopte het straatvuil van mijn kleren.

'Ah, de opgetogenheid van jouw gemoed is zelfs voor een hoogtezieke niet angstaanjagend. Dat wil zeggen: thans, want alras zou het tij van jouw gemoed wat kunnen vloeden.'

Ook deze keer had ik zeer mijn twijfels over de verantwoordelijkheid waarmee Jim met de Franse taal omsprong, maar ik dacht zijn bedoeling wel te begrijpen.

'En hoe zou dat in zijn werk gaan, Jim?' Een flink eind boven straatniveau werd een hoge zwarte hoed afgenomen en terwijl hij boog zei hij: 'Door mij op een kopje koffie te vergasten, natuurlijk.'

In het café op de andere oever van de Seine werd Jim met lichte argwaan bekeken, die nog verergerde toen hij met een zeer elegant gebaar zijn hoge hoed afnam en de aanwezigen op zijn hartelijkst begroette.

Ik bestelde twee grands crèmes voor ons beiden en Jim bestelde twee grote stukken *tarte tatin* voor zichzelf.

'Ik rammel van de honger, mecenas.'

'Wat kan jou die muze eigenlijk schelen, Jim? Ook al zou het zo zijn dat je minder inspiratie hebt wanneer je een luxeleventje leidt, wat dan nog? Zou je zonder haar echt niet meer kunnen schrijven en dichten, of wat je dan ook doet? Dit moet ooit toch eens gaan vervelen, lijkt me.'

'Maar gans, gaar en door de bank in het geheel genomen niet, mijn beste mecenas, in dier voege dat ik het waakvlammetje van mijn ziel op de tocht zou zetten wanneer ik mij tot voetveeg van de banale lusten van de evenzozeer banale mens zou degraderen. En de kunst? Die zou als Golauds ring jammerlijk op de bodem van een put liggen. Want wie kan de kunst echt nog wat schelen?'

'En dan die taal, dat kan toch ook wat minder ... opgeblazen?' verzuchtte ik. Hij keek me onaangenaam lang aan.

'Alles kan minder, Jaime. Dat is altijd zo geweest. Kan het ook meer? Dat is altijd onze vraag geweest en daarin ligt het grootste verschil met het heden. Vandaag de dag is minder de norm en wee de knoken van de zot die de euvele moed heeft van iets anders te dromen.' Het had geen zin iets tegen deze man in te brengen. Ik zuchtte.

'Neem me niet kwalijk, daar ging ik weer,' zei Jim, 'de misvorming van het beroep, of de roeping, zo je wilt.' Maar dat was niet waarom ik zuchtte. Het was meer dat geklaag over de staat waarin de hedendaagse mens over de aarde zwierf, ontdaan van iedere ambitie tot het scheppen van echte schoonheid, het hebben van oprechte gevoelens, te veel willen en te weinig geven. Maar ik hield mijn opwinding voor me en liet hem de overbekende strijdkreten doorreutelen uit die jaren waarin iedereen elkaar in hoger sferen en met uiteenlopende vegetatie in het haar, vrede en touwtjessandalen toewenste. En liefde, heel veel liefde.

Wat was hij eigenlijk meer dan een grote oplichter? Misschien dat hij zelf geloofde in die flauwekul over die snob van een muze van hem, maar de gewone man of vrouw op straat, die zich financieel gezien aan een véél kleiner kacheltje moest warmen dan hij, werd door hem misleid om in de buidel te tasten.

En wat zou die nimf hem eigenlijk in al die jaren voor literaire juweeltjes hebben ingefluisterd? Veel meer dan wat gefrutsel zal het niet geweest zijn. Jim 'Le Poète'. Ga toch gauw weg.

Ik stond op. Ik wist eigenlijk niet of ik hem ergens in onderbrak en dat kon me ook niet veel schelen. Ook Jim stond op, stak halverwege die beweging het laatste stuk tarte tatin in zijn mond en hield me bij mijn arm tegen.

'Ik moet gaan', zei ik en ik liep het café uit. Op de Pont de la Concorde, de brug over de Seine, haalde hij me in.

'Waarom opeens die haast, Jaime?' En terwijl hij naast me liep reciteerde hij:

Ik heb angst voor de ontmoeting
met het verleden dat terugkeert
om zich te confronteren met mijn leven.

Juist, dacht ik, dat ontbrak er nog aan! Weer een tangotekst, misschien? Toen, meer als grap dan serieus gemeend, vroeg ik hem of het inderdaad waar was dat iedereen elkaar in 'die tijd' kende. We waren net de Place de la Concorde op gelopen. Hij bleef staan en knikte.

'Voor zover dat kan natuurlijk, maar ja, heel veel mensen kenden heel veel andere mensen.'

'Zegt de naam "Blanchefort" je dan iets?' Jim hield zijn hoofd schuin zodat het leek alsof hij nadacht.

'Hij had misschien iets met tango te maken?' probeerde ik.

'Armand?' vroeg hij. Ik begreep hem niet.

'Armand de Blanchefort? Bedoel je hem?' Ik geloofde mijn oren niet. Op de adressticker stond inderdaad 'A. de Blanchefort' vermeld.

'Natuurlijk ken ik Armand. Alhoewel ik hem al lang niet

meer gezien heb', zei hij peinzend. 'Er waren veel mensen die zich met tango bezighielden: dansers, zangers, instrumentalisten, schrijvers,' hier gleed een verlegen glimlachje over zijn gezicht, 'maar heel veel van de dansen en muziek zouden nooit gedanst en gespeeld zijn zonder Armand de Blanchefort.'

'Enig idee waar ik hem zou kunnen vinden?'

'Je kijkt ernaar', zei hij achteloos en toen hij mijn verwarring zag: 'Neem me niet kwalijk.' Hij deed een stapje opzij, waardoor mijn blik viel op de statige huizen aan de peperdure rue de Rivoli.

'Het nummer weet ik niet precies maar de naambordjes kunnen je vast meer vertellen. Ik zou kijken naar een duur naambordje. Aan de andere kant', mompelde hij voor zich uit, 'zijn die naambordjes waarschijnlijk allemaal duur. À propos, duur', hield hij me tegen toen ik het park door wilde steken in een rechte lijn naar de huizen. 'Mecenas?'

Ik drukte weer een briefje van vijftig in zijn hand. Hij was misschien wel meer waard.

Pas tegen de avond vond ik het naambordje. Tussen twee winkeltjes ingeklemd waren twee hoge, massieve houten deuren met ornamenten die eerder gebeeldhouwd leken dan gesneden. Voorzichtig – geen idee waarom – drukte ik op de messing deurbel.

Eigenlijk was ik opgelucht over het uitblijven van een reactie. Het was een lange dag geweest en het idee dat ik eindelijk een punt achter dat idiote mysterie zou kunnen zetten maakte me doodmoe. Morgen zou ik uitgeslapen de confrontatie aangaan en dit hele idiote gedoe voor eens en altijd de wereld uit helpen.

Thuis begroette Esmé me met een soort dierlijke kreet. Vanuit de keuken kwam ze de gang in om me in het voorbijgaan richting woonkamer een luchtzoen te geven. Daarna propte ze haar mond vol kaas en brood, met de haast waarmee slechte acteurs uitgehongerde mensen spelen.

Ze probeerde me uit te leggen dat ze vanavond moest assisteren bij een college van professor Thibaud voor een gehoor dat uitsluitend uit senioren bestond. Over kunst in monnikenwerk, dat was tenminste wat ik uit de smakkende geluiden meende op te kunnen maken. Het was een buitenkans want … dat ging verloren, en wat erg leuk was … ging ook verloren. Alleen dat het weleens laat zou kunnen worden, niet wakker blijven, hou van jou, daar sloeg de deur dicht en weg was ze.

'Ik heb ook iets leuks te vertellen', zei ik tegen de kruimels op de deurmat.

Het moet weer midden in de nacht zijn geweest toen Esmé de slaapkamer binnensloop. Het verkeer in onze straat had zich in ieder geval al teruggetrokken om de volgende morgen uitgerust weer herrie en heibel te kunnen schoppen toen ik het matras voelde doorbuigen. Even werd ik wakker van een geur.

Een parfum dat ik al lang niet meer geroken had maar om de een of andere reden altijd al verbonden had met het verleden: Eau Sauvage van Dior.

Mijn vader had daar een hekel aan gehad. Hij noemde het een parfum voor mannen met een slechte smaak. Ik viel weer in slaap.

Toen ik de volgende dag opstond woog mijn hoofd meer dan de rest van mijn lichaam. Het zonlicht wurmde zich tussen de luiken door en tekende al een lange piek over de plankenvloer in de richting van de slaapkamerdeur.

Van Esmé restte slechts een afdruk in haar kussen. Ik kon me herinneren dat ze in bed kwam liggen, waarna ik me weer overgaf aan mijn vermoeidheid. De herinnering aan wat ik daarna gedroomd had was weggewassen door de slaap, als een natte spons over een volgekalkt schoolbord.

Maar zoals dat hoort bij een schoolbord komen, wanneer het water eenmaal verdampt is, vage impressies terug van wat er ooit geschreven of getekend stond. Ik sloot mijn ogen en langzaam kwam het decor van de droom terug.

Ik sta op een grote vlakte van geel, rul zand. Langzaam komen er donkerbruine stokken op hun punten omhoog uit het zand, waarvan de korrels langs het hout glijden. Dan verdwijnt de kleur uit het beeld tot er slechts nog verschillende grijstinten zijn en het zand begint te bewegen. De korrels verkleuren naar zwart en smelten tot vloeistof, waar langzaamaan steeds wildere stromingen in ontstaan. Links en rechts botsen golven tegen elkaar op, die in zwart schuim uiteenspatten en die de stokken laten bewegen. Maar dan zie ik dat het water de stokken niet beweegt maar dat ze dat zelf doen, en dat er uit iedere stok uitsteeksels groeien tot het mensjes zijn zoals een kleuter ze tekent, met alleen strepen.

Een voor een beginnen de stokfiguren te dansen en te springen in het wilde water en laten het zwarte vocht nog meer in het rond spatten, zodat ook ik bijna nat word. Dan slaan twee handen voor mijn ogen en trekken me naar achter terwijl ik de stem van mijn vader hoor.

'Niet kijken, Jaime, dat water is smerig. Het stinkt en het is slecht. Slecht.' Hij zegt het nog een keer: 'Slecht.' Ik draai me om naar mijn vader, die zijn handen voor mijn ogen weghaalt. Eén hand streelt door mijn haar, waarna hij langs mijn wang glijdt. Als ik naar de andere hand kijk zie ik dat hij voor de borst geheven is en tot een vuist gebald. Onder in beeld zie ik weer kleur verschijnen en ik moet mezelf dwingen niet naar beneden te kijken maar rustig af te wachten wat mijn herinnering aan deze fantasie me verder nog laat zien.

Het rood schuift het beeld verder in: rode damesschoenen aan de voeten van mijn vader. Witte vleugels steken er aan de zijkant uit, die beginnen te klapwieken als een meeuw aan het strand. Langzaam stijgt mijn vader op. Hij roept me en wil dat ik hem volg, maar het zwarte water remt mijn bewegingen. In de verte zie ik een man verschijnen. Hij is groot en van top tot teen wit als sneeuw. Achter hem verdwijnt mijn vader in het niets. Ik blijf alleen achter. Alleen met deze grote witte man.

Ik geloof dat ik op dat moment wakker werd. Van angst.

Ook in de loop van die ochtend, na de balans in mijn lichaam te hebben hersteld met een paar bestellingen in La Rimaudière, voelde ik iets wat op angst leek toen ik op de messing deurbel drukte in de rue de Rivoli. Maar tijd om me daarmee bezig te houden kreeg ik niet, want met een elektronische klik sprong er een verbinding open in de intercom aan de andere kant van de deur. Toch duurde het even, op die typische manier waarop oudere mensen bijvoorbeeld ook rustig de tijd nemen tussen het opnemen van de telefoon en het eerste woord dat ze in de hoorn spreken.

'Oui?'

'Monsieur De Blanchefort?' Geen reactie. Maar ik hoorde aan het zoemen van de intercom dat de verbinding nog open was. 'Mijn naam is Jaime Blanco. U hebt mij de tangoschoenen gestuurd, in Madrid.' Geen teken van herkenning. Laat staan een hartelijke begroeting of ander enthousiasme.

'Hoe hebt u mij gevonden?' De stem klonk naar een oude, verschoten foto.

'Door de beambte bij het postkantoor waar u het pakket heeft afgegeven. Hij dacht dat u vergeten was uw naam te vermelden en wilde u van dienst zijn.' De onverwachte vloek was duidelijk hoorbaar voor de voorbijgangers.

'Zou ik misschien even binnen mogen komen? Ik wil u graag het een en ander vragen.'

'Nu? Nu schikt het eigenlijk niet, ziet u, ik kan … nu niet, nou … nee.' Met een klik viel de intercom dood. Ik had een behoorlijke tijd nodig voor ik begreep wat er precies gebeurd was en daarna nog even om te kalmeren.

Mijn redelijke ik probeerde mijn beledigde ego te sussen maar dat was niet van plan daarnaar te luisteren, dus drukte ik nogmaals op de bel. Harder, ook al was dat volstrekt zinloos. Het leek een eeuwigheid te duren voor de klik kwam. Toen het zoemen begon wachtte ik niet op permissie om te spreken.

'Monsieur De Blanchefort, u hebt mij anoniem een paar schoenen gestuurd met een brief waarvan u wist dat hij niets anders doet dan vragen opwerpen. Om een antwoord te krijgen ben ik speciaal uit Madrid hiernaartoe gekomen en ik neem aan dat u wel zult begrijpen dat ik na zo'n reis het recht heb die antwoorden ook te horen. Bijvoorbeeld op de vraag waarom u mij die schoenen hebt gestuurd. Eerder dan dat laat ik mij de deur niet wijzen.'

'Daarvoor zou je eerst binnen moeten zijn, jongeman', kraakte de huistelefoon. 'En waarom ik ze gestuurd heb staat in de brief: omdat het mij gevraagd is dat te doen. Voor antwoorden moet je niet bij mij zijn en of je dat nu leuk vindt of niet, ik vraag je het te respecteren.' Gewetenloos viel de intercom weer dood. Nadat ik de gruzelementen van mijn begrip bij elkaar gezocht had ging ik naar huis. Daar zocht ik zeker een kwartier naar die rode krengen. Ze moesten sneuvelen.

'Waar zijn die tangoschoenen gebleven?' waren mijn welkomstwoorden toen Esmé die avond thuiskwam. Met een kreun van vermoeidheid liet ze haar uitpuilende tas op de grond vallen en zichzelf op de bank naast mij.

'Waar ze horen, ook goedenavond.' Toen ik wilde uitleggen dat ik 'op de plaats waar ze horen' mijn tijd had staan verdoen, hief ze haar vinger voor haar mond en zei: 'Straks.' Dat was geen loze belofte want toen ik even later in de keuken de lamsbout met rozemarijn en knoflook bestak, hoorde ik haar rommelen in de kast in de slaapkamer en ik verkneukelde me al over het feit dat ze moest terugkomen van haar beslistheid. Daar had ik gegraven en geplozen en één ding wist ik zeker: daar waren ze niet.

'Hier zijn ze', zei Esmé met de onverholen klank van een betweter en ze zette de rode schoenen op de keukentafel. 'Niet goed gekeken, dus', voegde ze eraan toe nog voordat ik tegen het onbestaanbare kon protesteren. De volgende teen knoflook verdween diep in het weerloze lam.

Later die avond zat ik alleen in de keuken. De schoenen stonden nog steeds op tafel. Esmé lag weer zachtjes te ronken om wat uurtjes bij te slapen – de uurtjes voor twaalf uur tellen dubbel, zou mijn moeder gezegd hebben – en ik vroeg me af hoe ik die oude man te spreken kon krijgen. Ik had geen idee. Tot ik naar de vuilnisbak keek waar ik de schoenen een paar dagen geleden in had gegooid.

'Monsieur De Blanchefort,' sprak ik de volgende middag direct na de klik van de intercom, 'als u over een minuut uit het raam kijkt ziet u schuin links van u, in het park, een container van de onderhoudsdienst staan. Die container zit vol met snoeiafval en andere troep, die ieder kwartier automatisch vermalen wordt. De schoenen die u mij gestuurd heeft hebben me lang genoeg dwarsgezeten. Ik heb geen idee van wie ze ooit geweest zijn, of waarom ze nu in mijn bezit zijn. Voor míj hebben ze daardoor, in tegenstelling tot u, denk ik, geen enkele waarde. Meer dan hinderlijk zijn ze dus niet, om het zo maar te zeggen. U zou daarin verandering kunnen brengen maar daar bent u niet toe bereid. Over een minuut dus, graag.'

Het duurde minder lang voordat ik vanuit het park de vitrage voor een raam op de derde verdieping opzij zag schuiven. De figuur achter het raam kon ik nauwelijks zien omdat de hemel ondertussen in een onderbelichte zwartwitfoto was veranderd. Ik hoorde de eerste druppels al vallen op het bladerdek van de boom waaronder ik stond.

Maar meer dan de haastige ruk waarmee het vensterglas weer dichtgeschoven werd hoefde ik niet te zien. Tevreden trok ik mijn uitgestrekte arm die de schoenen aan hun dunne leren riempjes boven de container liet bungelen weer in. De rechterdeur bij de zware houten poort gaf soepel mee.

In het onverlichte trappenhuis kraakte iedere tree onder mijn voeten. Het rook er muf naar verval en stof. Hoog boven me zag ik een dakraam, ik dacht van geschilderd glas in lood, waardoor normaliter het daglicht naar binnen zou vallen, maar die middag zogen de donkere buiken van de wolken al het licht op.

Ook achter de deur van het appartement van Armand de Blanchefort scheen geen licht. De lange gang ging over in een grote kamer, waar een man bij het raam stond. Zijn witte haar was een van de weinige zichtbare dingen in het interieur.

Tijdens mijn klim naar boven was het onweer recht boven ons uitgebroken. Het geboende parket lichtte op als een flitslampje en een daverende klap deed de ramen in hun sponningen trillen.

De Blanchefort keek naar het raam en een tweede bliksemflits tekende zijn profiel af tegen de donkere hemel. Zijn gelaat had iets griezeligs, alsof het nét echt was maar toch niet helemaal. Alsof hij persoonlijk iets te maken had met het hemelvuur dat zich niet liet temmen door de regen die tegen de ruiten kletterde. Langzaam draaide hij zijn gezicht naar me toe.

'Een beambte op het postkantoor was het dus?' vroeg hij.

'En ene Jim. Hij noemt zichzelf "Le Poète"', gniffelde ik zenuwachtig. 'Maar volgens mij is hij niet veel meer dan zo'n eeuwige gelukzoeker, een zelfbewierookte kunstenaar die ermee moet leven dat de wereld zijn genie niet waard is.'

'Heeft hij je dat verteld?' Ik schudde mijn hoofd maar zei

dat iedereen zo zou zien dat hij een geval van dertien in een dozijn was.

'Jim Barnes wordt "Le Poète" genoemd door meer mensen dan jij ooit in je leven zal leren kennen en die hem al bewonderden toen jij nog in een luier en op je duim sabbelend rondliep. Waar jij niet doorheen kan kijken is zijn manier van praten. Idioot geklets voor jou maar voor hem is het zoeken naar inspiratie, een soort vrije associatie.'

'En helpt dat?' probeerde ik voorzichtig.

'Hij heeft misschien wel twintig, vijfentwintig schitterende teksten voor tango's geschreven. Misschien is de muziek niet altijd even mooi, maar aan de gedichten zal het niet liggen. Enig idee hoeveel Argentijnen hier terechtkwamen op de vlucht voor die schoft van een Videla eind jaren zeventig? Voor hen en zo veel anderen waren die liederen klaagzang en strijdkreet in één en jij noemt hem een zelfbewierookte artiest?' Dat begon goed.

'Ga zitten', zei hij niet van harte. 'Nee, niet daar!' Met zachtere stem wees hij me een stoel aan. Zijn ogen bleven rusten op een fluwelen bank, of misschien keek hij eigenlijk naar de viool die ik in het licht van een nieuwe bliksemschicht in een instrumentenkist zag liggen in een antieke kast. Eén plank daarboven stond een heel legertje miniatuurmannetjes opgesteld.

'Ah, u speelt viool?'

'Vroeger', zei hij na een donderslag, die van iets verder weg leek te komen dan daarnet. Ik wachtte op meer maar tevergeefs.

'Wat voor muziek? In een orkest? Of met vrienden, voor uzelf?' Hij luistert niet eens, dacht ik. Hij zit maar naar die bank te kijken ... Even vroeg ik me af of zijn verstand misschien ook wat grijs bij de wortels begon te worden.

'Je wilt weten waarom ik je de schoenen heb gestuurd.'

'En vooral waarom u mij niet wilt zien.' Met een ruk draaide hij zijn hoofd naar me toe. We zwegen tot de spanning uit zijn houding vloeide. Toen vroeg hij: 'Wat weet je van dansen? Niets, denk ik zo.' Ik had geen idee wat hij met die toevoeging bedoelde. Was het een belediging en zo niet, waarop baseerde hij zijn vermoeden dan? Ik begon er flink spijt van te krijgen dat ik dit gesprek had afgedwongen.

'Nee, niet veel', antwoordde ik naar waarheid. 'Niet een van mijn grootste talenten, ben ik bang.' De oude man barstte in lachen uit.

'Talent? Dat is wel het laatste waar jij je zorgen over zou moeten maken.' De grijns viel van zijn gezicht als dood gewicht. 'Het gaat er meer om of je het begrijpt. Dansen is net als het leven: er zijn leiders en volgers en zij die te bang zijn om daartussen te kiezen.'

'De leiders en volgers zijn me duidelijk, maar hoe kan iemand dansen die te bang is het een, noch het ander te zijn?'

'Niet. Zoals gezegd, het is net als het leven.'

'Mensen die de koe bij de horens vatten, mensen die die koe zijn en zelfmoordenaars dus. Zoals León, mijn vader', zei ik zonder erbij na te denken. Ik wist dat ik hem met die samenvatting zou provoceren, maar in geklets over wel of niet willen dansen had ik geen zin. Weer bleef het lange tijd stil. Zo lang dat ik me afvroeg of ik niet het beste maar op kon staan, gewoon de kamer uit lopen en die rotschoenen in het afval mikken. Ergens waar Esmé ze dit keer niet meer uit zou kunnen vissen.

'Je vader?' Weer sneed een lichtflits door het vertrek. Armand stond op uit zijn fauteuil en leunend op een stok met zilveren knop die me eerder niet was opgevallen, liep hij naar het raam. Met zijn vrije hand schoof hij de vitrage weg en keek naar de wolken die nog steeds als vluchten grijze ganzen over de stad lagen.

'Wanneer?' De hardheid was opeens uit zijn stem gesmolten.

'Neem me niet kwalijk?'

'León, je vader? Wanneer is dat gebeurd?' Een eigenaardige vraag.

'Zo rond de tijd dat uw pakje kwam.'

'Rond die tijd, of ná die tijd?'

'Na, maar ik denk niet dat een paar damesschoenen hem te veel werd in dit leven.' Alhoewel ik ook niet precies weet wat dan wél, voegde ik er in gedachten aan toe.

'Monsieur De Blanchefort, ik zou het, met alle respect, erg op prijs stellen wanneer we snel het punt van opheldering zouden kunnen bereiken.'

'Respect.' Hij sprak het woord langzaam en zachtjes uit met gebogen hoofd, alsof hij naar het park beneden hem keek. 'Je had geen slechter woord kunnen kiezen, jongen.' Er liep een rilling over mijn rug. Het leek wel alsof er nog iemand in de kamer was, voor wie zijn woorden ook bestemd waren.

'Of misschien ook niet. Wat die schoenen betreft, tenminste.' Hij keerde zich van het venster af en liep naar de viool. 'Stel je voor dat er twee leiders zijn die samen proberen te leven,' hup, daar gleed hij alweer van het pad af, dacht ik, 'wat denk je dat er dan gebeurt?'

'Herrie,' zei ik, 'maar dat is toch niet erg? In iedere relatie wordt wel het een of ander uitgevochten, nietwaar?' Een vreemde glimlach trok over zijn gezicht.

'Weer zo'n bijzondere woordkeuze. Die schoenen', zonder zich om te draaien wees hij met de punt van zijn stok achter zich naar de schoenen, die ik naast me op het parket had gezet, 'zijn gemaakt van het leer van een paar bokshandschoenen. Vechten is soms nodig, ja, maar met respect. Dat is waar die schoenen voor staan; respect en verzoening.' Hij pakte een fles uit de kast. 'Ook wat?' Zo te zien was het whisky, dus ik sloeg vriendelijk af.

'Interessant idee om van bokshandschoenen tangoschoenen te maken, maar wie heeft ze laten maken en van wie waren ze?' De Blanchefort leegde zijn glas met één verbazingwekkende slok. Hoe oud was hij eigenlijk? Daarna hield hij zijn glas omhoog alsof hij het bestudeerde en uitgebreid de tijd nam om de smaak te analyseren. In het schemerdonker meende ik zijn hand te zien trillen. Ik wist dat hij met zijn gedachten bij iets heel anders was dan de smaak van de drank: hij had tijd nodig.

'Carlos.' De naam klonk als een bekentenis. 'Carlos liet ze maken voor Miguela.'

'Miguela? Dus het was in opdracht van ene Miguela dat u de schoenen heeft opgestuurd?' Hij schudde zijn hoofd.

'Nee, niet Miguela.' Misschien had hij spijt van het prijsgeven van haar naam, maar ik wilde alleen weten wie die vrouw was en waarom ze wilde dat de schoenen in mijn bezit kwamen na haar dood.

'Wat heeft deze Miguela met mij te maken?'

De Blanchefort sloeg een tweede whisky achterover en schonk een volgende in.

'Is zij familie?'

'Ja. En nee. Het hangt ervan af op welk moment in jouw leven je me dat zou vragen', begon hij weer wartaal uit te slaan. Onrustig keek hij om zich heen.

'Misschien moet u daar nog eens over nadenken. Ziet u: mijn vader was het laatste familielid dat ik had. Kunt u niet iets preciezer zijn?'

'Ik weet niet of ik dat ooit kan zijn, het zal ervanaf hangen, maar nu is dat in ieder geval onmogelijk. Misschien een andere keer, niet hier, maar je moet nu gaan', zei hij opeens. 'Er is al te veel gezegd en ik weet niet ... Ga nu. Ga en bel hier nooit meer aan. Nooit meer.'

Ik begon nerveus te worden van deze oude man. Zonder tegensputteren gaf ik gehoor aan zijn verzoek. Bij de deur van zijn appartement legde hij zijn hand op mijn arm.

'Niet opgeven,' hij fluisterde bijna, 'ook al kan ik je niet verder helpen, geef vooral niet op. Misschien zien we elkaar ooit nog eens. Ik hoop het. Het ga je goed, Jaime Moreno, het ga je goed.' En daarmee deed hij de deur zachtjes dicht.

Pas later, toen ik de straat overstak drongen zijn laatste woorden tot me door. Hoe had hij mij genoemd? Ik draaide me om en keek omhoog. Op de derde verdieping schoof de vitrage weer voor het raam.

⁓

Ondanks de weerzin die ik voor die krengen voelde gooide ik de schoenen niet weg. Nog in het trappenhuis van die oude gek had ik me voorgenomen ze ergens tussen het straatafval van Parijs te mikken. Voor de zoveelste keer. Het zou een mooie symbolische actie zijn; ze kwamen uit het niets en daar verdwenen ze dan ook weer in.

Maar iets weerhield mij daarvan. Dus in plaats van tussen verkreukelde bierblikjes, afgekloven voedsel en sigarettenpeuken, belandden ze weer in de kast. Langzaam deed ik de kastdeur dicht, als een soort rituele handeling waarmee die rode krengen voorgoed uit mijn leven zouden verdwijnen.

Voldaan trok ik een koud biertje uit de koelkast en ging op het balkon zitten kijken hoe de zon zich door de wolken heen brandde. Moeder Natuur legde de symboliek er wel dik bovenop die middag: licht wint het van de duisternis, een nieuwe dageraad, parabels waar een romantische ziel wel even zoet mee zou zijn. Ik liet me liever inspireren tot een gastronomische inwijding van al dat nieuwe leven, bijvoorbeeld door een bord spaghetti met garnalen, ansjovis, rode peper en citroen. Een glas witte wijn zou Esmé de humor van mijn in meerdere opzichten nogal duistere middag wel laten inzien en wie weet, na nog een aantal glazen zou ik dat zelf misschien ook wel doen.

'En wie heeft die schoenen dan laten maken voor die vrouw?' Boven Esmés binnenste linkerooghoek was haar ergernisspiertje aan het werk. Ik haalde mijn schouders op en stapelde mijn bord op het hare.

'Die Carlos?' hield ze vast.

'Ik denk het wel, ja. Maar wat doet het ertoe hoe die man heette?' Ze stond op om mijn afruimwerk voort te zetten en zei: 'Morgenavond moet ik weer assisteren bij Thibaud.' De opmerking dat het waarschijnlijk weer heel laat zou worden herinnerde me eraan dat ik daar nog iets over wilde vragen, maar ik beperkte me tot het maken van een flauwe opmerking over hoe graag ze Thibaud dan wel niet mocht als het telkens nachtwerk werd. Ze glimlachte zonder te lachen.

Het rare gevoel in mijn buik duurde maar even. Maar het werd zo langzamerhand te veel van het goede: de schoenen, monsieur De Blanchefort, Esmé met haar 'academische' relatie met Thibaud … Ik miste Madrid meer dan ooit sinds ik in Parijs woonde. Werk, opdrachten moest ik zoeken. Dat zou tenminste iets concreets zijn tussen al die ondoorzichtige toestanden.

Valse bescheidenheid heeft nooit bij mij gepast. De stoel tegenover het bureau van niemand minder dan de redacteur van de Paris Match zat ongemakkelijk, maar ik keek wel beter uit dan te gaan zitten schuiven terwijl hij mijn werk beoordeelde.

'Nee, slecht is het niet', zei Tahar Rahal alsof iemand het tegendeel had beweerd en hij sloot de map met foto's die ik had meegebracht. 'Maar is het zo goed dat ik jouw werk liever koop dan dat van de andere freelancers?' Hij beantwoordde zijn eigen vraag met een hoofdschudden. Ik wist genoeg en stond op.

'Wat je vooral moet leren is dat iedereen hier bij de Paris Match die niet door geld of kunnen boven een redacteur staat, pas beweegt wanneer hem verteld wordt dat te doen. Door de redacteur', verduidelijkte hij terwijl ik alweer zat.

'Jaime Blanco. Is dat een Spaanse tongval die ik hoor?'

'Ja en nee. Ik ben geboren in Parijs, monsieur Rahal.'

'Dat ben ik ook, knul, maar ondanks het feit dat ik hier mijn hele leven heb gewoond, zonder enig accent de taal beter beheers dan 99 procent van wat daarbuiten rondloopt,' hij gebaarde in het niets, 'vindt iedere Fransman dat ik uit Algerije kom. Vanwege mijn naam, wat te veel zon in het gezicht en het feit dat ze oorlog tegen dat land gevoerd hebben. Hokjes, knul, geen mens kan er zonder. Dus jij bent Spaans?' Ik knikte.

'Heel goed', zei hij enthousiast. 'Weleens van het Documentaire Filmfestival gehoord, dat hier ieder jaar gehouden wordt?' Uit een van de metalen laden van zijn bureau haalde hij de dikste sigaar die ik ooit gezien had, waarna hij met een apparaatje dat gemaakt leek te zijn om kleine diertjes mee te ontmannen een stukje van het dunste uiteinde afknipte. Dat alles deed hij met zo veel rust en concentratie dat ik hem waarschijnlijk aan het schrikken zou maken met een antwoord. Niet alleen daarom hield ik mijn mond.

'Dat had ik ook niet verwacht,' reageerde hij na het onaangename knipje op mijn stilzwijgen, 'maar het thema van dit jaar is Spanje. Spanje!'

Ik hield me stil. Ik voelde aan waar hij heen wilde maar ik was bang mijn geluk te beledigen door dat ook echt te geloven. Alsof je een cadeautje krijgt waar je nooit de juiste woorden van dank voor kunt vinden. Dus stamelde ik wat zinnen waarin zeker vier à vijf woorden op een verkeerde plaats stonden en knikte onderweg naar de deur als een vrijgelaten galeislaafje.

Rahal, die begreep dat ik mijn geluk niet kon bevatten, zei: 'Dank het kindeke Jezus maar dat je bij mij terechtkwam. Als buitenlander zijn je kansen in deze stad beperkt tot wat een Fransman niet kan of waar hij zijn geparfumeerde neus voor ophaalt. Een Algerijn weet dat.' Met de opdracht minstens tien kanshebbers voor de World Press Photo Award te schieten over willekeurig welke vorm van Spaanse kunstuiting in Frankrijk dan ook, als het maar met film te verbinden was, zond hij mij heen. Daarmee was het bestaan van Onze-Lieve-Heer onomstotelijk bewezen.

De volgende avond was ik al op pad naar de Taberna Española, waar volgens Rahal iedere vrijdagavond een clubje liefhebbers van de Spaanse cinema bijeenkwam om een film te bekijken die werd geprojecteerd op een witgesausde muur. Hopelijk zouden daarna een paar van die heetgebakerde Spanjaarden ontbranden, oververhit geraakt door het drama dat ze voor de kiezen hadden gekregen en niet te vergeten: de sangria, die tussen het begin en het einde rijkelijk vloeide.

Het waren heftige taferelen die Rahal me had geschetst; een soort Spaanse versie van een massale vechtpartij in een saloon. In de Taberna Española zou ooit zelfs eens een mes zijn getrokken, zodat ik met wat gemengde gevoelens die avond Esmé een afscheidskus gaf voordat zij vertrok naar de Sorbonne en ik naar het Wilde Westen.

Dat mijn Algerijnse weldoener en redder in nood zelf ook niet vrij was van vooringenomenheid werd mij later op die avond duidelijk toen ik, zittend aan de bar en half verscholen achter een krant, een zoveelste sangria wegslurpte terwijl ik zelfs nog geen onschuldige woordenwisseling had kunnen vastleggen. Er werd wel een film vertoond maar als mijn oren me niet bedrogen bestond het publiek vooral uit Fransozen en een paar verdwaalde Amerikanen, die zich afvroegen of ze hier ook een slice of pizza konden bestellen omdat ze al die kleine hapjes nu wel beu waren.

Teleurgesteld sjokte ik naar huis en in bed probeerde ik beelden te bedenken naast een artikel over een filmfestival met Spanje als thema. Hoe later het werd, hoe meer mijn creativiteit het liet afweten. Ik zag de gieren al rond mijn uitgehongerde lijf onder een brug van de Seine hoppen, snavelvechtend om wie mijn linkeroog mocht hebben en wie het rechter. Tot het geluid van het slot in de voordeur me deed opschrikken.

Met zachte stem, alsof de muren van papier waren, deden we verslag van onze avond en na slechts wat vluchtige knuffels draaide Esmé zich om. De volgende ochtend zou haar wekker weer afgaan voor een onchristelijk vroege vergadering op de universiteit. Ik verschanste me achter haar rug. Net toen mijn hand haar borst zocht als een houvast tijdens mijn reis door de kleine uurtjes, was mijn neus opeens klaarwakker.

'Mmmmm?' Het geluid dat ze maakte toen ik haar begon te besnuffelen was geen vraag. Ik volgde het geurspoor van haar arm tot in haar nek.

'Hou op, Jaime, en laat me slapen, anders sta je morgen samen met me op.' Daar, precies bij haar wang voor het oor, rook ik het duidelijkst die lucht uit het verleden. Eau Sauvage. En toen herinnerde ik me die andere nacht waarin ik dat parfum ook had geroken.

Esmé zat inmiddels rechtop in bed. Ze duwde me van haar weg en mompelde wat chagrijnigheid terwijl ze de badkamer in liep. Tien minuten later zat ze geurend naar zeep en haar eigen parfum weer op de rand van het bed en gromde dat zij er niets aan kon doen dat de professeur nogal kwistig was met dat spul.

'Dit is Frankrijk hoor, hier komt het vandaan!' voegde ze me toe.

Een paar uur later ging de wekker. Ik voelde hoe Esmé voorzichtig het bed uit gleed, alsof ze dacht dat ik nog sliep. Dat zal tegen beter weten in hopen zijn geweest.

'Nooit gedacht dat jij zo'n peutermans was, Jaime', riep Esmé van onder de douche. 'Je ziet spoken. Handdoek', haar arm stak naakt en glanzend tussen de deuren van de douchecabine naar buiten en wachtte als een chirurg aan een operatietafel.

'Ik geef die man een hand, parfum gaat van zijn hand over naar de mijne, ik raak mijn gezicht aan en: voilà, opeens woon ik samen met een manlijke Nemesis.' Ze droogde haar armen af van haar vingers naar haar schouders. Zou zijn hand ook zo over haar arm gegleden zijn? Als een zachte handdoek, van zijde, of een van robuuste, wat ruwe badstof?

'En bovendien,' voegde ze aan haar uiteenzetting toe terwijl ze voorzichtig deppend, dan weer strelend haar borsten droogde – dacht ze aan hem, op dat moment? – 'dat ik het er dan zo dik bovenop zou leggen door 's avonds te werken?' Daar had ze een punt. Maar kennelijk speelden Esmé en Casanova het zo open. En ik was er verdomme in getrapt!

'Maak trouwens je borst maar nat, want morgenavond ga ik met Jasmin, de andere assistente van Thibaud, uit. Op zondag, ja. Als je wilt kun je meegaan? Of je kunt ons achtervolgen met je camera en vanuit een portiekje aan de overkant foto's maken?'

'Doe niet alsof ik een idioot ben, Esmé.' Ik liep de badkamer uit en bedacht dat haar laatste suggestie zo'n slecht idee nog niet was.

Het onweer dat zich twee dagen geleden had verregend, had vannacht de cirkel weer rondgemaakt en hing wachtend op Jupiters vingerknip boven de stad. Ik had een waterdichte cameratas bij me en zelfs een jas.

Ook vanwege mijn briefje op de koffietafel, dat mij de

weg terug naar binnen versperde. Pas morgen zou ik zonder gezichtsverlies weer huiswaarts kunnen en bij voorkeur pas 's avonds, wanneer Esmé met haar verzonnen vriendin Jasmin uit zou zijn. Of misschien zou ze wel niet uitgaan wanneer ze las dat ik die avond niet thuis zou komen omdat ik tijd nodig had om over ons na te denken. Misschien dat Esmé tot inkeer zou komen. Een nacht in de rats zitten over je geliefde die ergens onder een brug bij de ratten slaapt, is een kleine prijs als vergoeding van overspel.

Ik zou mijn tijd gebruiken om succesfoto's van Spanjaarden in de film en andere kunst te schieten, zodat ik maandagochtend Rahal zou kunnen verbazen. Iemand die zo snel zulk goed werk wist te leveren zou hij niet snel vergeten. Het enige punt was: waar en waarvan ze gemaakt zouden moeten worden. Maar ik had nog anderhalve dag en besloot de metro te nemen naar Montparnasse, waar ik plaatsnam aan een van de witte tafeltjes op het terras van Le Select aan de Boulevard du Montparnasse.

Nippend aan een glas pastis bekeek ik de concurrent van mijn kroegje aan de overkant van de weg: La Coupole. In het voorbijgaan zag ik een aankondiging van een salsa-avond in de kelder. Wie danst er nou in een kelder?

Heldhaftig had ik die avond in de schemer een bankje bezet in een klein hofje dat tot een omheinde speelplaats was omgetoverd. Net begon de regen zachtjes te tikken op de vuilniszakken die ik uit voorzorg had gekocht en tot over mijn hoofd had uitgespreid, toen ik woedende zinsmelodieën hoorde, die voor mij bedoeld leken.

Een blik van onder mijn luifel leerde me dat die veronderstelling juist was. Een klein mannetje in een grijze duffelse jas die de Eerste Wereldoorlog nog had meegemaakt – waarschijnlijk aan het front – en met een keurige bruingeruite pet op die waarschijnlijk vers gejat was, maakte springerige passen op de plaats terwijl zijn gestrekte arm omhoogschoot op het ritme van zijn agressieve geluiden. Zijn lippen leken bijeengelijmd door een grijsbruin sjekkie.

In mijn hart was ik het mannetje dankbaar dat hij me van zijn bezit verjoeg, zodat ik met onbezwaard geweten een hotelletje kon zoeken. Niet dat er geen bank in Parijs te vinden zou zijn waar geen naam op stond, maar een teken van boven moet je nu eenmaal lezen zoals het bedoeld is. Bovendien was het avontuurlijke besluit als clochard de nacht door te brengen vooral ook een uiting van zelfmedelijden, waarbij de glazen pastis van die middag en de wijn die 's avonds volgde olie op het verterende vuur waren.

Als de zwerver die ik me in mijn dronken bui had voorgenomen te zijn strompelde ik de daaropvolgende ochtend langs de boulevards, stak straten over, hopende dat een roestige brik me uit mijn lijden zou verlossen, deed een heilslaapje op een bankje – ongestoord dit keer – en toen de walmen van het gif wat optrokken werd ik me ervan bewust dat ik al een tijdje naar het vrijheidsbeeld in de Jardin du Luxembourg stond te kijken.

Wat was dat toch met die tuinen in Parijs? Hadden ze een mysterieuze aantrekkingskracht op me? Een natuurkundige wet die ervoor zorgde dat ik uiteindelijk in een park terechtkwam, zoals de zwaartekracht alles naar de aardbol dirigeert? In dit park was ik echter nog niet geweest. Het was vooral de Tuileries waar ik telkens in terechtkwam. De Blanchefort woonde aan de rand daarvan en ik had er natuurlijk …

'Mecenas!' Ik sloot mijn ogen.

'Wat sta je hier als de blinde Oedipus op deze warmge-drenkte middag? *Oh dear Lord*, doe ze maar weer dicht', zei Jim Le Poète met een vies gezicht toen ik hem aankeek. 'Dat ziet er niet fraai uit, mecenas. Allergie, alcohol of tranen?' Ik zuchtte diep.

'Een combinatie dus. Alhoewel je me niet het type lijkt voor een allergie', mompelde hij en hij trok zijn manchetten uit de mouwen van het onberispelijke zandkleurige colbert dat hij boven een broek droeg die zo wit was dat het pijn deed aan mijn ogen.

'Voor een zuipschuit wel soms?'

'Sommige paden in het leven brengen ons met of zonder omweg naar de slijterij. De meesten van ons, tenminste.'

'Wijsneus', bromde ik, maar daar trok de zwarte reus zich niets van aan. Ik deed een stap naar het vrijheidsbeeld toe alsof ik een detail nader wilde bestuderen.

'*Borracho*', hoorde ik Jim achter me het begin van vast weer een tango aanheffen.

Bedronken …
Het haar in de war,
de das losgeknoopt,
met wrok in de blik,
jongens, vraag me niet,
waarom ik dronken ben
en heb medelijden met mij.

Ik draaide me naar hem om. Hij keek naar de lucht en pluk-te wat aan zijn kin.

'Van jou?' vroeg ik en ik begon het pad van wit vermalen

steen af te lopen. Met twee, of misschien wel één reuzenpas liep hij naast me en maakte een zijwaartse buiging naar mij toe.

'"No me pregunten por qué", helaas gaat de eer naar Reynaldo Pignataro, maar desalniettemin zeer vereerd, heb dank.'

'Treffende titel: "Vraag me niet waarom"', maar de hint ontging de dichtende parttimezwerver of liever gezegd: hij pareerde hem.

'Onverschilligheid is het sluipende gif dat menige vriend-schap naar het zomerland achter het firmament geholpen heeft, mecenas.'

'Jaime. Ik zou het fijn vinden als je me gewoon bij mijn naam noemt. Jaime. Blanco, om volledig te zijn.' De reus schaterde zijn tanden weer tevoorschijn.

'Blanco? Blanco en Moreno!' Hij schoof zijn, tot dan toe kreukloze, mouw van zijn colbert omhoog en hield zijn donkere arm naast de mijne.

'Wit en donker!' vertaalde hij de Spaanse woorden.

'Zover is mijn moedertaal nog niet weggezakt, Jim, maar inderdaad ja: donker en licht.' Ik kon er de lol niet zo van inzien maar voor Jim was de kwinkslag kennelijk een inspi-ratie, want daar borrelde er alweer wat naar boven:

Ik wil mijn hart dronken voeren
om een dwaze liefde te vergeten
die meer dan liefde lijden is ...

De felheid van mijn reactie was ook voor mij nogal onver-wacht. Beduusd bleef Jim even staan terwijl ik doorliep. Verder dan een paar passen kwam ik niet. De spijt blokkeerde het pad en liet me met hangend hoofd terugkeren. Jim wachtte geduldig.

Schoorvoetend begon ik het doek te hijsen van het toneel waarop de dood van mijn vader te zien was, het pakket met de rode tangoschoenen, onze reis naar Parijs, het idiote gesprek met De Blanchefort, de kans die Rahal me had gegeven en die ik niet leek te kunnen verzilveren. Ik sloot af met Esmés bedrog.

'En dat baseer je alleen op Eau Sauvage?' vroeg Jim. 'Een geurtje?' Voor een dichter vond ik hem buitengewoon bot. En niet erg snugger ook.

'Is het "overwerk" je opgevallen en die vriendin die waarschijnlijk van hetzelfde materiaal gemaakt is als de Kerstman en de tandenfee?'

'Een luchtje dus. Voor oude mannen.'

'Wat zal mij dat nou verdommen hoe oud die klootzak is?' Een bejaard stel dat onze kant op was komen lopen bleef stilstaan en draaide zich om. Jim, die moest grinniken om mijn woede-uitbarsting, zag het niet.

'Weet je zeker dat Armand zei dat die schoenen van een zekere Carlos geweest waren?' Verbluft keek ik hem aan. Waarom vond iedereen juist dat zo interessant? Esmé had er ook naar gevraagd.

In mijn zwijgen leek Jim een bevestiging te zien en met zijn vinger wijzend op mijn borst zei hij: 'Ik weet waar jij eens zou moeten kijken voor je Spaanse foto's. Aan een pleintje in Montmartre zit een club waar de beste tangodansers van Parijs en ver daarbuiten naartoe komen. Tango komt oorspronkelijk niet uit Spanje, dat weet ik, maar daar gedragen de meeste Spanjaarden zich niet naar. Ze annexeren de dans met zo veel overtuiging dat je werkelijk zou geloven dat de conventillo's in Andalusië stonden.'

Het zou wat, dacht ik, maar Jim trok me aan mijn arm het park uit, waarna hij me als een schaap door een paar straten dreef tot we voor het huizenblok stonden waar ik twee weken geleden voor het eerst tegen hem op was gebotst. Even verderop zag ik zijn glanzende bolide weer staan, waar hij me in duwde. Een half uur later gooide hij me er op een pleintje weer uit. Voor ik iets kon zeggen reed hij weg.

∾

De bladeren van de platanen hingen slap. De hitte van de namiddag had de bewoners van de huizen aan het plein teruggedrongen achter hun luiken. Een van de straatlantaarns was veel te vroeg aangegaan, of niet uitgegaan, en wierp zijn licht door een kapot glas op niets.

Vier bankjes stonden als een kruis tegenover elkaar geplaatst. Hun krullen waren in precies dezelfde stijl gedraaid als die van de lantaarns. De bankjes stonden om een cirkel van fijngemalen zandsteen, waarop bejaarde Parisiens op andere dagen vast jeu de boules speelden.

Maar deze middag was er niemand te bekennen. In die eenzaamheid kon ik mooi even mijn ogen sluiten op een van de bankjes. Mijn hoofdpijn was nauwelijks afgezwakt. Ik zag er toch van af omdat ik vermoedde dat een hazeslaapje in die hitte waarschijnlijk meer slecht deed dan goed.

Aan het plein was slechts één kroeg. Een met roze neonletters boven de glazen pui. Het kon onmogelijk de 'club' zijn waar Jim op gedoeld had. Welke tangodanser zou zich laten betrappen in een tent met zo'n naam: La Vie en Rose? Wie verzint zoiets smakeloos? In Parijs nota bene? In iedere kwezel van een film die ooit gemaakt was over deze stad begon vroeg of laat óf Edith Piaf óf Louis Armstrong dat deuntje te dreinen.

Tevergeefs probeerde ik door het gekleurde glas naar binnen te kijken. Even speelde ik met de gedachte om de boel te laten voor wat het was en thuis wat restjes uit de koelkast te trekken en daarna in bed neer te storten. Maar het dramatische scenario dat ik gisteren had opgesteld was nog niet uitgespeeld en Esmé zou nu nog niet op stap zijn met haar zogenaamde vriendin.

Behoedzaam duwde ik de deur van de club open. Koelte kwam me tegemoet, en nam een visioen van een ijskoud biertje met zich mee. Binnen stonden een paar mannen tegen de bar geleund, niet meer dan vijf of zes. Niemand keek op toen ik langs hen liep en aan het andere eind van de toog wachtte tot ik kon bestellen. De barman keek me met een vreemde blik aan toen ik opmerkte dat het niet erg druk was.

'Het is half zeven. Kom over een paar uur maar eens terug', zei hij en hij zette mijn bestelling op het bierviltje voor mij neer. Langzaam gleed een dot wit schuim over de opdruk op het glas. Toen de kou van het glas bier in mijn vingers trok wist ik zeker dat ik die 'paar uur' liever hier bleef wachten. Waarop, dat was de vraag.

De eerste twee uur gebeurde er niets, behalve dat een van de mannen was weggegaan, voor wie een ander in de plaats was gekomen. Bij mijn gang naar het toilet had ik een krant van de vorige dag naast de wastafel gevonden, die ik het volgende uur uitspitte. Advertenties incluis.

Het zal zo tegen half tien geweest zijn dat ik de krant

dichtvouwde en de man die binnenkwam direct herkende. Ik sloeg de pagina's met een ruk weer open en dook weg achter het papier. Een privédetective uit een B-film had het niet beter kunnen doen. Ik hoorde hem een groet roepen, waarschijnlijk naar de barman en toen ik over de rand van mijn krant gluurde zag ik hem plaatsnemen aan een tafeltje naast een verhoging aan het eind van de zaal. Er waren inmiddels aardig wat mensen binnengekomen. Dat was me tijdens het lezen ontgaan. Nu er meer mensen rondliepen werd de structuur van de ruimte pas duidelijk: de dansvloer, de verhoging die kennelijk een podium was voor het vijftal dat hun instrumentenkisten aan het openen was en een gedeelte met tafeltjes voor hen die niet wilden of konden dansen.

Snel dook ik weer achter mijn papieren schutting toen ik dacht dat de oude man in mijn richting keek. Wat deed hij hier? Met stok bovendien. Maar toen ik wéér keek zag ik hoe hij bijna zonder uitzondering begroet werd door de mensen die binnenkwamen. Hij leek op die oude maffiabaas uit *The Godfather*. Had ik angst gezien op die middag dat ik bij hem was? Bitter verdriet? Maar welke angst kon Armand de Blanchefort voor mij hebben? Aan welke pijn deed ik hem denken?

De muzikanten op het podium waren inmiddels begonnen met spelen en ik had maar een paar maten nodig om de muziek te herkennen. Het was een tango waarvan ik de naam niet kende maar die iedereen begint te fluiten of neuriën als het gesprek op tango komt.

Kennelijk had Jim gelijk toen hij zei dat elke tangodanser De Blanchefort kende. Dat gold vast ook voor die andere oude man, die naast hem was gaan zitten. Ook hij werd zo uitbundig begroet dat het leek alsof hij audiëntie hield. Tussen de handenschuddende armen door ving ik af en toe een glimp van zijn broodmagere gezicht op. Ook dat verried tekenen van de minder mooie kanten van het leven. Maar niet alleen dat, want af en toe zag ik de kraaienpootjes om zijn ogen zich verdiepen en leek het alsof zijn gesloten lippen een lach onderdrukten. Het leek mij een onbetrouwbare charmeur.

De dansvloer raakte inmiddels aardig vol. Ik vouwde de krant op en trok me terug in de donkere hoek naast de deur naar het toilet, van waar ik niet alleen hem en zijn vriend in de gaten kon houden maar ook ongestoord de dansende paren kon bekijken.

Zonder dat ik er enig verstand van had leek het me dat er niet slecht werd gedanst, alhoewel het me een beetje tegenviel dat het niet erg leek op wat ik verwachtte: twee gezichten die dezelfde kant op kijken langs uitgestrekte armen. Hier leek het meer alsof de dansers met elkaar in gesprek waren dan dat ze langs elkaar heen praatten. Zoals dat stel vooraan: zijn haar was net zo zwart als zijn pak en zijn overhemd, alleen zijn das was grijs, en zij droeg een zwarte jurk met een split, zelfs haar schoenen waren zwart. Juist die eenvoud in kleur onderstreepte de intimiteit van hun dans. Af en toe rustte haar voorhoofd tegen het zijne, dan lagen hun wangen weer tegen elkaar en met die rust en concentratie boven hun schouders dansten hun lichamen daaronder alsof er magische handen mee speelden.

Aan de andere kant van de cirkelvormige dansvloer, vlak bij het podium waarop ze inmiddels met hun derde of vierde nummer bezig waren, dansten een oudere man en vrouw in een veel rustiger tempo, minder dynamisch maar net zo intens. En toen de muziek stilviel en het stel van elkaar wegliep alsof ze elkaar nooit ontmoet hadden, zag ik dat De Blanchefort inmiddels weer alleen achter zijn tafeltje zat. Tijd om uit te vinden waar de andere man was gebleven kreeg ik niet, want daar groeide het menselijk scherm op de dansvloer alweer dicht onder de eerste noten van een nieuwe tango.

Een bijzonder mooie vrouw trok mijn aandacht, of eigenlijk deed de elegante versiering op haar jurk dat. Het was een sierlijk spel van krullen, een soort versiering zoals je weleens in Arabische paleizen ziet, dat ter hoogte van haar rechterdij was aangebracht. Daaronder, tot halverwege haar kuiten, hing de jurk als franje naar beneden, alsof hij in een papierversnipperaar terecht was gekomen. Telkens schoof zij haar lange benen tussen die van haar partner, hetgeen de dans een nogal sensueel tintje gaf, zolang zij haar naar links en rechts zwiepende onderbeen maar goed onder controle zou houden en de punt van haar zwarte hakken slechts in de lucht prikte.

Alweer zwart. Het leek de overheersende kleur. Een voorkeur die slechts doorbroken werd door een gedurfde das of overhemd, een paar vrolijker gekleurde jurkjes en het onbedekte vlees dat daaronder of erboven vandaan kwam. Maar juist die mengeling van stemmig zwart en dat handjevol expressieve kleuren zou een prachtige compositie vormen op een foto. Kleuren die een beetje deden denken aan de pakken van toreadors, die in de arena net zo doodserieus waren als de dansers voor mij.

Gelukkig was de lichtgevoeligheid van mijn camera zo groot dat ik zelfs in dat halfduister geen flitslicht nodig had. Als een echte spion ving ik de een na de ander met mijn objectief alsof het een vizier was, zoemde in op gezichten, gleed langs donkere en lichtere kapsels naar schouders, over borsten, heupen en volgde een split. Een mooie compositie verscheen in mijn zoeker: een donkerblauwe mouw met een krijtstreep waar een gebruinde, gerimpelde hand uit stak, die met gespreide vingers vastgeplakt leek tegen een felrood oppervlak. Ik volgde de rode stof naar beneden en drukte af op het moment dat haar knie zich prachtig als een haak om zijn bovenbeen had geslagen.

De rode stof was van haar dijbeen gegleden waardoor haar naakte huid een mooi contrast vormde met de strenge vouw van zijn broek. Maar mijn camera wilde meer. Als de ogen van een roofdier volgde hij de slanke kuiten die zich uit de zoeker probeerden te dansen. Met een paar wilde klikken nam hij haar schoenen voor eeuwig gevangen en toen hij al aan het uitzoomen was om haar hele lichaam in één keer op te slokken duwde ik hem opeens met een ruk van me af.

Snel zwiepte ik de laatste foto's over het digitale scherm van de camera tot ik het beeld gevonden had dat zich in dat deeltje van een seconde had vastgezet. Omdat ik het daarvoor al gezien had. Zo vaak zelfs. Op het scherm stond een foto van een rode schoen. Naar de linkerbovenhoek stak de piek uit van een ster die gevormd werd door de weerkaatsing van het licht in de gesp, waarin de vorm van een roos met enige moeite te herkennen was.

Met een paar woedende passen stond ik op de dansvloer en riep haar naam. Ik kan het me niet goed meer herinneren, maar het zal luid zijn geweest, want alsof het buiten de rand van een soft focus gebeurde zie ik nu nog hoe mensen omkeken en stopten met dansen. Het ene paar na het andere, tot ik het paar zag dat ik zocht.

Hun linkerhanden nog verstrengeld keken ze me aan: Esmé en de oude man die naast De Blanchefort had gezeten. Ik keek haar aan, daarna hem. Maar ze sloegen hun ogen niet vol schaamte neer, wat me nog kwader maakte. Een woede die bijna belachelijk gemaakt werd door de kalmte waarmee mijn rivaal langzaam op me toe liep, op een meter van mij vandaan even knikte en zijn armen spreidde. Zijn vingers hingen trillend in de lucht en ook zijn hoofd ging, bijna onmerkbaar, heen en weer.

'Dans met mij, Jaime.' Ook zijn stem klonk niet erg vast. En terwijl ik me afvroeg hoe hij mijn naam kende, nodigde hij me nogmaals uit met zijn armen. Ik hoop niet dat er ooit nog een moment in mijn leven komt waarop ik me zo verloren zal voelen als toen.

'Vroeger in Argentinië heb ik vaak met mannen gedanst, gun me die eer', drong hij zachtjes aan. Ik kan me niet herinneren dat ik zijn uitnodiging aannam. Wel het moment daarna, waarop ik de botten van zijn rug door zijn colbert heen kon voelen en hij ook mij vasthield; het moment vóór de eerste stap. Ik kon niet dansen, had nog nooit een pas gezet, maar ik moest íets doen, wat dan ook. Kunnen deed niet meer ter zake.

Maar in de magische wereld waar ik in stapte bleek het onmogelijke mogelijk. Ik heb geen flauw benul meer van wat ik met mijn voeten deed en vooral: waarom ik het deed, maar het leek net alsof ik kon dansen. Steeds weer vroeg ik me af waarom ik niet struikelde. Ik verzette me ook niet toen de oude man me wat dichter tegen zich aan trok, alsof hij me omhelsde. Vreemd genoeg deed ik hetzelfde en toen mijn hoofd vlak naast het zijne was rook ik het: Eau Sauvage.

'Hoe kent u mijn naam?' Ik probeerde zo dreigend mogelijk te klinken en wilde me losmaken uit zijn omhelzing, maar een zachte druk van zijn arm in mijn rug hield me tegen. Ieder trillen verdwenen, er was slechts nog de zekerheid van zijn passen.

'Ik ken zelfs dat deel van je naam dat jij niet kent', sprak hij zachtjes in mijn oor.

Op het podium deed de zangeres alsof er niets gebeurd was en zong over *un loco amor*. Het zou eens een keer over iets anders gaan. Abrupt stopte de oude man onze dans midden in het lied en zijn ogen leken de mijne te onderzoeken, een voor een. Over de zijne leek een vale sluier te liggen, alsof ze heel, heel erg moe waren.

'Hermano!' Het was meer een kreet dan een gezongen woord waarmee de zangeres haar 'broeder' aanriep. Daarna leek het alsof de muziek doormidden gescheurd werd als een blad papier, waarna woorden van trots als zweepslagen boven het publiek klonken, tot die toorts doofde in fluisterzachte lijnen van vernietigende wanhoop:

> Ik wil mezelf niet vernederen
> door te bidden en te smeken,
> te zeggen dat ik zonder haar niet kan leven ...
> In mijn trieste eenzaamheid
> zal ik de verwelkte rozen
> van mijn jeugd zien vallen.

'Jouw naam is langer dan je denkt, Jaime. Dat zou althans zo moeten zijn', voegde hij er zachtjes aan toe.

'Mijn achternaam is Blanco, zoals mijn vader heette en zijn ouders vóór hem.' Mijn eigen woorden maakten me sterker. We hervatten de dans.

'Moreno Amador', zei de oude man. 'Net als ik. Mijn naam is Carlos Moreno Amador, en die schoenen', hij wees in de richting van Esmé, 'heb ik langgeleden voor mijn vrouw Miguela laten maken. Toen ik Esmé ze op een avond zag dragen wist ik dat je in Parijs was.' Na die woorden kon ik niet meer om die vreselijke vraag heen: Armand de Blanchefort had mij de schoenen gestuurd op verzoek van Miguela, die kennelijk de vrouw van deze Carlos was geweest. Waarom aan mij?

Ik voelde de grond niet meer. Het leek allemaal een walgelijke grap. Wat suggereerde die oude vent? Wist Esmé waar ze aan meedeed? Wie zat hierachter? Ik duwde Carlos van me af.

Mijn woede werd onderbroken door een hand op mijn schouder. Wild draaide ik me om en keek recht in het gezicht van De Blanchefort, leunend op zijn wandelstok.

In zijn ogen, noch in zijn lichaam was nog iets te bespeuren van de onrust en de angst die ik gezien had toen ik bij hem thuis was. Alleen nog die belachelijke rust.

Zijn voorstel om deze avond voor beëindigd te beschouwen en hem de daaropvolgende in het parkje op het Île de la Cité te treffen, was dan ook strikt genomen geen voorstel. Meer een dienstmededeling. Een hoop onnodige ellende zou mij, Carlos, Esmé en hemzelf bespaard blijven als ik zou luisteren naar wat hij te zeggen had. Maar niet op dat moment, eerst moest hij nog iets doen. De volgende avond zou hij mij ontmoeten in het parkje op het Square du Vert-Galant.

Die ontmoeting duurde niet lang.

Terwijl de harde tikken van Armands wandelstok weg-

stierven maakte ik de leren tas open en haalde er drie boeken uit. Nadat ik ze alle drie vluchtig bekeken had begon ik
het eerste te lezen. Toen ik het voorzichtig opensloeg rook
ik die heerlijke geur van oud papier, en juist toen ik begon
te lezen sprong de lantaarn naast mijn bankje aan.

Square du Vert-Galant

1987

Een donkere hemel was over Parijs gekropen. In de verte rommelde het al.

Het hekje van het parkje piepte toen ik het openduwde, zoals het ook vanochtend had gedaan toen ik het achter me sloot. Het was nog lang geen negen uur toen ik plaatsnam op het bankje tegenover dat waarop ik de nacht al lezend door had gebracht. Waarom ik bijna een kwartier te vroeg was voor de afspraak wist ik zelf niet. Misschien hoopte ik op die manier een soort voorsprong te krijgen op de man die ik hier zou ontmoeten.

Een afspraak met iemand die niets van mijn leven wist maar die wel beweerde het te zijn begonnen. Samen met mijn moeder natuurlijk, Aline. Ik probeerde haar naam in te passen in het beeld van de blonde vrouw op de foto die ik vroeger in Madrid zo vaak had bekeken. Dat lukte niet erg goed. De foto had ik samen met de drie boeken in de leren tas gedaan en als 'bewijsmateriaal' meegenomen.

Het was een bloedhete dag geweest en ik gaf er een lief ding voor om de druk in mijn hoofd te ontladen zoals de wolken zich straks van hun water en spanning zouden verlossen. De hitte en de koffie, de dwang om alles te weten te komen waarschijnlijk nog het meest, hielden mijn vermoeidheid buiten mijn bewustzijn. Maar niet de dreinende pijn achter mijn ogen, waar ik vanmiddag al last van had. Toen hij opkwam kneep ik met duim en wijsvinger in mijn neusbot, net waar het overgaat in het voorhoofd, terwijl ik luisterde naar Esmés uitleg.

'Ik weet niet of ik echt boos was of dat ik me gewoon rot erger-
de aan de manier waarop alle fut uit je gleed. Het enige wat ik die
avond wilde was even weg van dat slappe gedoe, maar aan dansen
dacht ik niet. Dat idee kwam van Jim, die ik tegenkwam in de buurt
van het station. Hij stelde me voor naar La Vie en Rose te gaan. Helaas was het een doordeweekse dag, legde hij nog uit, anders had
hij me met de auto gebracht.

Je moet het niet verkeerd opvatten, maar het was een heerlijke
avond. Ik geloof dat ik met iedereen gedanst heb, maar met Carlos:
zoiets had ik nog nooit meegemaakt. Ik heb de hele avond geen
seconde meer aan ons geharrewar gedacht. Niet beledigd doen,
Jaime.' Ik kon me niet herinneren dat ik dat had gedaan en vond het
eigenlijk beledigend dat zij vond van wel.

'Verslavend. Dat is het juiste woord. Ik moest en zou de volgende
avond wéér naar die club. Kun je je dat voorstellen?' Esmé liep naar
het openstaande raam en keek naar buiten. 'En ja, ik dacht inderdaad de hele dag aan die oude man.' Ik had het best verstaan maar
ik liet haar die laatste zin toch nog eens herhalen.

'Doe niet zo stom, Jaime, het is een oude man! Ik was gewoon
nog nooit iemand tegengekomen die zo charmant was, met zo veel
stijl en élégance. Bovendien ben ik te jong voor hem!'

'In dat laatste zou je je weleens kunnen vergissen', zei ik. Ik kende
hem nu, al was het maar uit andermans verhalen.

Op die man zat ik op het eilandje midden in de Seine te wachten.
Eindelijk hoorde ik het hekje bij de ingang piepen. Daar stond Carlos.

Zonder groet kwam hij naar me toe. Ik verbaasde me erover hoe
mager en klein hij toch was. De kracht waarmee deze man alles gedaan en veroorzaakt had waarover ik in de boeken had gelezen, zag
ik niet in zijn uiterlijk terug.

Of toch wel. Hij liep voorzichtig, zoals de meeste bedaagde heren doen, maar wel met opgeheven kin en een rechte rug. Een monument voor al die liefde en ellende, angst en succes.

Hij ging niet naast me zitten op het bankje. Hij bleef naar me staan kijken alsof hij zocht naar fouten in mijn constructie.

'Zij zit zó in je gezicht', waren zijn eerste woorden. 'Ik geloof dat zelfs je linkeroog iets kleiner is dan het rechter, net als bij haar. Die jukbeenderen en je neus natuurlijk, maar waar ik je onmiddellijk aan zou herkennen is de manier waarop je uit je ogen kijkt. En precies hetzelfde haar,' glimlachte hij, 'dezelfde mooie bruine krullen.'

'Pardon?'

Nog een keer zei hij dat ik dat mooie bruine haar van mijn moeder had.

'Aline?' vroeg ik.

'Ja,' knikte hij, 'Aline. Spreek je ook in hele zinnen?' Zijn grapje ging langs me heen terwijl ik Alines foto uit de leren tas haalde. Ik wees Carlos op haar blonde, steile haren.

'Ach ja', zei hij nadat hij even bevreemd naar de foto had staan kijken. Terwijl hij steunde op de leuning van het bankje ging hij naast me zitten. Hij tikte op de foto.

'Haar naam weet ik in de gauwigheid niet meer, maar haar gezicht herinner ik me nog wel, ja.'

'Aline?' Ik wees suggererend op de foto in zijn hand. Een paar seconden lang keek hij me verbluft aan. Een rollende donderslag klonk. Toen barstte Carlos in lachen uit.

'Dit', hij prikte met zijn vinger in het gezicht op de foto, 'was een model met wie ik weleens reclames maakte. Met haar samen sta ik op aardig wat foto's. Dat was in de tijd waarin heel wat mensen mijn gezicht wilden gebruiken om hun producten aan te prijzen.' Ik hief mijn hand op, ik had er alles over gelezen.

'Kijk,' zei Carlos, 'hier zie je de scheur lopen. Aan de andere kant daarvan stond ik waarschijnlijk. Hoe kom je hieraan? Heb jij me eraf gescheurd?' grinnikte hij.

Ik kon geen woord uitbrengen. De intensiteit van Leóns haat voor de man die hier naast me zat drukte mijn keel dicht. Natuurlijk moest ik nu ook weten hoe het met de rest van mijn verleden, zoals ik dat meende te kennen, zat.

'Nee,' Carlos' sombere hoofdschudden bevestigde mijn angst, 'Aline is er niet vandoor gegaan. Het was andersom.' Hij aarzelde en had kennelijk een lange aanloop nodig. 'Wat wij hebben gedaan, Jaime, wat we León hebben aangedaan, daarvoor heeft hij ons gestraft door jou voor altijd van ons weg te nemen. En dat is een van de redenen waarom ik hier vanavond gekomen ben, om je te vertellen wat er zo vreselijk mis is gegaan.'

Carlos beschreef mijn moeder tot in details, waarvan ik me van sommige afvroeg of zoons die willen kennen. Zijn bedoeling was me wel duidelijk, dus liet ik hem doorgaan met zijn verhaal.

'Ze was ook de vriendin van León. Maar juist dat etiket, dat hen voor de wereld om hen heen tot geliefden zou hebben verklaard en dus tot verboden terrein voor vreemden, besloten ze nog niet op elkaar te plakken.' Ik knikte en vulde Carlos' verhaal aan met wat ik had gelezen in het boek van Armand.

Carlos zweeg. Ik zag dat hij naar woorden zocht. Woorden die ik niet hoefde te horen.

'De verleiding van de tango?' probeerde ik hem te helpen. Hij schudde zijn hoofd.

'Eerder de onwetendheid van de een en de menselijke zwakheid van de ander', verklaarde hij hoe Aline en hij een pas deden op het moment dat ze hadden moeten blijven stilstaan.

'Het is niet mijn bedoeling om over jou te praten alsof je iets bent wat nooit had mogen bestaan, Jaime.' Ik haalde mijn schouders op.

'Het gebeurde een maand voordat León terugkwam. Gelukkig

waren hij en Aline nog steeds dolverliefd op elkaar – vel geen oordeel, Jaime – en genoten ze volop van elkaar nadat León weer terug was in Parijs. Gelukkig, omdat we León daardoor gemakkelijk de leugen konden voeren dat jij te vroeg geboren was.

Uiteindelijk was het die leugen waar León niet mee kon leven, veel meer dan het feit dat zijn vader en zijn vriendin het bed hadden gedeeld. Dat was ook precies waar we bang voor waren. Maar toch logen we, omdat Aline de gedachte aan een leven zonder León ondraaglijk vond en er bang voor was dat ze hem in ieder geval kwijt zou zijn als ze alles plompverloren zou opbiechten. Op deze manier had ze misschien nog een kans.

Het plan was om alles stil te houden, twee jaar lang, tot León zo veel van jou zou zijn gaan houden dat hij niet meer zonder je zou willen leven. Die liefde, hoopte Aline, zou tegen de klap van de explosie bestand zijn. Het zou zwaar weer worden in de relatie, noodweer zelfs, maar uiteindelijk zou de storm gaan liggen en zou een nieuw leven opgebouwd worden.'

'Nadat hij erachter was gekomen dat zijn zoon zijn broer was?'

Carlos knikte en zuchtte diep. 'Niet lang nadat we hem alles hadden verteld, werd Aline op een regenachtige winterochtend wakker om de rest van haar leven alleen door te brengen.'

De enige waarheid was dus dat mijn broer me alles voorgelogen had. En weer hoor ik zijn woedende kreten achter me terwijl ik vlucht naar mijn kamertje in het huis aan de Calle de Santiago. Ik zie de rug van Martín, mijn knuffelbeer, die ik als een schild voor me hou in de richting van de deur, waarvan ik bid dat hij ook dit keer dicht zal blijven. Ik zie andere avonden, waarop we aan tafel zitten met de foto van de blonde vrouw, rond wie hij een hele familietragedie verzint. En later hoor ik de snikken door de slaapkamerdeur.

'Jaime?'

'Niets', fluisterde ik en ik trok een dun randje van mijn duimnagel.

'Heeft ze ons nooit gezocht?' Het klonk een beetje verontwaardigd. Een beetje teleurgesteld ook. We schrokken op toen de wolken boven de stad even oplichtten. Zwijgend wachtten we op de donder.

'Natuurlijk heeft ze dat gedaan', zei hij. 'Maar de mensen die je daarvoor nodig hebt, doen dat meestal niet uit medeleven. Of het moet zijn voor hun eigen portemonnee. En een serveerster verdient nu eenmaal geen bakken met geld, zelfs niet in La Vie en Rose.' Ik keek hem aan, waarop hij zijn hoofd schudde.

'Nee, ze nam geen cent van me aan. En toen ik zei dat ik toch ook een rol speelde in deze ellende, dat jij toch ook míjn zoon was, zei ze dat dat precies de reden was waarom ze mij er nu buiten wilde houden. Er was maar één cent van mij nodig om iedere hoop definitief van tafel te schuiven, zei Aline. Zodra León uit zou vinden dat hij met behulp van mijn geld zou zijn gevonden, zou hij opnieuw verdwijnen. Voorgoed.

Aline begon te kwijnen. De eerste keer dat ik dat merkte was toen we aan het dansen waren. Nee, dat is voor jou waarschijnlijk niet te begrijpen', zei Carlos.

'Ze voelde lichter aan.' Hij pauzeerde even. 'Niet eens omdat ze afviel maar omdat ze haar kern aan het verliezen was. Daarom merkte ik ook pas tijdens het dansen hoe slecht het met haar ging. Ze was al begonnen met verdwijnen. Haar levenskracht het eerst, het lichaam volgde.'

'Maar ze heeft ons gevonden! Ze heeft ons de schoenen gestuurd.'

Carlos knikte. 'Maar toen ze jullie vond was het voor haar al te laat. En voor León was zelfs toen kennelijk de pijn nog te groot.' Carlos haalde met een zekere traagheid iets uit de binnenzak van zijn colbert. Zijn gerimpelde vingers gaven mij een enveloppe. Ik herkende het handschrift van León. De brief was gericht aan Aline Lauzier op een adres in Parijs dat ik niet kende. In de enveloppe zat een andere, geopend. Dit keer herkende ik het handschrift niet, maar wel het adres: Calle de Santiago, Madrid.

'Twee jaar geleden al, heeft ze jullie gevonden in Madrid. Stom genoeg dacht niemand eraan dat je broer zelfs zo ver zou gaan om zijn familienaam te veranderen. Alhoewel, misschien was het voor hem nog niet ver genoeg. In ieder geval was de tegenstelling met zijn echte naam zo groot, dat toen het bureau een zekere León Blanco in het vizier had gekregen, ik zeker wist dat het mijn zoon was, zijn achternaam veranderd van "donker" naar "wit". Toen we de bevestiging kregen dat het inderdaad om jullie ging, schreef je moeder deze brief.' Met een knikje moedigde hij me aan hem te lezen.

Parijs, april 1985

Mijn geliefde León,

Al die jaren heb ik toegeleefd naar dit moment, en nu het ein-delijk aangebroken is weet ik niet hoe ik moet beginnen. Zal ik je schrijven dat ik nog steeds van je houd? Nog net zo veel als in de nacht waarop je besloot me te straffen voor de pijn die ik je heb gedaan. Of moet ik je vertellen hoe ik sinds die nacht naar jullie gezocht heb, en laten zoeken, slechts onderbroken door jaren waarin al mijn spaargeld op was? Hoe blij ik ben te weten waar jij en Jaime wonen en vooral: te weten dat het jullie goed gaat? Of is dát het punt waar ik moet beginnen: bij die nacht waar je Jaime uit mijn leven stal? Of zul je me nog meer haten dan je al doet als ik schrijf dat ik die haat begrijp? En altijd begrepen heb.

Vaak heb ik me voorgesteld hoe je met ons tweejarig mannetje in die koude nacht op een nat perron stond te wachten op een trein waarvan je misschien zelf niet eens wist waar die jullie heen zou brengen. Of wist je toen al dat je terug zou gaan naar Madrid, waar je twee jaar daarvoor zo gelukkig was geweest? Misschien geloof je niet hoeveel tranen ik gehuild heb bij de gedachte

aan de pijn die je moet hebben gevoeld toen je weer in die stad aankwam, die je al dromend van iets wat je nu zult zien als de vuilste leugen ooit verlaten had.

Misschien is dat waarmee ik deze brief zou moeten beginnen. Maar ik weet dat ik je nooit zal kunnen overtuigen van het feit dat mijn liefde voor jou een zuivere waarheid was. Nog steeds is. En dat de dromen die we hadden vóór jouw stage in Madrid en waarvan we er een paar hebben laten uitkomen in de twee jaar daarna, waarin we leefden als een gelukkig gezinnetje, nog steeds veel nachten vullen. Daarom schrijf ik ook over 'onze' Jaime, zelfs als je dat woedend maakt.

Je zult je natuurlijk afvragen wat ik wil. Waarom ik je deze brief schrijf. Wees gerust, het is geen aankondiging van een gevecht om Jaime, nu ik weet waar hij is. Ik weet dat je Carlos hebt laten zweren dat hij zijn zoon, eigenlijk zijn beide zoons dus, nooit zal benaderen. Elke dag zie ik hoeveel pijn dat doet, ook omdat hij weet dat hij Jaime misschien nooit zal kunnen uitleggen waarom hij die eed trouw gebleven is. Dat je mij hetzelfde verbiedt is me duidelijk, al zullen we van mening verschillen over de rechtvaardigheid daarvan. Heb ik je zo veel pijn gedaan dat ik daarmee dit leven verdiend heb? Zonder mijn zoon, zonder de man van wie ik hield? Maar die vragen hadden al lang geleden moeten worden beantwoord.

Er is dan ook een andere reden waarom ik niet opeens vanuit de schaduw zijn leven binnen zal stappen. Terwijl er niets is op deze wereld wat ik liever zou doen dan dat.

Ik weet niet wat je hem verteld hebt over mij. Misschien heb ik hem wel verlaten, misschien ben ik zelfs wel dood. De schok van de waarheid en de pijn die ik hem dan aandoe om te kunnen hopen dat hij ooit van mij zal houden, zou mij niet weerhouden die twee leugens te doorbreken. Ware het niet dat de laatste maar een halve leugen is. Want ik weet dat ik niet veel tijd meer zou hebben, León, om van hem te houden voordat de woekering door mijn hele lichaam getrokken is.

En zo ben ik dan eindelijk bij de reden van mijn schrijven gekomen, liefste León. Want ook al respecteer ik de wet die jij me oplegt, ik ben en blijf Jaimes moeder. Daarom vraag ik je mij één ding toe te staan. Dat betreft de rode tangoschoenen, met de zilveren gespen.
Toen Carlos mij de schoenen gaf heeft hij verteld hoe hij ze als verrassing had laten maken voor jouw moeder, uit een paar bokshandschoenen die ze hadden gekregen van een oude dame. De handschoenen waren een symbool voor verzoening, vertelde hij.
Hoe absurd het ook klinkt, en denk niet dat ik de spot met je drijf, op zo veel avonden waarop ik ze aan mijn voeten had hoopte ik, bad en smeekte ik dat er ooit een tijd van verzoening aan zou breken. Ik weet het; terwijl ik tango danste, maar tango heeft geen schuld aan mijn ontrouw, León. En ook weet ik dat het voor ons te laat is, in dit leven, voor verzoening.
Maar sta me alsjeblieft toe dat ik Armand opdracht mag geven om na mijn dood de schoenen naar Jaime te sturen. Ook Armand zal Jaime nooit over mij vertellen, maar ontzeg me niet dat ik dat symbool van hoop aan mijn zoon mag schenken. Niet opdat hij van mij weet, maar opdat ze misschien ooit, op een of andere miraculeuze manier, iets ten goede veranderen

in zijn leven. Dat is wat ik van je vraag. Je zult me die toestem-
ming wel niet willen schrijven, maar misschien, als je toestemt,
kun je me iets anders sturen als teken daarvan.

León, mijn liefste León, weet dat ik altijd van je zal blijven hou-
den. In een andere tijd zal ik op je wachten, waar we misschien
ooit opnieuw kunnen beginnen en het verdriet uit dit leven
kunnen vergeten.

Aline.

'En?' vroeg ik.

'Zo kregen we hem terug', wees Carlos naar de brief. 'Zonder één woord. Dat je moeder het daarna toch nog twee jaar heeft volge-houden, heeft me verbaasd. Toen ze niet meer kon werken heb ik haar bij me in huis genomen. De laatste dagen was haar huid bij-na doorschijnend geworden, en toen ze in coma raakte lag er een vreemde glimlach op haar gezicht, die nauwelijks te zien was. Ze stierf een paar dagen later.'

'En de schoenen?' was de enige vraag die ik kon verzinnen.

'Dat weet je, die heb je een paar weken geleden gekregen.' Ik knikte.

'Carlos,' onderbrak ik mezelf, 'de dagtekening van het pakket met de schoenen was de eerste augustus!' Hij draaide zich naar me toe. De lantaarns in het park sprongen aan. Ik zag weer hoe vermoeid zijn blik was.

'Toen León het pakket ontving op 4 augustus en zag wat erin zat, keek hij feitelijk naar de aankondiging van haar dood.' De rimpels in het oude voorhoofd gingen omhoog. 'Dat was de dag van zijn eigen dood, Carlos.' Ik herlas de laatste alinea van de brief en besloot er verder niet over te praten. Niet iedereen is even blij met het bewijs dat zijn zoon zelfmoord heeft gepleegd. En de gedachte dat León in al zijn woede, haat en onmacht altijd net zo veel van Aline was blijven houden als zij van hem, was misschien te veel voor iemand die zichzelf verweet dat hij de wig was die hun geluk gespleten had.

'Het moet een schok geweest zijn toen je de schoenen vorige week opeens hier in Parijs weer zag. In je eigen club nog wel.' Gelukkig werkte die afleiding.

'En vreemd genoeg aan de voeten van de mooie jongedame met wie ik de avond daarvoor ook gedanst had. Ze keek zo droevig die eerste avond en ik dacht dat een paar mooie dansen haar misschien wat zouden opvrolijken.'

Ik hield mijn mond.

'Maar de volgende avond – was het dinsdag, misschien? – zag ik haar inderdaad tot mijn stomme verbazing met de rode tangoschoenen. Bijna uitgelaten was ze, dus kennelijk waren mijn pogingen van de avond daarvoor niet vergeefs. De schok daargelaten werd ik er natuurlijk niet vrolijk van die schoenen daar te zien. Het betekende dat León of jij, of jullie allebei, in Parijs waren. En ik was mijn belofte aan je broer niet vergeten.'

'Maar hoe kon je je daar in godsnaam aan houden?' Carlos schrok niet van mijn stemverheffing, zo zeker was hij kennelijk van zijn zaak.

'Want jij bent mijn zoon en welke vader laat zich weghouden van zijn kind, bedoel je? Maar vergeet niet dat het ook een zoon was aan wie ik die belofte heb afgelegd, en een eed aan je kind is altijd een dure.'

'Maar je had kunnen weten dat ik het was, en niet mijn broer. Esmé is een kwart eeuw jonger dan León was. Hoe zou zij zijn vriendin kunnen zijn?' Carlos keek me aan maar zei niets.

'Het was bijna ondraaglijk om mijn mond te houden tegen Esmé. Maar liever was ik daar de rest van mijn dagen nog mee doorgegaan dan de boodschap te horen die Armand me vrijdag bracht. Je kunt je nu misschien voorstellen', zei hij met een knikje van zijn hoofd richting de leren tas met boeken, 'hoeveel pijn het ook hem zal hebben gedaan toen hij van jou hoorde dat León er niet meer was.' Een verliefd stelletje passeerde ons haastig, vluchtend voor het dreigende onweer.

'Ik wist dat ik mijn eed dat ik jou nooit zou benaderen niet boven Leóns graf zou breken. Het zou niet nodig zijn. Jij zou míj vinden, eerder vroeger dan later, en dat contact was mij nooit ontzegd.' Het hekje piepte achter het paartje dicht. Nu bestond de wereld alleen nog uit een vader en een zoon.

Carlos zweeg. Hij had gezegd wat hij te zeggen had; zijn waarheid. Nu wachtte hij af. Hij wachtte af welk antwoord ik zou geven op de vraag waarvan hij wist dat die door mijn hoofd ging. Natuurlijk zag ik de schuld die hij had aan zo veel vreselijke dingen. Maar ik voelde geen behoefte hem die schuld te verwijten. Zelfs al zou zijn lot dan misschien makkelijker te dragen zijn geweest dan het nu was. Hij had zijn leven geleefd. Misschien begreep ik de boodschap die de rode tangoschoenen moesten overbrengen.

Ik stond op van het bankje en stak het smalle stenen paadje over naar het grasveld in het midden van het park. Ik draaide me om naar Carlos, die niet keek waar ik naartoe ging. Hij was erop voorbereid alleen gelaten te worden met zijn hart, dat hem al zo lang te zwaar was.

Ik bracht mijn rechterhand voor mijn middel. Langzaam hief ik de linker, tot hij op schouderhoogte met de handpalm naar Carlos toe leek te zwaaien. Dat was de positie, meende ik me te herinneren. Toen riep ik mijn vader, die een paar seconden lang niet leek te weten wat hij moest doen.

'Misschien, Jaime, is het laten maken van die tangoschoenen het enige van echte waarde dat ik in mijn leven heb gedaan', zei Carlos toen zijn hand eindelijk in de mijne sloot. 'Zonder die schoenen was alle ellende ook wel gebeurd, maar had je me misschien nooit gevonden.'

Toen we onze eerste passen deden vielen eindelijk de eerste druppels. Langzaam dansten we uit de lichtcirkel die de lantaarn naast ons bankje over het gras wierp.

Carlos Moreno Amador stierf nog geen maand later.

Op de akte van overlijden staat 'ouderdom' als doodsoorzaak. Ik weet dat het zijn hart was, eindelijk bevrijd om hen van wie hij hield achterna te reizen.